La rançon
LEE ROWAN

SÉRIE ROYAL NAVY: TOME 1

La rançon

LEE ROWAN

SÉRIE ROYAL NAVY: TOME 1

DREAMSPINNER PRESS

Publié par

DREAMSPINNER PRESS

5032 Capital Circle SW, Suite 2, PMB# 279, Tallahassee, FL 32305-7886 USA
http://www.dreamspinnerpress.com/

La Rançon
Titre original: Ransom
© 2013 Lee Rowan.
Traduit de l'anglais par Anne Solo.

Illustration de la couverture :
© 2013 Reese Dante.
http://www.reesedante.com
Les éléments de la couverture ne sont utilisés qu'à des fins d'illustration et toute personne qui y est représentée est un modèle

Édition e-book en français : 978-1-63476-969-3
Édition imprimée en français : 978-1-63476-968-6
Première édition française : octobre 2015
Troisième édition : septembre 2014
Seconde édition (papier) publiée par Cheyenne Publishing, 2009
Seconde édition (ebook) publiée par Bristlecone Pine Press, 2009
Première édition (papier et ebook) publiée par Linden Bay Romance, LLC, 2006

Édité aux Etats-Unis d'Amérique.

P.S., je t'aime.

Les lieux rencontrés

Les officiers de la Royal Navy

Amiral de la flotte – *le plus haut grade* – amiral, vice-amiral, contre-amiral et commodore : officiers généraux.

Capitaine, commandant, lieutenant-commandant : officiers supérieurs, selon l'importance du bâtiment qu'ils commandent.

Lieutenant, sous-lieutenant : officiers susceptibles de recevoir le commandement d'un petit navire en cas de besoin, mais ils ne sont pas inscrit sur les listes d'active, aussi doivent-ils encore prouver leur valeur pour espérer un poste ferme.

Aspirant : grade d'officier le plus bas, attribué d'office aux jeunes bien-nés qui embarquaient pour la première fois, mais aussi le commencement obligatoire de toute carrière navale.

Les navires

Brick : deux mâts taillé pour la course en mer et le convoyage.

Corvette : petit navire de guerre, léger et rapide, qui apparaît en France à la fin du XVIIe siècle.

Frégate : bâtiment de guerre, rapide et manœuvrier, plus grand et mieux armé qu'une corvette.

Glossaire des termes de marine

Abordage : Assaut d'un navire à un autre.

Affaler : faire descendre (des voiles), c'est le contraire de 'hâler'.

Armement : tout ce qui est nécessaire à la navigation, c'est-à-dire la totalité des instruments dont un navire est muni.

Aussière (ou haussière) : gros cordage employé pour l'amarrage et le remorquage.

Bâbord : partie du navire située à gauche en faisant face à l'avant (opposé de tribord).

Barre : organe de commande du gouvernail, sert à diriger le navire.

Bastingage : muret en bois ou en fer autour du pont supérieur d'un navire.

Biscuit de mer : sorte de galette plate que mangent les marins au long cours ; ceux de la Royal Navy étaient fait de farine complète (avec son).

Bordée :
1. Ensemble des canons d'un des côtés du navire et, par extension, leur décharge simultanée.
2. Route faite par un navire entre deux changements de cap, en gardant le vent du même côté.

Bosco (argot marin) : maître de manœuvre (marine de guerre), ou maître d'équipage (marine de commerce).

Cale : endroit sous le pont où sont stockées les marchandises.

Carré : pièce à vivre d'un bateau.

Château : superstructure de la partie centrale du pont supérieur, d'un côté à l'autre du navire.

Cloche : elle rythme la vie à bord en marquant les principaux évènements de la journée. Objet emblématique d'un vaisseau au même titre que la figure de proue et que le pavillon, elle sonne les 'quarts' – car la journée est divisée.

Compas : boussole d'un bateau.

Coursive : terme générique pour désigner les passages étroits du navire (couloirs).

Drisse : cordage ou palan servant à hisser une vergue, une corne, une voile.

Dunette : pont surélevé à l'arrière d'un bateau, au-dessus du gaillard d'arrière

Écoutille : ouverture rectangulaire pratiquée dans le pont pour accéder aux entreponts et aux cales.

Embruns : poussière liquide arrachée par le vent à la crête des vagues.

Encalminé : (en parlant d'un navire) immobilisé par manque de vent.

Entrepont : espace compris entre la cale et le pont principal, au-dessus de la flottaison.

Épissure : tressage d'éléments de cordages entre eux, pour les mettre bout à bout.

Erre : vitesse conservée par un navire qui n'est plus propulsé par ses voiles.

Feu de Saint-Elme : phénomène physique lumineux se produisant au sommet d'un mât dans certaines conditions météorologiques.

Filière : cordage courant tout autour du pont servant de garde-corps – par mauvais temps, les hommes s'y retiennent pendant les forts mouvements de roulis et de tangage.

Garcette : petit cordage court, généralement récupéré par l'équipage sur un cordage plus grand et usé, et qui sert le plus souvent à amarrer un des équipements (seau, casier, voile, etc.).

Gaillard :
1. Gaillard avant : pont surélevé à l'avant du navire.
2. Gaillard arrière : au même niveau que le gaillard avant, mais situé à l'arrière du grand mât.

Mâts :
1. Grand mât, mât central.
2. Mât de misaine, mât avant de tout voilier en ayant plus de deux.
3. Mât d'artimon, mât situé le plus en arrière du bateau.

Gréement : ensemble des cordages et poulies qui servent à établir et à manœuvrer les voiles.

Hunier : voile supérieure portée au-dessus des voiles basses.

Pavillon : drapeau (terme de marine).

Perroquet : voile carrée située au-dessus du hunier.

Pirate : hors-la-loi des mers.

Pont : 'plancher' du navire.

Poulaines : W-C. de l'équipage.

Poupe : partie arrière d'un navire.

Proue : partie avant d'un navire, au-dessus de l'étrave.

Quart :
1. Division du temps à bord.
2. Période de service d'une bordée.

Rambarde : garde-corps.

Sonder : mesurer la profondeur d'eau.

Tribord : côté droit du navire (opposé de bâbord).

Prologue

Plymouth, Angleterre,
Juin 1796

LES DEUX hommes portaient l'uniforme d'aspirants de la Royal Navy – le plus âgé était trapu, avec un visage rougeaud ; le plus jeune, mince et livide. Ils se tenaient dos à dos dans une clairière ensoleillée, non loin du port de Plymouth. Chacun d'eux tenait un pistolet dans la main droite. Ni les deux adversaires ni les trois témoins qui les entouraient ne prêtaient attention à la brise tiède ou à la beauté sylvestre de leur environnement.

Un des témoins leva la voix :

— M. Correy, M. Marshall... Messieurs, vous êtes certain de ne pas vouloir régler cette affaire à l'amiable ?

— Oh, moi, je suis d'accord ! s'exclama le plus âgé. M. Marshall sait combien j'aimerais approfondir notre relation.

Marshall se mordit la lèvre et repoussa derrière son oreille une mèche de ses cheveux noirs.

— Non, répliqua-t-il. Impossible.

L'arbitre du duel était également le chirurgien de bord du *Titan*, le navire sur lequel servaient les deux hommes.

— Très bien, déclara-t-il. Avancez de dix pas.

Ils suivirent ses instructions.

— À trois, enchaîna l'arbitre, vous vous retournerez pour faire feu. Un. Deux. *Trois.*

Les deux duellistes pivotèrent rapidement et deux coups de feu résonnèrent simultanément. Après un moment, le plus âgé bascula lentement de côté. Il poussa son dernier soupir au moment où le chirurgien s'accroupissait devant lui.

— Mieux vaut effacer nos traces avant d'être surpris, annonça le second de Correy.

Il était commissaire de bord sur le *Titan*. Les autres acquiescèrent et emportèrent le défunt jusqu'à la voiture dans laquelle il était arrivé. Le chirurgien et le commissaire de bord y montèrent avec lui.

1

— Et maintenant, que fait-on ? leur demanda Marshall.

Malgré la détermination dont il avait fait preuve un peu plus tôt, il semblait à présent inquiet des conséquences que risquait de lui coûter sa victoire. Le chirurgien secoua la tête.

— Mon garçon, dit-il, plutôt gentiment, vous êtes monté depuis peu sur le *Titan*, n'est-ce pas ?

— Depuis la semaine dernière.

— Dans ce cas, je présume que le capitaine Cooper se fera un plaisir d'enregistrer dans le livre de bord que M. Correy est décédé au cours d'un duel avec un inconnu – ne faisant pas partie de l'équipage. Et la famille du défunt fera bien de ne pas creuser la question. Chaque homme à bord connaissait les goûts particuliers de Correy, mais il était trop malin pour laisser traîner des preuves.

— Vous avez rendu service à tout l'équipage, intervint le commissaire de bord. Disparaissez à présent. Et pensez à nettoyer votre pistolet.

Il s'empara des rênes et les fit claquer sur le dos du cheval. Peu après, la voiture avait disparu.

Marshall s'adressa au jeune homme blond qui restait avec lui :

— M. Archer, parlait-il sérieusement ?

— Oui, absolument. Venez, monsieur, il a raison, nous devons quitter cet endroit.

Ils montèrent dans la calèche qu'ils avaient louée en ville. D'une main habile, Archer dirigea le cheval en direction de la chaussée. Marshall resta un long moment silencieux.

— Je… je n'avais encore jamais tué de sang-froid, dit-il enfin. Et je n'avais jamais tué un Anglais.

Se retournant, il croisa le regard d'Archer. Il paraissait tout à coup ses dix-huit ans, un tout jeune garçon et non le digne officier de la Royal Navy ayant affronté à la mort quelques instants plus tôt.

— Dites-moi, M. Archer – qu'aurais-je pu faire d'autre ?

— Rien, répondit son second.

David Archer s'était attaché à Marshall à la minute où ce dernier était monté à bord du *Titan*, même si les années d'expérience du nouvel aspirant lui accordaient un grade supérieur au sien. Cette affinité spontanée expliquait pourquoi il avait accepté d'être son témoin durant ce duel. Marshall avait beau être seul, il n'avait pas hésité à s'opposer à une brute abusive.

2

— Cet homme était une plaie, M. Marshall, reprit-il. Il a fait vivre un enfer à de nombreux aspirants à bord, dès qu'ils avaient l'âge légal. Un garçon de moins de quatorze ans aurait pu le poursuivre pour viol, aussi évitait-il les enfants. Ses victimes plus âgées n'osaient pas se plaindre, puisque participer à ce genre d'activités encourt la pendaison.

— En premier lieu...

Marshall paraissait toujours chercher à convaincre *quelqu'un* – lui, selon toute probabilité – qu'il avait bien agi.

— En premier lieu, répéta-t-il, le règlement de la Royal Navy interdit la sodomie entre les hommes embarqués, sous peine de mort.

— En vérité.

— Je n'ai jamais... j'ai servi trois ans dans la Royal Navy, M. Archer. Sur une corvette et sous les ordres d'un capitaine très strict. Je sais bien que la faiblesse est humaine, mais je n'avais jamais assisté à un aussi flagrant mépris de la décence !

— Je crois que le capitaine Cooper s'est trouvé dans une position difficile, répondit Archer. Il savait Correy indigne de confiance, mais ce dernier était rusé et fourbe. Il soudoyait les hommes sous ses ordres et en faisait ses espions, ou ses sentinelles. Et sa famille possède assez d'influence pour que Cooper risque de perdre son commandement s'il avait sévi sans preuve formelle. Le capitaine a fait de son mieux pour empêcher Correy d'acquérir une meilleure position : il ne l'a pas nommé enseigne de vaisseau, il ne l'a pas recommandé pour devenir lieutenant.

— Sa famille doit être influente, en effet, s'il n'hésitait pas à bafouer la loi, répondit Marshall. Comment a-t-il osé me faire une proposition aussi éhontée et ensuite me menacer ? Il a prétendu avoir un jour fait fouetter un garçon qui avait refusé ses faveurs...

— C'est plus ou moins exact, intervint Archer. Quand Correy a exprimé son désir, le garçon ne s'y est pas plié. Alors ce fourbe a été le dénoncer au capitaine, en prétendant que la proposition provenait du jeune. Le pauvre était tellement gêné qu'il en paraissait coupable ! Le capitaine l'a condamné aux verges, pas au fouet, pour 'comportement indécent'.

— *Quoi ?*

— Il était bien obligé de réagir. Correy avait prêté serment sur la Bible alors que le garçon ne faisait que nier sa culpabilité. Au moins, il n'y a pas eu de sentence de mort. Et son refus ne l'a pas sauvé, le pauvre malheureux. Correy a fini par l'avoir un peu plus tard.

3

Marshall laissa échapper un long soupir.

— Mon Dieu ! Je vous remercie de vos confidences, M. Archer. Je n'en parlerai à personne, mais vous avez soulagé ma conscience.

Archer sourit.

— Grâce à vous, le *Titan* sera plus sûr pour nos jeunes, monsieur. C'est à moi de vous remercier.

Le voyage se poursuivit dans le silence. Marshall semblait rassuré, mais Archer avait à présent l'esprit tourmenté. Sa reconnaissance était sincère, et pas seulement parce qu'il était un officier soucieux de ses jeunes troupes. Marshall l'avait libéré d'un démon qui avait fait de son existence un enfer.

Il n'avait pas été entièrement franc dans ses aveux, parce que le garçon dont il avait parlé, c'était lui. Et Archer ne pouvait pas – ne pourrait jamais – avouer à Marshall qu'il était tombé amoureux de lui. Le beau et brave officier était tout à fait susceptible de le provoquer dans un duel à mort s'il se risquait à lui révéler ses sentiments.

I

Journal du capitaine,
HMS[1] Calypso, en réparation
Portsmouth
16 juillet 1799

NOUS AVONS dû retourner à Portsmouth pour réparer des dommages importants subis au cours de notre dernier affrontement avec un convoi français. Deux petits navires transportant des marchandises (voir la liste) ont été envoyés sans nous attendre sous le commandement des lieutenants Watson et Barnes ; le lieutenant-commandant Drinkwater dirige la corvette Étienne que nous avons capturée, les deux autres navires marchands étant sous les commandements du lieutenant Marshall et du sous-lieutenant Archer. En raison de l'état de la Calypso, nous avons continué en convoi avec ces trois navires.

PAR UN beau et chaud matin du mois de juillet, la frégate *Calypso* entra péniblement au port, ayant perdu la moitié de son mât de misaine, la totalité du mât d'artimon, plus divers autres dommages qui devenaient plus apparents au fur et à mesure de son approche. Deux trous béaient dans la coque où, par chance, ils étaient situés bien au-dessus de la ligne de flottaison ; une partie de la dunette arrière était protégée par une bâche dont la forme suggérait que la cabine du capitaine n'était plus habitable ; des esquilles de bois brûlé autour d'une écoutille à canon indiquaient des dégâts plus importants à l'intérieur. En dépit de ses blessures, la *Calypso* tirait dans son sillage une corvette française capturée, bien moins endommagée qu'elle, à bord de laquelle officiait dorénavant un équipage de marins anglais.

Derrière l'*Étienne* suivaient les deux navires marchands plus petits que la corvette avait escortés, *Brigitte* et *Fifine*, chargés d'une cargaison

---

[1] *Her/His Majesty's Ship (UK)*

5

étrangement hétéroclite. Dans le premier, de la fine soie et du brandy ; dans le second, des armes légères qui allaient des pistolets aux canons portatifs. Cet appariement inattendu avait occasionné les habituelles plaisanteries concernant la nouvelle noblesse française, mais les deux cargaisons seraient revendues en Angleterre un bon prix. En y ajoutant la valeur des trois navires capturés, ainsi que les deux du même convoi arrivés au port en avant-garde, il était évident que le capitaine Smith avait encore enrichi son brillant palmarès.

De son poste à la barre de la *Brigitte*, le lieutenant William Marshall n'avait pas le temps d'évaluer le montant de sa part du butin, et encore moins ce qu'il en ferait. Il concentrait son attention à surveiller les vents, à maintenir une distance de sécurité vis-à-vis des autres navires et à veiller à ce que son maigre équipage reste vigilant. Quand il reçut enfin de Smith le signal de jeter l'ancre, il en hurla l'ordre avec un énorme soulagement. Depuis qu'il avait été promu lieutenant, des mois plus tôt, il attendait sa chance de commander une prise et d'être seul maître à bord d'un navire aux couleurs de l'Angleterre. Il était également heureux à la perspective de la récompense qui l'attendait, il pourrait ainsi s'acheter une nouvelle veste d'uniforme pour remplacer celle qu'il avait brûlé au cours du récent combat.

Une partie de son enthousiasme s'altéra parce que, comme durant tout le voyage, il avait la *Calypso* en ligne de mire. Si la frégate n'avait pas été aussi gravement endommagée, Marshall aurait eu l'impression d'être un garçonnet escorté par son frère aîné. C'était par prudence que le capitaine Smith avait préféré garder ensemble les plus importants navires du convoi. Il avait même envisagé un moment d'envoyer la totalité de son équipage sur les navires français au cas où la *Calypso* sombre avant d'arriver à bon port.

Marshall se tourna vers l'endroit où la *Fifine* venait de jeter l'ancre, sous les ordres de son ami et compagnon de bord, David Archer. Celui-ci leva les yeux et agita la main pour le saluer. La chance avait été généreuse envers eux. C'était le premier commandement de David depuis qu'il avait été promu sous-lieutenant. Avec un peu d'espoir, il serait en mesure de passer son examen de lieutenant pendant les semaines où la *Calypso* resterait à quai pour réparation. Une belle réussite en perspective ! Et de quoi organiser une célébration et un festin, sans lésiner sur la dépense !

Mais, comme toujours, le devoir passait avant le plaisir. Les dispositions à prendre pour remettre les prises à la Couronne occupèrent toute la matinée et l'essentiel de l'après-midi. Lorsque les deux amis furent enfin libres de retourner sur la *Calypso*, ils avaient vécu une expérience épuisante et beaucoup appris sur les procédures portuaires.

Malheureusement, pas de repos pour les braves ! À peine étaient-ils remontés à bord que le capitaine Smith les interpella du haut du pont. Il les dominait, comme il dominait presque tout le monde – son bicorne galonné d'or ajoutait vingt bons centimètres à une taille déjà impressionnante d'un mètre quatre-vingt-cinq.

Il retourna à ses deux lieutenants leurs saluts militaires hâtivement esquissés.

— Messieurs, déclara-t-il. Veuillez vous rendre présentables et me retrouver ici dans dix minutes. Vous m'accompagnerez au quai de réparation… et pour dîner.

— Oui, monsieur[2] !

Tout en se dépêchant de rejoindre sa cabine sur le pont inférieur, David Archer ne put s'empêcher de faire remarquer :

— Présentable ? Je pensais que nous l'étions déjà !

— Regardez-vous dans un miroir avant de le prétendre, répondit Marshall. Vous avez bien besoin d'un coup de peigne.

Puis il passa la main sur son menton. Sa barbe, aussi noire et fournie que celle d'un gitan, avait la particularité de repousser bien trop vite.

— Quant à moi, ajouta-t-il, il faut que je me rase. Je n'en ai pas eu le temps ce matin, le changement de vent nous ayant vraiment surpris.

— C'est pareil pour moi, mais ma barbe blonde ne se remarque pas autant que la vôtre. Je ferais cependant mieux d'y veiller. Je n'aurais certainement pas le courage de me présenter sans être rasé de frais pour dîner avec le capitaine Smith.

Ils firent rapidement leur toilette, comme à leur habitude, partageant un bassin d'eau et un nécessaire à raser dans la cabine d'Archer. Tous deux enfilèrent ensuite leur uniforme. Le capitaine – ou plutôt, pour lui donner ses titres au complet, le capitaine et baron Sir Paul Andrew Smith – ne permettait jamais à ses officiers d'oublier qu'ils portaient sur leurs épaules le plein poids de la dignité de l'Angleterre. Marshall appréciait cependant que Smith n'exige ni gomina dans les cheveux ni perruque poudrée, ce qui lui provoquait toujours d'horribles démangeaisons. Que ce

---

[2] 'Sir' est la formule de politesse d'un subalterne envers un supérieur dans la Royal Navy, 'mon capitaine' étant exclusivement français.

soit à bord ou à terre, tout le monde savait qui commandait la *Calypso*, mais le capitaine n'était pas du genre à imposer à ses hommes des contraintes dont il se dispensait. Or, il détestait les perruques. Marshall s'était toujours demandé si ce mépris venait des soins réclamés par cet accessoire mondain ou de la fierté qu'éprouvait le capitaine pour son abondante toison naturelle, d'un beau châtain bien qu'il ait dépassé la quarantaine.

— Suis-je assez décent pour me présenter en bonne compagnie ? s'enquit David.

Ôtant son chapeau, il salua, jambe tendue. Comme d'habitude, il était de loin le plus distingué des deux, ses cheveux blonds que le soleil avait éclaircis formant un élégant contraste avec le bleu marine de son uniforme.

— Oui, même si nous nous ne dînons qu'avec le responsable des quais. Qu'en est-il de moi ?

— Vous ferez l'affaire. Essentiellement grâce au talent de votre tailleur, je présume.

— Mon tailleur ! Davy, je dois vous dire…

Archer se mit à rire et le propulsa dans la coursive.

— Le capitaine nous attend. Votre tailleur patientera, vous savez. Nous ne sommes pas censés quitter le port avant une semaine au moins.

Ils se hâtèrent, avec toute la dignité qu'ils avaient à exhiber, de remonter sur le pont supérieur, puis firent leurs adieux au lieutenant-commandant Drinkwater, à qui le commandement de la *Calypso* avait été confié pour la soirée, puisque son capitaine en titre se rendait à terre. La navette du bord les emmena jusqu'à la sortie du port. À partir de là, le trio s'aventura dans les rues pavées de Portsmouth.

Après avoir examiné la rue animée qui s'ouvrait devant eux, le capitaine Smith consulta sa montre.

— Messieurs, bien des heures se sont écoulées depuis le petit déjeuner. Je pense que, tout comme moi, vous avez négligé dans la précipitation générale de vous sustenter à midi.

Personne n'avait jamais considéré Sir Paul comme un capitaine clément, pourtant, il n'était pas non plus impitoyable.

— C'est exact, monsieur, reconnut Marshall.

— Dans ce cas, allons d'abord dîner. Ce sera votre premier repas à terre depuis que vous avez été promu officier, n'est-ce pas ?

Marshall acquiesça.

— Dans ce cas, enchaîna Smith, il est grand temps que vous vous exerciez. La société des officiers gentlemen ne ressemble en rien au mess des aspirants. C'est un niveau supérieur.

L'auberge dans laquelle il les conduisit était également d'un niveau supérieur à la bourse d'un aspirant. Marshall eut le soupçon que le capitaine se souvenait de sa jeunesse, suffisamment en tout cas pour savoir quel rare plaisir un bon dîner représentait pour des hommes ayant dû se contenter pendant les quatre derniers mois de bœuf salé, de biscuits de mer et de lard fumé. Ce soir, ils auraient des légumes frais et des viandes fines dans un établissement bien plus cossu que ceux qu'ils auraient choisis, livrés à eux-mêmes. La soupe était goûteuse, la tourte à la viande moelleuse, le pain sortait du four et le beurre fondait sur ses belles tranches dorées, les poules au pot avaient été cuites à la sauge et farcies d'oignons, de fromage frais et de pommes reinettes bien mûres… Après ce festin pantagruélique, Marshall baignait dans une béatitude postprandiale lorsqu'il se renfonça dans son fauteuil pour admirer les reflets rubis du porto dans son verre. Il était encore assez lucide pour prêter attention au rapport détaillé du capitaine concernant les réparations que nécessitait l'état de leur pauvre navire malmené. Marshall avait vécu de près certains de ces dégâts : la dernière salve française avait tué deux de ses canonniers en arrachant, par tribord, les bat-flancs de la *Calypso*.

Alors que le trio quittait l'auberge, Smith reprit la parole :

— À présent, messieurs, je crois que nous avons suffisamment repris des forces et qu'il est temps pour nous d'affronter le maître du quai chargé des réparations. C'est lui qui détient entre ses mains la vie de votre navire. Il est de son devoir d'y veiller, certes, mais le processus devient particulièrement lent et délicat quand cet homme prend un capitaine en aversion. Aussi, loin de l'attaquer de front, nous allons le conforter dans l'importance de son rôle pour la marine de Sa Majesté, peut-être en lui versant une partie de votre récompense en dessous de table. Voilà un investissement susceptible de s'avérer très rentable. En vérité, nous lui apportons une tâche importante et très compliquée. Toute la structure intérieure de cette pauvre *Calypso* a été…

— Capitaine ! Capitaine Smith, monsieur !

L'homme qui courait derrière eux portait l'uniforme de lieutenant. Il s'arrêta net, salua diligemment, puis déclara :

— Avec les compliments de l'amiral Roberts, monsieur. Il aimerait vous voir dès que possible.

— Mais j'avais prévu de me rendre chez lui après avoir vérifié l'état de mon bateau, répondit Smith, les sourcils froncés. Ne pouvait-il attendre ?

Le visage rougeaud du lieutenant se crispa d'inquiétude.

— Il m'a indiqué que c'était urgent, monsieur, je vous en prie. Il vous a envoyé une voiture.

— Ah, très bien.

Smith se tourna vers Marshall et Archer en disant :

— Eh bien, venez, messieurs. J'espère que ce ne sera pas long, lieutenant.

— Je n'en ai aucune idée, monsieur.

Suivant leur guide, les trois hommes rejoignirent la voiture qui les attendait. En vérité, l'affaire devait être d'importance, car les bureaux de l'administration portuaire ne se trouvaient qu'à vingt minutes à pied.

Se hissant à l'intérieur, Marshall prit place à côté d'Archer. Il était enchanté de cette expédition. Il n'était monté en voiture qu'en de rares occasions. La première, c'était lors du long et épuisant voyage qui, six ans plus tôt, l'avait mené, de son petit village natal, dans le Worcester, jusqu'à Spithead. Il n'avait alors que quinze ans, même pas encore l'âge de se raser, et il venait d'être accepté comme aspirant dans la Royal Navy. Et le voilà devenu lieutenant ! William Marshall, officier et gentleman ! Le lendemain, 17 juillet, il fêterait ses vingt et un ans. Il avait connu les batailles en mer, survécu à des blessures sans importance et même abordé les côtes italiennes. Il avait beau naviguer depuis son adolescence, il gardait l'impression de vivre un roman d'aventures. Quand il évoquait son enfance à la cure de son père, toutes ces années paisibles et monotones lui semblaient être un rêve brumeux, à moitié oublié.

Bien entendu, il se demandait aussi ce que leur voulait l'amiral du port. Il n'envisageait certainement pas d'envoyer la *Calypso* en mission : la frégate, bien trop abîmée, sombrerait à la première tempête, même modérée. Sans doute Roberts tenait-il simplement à entendre le rapport du capitaine Smith et n'avait-il pas eu envie d'attendre la fin des discussions concernant les réparations.

La voix irritée de Smith le tira brusquement de ses réflexions.

— Que diable fait-il ? Il part dans le mauvais sens. Cocher !

En jetant un coup d'œil par sa fenêtre, Marshall vit que la voiture, en effet, venait de tourner dans une ruelle. À ce moment-là, des volets en bois furent claqués de chaque côté, enfermant le trio dans une obscurité

10

presque totale. Les chevaux prirent de la vitesse. Marshall tenta de pousser le panneau qui bloquait sa fenêtre, mais en vain. Le bois était solide. De son côté, Archer cherchait également à ouvrir.

— La voiture va verser si le cocher continue à aller aussi vite, remarqua-t-il. Les panneaux ne bougent pas, on dirait qu'ils sont bloqués par une barre d'acier.

— Attaquez-vous aux charnières ! aboya Smith.

Il y eut un crissement de métal lorsqu'il sortit son épée. Marshall fit la même chose et chacun glissa sa lame à travers une fente étroite qui existait en haut des lattes en bois, pour faire levier contre le panneau. Les charnières grincèrent pour protester contre la pression, les clous sautèrent, pourtant les volets tinrent bon.

— Ils sont cloués au châssis de la voiture, remarqua Archer. Ce ne sont pas de simples écrans pour protéger du mauvais temps.

Le cocher prit alors un autre virage brusque, projetant sur la droite les trois hommes dans l'habitacle. L'épée de Marshall accrocha un obstacle. Il vérifia du bout des doigts et réalisa avoir arraché une partie du cuir qui recouvrait le siège de la voiture.

— Déposez vos épées sur le sol, en les gardant à portée de main, ordonna le capitaine. Vérifions s'il nous est possible de faire sauter la porte à coups de pied.

Ils auraient pu réussir, avec davantage de temps. La porte commençait à céder sous leurs coups, mais avant qu'ils puissent l'arracher à son cadre, la voiture tourna encore, puis ralentit en pénétrant dans un bâtiment. Une fois les chevaux arrêtés, la porte s'ouvrit et bascula de guingois, retenue par une seule charnière. Au-delà, les trois hommes ne voyaient qu'une écurie avec une rangée de stalles vides.

— Sortez ! ordonna une voix invisible. Vous êtes cernés. Sortez vite et ne tentez pas de résister.

— S'ils se sont placés de chaque côté, chuchota Smith, ils ne pourront pas tirer pour ne pas s'entretuer. Je vais passer sur la droite. Suivez-moi comme bon vous semblera.

Il sauta de la voiture et disparut rapidement, Marshall et Archer se ruant sur ses talons. Une silhouette débraillée, le visage caché sous un masque crasseux, brandit un bâton et courut après lui. Smith frappa son poursuivant au bras. L'homme lâcha son arme pour s'agripper à son poignet ensanglanté. Malheureusement, les bandits n'étaient pas des novices à ce petit jeu : alors que le capitaine se retournait pour affronter une autre massue déjà brandie, un autre agresseur, également masqué, apparut derrière lui et le frappa au crâne d'un coup de pelle.

Quant à Marshall, dos à dos avec Archer, il était encerclé par des bandits masqués, tous armés d'un solide bâton. Il vit Smith s'écrouler et se précipita en avant, tentant de briser le cercle de ses assaillants, mais son épée lui fut arrachée des mains. Archer ne fut pas plus chanceux.

— Abandonnez, *boyos* (gamins), conseilla un de leurs ennemis. Nous avons l'ordre de vous capturer vivants, mais les accidents sont fréquents au cours d'un combat.

Il sortit un coutelas, long et d'aspect létal, dont il fit miroiter la lame à la lumière de la lanterne avant de l'approcher de la gorge de Smith.

— Vous ne voudriez pas perdre accidentellement votre capitaine, n'est-ce pas ?

Marshall s'immobilisa, tout pantelant. Il consulta du regard Archer, qui semblait tout aussi frustré que lui. Mais quelle alternative avaient-ils ? Puisque ces hommes n'avaient pas l'intention de les tuer de prime abord, il leur restait une chance de s'échapper plus tard.

— Et où comptez-vous nous emmener 'vivants' ? En France ?

Il ne s'attendait absolument pas à l'hilarité que souleva sa question. Il n'eut pas l'occasion de réclamer des explications, car Davy s'écroula à ses pieds. Une seconde plus tard, il fut à son tour assommé par derrière.

II

MARSHALL SENTIT un balancement avant même de reprendre connaissance. Il ne s'agissait pas du mouvement d'un navire et il ne percevait pas l'odeur de la mer. Malgré sa migraine lancinante, il entrouvrit les yeux et constata qu'il était couché sur le dos, avec un panneau de bois juste au-dessus de lui – bien trop près : à trente centimètres à peine. La lumière atténuée qui passait à travers les fentes des planches, aussi bien derrière sa tête que sur le côté, annonçait la fin d'après-midi. Des grains de poussière y flottaient. Il n'était pas sur un bateau, plutôt dans une sorte de chariot alors ?

Il tourna la tête à droite et vit le capitaine Smith, apparemment inconscient. Archer, les yeux fermés, gisait à sa gauche. Marshall roula sur le côté et voulut secouer le capitaine. Quand une chaîne l'empêcha de bouger le bras, il retrouva bel et bien ses esprits.

Un faible mouvement s'esquissa derrière lui.

— Will ?

Il se retourna vers Archer

— Davy. Est-ce que tout va bien ?

— J'ai repris connaissance, grinça Archer, mais pour le moment, je préfère ne pas ouvrir les yeux. Tant que je ne regarde pas, rien n'est encore réel.

Un jour, Archer s'était retrouvé coincé entre les panneaux de la coque de la *Calypso* après une violente bataille en mer. Il avait fallu des heures pour le libérer d'un trou à peu près à la taille d'un cercueil, et une demi-heure de plus pour le ranimer. Il avait bien failli mourir asphyxié. Depuis lors, il avait la phobie des espaces clos.

— Cela vous rappelle ce malheureux incident lorsque vous avez été coincé dans l'entrepont, n'est-ce pas ? Je pense n'avoir jamais vraiment compris ce qu'était la claustrophobie avant aujourd'hui.

— Morbleu, cela ne me le rappelle que trop ! répliqua Archer d'une voix étranglée. Will, je ne sais pas combien de temps je vais pouvoir tenir…

Marshall s'étira et réussit à atteindre sa main. Elle était glacée, mais sa poigne était d'acier.

— Tenez bon, Davy. Ils n'ont certainement pas l'intention d'aller très loin. Respirez profondément.

— Pourquoi ?

Marshall eut un sourire triste.

— Je n'en ai aucune idée. Mais mon père avait l'habitude de donner ce conseil à ses paroissiens quand ils avaient des ennuis. D'après lui, le Seigneur a ainsi insufflé la vie à Adam et nous n'avons que trop tendance à ignorer ce don. Respirer, d'après mon père, est une forme d'apaisement. Et c'est efficace, je le reconnais, du moins quand je pense à le faire.

— Le plus difficile est toujours de se souvenir de ce qu'il faut faire, n'est-ce pas ?

Marshall l'entendit respirer profondément, plusieurs fois, à titre expérimental.

— Je pense que votre père avait raison, reprit Archer. Au moins, cela m'occupe l'esprit.

Sa voix paraissait un peu plus calme à présent, sa main plus détendue.

— Vous devriez essayer de dormir, Davy, conseilla Marshall. Je vais monter la garde jusqu'à ce que le capitaine se réveille.

— Est-il blessé ?

— Je ne sais pas, je ne peux pas l'atteindre. Capitaine ? Capitaine Smith ?

Smith remua la tête et émit un son entre gémissement et grognement.

— M. Marshall. M. Archer, êtes-vous là ?

— Oui, monsieur.

— Depuis combien de temps sommes-nous dans cette fichue boîte, M. Marshall ?

— Je n'en sais trop rien, monsieur. Nous avons tous été assommés avant d'être faits prisonniers. La lumière a changé depuis que j'ai repris connaissance, il y a une quinzaine de minutes environ. Je pense que le soleil ne va pas tarder à se coucher.

— Mmm.

— Je leur ai demandé s'ils étaient français, monsieur. Ils ont paru trouver ma question très divertissante.

— C'est bon à savoir.

14

Marshall vit son capitaine faire, comme lui-même précédemment, une rapide reconnaissance de son environnement.

— Au moins une heure, peut-être plus, conclut-il. Nous avons été attaqués deux heures avant le coucher du soleil.

— Oui, monsieur. Il fait beaucoup plus sombre.

Il parlait encore lorsque les dernières lueurs du jour disparurent. Marshall eut une idée macabre : il savait à présent ce qu'on éprouvait en étant enterré vivant. Pourtant, l'air ne manquait pas, il avait vu la lumière à travers les fissures du bois, mais l'obscurité était oppressante. La main d'Archer s'était à nouveau contractée sur la sienne.

Smith réfléchissait à haute voix.

— Apparemment, il y a peu de circulation. Nous pourrions essayer de crier pour attirer l'attention si quelqu'un approchait, mais je présume que nous aurions été bâillonnés si nos ravisseurs s'inquiétaient que nous soyons entendus.

Il fit cliqueter ses chaînes.

— Cela me semble solide, remarqua-t-il. Et vous, M. Archer, avez-vous plus de liberté avec vos liens ?

— Aucune, monsieur.

— Morbleu. Eh bien, messieurs, je considère cette mésaventure comme un exercice formateur. Il semble que nous avons tous à améliorer notre vigilance. Je sais que nous courons le risque d'être entendus, mais je vais pourtant vous donner mes ordres. Si vous voyez une chance de vous évader, n'hésitez pas. Faites-le. Je fais confiance à votre bon sens. Ne courez pas de risques inutiles. Je crois avoir compris la situation.

Surpris, Marshall cligna des yeux.

— Monsieur ?

— J'ai reçu récemment, comme tous les hauts gradés, une dépêche qui m'avertissait d'une vague d'enlèvements commis par une bande d'hommes masqués. Ils réclament des rançons. J'ai veillé à ce que ma famille soit discrètement protégée, mais il ne m'est jamais venu à l'esprit que ces brigands auraient l'inconscience d'enlever plusieurs officiers de la Royal Navy. Ils découvriront vite avoir commis une grave erreur.

— Oui, monsieur.

Effectivement, une telle audace paraissait stupide. Pourtant, ils étaient tous les trois prisonniers et le processus de leur détention était des plus efficaces.

Smith se racla la gorge.

— M. Archer, votre père, le comte, ne sera pas content d'apprendre que vous êtes dans un si mauvais pas.

— Non, monsieur, mais je pense qu'il paiera néanmoins ma rançon, répliqua David, avec sarcasme. Ils ne peuvent réclamer très cher pour un troisième fils, je présume.

— N'évaluez pas votre valeur en fonction de votre rang de naissance, M. Archer. Quant à vous, M. Marshall, ajouta-t-il en baissant la voix, vous serez jusqu'à nouvel ordre le fils de ma défunte cousine, mariée au révérend Marshall.

— Monsieur ?

— D'après ce que je sais, si ce gang reçoit la rançon exigée, les prisonniers sont rendus vivants à leurs familles, parfois plusieurs semaines plus tard. Ils sont déposés à terre à des kilomètres de l'endroit où ils ont été enlevés. Ils ignorent où ils ont été retenus captifs, à part qu'ils se trouvaient sur un bateau. Malheureusement, si la cible visée n'a pas les moyens de racheter sa liberté, elle est retrouvée morte, ou disparaît à jamais. Vous aurez davantage d'importance aux yeux de nos ravisseurs avec de hautes relations familiales. Bien entendu, dans le cas où nous ne parviendrions pas à nous évader, je veillerai à payer vos deux rançons.

Très touché, Marshall déglutit.

— Monsieur, je… je ne pourrai jamais vous rembourser.

— Je serais grièvement insulté si vous tentiez de le faire, lieutenant, grommela Smith. Si mon rang vous a mis en danger, ma responsabilité est de vous faire sortir sain et sauf de cette mésaventure.

— Oui, monsieur.

— Bien. Pour le moment, autant nous reposer et monter la garde, car il semble que nous n'ayons pas d'alternative. Je prends le premier quart, je vous réveillerai ensuite, M. Marshall, et vous secouerez M. Archer, quand ce sera son tour. Nous prendrons des quarts de deux heures, à estimer de votre mieux.

— Oui, monsieur. Merci, monsieur.

Marshall s'étendit, aussi confortablement que possible sur le parquet de bois brut. Il écouta Archer contrôler sa respiration et attendit pour s'endormir que celui-ci lui lâche la main. Il n'espérait pas vraiment se détendre, mais entre sa longue journée, sa migraine persistante et le balancement monotone du chariot, la fatigue l'emporta sur son activité mentale et lui permit de somnoler.

Il se réveilla en sursaut en entendant Smith hurler à son oreille. Il n'eut pas le temps de capter les mots exacts de son capitaine. Une trappe s'ouvrit au-dessus d'eux et une lame menaçante fut pressée contre sa gorge. Il déglutit et resta totalement immobile.

— Vous avez intérêt à vous taire, murmura une voix, sinon je vous tranche la gorge, en commençant par le plus jeune. C'est bien compris ?

— Absolument, répondit Smith.

Le panneau se referma avec un claquement sec, les aspergeant tous les trois de poussière.

— J'ai entendu un cavalier approcher, expliqua le capitaine. Un de leurs complices, je le crains.

— Dois-je à présent prendre mon tour de garde, monsieur ? s'enquit Marshall.

— C'est inutile, M. Marshall. Je n'ai aucunement envie de dormir. Notre voyage dure depuis un certain temps déjà, à allure régulière. Nous avons pu parcourir vingt-cinq ou trente kilomètres, mais j'ignore si nous longeons la côte vers le nord ou vers le sud. S'ils envisagent de nous faire monter à bord d'un navire, les plages discrètes permettant un débarquement clandestin ne manquent pas.

— Pensez-vous qu'ils soient de mèche avec les contrebandiers, monsieur ? demanda Marshall.

— Oui, c'est probable. Ce chariot a de toute évidence été conçu pour transporter de la contrebande, qu'il s'agisse de marchandises ou de prisonniers.

— Oui, monsieur, c'est exact.

— M. Archer ?

— Monsieur ?

— Il semble que nous soyons autorisés à converser jusqu'à notre arrivée à destination. J'ai donc l'intention de vous faire réviser les questions susceptibles de vous être posées à votre examen au grade de lieutenant.

Il s'adressa à Marshall :

— M. Marshall, si vous voulez exercer vos connaissances, n'hésitez pas, mais je vous prie de ne pas exprimer vos réponses à voix haute.

Puis le capitaine revint au jeune sous-lieutenant :

— M. Archer, une voile est en vue. Que feriez-vous en premier lieu pour tenter de déterminer si ce navire est ami ou ennemi ?

— Par 'ennemi', vous voulez dire français, monsieur ?

17

— Effectivement.

— Dans ce cas, le premier signe révélateur d'un bâtiment français serait d'avoir trois mâts de même hauteur. Je vérifierais également si la voile n'est pas excessivement propre, vu que leurs navires passent l'essentiel de leur temps au port. Dans tous les cas, je me préparerais à considérer qu'il s'agit d'un ennemi, puisque les Français usent des navires anglais capturés en mer comme nous le faisons également avec les leurs.

— Très bien. Quels sont les points positifs et négatifs du bateau sur lequel vous naviguez actuellement ? Comment utiliseriez-vous ses points forts pour compenser ses faiblesses ?

Tandis que l'examen se poursuivait, Marshall commença à se demander si Smith n'avait pas feint un peu plus tôt d'être inconscient. Le capitaine semblait comprendre qu'Archer avait besoin d'une distraction. Concentrer l'attention d'Archer sur son prochain examen s'avérait une stratégie efficace : non seulement il avait la chance de se préparer – aussi difficiles que puissent être les conditions de l'épreuve, la situation ne serait jamais pire qu'actuellement – mais il recevait également un message sous-jacent d'espoir, l'assurance tacite que le capitaine ne perdrait ni son temps ni celui d'Archer s'il n'était pas certain que le jeune homme survivrait et passerait son examen.

D'un autre côté, pensa Marshall avec consternation, le capitaine était très capable d'agir ainsi pour renforcer le moral de ses lieutenants. Il était préférable d'agir, sous quelque forme que ce soit, que de rester immobile, impuissant et inquiet. La distraction fonctionnait également pour Marshall, permettant à son esprit de s'envoler ailleurs, même si son corps restait confiné. Et il fut ravi de découvrir qu'Archer était éminemment prêt à passer son examen – en tout cas, à son humble avis. Les questions de Smith variaient du ridiculement simple – par exemple, la définition d'une drisse – au très complexe.

Une question lui parut tout à coup familière :

— Vous avancez par bâbord, face à un fort vent de nord-est, avec Douvres à trois lieues au nord. Le vent vire brusquement et vous prend au dépourvu.

C'était à cause de cette question que Marshall avait échoué à son premier examen – il n'était devenu lieutenant qu'au deuxième essai. Apparemment, Davy avait aussi de la difficulté à répondre, puisqu'il ne répondait pas du tac au tac.

— Voilà que vous avez démâté, M. Archer, continuait Smith, avec des falaises de Douvres sous le vent. Qu'allez-vous faire ?

Naufrage, pensa Marshall. Il devait pourtant y avoir une réponse ! Bien qu'il ait eu quelques idées, il avait toujours été trop gêné pour aborder le sujet, surtout avec son capitaine ou M. Drinkwater, qui savaient peut-être ce que cherchaient les examinateurs. Grâce au ciel, il avait su répondre aux questions de son deuxième examen, sinon il serait encore dans le dortoir des aspirants.

— M. Archer ?

— Puis-je demander une précision, monsieur ? s'enquit Davy d'un ton hésitant.

— Le jour de votre examen, ce serait mal avisé. N'avez-vous pas compris la question ?

— Si, monsieur, la question est assez claire. Mais pourquoi mener un navire aussi près de Douvres ? Le vent est dangereux par là-bas, avec la façon dont les falaises plongent...

Exactement. Marshall avait eu cette remarque sur la langue le jour de son examen. Quel imbécile risquerait son navire en se fiant au vent sur cette côte rocheuse et abrupte, un des endroits les plus dangereux qui soient ?

— C'est exact, M. Archer. Vous ne commettriez pas une telle erreur, mais supposons que votre commandant ait pris une mauvaise décision et qu'il ait été assommé lorsque les mâts sont tombés. Vous n'avez pas mis votre bateau dans cette position dangereuse, mais vous êtes désormais l'officier supérieur responsable du navire et de l'équipage. Vous devez les sauver. Quels sont vos ordres, monsieur ?

— Je... je virerais à tribord en maintenant la voilure, j'ajouterais une voile de plus, si j'en avais le temps, et je filerais autant que possible sous le vent, pour m'éloigner des falaises.

Bravo, Davy ! Le félicita Marshall en son for intérieur. Cela pourrait marcher...

— Et si le vent tournait encore et vous rabattait vers la côte ?

Davy fit une pause, le temps d'inspirer profondément.

— Je plongerais une ancre, monsieur, et même deux si possible...

— Vous avez perdu une de vos ancres quand un Français a tenté de vous couper la route pendant le quart de nuit. Vous n'avez pas eu le temps de la remplacer. La seconde ancre se bloque à mi-course et réduit votre

19

manœuvrabilité, mais pas suffisamment pour ralentir votre dérive vers les falaises. Que faites-vous à présent ?

N'y avait-il aucune réponse à cette fichue question ? Marshall était aussi frustré qu'Archer.

Après un moment, ce dernier répondit :

— Je suis désolé, monsieur, mais… j'enverrais une annexe à terre avec un rouleau de cordages, j'établirais une aussière et je donnerais l'ordre de préparer à abandonner le navire. Je réalise bien que ma réponse n'est pas satisfaisante, mais je ne vois pas…

— Non, M. Archer, répondit Smith. Vous avez raison.

— Monsieur ?

— Nous détestons tous devoir l'admettre, dit le capitaine, mais il existe des circonstances où un capitaine n'a pas le choix. Parfois, il faut se décider au pire. Parce que le destin est sans pitié.

Ses mots résonnèrent dans l'obscurité et y laissèrent un écho.

— Voyez-vous, reprit-il, c'est la façon dont nous nous comportons dans de telles conditions qui marque la différence entre une ignominieuse défaite et une victoire finale. Ce cas a bel et bien existé, il y a maintenant plusieurs années que la question revient régulièrement durant les examens. Son but est de rappeler à nos jeunes officiers trop confiants qu'ils restent soumis à leur limitation humaine.

Le capitaine se tourna vers Marshall pour conclure :

— En vérité, M. Marshall, votre difficulté à répondre à ce petit problème n'a pas été retenue contre vous, après tout.

— Il ne m'est jamais venu à l'idée qu'il pouvait ne pas exister de réponse, monsieur, reconnut Marshall. Mes félicitations, M. Archer.

Smith se racla la gorge.

— Voyons maintenant une question qui a une réponse. Vous venez d'échouer sur un banc de boue à l'embouchure d'un port occupé par des forces ennemies. Quelle est la méthode préconisée pour libérer votre vaisseau et comment comptez-vous le défendre durant le processus ?

Les questions continuèrent pendant une heure ou deux, jusqu'à ce que la voix profonde du capitaine se fatigue.

— Une dernière question, messieurs, et gardez-la bien en tête jusqu'à notre libération : vous avez été enlevés par des inconnus, dans le but présumé de vous extorquer une rançon. Comment comptez-vous vous libérer, ainsi que vos compagnons de bord, dans les meilleures conditions possible, en particulier en capturant vos ravisseurs ?

Entrée complémentaire, HMS Calypso, *en réparation, Portsmouth.*
Lieutenant-commandant Anthony Drinkwater, capitaine remplaçant.
17 juillet 1799

À 16 heures, le capitaine Smith, le lieutenant Marshall, et le sous-
lieutenant Archer ont quitté le navire pour aller à terre et vérifier, avec le
charpentier du port, le temps que prendraient les réparations de la
Calypso. *Ils devaient remonter à bord à 20 heures, mais je n'ai depuis*
reçu aucune nouvelle du capitaine. C'est très inhabituel. En vérité, c'est
bien la première fois à ma souvenance que le capitaine Smith manque de
ponctualité. J'ai donc envoyé le quartier-maître Korthals s'enquérir de ce
qui se passait. Il m'a fait son rapport à 21 h 15, à savoir que le capitaine
ne s'était jamais présenté à son rendez-vous avec le charpentier. J'ai
renvoyé M. Korthals à terre, accompagné de trois membres de notre
équipage (Barrow, O'Reilly et Klingler), en les chargeant d'enquêter sur
le sort de nos officiers.

Marshal prit le premier tour de guet. Il laissa les autres dormir bien
après l'heure du changement de quart, ce dont il profita pour réfléchir à ce
qui venait de leur arriver, à leur capture. Sans doute aurait-il pu faire
quelque chose. Mais quoi ? S'il le déterminait, peut-être aurait-il une
meilleure idée de ce qu'il lui faudrait faire ensuite. Il finit par décider que
seul un pistolet aurait pu le sortir d'affaire, même s'il n'en portait pas
d'ordinaire avec son uniforme. À présent, il était trop tard.

Il commençait à se demander s'il n'était pas resté trop longtemps
confiné. Il sentait à nouveau la mer. Pourquoi, alors qu'il ne l'avait pas
remarqué jusque-là ? Leurs ravisseurs s'étaient-ils d'abord rendus à terre
pour éviter les soupçons ?

Marshall se demandait encore s'il devait réveiller Smith lorsque son
dilemme fut résolu.

Le bruit du roulement des roues se modifia, car la voiture retrouvait
une route pavée, et le changement de rythme éveilla la capitaine.

— Tout est calme, M. Marshall ?

— Jusqu'à présent, monsieur.

Smith huma l'air.

— Et nous sommes de retour sur la côte. Ça ne devrait pas tarder à présent. Eh bien, M. Marshall, voyez-vous une solution à notre problème ?

— Je n'ai que des regrets, monsieur. Nous aurions bien eu besoin d'un pistolet.

— Nous en porterons à l'avenir. Morbleu ! Je ne peux comprendre qu'un bandit soit assez stupide pour enlever des officiers de la Royal Navy sans penser aux représailles ! Ces inconscients ne réalisent-ils pas que l'Angleterre est une île ? C'est à nous qu'ils doivent d'être protégés !

Marshall fut surpris d'une telle véhémence. Le capitaine évoquait presque l'Angleterre comme une femme de chair et de sang. D'un autre côté, la forte personnalité de Smith et sa farouche volonté étaient ce qui unissait son équipage en une formation de combat animée d'une seule âme.

— Je présume que non, monsieur. Et même si c'est le cas, ils n'en tiennent pas compte.

— Effectivement. Vous devriez prendre du repos, M. Marshall.

Cette fois-ci, cependant, le sommeil ne vint pas. Après avoir longuement parcouru les routes cahoteuses, les bruits extérieurs changèrent. La voiture s'arrêta, les harnais tintèrent, les chevaux tapèrent du pied. Puis le voyage reprit jusqu'à un nouvel arrêt. La trappe s'ouvrit et révéla le toit d'une autre grange, faiblement éclairée par deux lanternes.

Quelqu'un brandit une lumière au-dessus des prisonniers.

— Fin du trajet, *boyos*, déclara le porte-parole de l'homme masqué qui les avait capturés. Descendez un par un. Soyez sages et vous retournerez bientôt sains et saufs à votre vaisseau.

Il posa son couteau contre la gorge de Marshall avant d'indiquer :

— Vous passez le premier, capitaine.

Deux autres bandits s'occupaient de Smith lorsqu'Archer demanda à mi-voix :

— Où sommes-nous ?

— Je ne sais pas, répondit Marshall d'un ton prudent, espérant que l'homme au couteau ne serait pas trop pressé de le manier. Nous avons atteint la prochaine étape de notre petit voyage, apparemment.

— C'est exact, déclara son ravisseur. Encore un petit effort et vous serez à nouveau embarqués. À vous, maintenant.

Il braqua son couteau sur Archer pendant que Marshall était libéré de ses fers. Ce dernier étira son dos douloureux, le cœur serré. Ils étaient cernés par au moins huit ennemis, la plupart armés de gourdins. Le capitaine Smith, mains attachées dans le dos, fut introduit dans un baril, du même genre que ceux qu'ils utilisaient à bord pour stocker la nourriture.

— Maintenant, n'ayez pas dans l'idée que ça arrive chaque fois, déclara le bandit bavard. Je me suis juste dit que des barils de biscuits conviendraient bien à des marins, mais nous utilisons un moyen différent pour chacun de nos prisonniers. Rentrez là-dedans.

— Des barils ? répéta Archer.

— Parfaitement. Il y a des trous qui font passer l'air, vous ne vous asphyxierez pas. Pourtant, n'oubliez pas que s'il y a du bruit dans le baril, nous le jetterons par-dessus bord.

Smith, poussé vers le tonneau, jeta à Marshall un tel regard que celui-ci faillit en plaindre les pirates. Peu après, l'œil mauvais du capitaine disparut quand le couvercle se referma. Marshall se sentit soudain très inquiet. Comment Davy allait-il supporter ce confinement ? Pourrait-il garder son calme ? Il le faudrait bien. Il n'y avait aucune chance que les bandits tiennent compte de sa phobie, même si Marshall tentait de la leur expliquer. De plus, il ne pouvait humilier son ami de cette façon.

Il descendit de la voiture sous le regard attentif de ses ravisseurs, puis se laissa lier les mains et enfermer dans un baril. Celui où se trouvait Smith était déjà hissé sur un chariot qui en contenait plusieurs autres, tous identiques, et sans doute remplis de biscuits parfaitement ordinaires.

— Ne mets pas le couvercle avant que nous ayons saucissonné le dernier.

Ils arrachèrent Archer à son réduit. Le jeune homme regarda autour de lui, aperçut le dernier tonneau encore vide et croisa les yeux de Marshall. Ce dernier, constatant sa panique, s'efforça de parler d'un ton léger :

— Eh bien, Davy, quelle histoire nous aurons à raconter un jour à nos petits-enfants, n'est-ce pas ?

Archer déglutit, puis réussit à esquisser un sourire contraint tandis que les bandits le ligotaient.

— La p-prochaine fois, ils nous feront sans doute passer par le trou d'une serrure.

La plaisanterie aurait été plus convaincante si sa voix n'avait pas tremblé. Une main saisit Marshall par l'épaule.

— Entrez là-dedans.

Il résista le temps de dire :

— Pensez aux falaises de Douvres, Davy. Respirez bien régulièrement.

Puis la main le força à l'intérieur et le couvercle retomba sur sa tête, le plongeant dans le noir. Il entendit des coups de marteau et ferma les yeux. Davy avait raison : cela rendait les choses un peu plus faciles. Pourtant, il garda l'oreille aux aguets tandis que sa petite prison se balançait et avançait jusqu'à être déposée sur le chariot. Puis il y eut un choc contre son tonneau. Archer, probablement. Dès que le reste de la cargaison fut chargé, le chariot se mit en route, cahin-caha.

Respire, espèce d'idiot. Il fit l'effort de décontracter ses muscles et tenta de suivre le conseil qu'il avait donné à Archer. Il aurait voulu marteler le couvercle de ses poings et exiger qu'on le laisse sortir à l'air libre. Il n'osa pas. Il était probable qu'il se ferait tuer. Et même si ce n'était pas le cas, il risquait de souhaiter être mort. Et si lui était dans un tel état, comment diable Davy s'en sortait-il ?

Marshall laissa retomber sa tête contre les parois de bois. S'il était de guet, en haut du mât de hune, à savourer la solitude à la fraîche, son perchoir ne serait guère plus grand. Il évoqua une nuit nuageuse, sans lune, tout aussi sombre… mais il y aurait le souffle du vent et *la Calypso*, même à l'ancre, se balancerait. Les quatre heures de sa garde, du milieu de la nuit jusqu'à l'aube, passeraient comme l'éclair. Et ici, il n'était pas seul, pas vraiment. Archer se trouvait juste à côté de lui et le capitaine Smith un peu plus loin.

Les images familières l'ayant un peu détendu, Marshall aurait voulu pouvoir partager avec Davy ce moyen de détente. Du coup, il recommença à s'inquiéter. *Non.* Davy s'en sortirait. Il était plus solide qu'il le pensait. Il traverserait cette épreuve sans dommages. Tous trois le feraient.

Et ils trouveraient également la réponse à la dernière question du capitaine. Marshall ne savait pas encore comment, mais quand ils seraient enfin devant leur mystérieux ennemi – qu'il haïssait déjà – ils trouveraient le moyen de le contrer.

Entrée complémentaire, HMS Calypso, *en réparation, Portsmouth.*
Lieutenant-commandant Anthony Drinkwater, capitaine remplaçant.
17 juillet 1799

Notre groupe de recherche est revenu. Le capitaine Smith et ses deux compagnons ont dîné à l'Ancre, dont ils sont repartis vers 18 h 30. Peu après, ils ont été vus monter dans une calèche en compagnie d'un lieutenant du port, que nous avons été incapables de localiser ou d'identifier. Les trois éclaireurs ont demandé l'autorisation de retourner à terre pour enquêter, ce que je leur ai accordé, car ce sont des marins-artilleurs venant des équipages commandés par M. Marshall et M. Archer. Tous ont démontré une grande loyauté vis-à-vis de ces jeunes et remarquables officiers. Je crois qu'il n'y a aucun risque de désertion. En outre, ils auront accès à une population qui serait fermée à la plupart des officiers. Nous espérons tous le prochain retour de nos hommes, sains et saufs, mais j'ai déjà prévenu les autorités portuaires de leur disparition. De ce fait, l'amiral Roberts a ordonné la fouille de tous les navires au port depuis 15 h 30 cet après-midi. D'après les rapports de ses commis, aucun lieutenant ne correspond à la description de l'homme ayant été aperçu avec nos camarades. L'amiral a exprimé sa crainte que ces disparitions inexpliquées soient liées à une récente série d'enlèvements. Il semble peu probable que des bandits aient la témérité de s'en prendre à nos officiers, mais aucun des ravisseurs, bien sûr, ne peut connaître le capitaine Smith aussi bien que nous. Cependant, il y a dix-huit mois, un très riche capitaine marchand a justement été enlevé dans ce même port, donc les bandits connaissent bien les lieux. J'ai armé de pistolets notre groupe d'enquêteurs. La loyauté de l'équipage est telle que de nombreux hommes se sont portés volontaires pour participer aux recherches. J'ai accordé la permission de se rendre à terre à tous ceux que je crois dignes de confiance. (Voir liste ci-jointe).

LE TRAJET s'avéra plus bref que Marshall ne l'avait prévu. Après quelques minutes à peine sur le chariot, son baril fut déchargé à quai, puis embarqué – sur un canot assez petit, s'il devait en juger à son balancement excessif ; l'embarcation était mal équilibrée. La dernière partie du voyage, le transbordement sur le navire, fut la pire, mais elle ne dura guère. Cela signifiait probablement qu'ils se trouvaient dans un port, car un repaire de contrebandiers réclamerait une très longue distance depuis une plage discrète jusqu'à l'endroit où attendrait un bateau ancré. Portsmouth étant le seul port important de la région, tous les villages des environs étaient à exclure, l'embarquement aurait eu lieu depuis la plage ou l'estuaire. Donc, ils étaient sans doute revenus à Portsmouth. C'était une ruse intelligente de les ramener au port où ils avaient été enlevés : tous les navires à l'ancre avaient d'ores et déjà été fouillés.

Après quelques minutes fort désagréables le temps que les barils soient montés à bord, Marshall sentit à nouveau la solidité familière d'un pont. Les voix étouffées qu'il entendait à travers le chêne de son tonneau ressemblaient à celles de tout équipage normal veillant à l'embarquement d'une cargaison. Puis une nouvelle voix tonna au-dessus des autres.

— Bonsoir, messieurs.

Quelques coups résonnèrent sur son tonneau. Suivirent deux autres, non loin de là, qui lui indiquèrent la proximité de ses compagnons.

— Bienvenue à bord de mon brave bateau, l'*Insaisissable*, même si, bien entendu, ce n'est pas le nom actuellement inscrit sur sa proue. Je suis le capitaine. Vous pouvez m'appeler 'capitaine Adrian' ou 'monsieur'. Mes hommes vont à présent vous escorter dans vos quartiers. Capitaine Smith, si tout se passe bien, vous ne reverrez pas vos hommes avant la fin de notre séjour parmi nous. J'ai appris par expérience que mes hôtes, une fois séparés, sont bien moins enclins à tenter de s'évader. Vous noterez que j'ai dit 'tenter', car ils n'y réussissent jamais. Je descendrai vous rendre visite une fois que vous serez installés.

Il n'était pas surprenant que Smith soit gardé à l'écart, pourtant, Marshall avait espéré le contraire. Il eut peu de temps pour le regretter, car son tonneau fut soulevé et roulé au bas d'une volée de marches. Les brigands étaient astucieux et ne prenaient pas le risque qu'on puisse apercevoir des officiers sortir d'un baril depuis la terre ou les navires à proximité. De plus, ils ne laissaient à leurs prisonniers aucune chance d'examiner les caractéristiques du bateau-pirate.

Lorsque tout mouvement s'arrêta enfin, il y eut un grincement d'outil métallique forçant le couvercle du baril. Lorsque ce dernier sauta, le tonneau fut renversé une fois de plus et Marshall s'en trouva éjecté. Il tomba sur le pont. Non loin de lui, deux marins masqués s'attaquaient avec des barres de fer au couvercle d'un second baril.

— Je vous salue, déclara la voix qu'il avait entendue au pont supérieur. Êtes-vous Marshall ou Archer ?

— Marshall.

Il se remit maladroitement sur pieds pour faire face à son ravisseur. En vérité, il n'aperçut qu'une silhouette, l'étroit passage étant éclairé par une simple lanterne, placée derrière l'homme. Celui-ci paraissait relativement jeune, la trentaine environ, à une ou deux années près, et solidement bâti.

— Capitaine… Adrian ? reprit Marshall.

L'homme inclina brièvement la tête. Marshall vit alors que lui aussi portait un masque qui lui cachait les yeux, tandis qu'une barbe rousse dissimulait le reste de son visage.

— À votre service.

— Pardonnez-moi, mais j'en doute fort.

— Doutez si cela vous chante. A-t-il été fouillé ? demanda le capitaine à ses hommes.

— Oui, monsieur, répondit l'un d'eux. Deux fois. Nous avons trouvé sur lui une épée, un coutelas, du silex et de l'amadou, une livre, deux shillings et quatre pence.

— Vous avez bien raison de ne pas emporter davantage pour vous rendre à terre, lieutenant. On ne sait jamais sur quel malandrin l'on peut tomber. Qu'est-ce qui ne va pas avec celui-là ? Il respire, au moins ?

Les deux hommes venaient d'ouvrir le couvercle du baril de Davy. Mais rien ne bougeait à l'intérieur. Marshall tendit le cou pour mieux voir, essayant de rester impassible et de dissimuler son inquiétude.

— Oui, monsieur, juste évanoui.

Dès qu'Adrian hocha la tête, les deux hommes renversèrent le tonneau et Archer roula sur le sol, inerte.

— Aspirant ? appela Adrian en le poussant du bout du pied.

— Sous-lieutenant, corrigea Marshall.

Il n'apercevait aucune trace de sang. Que diable ces brutes avaient-elles fait à son ami ?

— Bien, voyez si vous pouvez le convaincre de reprendre connaissance. Il aura peut-être besoin d'écrire.

D'un signe de tête, il désigna une porte ouverte et ordonna à ses hommes :

— Détachez-leur les mains et enfermez-les.

Une fois que les deux hommes eurent délié Archer, ils le jetèrent sans ménagement de l'autre côté de la porte. Le capitaine se tourna vers Marshall.

— Auriez-vous de la famille ou des amis susceptibles de payer votre rançon, disons, cinq mille livres ?

La somme était stupéfiante. Jadis, comme aspirant, Marshall touchait vingt-deux livres annuelles, sa solde était passée à cent livres depuis qu'il avait été promu lieutenant, mais jamais il ne pourrait envisager de rembourser une dette de cinq mille livres, même si sa carrière durait encore cinquante ans. Il lui faudrait sacrifier toutes ses primes de capture, sinon plus encore. Le capitaine Smith ne s'attendait certainement pas à une telle rançon quand il avait généreusement offert de la payer.

— Vous devriez en parler à mon capitaine, répondit-il.

Smith aurait ainsi l'opportunité de changer d'avis ou de maintenir sa décision. Avec un peu de chance, peut-être s'échapperait-il avant d'avoir à se décider.

— Soyez certain que je le ferai. Reposez-vous bien, lieutenant.

La cellule était minuscule, moins de six mètres carrés, avec un plafond plus bas que la taille de Marshall – un mètre quatre-vingt. Il le remarqua parce qu'il heurta le bois brut de la tête en pénétrant à l'intérieur.

Son attention se concentra sur Archer, couché à plat ventre dans la paille qui couvrait le sol.

— Davy ?

Dans un coin de la cellule, Marshall trouva deux rouleaux de toile à voile, il en déplia un et étendit Archer sur ce lit de fortune. Il n'y voyait pas grand-chose, car la seule lumière provenait d'une lanterne accrochée devant les barreaux du hublot de la porte. Il ne paraissait y avoir aucun signe de blessures sur le gilet blanc d'uniforme de Davy, mais un peu de sang perlait à sa bouche, comme s'il s'était mordu la lèvre. Que diable… Archer n'avait jamais paru sujet à des crises d'apoplexie. Serait-ce un problème de cœur ? Ou bien les bandits l'avaient-ils assommé ?

— Davy, pour l'amour de Dieu, dites quelque chose !

— Mmm ?

Marshall poussa un profond soupir, alors qu'il n'avait même pas réalisé retenir son souffle jusque-là. Archer s'agita et cligna des yeux, puis il se souleva sur un coude.

— William. Où sommes-nous ?

Il regarda autour de lui. Il y avait trois seaux près de la porte, une coupe en bois posée à côté de l'un d'eux. Marshall vérifia le contenu du seau en question, préférant ne rien tenir pour acquis. Il s'agissait bien d'eau potable. Il en remplit la coupe qu'il offrit à Archer.

— Nous sommes à bord d'un navire. L'*Insaisissable*, d'après ce que le chef des bandits nous a dit, même si, apparemment, elle porte actuellement un faux nom. Et le capitaine et l'équipage sont tous masqués.

— Tout cela me paraît diablement bien organisé. Êtes-vous certain qu'il ne s'agit pas seulement d'un bal costumé ?

— Davy, que s'est-il passé ? Pourquoi étiez-vous inconscient ? Est-ce que tout va bien ?

Archer posa sa tasse vide à côté de lui.

— À peu près. J'ai suivi vos conseils concernant ma respiration. J'ai tenté de penser à autre chose, par exemple voir combien de temps je pouvais retenir mon souffle, et tout d'un coup, je me suis évanoui. Et je viens juste de reprendre connaissance. Ce n'est guère héroïque, ajouta-t-il en haussant les épaules.

— Il vaut beaucoup mieux être ingénieux qu'héroïque dans notre situation. Nous n'avions rien d'autre à faire qu'attendre de voir où tout cela nous mènera.

— Où est le capitaine ?

Marshall lui narra brièvement ce qui s'était passé à leur arrivée à bord.

— Il m'a semblé descendre sept ou huit marches. D'après moi, ce navire est un peu plus petit que la *Calypso*, mais c'est un peu difficile à déterminer à l'intérieur d'un baril.

— Effectivement. Au moins, cette cellule est un peu plus vaste qu'un tonneau.

Archer se remit debout, prudemment, puis il fronça les sourcils en voyant qu'il touchait le plafond.

— Morbleu, le plafond est bas !

— Certes, mais nous avons la place de nous étendre sans pour autant renverser notre provision d'eau. Ce pourrait être pire.

— La porte est verrouillée, bien sûr ?

— Il y a un cadenas à l'extérieur.

Marshall remarqua que la porte n'avait pas de poignée de leur côté. Il frappa du poing sur le panneau et entendit aussitôt des pas approcher. Un visage masqué s'insinua dans le hublot.

— Ne touchez pas à la porte, sinon, vous le regretterez.

Marshall s'adressa à Archer sans se soucier du nouveau venu.

— Et nous avons un garde. Un bâtard très amical.

Le visage disparut ; les pas s'éloignèrent, mais guère. Le garde devait se tenir hors de portée de ses prisonniers.

Archer fit le tour de la petite cellule, ses mains courant le long des murs. Marshall espérait que l'impatience de son compagnon s'apaiserait bientôt. Lui-même était déjà suffisamment nerveux.

— William, regardez !

— Quoi ?

Il se leva et s'approcha d'Archer. Il découvrit alors une sorte d'évent – simple carré d'environ quarante-cinq centimètres de côté, coupé au milieu d'un barreau métallique vertical. Il y avait un volet extérieur dont les gonds permettaient une ouverture à angle variable. Il passa le bras suffisamment loin pour en sentir le contour, verrouillé par des vis en métal. Le panneau bougea cependant quand Marshall poussa dessus.

— Je pense qu'il s'agit d'une sorte de volet obturateur, Davy, comme pour fermer une écoutille, mais en sens inverse. Nous ne pouvons rien voir à l'extérieur et ils la refermeront si un autre navire est suffisamment proche pour nous entendre.

— Cela nous donne au moins de l'air frais.

— Oui. Et quand il fera jour, nous vérifierons s'il nous est possible de jeter quelque chose à la mer.

— Un message dans une bouteille ? s'enquit Archer, amusé.

— Pourquoi pas, si nous en avions une. Et surtout si nos ravisseurs n'étaient pas les premiers à risquer de l'apercevoir, d'en haut. Je ne vois pas ce que nous pourrions faire d'utile pour le moment. L'aube ne devrait pas tarder. Le soleil se lève vers cinq heures et demie.

Comme pour lui confirmer ces estimations, la cloche de bord sonna une fois, son écho leur parvenant par la bouche d'aération.

— Nous pouvons donc dormir une heure. Et si nous n'y parvenons pas, nous utiliserons ce temps libre pour réviser les problèmes de navigation de votre examen.

Il savait combien Archer détestait les mathématiques, même s'il était relativement compétent dans ce domaine.

— Voilà de quoi me remonter le moral ! répondit Archer.

Il réaménagea la paille qui se trouvait sur le sol, puis ajouta :

— On dirait qu'ils avaient prévu de mettre ici du bétail, pas des prisonniers. Ils auraient quand même pu nous fournir deux hamacs !

— Nous ne resterons pas ici assez longtemps pour en avoir besoin, déclara Marshall qui essayait de paraître confiant.

D'un regard, Archer lui indiqua qu'il n'était pas dupe, mais il hocha la tête.

— Croyez-vous que nous devrions monter la garde à tour de rôle ?

— Pas pour le moment, non. Prenez du repos, Davy. Nous avons passé une bien mauvaise journée.

— Nous sommes déjà demain.

Puis, avec un sourire penaud, il ajouta :

— Joyeux anniversaire, Will.

III

Entrée complémentaire, HMS Calypso, *en réparation, Portsmouth.*
Lieutenant-commandant Anthony Drinkwater, capitaine remplaçant.
17 juillet 1799

NOUS SOMMES *dorénavant pratiquement convaincus que le capitaine*
Smith, le lieutenant Marshall, et sous-lieutenant Archer ont été capturés
par le gang mentionné dans l'entrée précédente. Notre équipe d'artilleurs
a pu interroger un tonnelier à la retraite qui, malgré son remarquable état
d'ivresse, leur a rapporté avoir failli être renversé par une voiture fermée
correspondant à la description de celle dans laquelle nos hommes ont été
vus monter. La voiture roulait à une vitesse excessive et l'homme a
entendu à l'intérieur des cris et des bruits de lutte. Ceci correspond à la
méthode utilisée pour enlever les précédentes victimes, donc la conclusion
est évidente. Nos marins fouillent actuellement tous les bâtiments sur le
front de mer, dans l'espoir de retrouver cette voiture et, par conséquent,
son cocher. Nous attendons également que les ravisseurs prennent contact
avec nous, puisqu'obtenir une rançon paraît être l'objectif de cet acte
odieux. En attendant, je veille aux travaux de réparation et de remise en
état de la Calypso. *Quand elle pourra à nouveau naviguer, j'ignore si son*
capitaine légitime sera aux commandes, Dieu seul le sait.

— ÊTES-VOUS SATISFAIT de vos nouveaux quartiers, capitaine ?
	Smith dut baisser la tête pour se glisser dans l'étroit réduit, dont le
plafond était bien trop bas, mais il avait dormi dans des endroits bien pires
au cours de sa carrière. La cabine était sommairement meublée : une
couchette arrimée par un crochet, une chaise à dossier raide et une petite
table où se trouvait une lanterne, du papier et de quoi écrire. Les sourcils
froncés, il désigna d'un geste l'écritoire et la plume, avant de se tourner
vers la silhouette qui se tenait à l'entrebâillement de sa cellule.
	— Je présume que c'est pour rédiger ma demande de rançon ?

— Pas encore. La présence inattendue de vos deux compagnons m'oblige à reconsidérer mes exigences. Pour le moment, je vous demanderai un bref message qui indiquera à vos hommes que vos officiers et vous-même êtes en vie et que d'autres messages leur seront bientôt adressés.

— Vous avez décidé d'augmenter vos tarifs, n'est-ce pas ?

La lanterne étant accrochée au mur, dans le dos de son ravisseur, Smith ne pouvait déchiffrer le visage du prétendu capitaine de ce navire. D'ailleurs, il n'en avait nullement besoin. Il avait l'habitude des freluquets prétentieux enivrés par le pouvoir.

— Capitaine, vous ignorez quel plaisir j'éprouve à converser avec un homme ayant de la répartie. J'attends avec anticipation nos futurs entretiens. Mais nous ignorions que vous auriez des compagnons…

— Je n'en doute pas. Cependant, je déteste par principe les extorsions de fonds. Cela encourage les mauvaises habitudes. Puisque vous me semblez être un gentleman, je vous propose de régler notre différend sur le terrain, dans un duel honorable, les armes à la main.

— J'avais entendu dire que vous vous opposiez plutôt vigoureusement aux duels, monsieur. Pourquoi ce changement d'opinion soudain ?

— Cela me permettrait d'épargner aux tribunaux de Sa Majesté le tracas et les frais d'un procès, répondit Smith d'un ton sec. Vous pourriez aussi trouver la peine qui punit la haute trahison bien plus désagréable que le fait de recevoir à l'aube une balle en plein cœur.

— Je présume que votre offre devrait me flatter. À mon grand regret, je dois vous préciser que je suis un simple marchand et que je n'ai aucunement l'intention de risquer d'endommager une marchandise aussi rare et précieuse. Je n'ai jamais prétendu être un gentleman, monsieur.

— Vous êtes un lâche ! La nature de votre 'commerce' le prouve sans conteste.

L'homme ignora l'insulte délibérée.

— Je comprends votre réticence à écrire une telle lettre et votre honte d'avoir été capturé, mais je vais devoir insister. L'un de vos compagnons n'ayant aucune valeur commerciale, je n'hésiterai pas à l'abattre pour vous démontrer que je parle sérieusement.

L'homme était totalement prévisible, Smith devrait presque lui en être reconnaissant. Car, s'il avait parlé de Marshall le premier, cela aurait pu éveiller les soupçons. Cependant, il devait se méfier et ne pas sous-estimer son adversaire ; si ce bellâtre était aussi bête qu'il le paraissait, il aurait déjà été arrêté.

— En vérité, je refuse de perdre le moindre de mes hommes, monsieur. Je tiens autant à leur vie qu'à la mienne. Si vous aviez enlevé le plus humble mousse qui nettoie nos fonds de cale, je considérerais encore que vous interférez avec la défense de votre pays.

— Est-ce à dire que vous accepteriez de payer pour sa vie, capitaine ? Je suis tout à fait prêt à vous facturer plein tarif ce lieutenant sans valeur.

Le scélérat serait-il aussi bête qu'il le paraissait ? En tout cas, il n'était pas bon juge de caractère. Cependant, Smith préférait laisser Adrian se méprendre sur son jeune et débrouillard officier.

— Il se trouve que M. Marshall est le fils d'un de mes cousins, déclara-t-il négligemment. Son père craignait que je sois accusé de népotisme, aussi avons-nous décidé de laisser le jeune William mériter ses galons.

— Je vois. Bien, si vous tenez à ce qu'il reste en vie, tout comme M. Archer, je vous suggère d'utiliser rapidement cette plume et ce papier.

— Et que ferez-vous de ma lettre ?

— Je la transmettrai à votre agent d'affaires, bien sûr. Il s'agit d'une transaction commerciale, après tout.

Smith leva la main pour l'interrompre.

— Je crains que vous n'ayez jamais tenté jusque-là vos extorsions avec des marins.

— Pourquoi cette remarque ?

— Vous devriez faire porter cette lettre à bord de la *Calypso* et la remettre à mon premier lieutenant, M. Anthony Drinkwater.

— Notre transaction ne concerne pas la Royal Navy.

— Au contraire. Ce que je m'efforce de vous faire comprendre, monsieur, c'est que pratiquement tous les aspects de la vie d'un capitaine de Sa Majesté concernent la Royal Navy. Si vous écrivez à mon agent d'affaires, il transmettra le courrier en question à l'Amirauté. Dans ce cas, l'affaire s'enlisera dans une longue et compliquée procédure, nous pourrions tous les deux être des barbons avant que vous ne touchiez un sou de ma rançon. Est-ce là votre intention ?

La silhouette à la porte parut hésiter.

— Tenteriez-vous de me duper ?

— Je préfère rester votre invité le moins de temps possible, monsieur, répondit Smith avec une totale sincérité. M. Drinkwater a toute autorité pour communiquer avec mes deux agents d'affaires sans passer par l'amirauté. De plus, il peut accélérer la liquidation des prises maritimes que nous avons rapportées hier après-midi – oui, je présume qu'il s'agit d'hier – et utiliser leur paiement pour acheter notre libération. N'est-il pas dans votre intérêt que tout aille le plus vite possible ?

— Bien sûr, admit Adrian à contrecœur. Cependant, capitaine, je trouve votre comportement suspect. Vous me paraissez bien trop enclin à tout accepter. Vos propositions sont un peu trop alléchantes.

— Vous avez une certaine réputation, monsieur. Votre activité, en tout cas, est tristement reconnue. Tous ceux susceptibles de devenir la cible de vos extorsions ont été prévenus. J'ai d'abord pensé avoir été capturé par des espions français, mais une fois cette hypothèse repoussée, j'ai eu le temps de réfléchir durant notre long trajet à travers la campagne. J'ai pesé mes différentes options. J'ai passé les dernières années de ma vie à commander une frégate en temps de guerre, monsieur. Si je n'avais pas l'habitude de prendre rapidement mes décisions, mon navire aurait coulé depuis longtemps.

Son ravisseur se mit à rire.

— Je vois. Très bien, capitaine, je vous suggère donc d'écrire votre lettre. Et vite !

S'emparant de la plume, Smith l'approcha de la lanterne. La pointe fraîchement taillée paraissait prête à être utilisée.

— Souhaitez-vous m'en dicter le contenu ?

— Non. Je vais vous laisser libre du choix des termes, mais soyez bien certain que je serai le premier à lire votre message. Quand vous aurez terminé, donnez-le au garde, qui se tiendra devant votre porte.

Smith acquiesça.

— Où sont mes hommes ? Que deviennent-ils ?

— Tant que vous serez tous coopératifs, ils ne risquent rien. Ils ont une cabine comme la vôtre, mais un peu moins confortable, je le crains. En général, elle est utilisée pour les domestiques qui accompagnent parfois certains de mes invités. Ils auront de l'eau potable pour se désaltérer et de l'eau de mer pour se laver, comme vous…

Smith détourna les yeux. Il y avait trois seaux à côté de la porte. Deux d'entre eux étaient remplis d'eau, le troisième avait un couvercle.

— ... et ils seront nourris comme mon équipage, continuait Adrian. À mon avis, ce sera meilleur que l'ordinaire qu'ils reçoivent de Sa Majesté. Ceci vous convient-il ?

— Rien de cette grotesque affaire ne me convient, aboya Smith. Vous avez encore le temps de réfléchir à vos actes. Une fois que l'amirauté sera prévenue, tous les navires de la Royal Navy seront alertés dans tous les ports d'Angleterre. Réalisez-vous, monsieur, que plus de cent mille hommes naviguent au service de Sa Majesté ? Croyez-vous vraiment pouvoir leur échapper à tous ?

— Ce fut le cas jusqu'à ce jour, capitaine. Veuillez écrire votre lettre. Dès que vous aurez terminé, je vous ferai apporter un en-cas.

Smith attendit que disparaisse le bruit des pas de son ravisseur, puis il alla jusqu'à la porte et regarda à l'extérieur. Le garde qu'Adrian avait mentionné s'appuyait contre le mur opposé, à quelque distance, hors de portée. *Parfait.*

Il déplaça la chaise pour tourner le dos à la porte, s'y installa et sortit d'une poche intérieure de sa veste un petit flacon soigneusement bouché. Soit les bandits l'avaient manqué, soit ils n'étaient pas assez vils pour lui refuser l'usage d'une médication peut-être nécessaire. Avec un peu de chance, ils regretteraient bientôt leur manque de jugeote.

Entrée complémentaire, HMS Calypso, *en réparation, Portsmouth.*
Lieutenant-commandant Anthony Drinkwater, capitaine remplaçant.
17 juillet 1799

La voiture a été retrouvée. Elle était dans un entrepôt à l'extrémité d'une rangée de bâtiments du même genre, mais vide et abandonnée, donc personne n'a pu nous donner de renseignements concernant ce qui s'était passé. Après une enquête longue et minutieuse, le propriétaire du véhicule a également pu être retrouvé ; il s'agit d'un patron d'écurie de bonne réputation. Il a loué pour un mois sa voiture à un client d'allure respectable, qui lui a versé un important dépôt de garantie, comme pour dissiper tout soupçon. La description que nous a donnée le patron de son client s'accorde étroitement à celles du prétendu lieutenant en uniforme. D'après le patron d'écurie, cet homme est un étranger au pays, il ne l'avait jamais vu auparavant, il ne l'a pas revu depuis. Je soupçonne que nous ne pourrons mettre la main sur cet usurpateur qu'en retrouvant nos officiers disparus. Le patron d'écurie a été fort contrarié de constater que sa voiture avait été endommagée (volets cloués aux fenêtres pour la transformer en prison et porte défoncée). Il semble donc que nos hommes se soient vaillamment défendus, avant de devoir se soumettre à un groupe largement supérieur en nombre. Toutefois, nous n'avons pas retrouvé de traces de sang, ce qui nous donne une raison d'espérer.

— GARDE ! HURLA Smith.

Il s'était approché des barreaux du hublot de sa porte, à travers lesquels il tendait deux lettres. Le garde, un petit homme nerveux au front dégarni dont les cheveux rares étaient attachés sur la nuque en queue de rat, s'approcha à portée d'oreille.

— Portez ces lettres au brigand qui se prétend votre capitaine, ordonna Smith. La première est celle qu'il m'a réclamée. La seconde est adressée au père de M. Archer. Étant l'officier supérieur de M. Archer, il est de mon devoir d'informer cet homme du sort de son fils. Les deux lettres sont à remettre à mon premier lieutenant, à bord de la *Calypso*.

Le garde hocha la tête et tendit la main pour récupérer les lettres.

— Un moment, ajouta Smith. Savez-vous qui je suis ?

Il vit le garçon hésiter un moment. Puis ce dernier acquiesça, à contrecœur.

— Oui, monsieur.

— Alors, vous savez que j'ai la réputation de tenir mes promesses. Quoi que vous paie Adrian, je peux le payer aussi – sinon doubler la somme. Je vous offre un an de salaire et une nouvelle position, hors de sa portée, si vous nous aidez à nous échapper, mes hommes et moi.

— Ben alors, Dieu vous bénisse, monsieur, voilà une belle offre ! répondit l'homme. T'as entendu ça ?

— La meilleure proposition que nous avons reçue cette année, je pense.

Un autre garde, plus volumineux, apparut.

— L'a été drôlement rapide, en plus, reprit le maigrelet. Alors, c'est toi qui vas y dire au capitaine ou c'est moi ?

— Vas-y-toi. Tu veux sûrement toucher le pactole avec le cuistot. Il t'a parié cinq livres que çui-là allait essayer avant d'aller se coucher…

Il s'adressa ensuite à Smith tandis que son petit compagnon s'éloignait déjà vers l'escalier.

— Tout le monde essaie, vous savez, à un moment ou un autre.

Smith reconnut cet homme solide comme l'un de ceux qui auraient pu se trouver à son bord, parmi son équipage.

— Vous êtes marin, déclara-t-il. Vous savez ce que deviendrait la mer pour les navires anglais sans la Royal Navy. Comment pouvez-vous vous impliquer dans cette histoire ?

L'homme s'agita nerveusement et gratta le bord de son masque.

— Ben, m'sieur, faut bien gagner sa vie. Et la solde est bien meilleure ici, sans avoir à se faire tirer dessus.

Il jeta un coup d'œil derrière lui, vers la porte, puis ajouta :

— Je sais qui vous êtes, alors, j'vais vous donner un conseil. Bert, l'est tout dévoué au capitaine. Il a qu'une envie, c'est de vous planter son couteau. Le capitaine a toujours deux gardes avec lui, et en général, y'a Bert. Et d'après lui, une offre, c'est une tentative d'évasion. Recommencez pas. Sinon vous le paierez cher, d'une façon ou d'une autre, ou y s'en prendront à vos gars.

Surpris que l'homme soit aussi ouvert, Smith en devint soupçonneux, mais il était prêt à tenter sa chance.

— Alors, aidez-moi, insista-t-il. Vous n'avez pas l'air de faire partie de cette bande de vauriens.

L'homme secoua la tête.

— Ma vie vaut déjà pas grand-chose après ce que je vous ai dit. Vous êtes un gentleman, j'espère que vous le garderez pour vous. En plus, j'peux pas faire grand-chose. Vous aurez pas les mêmes gardes deux fois de suite. Restez tranquille, laissez-le avoir sa rançon et vous sortirez de là sans dommage.

— Bon sang, marin, nous sommes en guerre !

— Et votre navire est coincé au port pendant un mois, au moins. Je l'ai vu de mes yeux. C'est pas de la réparation à deux balles. Vous serez libérés bien avant ça, capitaine. À moins que votre intendant se barre avec votre argent.

Avec un grognement, Smith retourna sur sa chaise. Ils l'avaient délesté de son argent et de sa montre – avec la promesse de lui rendre celle-ci, un cadeau de sa femme avec un message gravé à l'intérieur – mais ils lui avaient laissé la liasse de ses notes manuscrites concernant les dommages de la *Calypso* et les réparations nécessaires. Il les étala sur la table et tourna son attention sur le problème en cours.

M. Drinkwater serait bien occupé. Non seulement avec les énormes réparations du navire, mais il devrait également trouver où loger les membres de l'équipage qui ne resteraient pas à terre pour aider aux réparations, en particulier les artificiers. Sinon, il lui faudrait faire confiance aux autres – c'est-à-dire une bonne moitié – pour ne pas déserter pendant leur congé forcé. La bonne réputation de la *Calypso* concernant le partage des prises lui donnait un certain avantage sur d'autres navires moins tentants pour l'enrôlement des marins, mais en moins d'une semaine bien des membres de son équipage auraient dépensé tout leur argent, en nourriture, boissons, jeux ou prostituées.

Mais Drinkwater saurait comment gérer la situation. Il savait remarquablement bien traiter les hommes. Par contre, il manquait d'expérience pour superviser des réparations aussi importantes, sans compter la disparition d'un capitaine et deux officiers, et le chaos que cela causerait dans la hiérarchie. Toutefois, cela pourrait s'avérer un bon moyen d'évaluer si M. Drinkwater était prêt pour être promu au grade de commandant. C'était très probablement le cas. Son premier lieutenant avait-il ou non l'ambition de commander son propre navire ? Smith n'en était pas certain, mais il allait assumer que oui. C'était l'un des inconvénients d'être seul maître à bord : devoir former des officiers de valeur jusqu'à ce qu'ils soient capables de garder leurs hommes en vie – et surtout leur navire à flot. Mais dès que c'était le cas, il fallait, en toute équité, les promouvoir et leur confier un commandement.

Eh bien, l'expérience faisait de meilleurs marins. Ce qui, sur le long terme, profitait à l'Angleterre et à chaque Anglais, y compris lui-même. De plus, Smith trouvait extrêmement gratifiant de reconnaître le nom d'un de ses anciens protégés qui s'était distingué, en lisant un éloge dans la *Gazette de la Navy*.

Il avait déjà commencé à voir l'ambition naître chez ses deux plus jeunes officiers. Si Marshall ne perdait jamais une occasion de mener ses hommes au combat, il gardait la tête froide et ses décisions, parfois audacieuses à faire dresser les cheveux sur la tête, n'étaient jamais inconscientes. Il se montrait respectueux envers les officiers plus âgés, sans faire montre d'un excès de confiance qui risquait de le disgracier. Smith était absolument certain que Marshall laisserait sa marque dans le monde, du moins s'il ne se faisait pas tuer.

Et Archer commençait à prendre de l'assurance, lui aussi. Au départ, Smith avait un peu douté de lui, après avoir entendu des ragots suggérant, dans son affectation précédente, une liaison inacceptable entre lui et un autre aspirant. Il avait souvent assisté à ce genre de choses, bien trop souvent, quand le capitaine se montrait négligent et que ses sous-officiers abusaient de leur position. Il n'avait rien eu à reprocher à Archer depuis que ce dernier faisait partie de son équipage.

Pour sauver Marshall, le jeune homme n'avait pas hésité à risquer sa vie en se précipitant dans une poudrière enflammée d'où il avait sorti son camarade blessé juste avant l'explosion. Cette action d'éclat, autant que ses talents, avait valu à Archer sa promotion au grade de sous-lieutenant. Et le sérieux avec lequel il remplissait ses nouvelles responsabilités n'avait pas tardé à aplanir les doutes de Smith. Sans doute Archer n'avait-il pas la même rapidité d'esprit que Marshall pour prendre des décisions en période de crise, mais c'était le cas de la plupart des capitaines et la Royal Navy avait également besoin d'officiers calmes et solides prêts à faire leur devoir à tout prix. Ils étaient l'ossature même de leur Service.

Ce fut alors que lui revint cette phrase qu'il avait fermement tenté de repousser de son esprit. *Sinon vous le paierez cher, d'une façon ou d'une autre, ou ils s'en prendront à vos gars.* Il lui fallait savoir ce que le bonhomme entendait par là. Il comprit avec amertume qu'il ne tarderait probablement pas à le découvrir.

IV

— Nous avons du porridge, déclara Archer, au matin de leur première journée en cellule. Je me demande si cela nous arrivera souvent durant notre carrière. Il ressemble à du mastic.

Pourtant, il plongea sa cuillère dans le mélange pâteux et l'engloutit jusqu'à la dernière miette. Marshall, qui avait terminé avant lui, se mit à grignoter un biscuit.

— Si vous parlez du gruau de la prison, je pense que nous n'aurons pas trop souvent à le subir. Par contre, si vous pensez à nos repas à bord, c'est peut-être le meilleur petit déjeuner de nos vies. Ce pourrait être pire, Davy, ajouta-t-il avec philosophie. Nous aurions pu avoir des pois chiches.

Archer ne put retenir son sourire. Pendant un blocus, leurs navires avaient été privés de ravitaillement et durant presque un mois, l'équipage de *la Calypso* s'était sustenté avec la cargaison de pois chiches d'une de leurs prises espagnoles.

— J'en conclus que vous aimez le gruau.

Marshall haussa les épaules.

— C'est nourrissant. Je n'ai rien contre la bouillie d'avoine. Pourtant, j'avoue avoir espéré, en allant au port, avoir l'occasion de dépenser quelques shillings pour déguster des œufs et du bacon.

— Et du vrai thé, avec de la crème, ajouta Archer. Et des scones.

— Eh bien, ces biscuits ont au moins le mérite d'être frais. Vous savez ce qu'ils deviennent durant un long voyage en mer.

— Ce sont de fidèles compagnons, ne croyez-vous pas ?

Marshall grimaça.

— J'aimerais savoir exactement où nous sommes, remarqua-t-il.

Ils se trouvaient en haute mer, non dans le port, c'était évident au roulis. Le navire avait levé l'ancre presque immédiatement après leur arrivée à bord. Au début, Marshall avait construit avec des brins de paille un appareil sophistiqué, basant ses calculs concernant leur position actuelle du fait qu'ils soient partis de Portsmouth et que le vent n'ait pas changé depuis la dernière fois où il s'était trouvé à l'air libre. Beaucoup de suppositions et trop peu de données précises. Il avait fini par abandonner, dégoûté. Pour passer le temps, il avait posé à Davy divers problèmes de navigation.

Jusqu'à présent, la routine de leur petite cellule ressemblait un peu à celle qu'ils avaient sur *la Calypso*, sauf qu'ils étaient emprisonnés. Le petit déjeuner, servi très tôt, était composé de gruau et de biscuits. Au dîner, ils avaient d'autres biscuits et un morceau de fromage. Au souper, encore des biscuits, de la viande séchée et du thé presque correct. Trois gardes étaient passés vider le seau hygiénique et remplir d'eau douce et salée les deux autres. Pour ce faire, ils avaient exigé que leurs prisonniers placent les récipients près de la porte et restent ensuite au fond de la cabine. Contre de l'eau et une meilleure hygiène, l'échange était équitable.

L'évent s'était avéré une déception. Si les deux amis avaient eu à leur disposition un pied-de-biche, ou un marteau et un burin, ils auraient sans doute pu enlever le barreau métallique et s'enfuir par la mince ouverture, glissant sur le flanc du navire comme un canon. D'ailleurs, il était possible que ce réduit ait été à l'origine une écoutille, le bois de bâbord paraissait plus récent que le reste de la coque, comme s'il s'agissait d'un espace nouvellement créé. Malheureusement, pour travailler, il leur faudrait d'autres outils que leurs ongles. Et ils étaient dorénavant en haute mer.

Le second jour, les gardes revinrent tard dans l'après-midi. Marshall et Archer jouaient aux échecs sur une planche dessinée avec un morceau de craie retrouvé dans une de leurs poches. Ils avaient façonné les pièces du jeu avec de la paille. Les pions étaient de simples tiges, mais les autres pièces ne cessaient de se défaire. Cet élément d'imprévisibilité rendait leur partie plus intéressante.

Un homme frappa à la porte et colla son visage masqué aux barreaux.

— Lequel d'entre vous est Archer ?

Ce dernier croisa le regard de Marshall, puis se leva prudemment.

— C'est moi.

Le visage disparut, un bol d'eau tiède glissa sous la porte.

— Vous soupez avec le cap'taine. Nous allons vous donner un rasoir, mais vous nous le rendrez avant qu'on vous ouvre la porte.

La déclaration fut suivie par le glissement de l'objet en question, posé sur un morceau de miroir argenté.

— Ils ont sans doute peur que nous leur sautions dessus avec l'intention de les raser, déclara Marshall avec dédain.

En vérité, la prudence de leurs ravisseurs était sensée. Un rasoir pouvait être une arme dangereuse et aucun des deux amis n'hésiterait à s'en servir.

— Et lieutenant Marshall ? demanda Archer.

— Y reste là. Ce s'ra chacun vot' tour.

— Alors, pourquoi ne pas transmettre à votre capitaine mes regrets de ne pouvoir accepter son invitation ? Je préfère rester ici.

— Dans ce cas, vous z'aurez pas d'souper. Ni l'un ni l'autre.

Marshall s'exprima d'une voix si basse que les gardes ne pouvaient l'entendre :

— Allez-y, Davy. Vous apprendrez peut-être quelque chose sur notre situation.

Il n'avait vraiment pas envie d'y aller.

— Serait-ce un ordre, lieutenant ?

Marshall parut exaspéré.

— Davy. Allez-y. Au moins, vous sortirez un moment de cet endroit.

Bien sûr, William était celui qui parlait de leur emprisonnement. D'âme généreuse, il tenait à lui offrir ce dont il ne pouvait profiter. Archer hocha la tête.

Puis il s'adressa au garde :

— Très bien, déclara-t-il. Il faudra simplement un peu de temps.

— Chantez quand vous aurez terminé.

Le bruit de ses pas s'éloigna. L'eau était tiède, légèrement savonneuse. Marshall lui tint le bol et inclina le miroir pour capter au mieux la faible lumière qui émanait de la bouche d'aération. Pendant ce temps, Archer se débarrassait de sa barbe de trois jours.

— Ce bâtard d'Adrian doit tenir au décorum, déclara Marshall. En tout cas, pour ses invités. Lui ne s'est pas rasé depuis des années, à ce qu'on dirait.

— Je me demande si le capitaine Smith sera également présent.

Il trouverait très réconfortant de le revoir.

— J'en doute. Si Adrian refuse de nous affronter ensemble, il ne prendra pas le risque de vous avoir avec le capitaine. Faites bien attention, Davy. Il va probablement tenter de vous soutirer des informations qu'il pourra revendre aux Français.

Inquiet, Archer releva les yeux sur son ami.

— Vous croyez ?

— Je ne sais pas. En y réfléchissant, je ne pense pas que nous sachions grand-chose d'important, rien de ce que le public sache déjà. Mais un homme qui s'attaque à des officiers de la Royal Navy en temps de guerre est capable de tout.

— Je lui rappellerai volontiers qu'il s'agit d'une trahison, si vous pensez que cela puisse nous aider…

— Non !

Marshall fronça les sourcils, l'air douloureux, comme s'il souffrait d'une rage de dents.

— Faites bien attention, Davy, répéta-t-il.

— Bien entendu, je resterai vigilant.

Archer rinça son rasoir et ajouta, sarcastique :

— Morbleu, ça suffit ! Je n'ai pas l'intention de me mettre en frais ! Voulez-vous en profiter pour vous raser également, Will ?

Marshall se frotta le menton.

— Pourquoi pas ?

Ils changèrent de place et Marshall se rasa rapidement. Quand il eut terminé, il scruta pensivement le rasoir.

— Quel dommage que nous devions le leur rendre ! Il pourrait nous être utile.

— La lame s'émousserait bien avant que nous puissions nous évader, répondit Archer, pragmatique.

Les poutres de la coque faisaient au moins trente centimètres d'épaisseur. Et les murs de leur prison avaient à peine deux centimètres de moins.

— Je sais.

Marshall rendit le rasoir à Archer, qui le déposa dans le bol et glissa le tout sous la porte. Ensuite, il martela le panneau. Des bottes descendirent l'escalier.

— Éloignez-vous de la porte !

Un garde jeta un coup d'œil au hublot pour s'assurer que les deux hommes avaient obéi. Ensuite seulement, il tira le verrou et ouvrit le panneau. Trois pistolets brandis apparurent.

— D'accord. Vous, vous sortez, et vous, vous restez en arrière.

Dès qu'Archer fut dans le couloir, la porte se referma derrière lui. Le verrou retomba. Et le jeune homme perdit vite tout espoir d'apercevoir quelque chose d'utile. Un des gardes lui attacha les mains devant tandis qu'un autre l'enveloppait dans les plis d'une énorme cape grise à capuche.

Il vit Marshall presser son visage derrière la fenêtre à barreaux, les sourcils froncés, l'air inquiet, avant que le lourd capuchon de laine de sa cape lui retombe sur les yeux. L'extrémité libre du filin qui lui liait les mains fut enroulée autour de sa cape, le saucissonnant. Ensuite, Archer fut poussé en avant.

Quelqu'un le prévint qu'il y avait des marches à monter, mais sans lui en indiquer le nombre. Arrivé en haut, il vacilla sur un pont, fut tourné et fit quatorze pas, puis trouva encore un escalier, à descendre cette fois-ci, avec des marches plus étroites. Un court trajet jusqu'à la dunette. De maigres renseignements, mais c'était quand même un début.

Une porte grinça.

— Asseyez-vous, je vous en prie, M. Archer, déclara une voix cultivée. Je crois que vous apprécierez le changement de décor.

Les gardes qui l'avaient escorté le débarrassèrent de sa cape, libérèrent ses poignets et le poussèrent dans la cabine du capitaine. Elle était aussi somptueusement meublée que les plus belles demeures qu'Archer avait eu l'occasion de visiter : une table de salle à manger, petite, mais élégante, de la vaisselle en porcelaine, des verres de cristal. Quant au repas, il était somptueux : volaille rôtie, entourée de haricots verts, une tarte, et deux autres plats couverts d'une cloche en argent. La seule concession à la vie à bord d'un navire était la coupe des omniprésents biscuits de mer.

Au bout de la table trônait le capitaine Adrian, dans un costume entièrement noir, qui parodiait un uniforme de la Royal Navy. Une tenue étrange, rendue plus étrange encore par le masque de soie noire cachant la partie supérieure du visage. David comprit pourquoi Will disait qu'Adrian ne se rasait pas : entre le masque, sa barbe rousse et sa moustache, très peu de ses traits restaient visibles.

Si un jour il enlevait son masque et se débarrassait de sa pilosité, l'homme ne pourrait être identifié. Sauf par ses yeux d'un bleu glacé, presque transparent. Leur intensité rendait le masque presque inutile. Archer saurait reconnaître ces yeux s'il les recroisait un jour dans d'autres circonstances, même si c'était sur un échafaud. Il se demanda si Adrian réalisait à quel point son déguisement ne servait à rien ou bien s'il s'amusait tout simplement du côté dramatique de son apparence. Fervent de théâtre, Archer reconnaissait l'attitude d'un bon comédien.

Il salua son hôte d'un hochement poli de la tête.

— Capitaine, dit-il.

Docile, il prit place dans le fauteuil que son ravisseur lui indiquait. Les couverts posés à côté de son assiette s'accordaient mal au raffinement de la table. Ils semblaient avoir été taillés dans un bois mou, un peu spongieux, et le couteau ne coupait pas du tout.

Adrian remarqua son étonnement.

— Vous n'êtes pas le premier que je reçois à ma table, M. Archer, déclara-t-il. Un ou deux de mes invités précédents ont été pleins d'imagination. J'ai trouvé plus simple de vous éviter la tentation de voler ma vaisselle. Si votre viande a besoin d'être découpée, mon cuistot s'en chargera dans la cambuse.

— Je vois.

La cage avait beau être dorée, elle restait une prison.

Adrian sembla ressentir le besoin de continuer à parler.

— Je ne tiens pas à vous donner de mauvaises idées, mais un jour, l'un de mes hommes a été poignardé d'une fourchette. Ce qui m'a obligé à sévir contre son agresseur, bien entendu. L'une des règles à bord de ce navire est que toute tentative d'évasion, même ratée, est châtiée sans attendre. Si vous me donniez votre parole de ne rien tenter, cela nous simplifierait beaucoup la vie, à vous comme à moi.

— Je crains de ne pouvoir le faire.

Archer était légèrement surpris qu'Adrian lui fasse une telle suggestion. Non seulement ce serait désobéir aux ordres très clairs du capitaine Smith, mais il trouvait inacceptable la perspective de donner sa parole à ce forban. Il évita de le dire à voix haute, se souvenant qu'il s'était promis d'être aussi peu disert que possible.

Garder le silence s'avéra bien plus facile que prévu, au point d'ailleurs qu'il commençait à s'inquiéter. Adrian le surveillait de près, de ses étranges yeux miroir. Il parla peu tandis que tous deux mangeaient. Archer, pour sa part, ne ressentait nullement l'obligation de tenir une conversation mondaine avec un homme coupable de l'avoir enlevé.

Le repas terminé, Adrian finit par repousser son assiette.

— Vous vous demandez sans doute pourquoi je vous ai invité à vous joindre à moi.

Archer fut tenté de souligner qu'il ne s'agissait pas d'une invitation, mais d'un ordre. *Non ! Fais attention.*

— Bien sûr.

— Par curiosité, M. Archer. Dans mon métier, il est essentiel que je fasse des recherches concernant mes cibles, mais les simples faits sont parfois assez abrupts. Je connais votre capitaine, bien sûr – quel Anglais pourrait l'ignorer ? – mais j'ai été assez surpris, je dois l'avouer, d'apprendre qu'il avait un neveu, ou cousin éloigné. Étiez-vous au courant de sa relation avec M. Marshall ?

— Je crois avoir entendu le capitaine le mentionner un jour, répondit Archer, l'air pensif. Mais j'ai oublié quand et dans quelles circonstances. D'après ce que j'ai compris, tous les deux préfèrent que M. Marshall doive sa réussite à ses mérites plutôt qu'à ses connexions.

— Quelle noblesse d'âme ! La plupart des gentlemen jugeraient étrange de ne pas user d'un tel avantage.

L'homme ne paraissait certes pas chercher à lui soutirer des renseignements militaires.

— Je ne crois pas que le capitaine Smith garderait à son bord un officier qui ne joue pas fair-play, qu'il soit ou non un de ses parents, répondit Archer en toute franchise. Je ne crois pas non plus que M. Marshall souhaite utiliser un avantage immérité. Il n'en a pas besoin.

— Il a été promu avant vous, souligna Adrian avec un mauvais sourire.

— Il s'est engagé plusieurs années avant moi ! répondit Archer. Il a plus d'expérience !

Il commençait à voir la direction qu'allait prendre la conversation. Devait-il laisser Adrian croire à une rivalité entre William et lui ? Peut-être, mais pas avant d'en avoir discuté avec son ami. Et même dans ce cas-là, c'était une perspective désagréable.

Archer se savait moins ambitieux que Marshall. Au début, il en avait été un peu jaloux, mais il lui était impossible d'en vouloir à Will de sa réussite. Durant leurs années de navigation ensemble, il s'était pris d'affection pour le fils du révérend, qu'il considérait davantage comme son frère que ceux de son sang. Aujourd'hui, il aimait passer la plupart de son temps en compagnie de Will, comme des binômes engagés dans une course longue durée.

Et son ami n'avait jamais rien fait pour le tenir à l'écart. À peine le capitaine Smith avait-il demandé à Archer de préparer son examen de promotion que Will s'était empressé de tout faire pour l'aider à réussir. Se trouver juste derrière Will dans l'échelle hiérarchique avait éveillé en Archer un rêve secret : quand William deviendrait capitaine de son navire, peut-être son ami le prendrait-il comme premier lieutenant.

— Je suis satisfait de mon avancement, monsieur. D'après ce que j'ai vu à bord de la *Calypso*, chaque officier a l'opportunité de prouver sa valeur.

— Ah, bien sûr ! Servir sur une frégate, devenir un des intrépides limiers de la flotte ! Quelle vie excitante alors que moi, simple marchand, vit une existence tellement routinière. Auriez-vous quelques anecdotes à me faire partager ?

Archer secoua la tête.

— Rien que vous ne pourriez lire dans la *Gazette de la Navy*. Je doute pouvoir vous parler de notre dernière prise. Vos hommes nous ont enlevés sans nous laisser le temps de vider les navires français de leur cargaison, j'ignore s'ils transportaient des documents.

— D'après ce que je sais, la *Calypso* a été endommagée. Combien de temps restera-t-elle en cale sèche ?

Et voilà, une question d'importance militaire...

— Je ne saurais vous répondre. Si vos hommes nous avaient accordé une heure ou deux de plus à terre, ce serait sans doute différent. Bien entendu, si vous nous laissiez retourner au port pour que nous puissions accomplir notre mission, je répondrais volontiers à votre question. Plus tard.

Le capitaine masqué sourit.

— Non, je ne crois pas. Simple curiosité de ma part.

Il se leva et s'approcha d'une console, où il se versa un verre de brandy – étrange que personne ne s'occupe du service. Hâtivement, David enveloppa dans sa serviette un morceau de poulet qu'il glissa dans sa poche, déboutonnant sa veste pour tenter de cacher son butin. Si on ne le fouillait pas à la sortie, Will profiterait un peu de ce bon repas. Et si par hasard Archer se faisait prendre, il était peu probable que même Adrian considère un pilon de volaille comme une arme dangereuse.

— Voulez-vous un peu de brandy, M. Archer ? demanda aimablement Adrian. Ou peut-être du clairet ? Du porto ?

Archer se demanda si l'alcool allait lui délier la langue ou calmer son anxiété.

— Un peu de porto, je vous remercie.

Quelle étrange expérience de tenir une conversation aussi mondaine avec un pirate ! Dès qu'Adrian eut le dos tourné, Archer s'empara d'un biscuit qu'il mit dans son autre poche. Le capitaine lui versa un verre de porto et remit la bouteille à sa place, sur un socle métallique pour éviter qu'elle se renverse malgré le roulis du navire. Adrian posa le verre devant Archer avant de lever le sien.

— Un toast ?

— À la bonne santé de mon capitaine, suggéra Archer. Et à la prompte conclusion de notre visite.

— À un investissement rentable, ajouta Adrian. M. Archer, je crois que le fait que vous ayez accompagné votre capitaine, aussi inattendu qu'il soit, se révélera intéressant.

— Comment cela ?

Il avait une autre bribe d'information à garder soigneusement. Ainsi que Smith l'avait deviné, il avait été la cible des ravisseurs.

— Je pensais n'avoir que votre capitaine à bord, ou peut-être son premier lieutenant, M. Drinkwater, dont la famille n'aurait probablement pas hésité à verser la rançon. Mais M. Drinkwater, malgré sa valeur et son aisance financière, est extrêmement trapu. Je ne crois pas qu'un excès de poids convienne à un officier, qu'en pensez-vous ?

— M. Drinkwater est un excellent lieutenant, répondit Archer, surpris par ce coq-à-l'âne. Il est compétent, intelligent, et entretient d'excellents rapports avec les hommes. J'ai beaucoup appris de lui.

— Que vous êtes loyal, mon garçon ! s'empressa de rétorquer Adrian. En plus d'être des plus attrayants.

Si Archer avait été un chien, cette dernière phrase lui aurait hérissé le poil. Sans un mot, il prit son verre et sirota une gorgée de porto. Il s'agissait peut-être d'une simple et maladroite flatterie, mais Adrian n'était pas du genre à commettre de tels impairs.

— Comme je le disais, reprit celui-ci, votre présence à bord promet de rendre mes soirées plus intéressantes. N'auriez-vous pas servi comme garçon de cabine, M. Archer ? J'ai un instinct infaillible pour ce genre de choses.

Archer se sentit alarmé par la façon dont la question lui avait été posée.

— Je me suis engagé dans la Royal Navy de Sa Majesté en tant qu'aspirant, répondit-il d'un ton prudent.

Il baissa les yeux dans son verre et souhaita retourner auprès de Marshall dans leur petite cellule obscure et encombrée, mais où il se sentait en sécurité.

— Mon garçon, vous m'avez très bien compris. Inutile de vous montrer délibérément obtus. Je veux parler, bien sûr, d'un service qui nécessite que vous vous débarrassiez en partie de votre uniforme.

Pris d'un vertige, Archer se demanda s'il avait une sorte de cible peinte dans le dos. Il s'efforça de parler d'une voix glacée.

— J'ai compris votre sous-entendu, monsieur. Sachez que je me sens insulté.

Adrian se mit à rire.

— Et maintenant, je présume que vous allez m'en réclamer satisfaction ? Mon cher, vous satisfaire serait mon plus grand désir – mais j'espère le faire en profitant de votre joli petit cul.

Archer crispa trop brusquement les doigts, cassant le pied délicat de son verre en cristal. Le vieux porto éclaboussa la blancheur de la nappe amidonnée.

— Si vous imaginez que je vais accepter, vous vous leurrez.

Le pirate rit encore.

— Je n'ai pas besoin de votre coopération, M. Archer. Pourtant, ce serait préférable. Je trouve tellement dommage qu'un pauvre garçon doive être saucissonné, cela émousse le plaisir.

Archer avait l'esprit engourdi par un étrange détachement, comme s'il s'agissait d'un rêve bizarre ayant pris l'apparence de la réalité. Adrian parlait d'une voix calme, presque amusée, mais ses paroles exprimaient une menace. Le cœur battant la chamade, Archer aurait voulu s'enfuir, mais il ne le pouvait pas, il était piégé – par au moins trois gardes devant la porte. De plus, s'il ne suivait pas les règles incompréhensibles de ce jeu pervers, il ignorait ce que ce bâtard risquait de faire subir à Will ou au capitaine Smith.

L'une d'elles, apparemment, semblait être de garder un semblant policé. Archer trouva difficile de s'y conformer tellement il avait les dents serrées.

— Je pense avoir peu de chance d'apprécier une expérience de ce genre, quelles que soient les circonstances. Donc, une fois de plus, je vais devoir décliner votre proposition.

Non, merci, je préfère que mon viol n'ait pas lieu aujourd'hui. Si cela ne vous dérange pas.

Adrian pencha la tête de côté, comme un savant examinant un spécimen étrange.

— Ah. Peut-être ai-je été trop hâtif. J'avais cru que, comme moi, vous étiez un connaisseur.

Sans comprendre, Archer fronça les sourcils.

— Un connaisseur ?

— De la beauté masculine. Je pensais que M. Marshall et vous étiez peut-être… ?

Une flèche de glace perça le cœur d'Archer et commença à se répandre à travers tout son corps.

— Non !

Non, misérable ! Laissez Will en dehors de cette histoire !

— En êtes-vous certain ? Il semblait tellement… soucieux de votre bien-être, à votre arrivée à bord.

— M. Marshall est un… un officier consciencieux. Il se serait intéressé de la même façon à chacun de ses hommes.

— Mais oui, bien sûr, répondit Adrian avec un sourire entendu.

Non – non – non !

Il fallait détourner l'attention de ce bâtard et lui faire oublier William.

— À bord de notre ancien navire, un autre officier s'était, comme vous, fait de fausses idées. M. Marshall l'a défié en duel.

— Oh, vraiment ? Et alors ?

— Il l'a abattu.

Comme Will vous mettrait également une balle en plein cœur.

Adrian se tapota les lèvres de sa serviette.

— Ma parole ! Eh bien, je présume qu'il nous faut exclure M. Marshall. Mais je remarque que vous n'avez rien dit vous concernant. Mon pauvre garçon, vous n'avez sans doute connu qu'une brutale sodomie dans la cale – sans doute pris de force par cet 'autre officier'. Nous devons remédier à cela.

Archer sentit son engourdissement s'évaporer sous l'effet de colère. Il s'y accrocha, espérant que cette émotion brûlante le libérerait du nœud glacé de la peur qui lui serrait la poitrine.

— Capitaine, c'est absurde ! Vous vous méprenez à mon sujet ! Je considère comme une offense votre hypothèse extrêmement personnelle sans le moindre fondement. Comment, sans la moindre preuve, osez-vous assumer que j'accepterais une proposition qui me révulse ? Ceci s'ajoutant au fait que vous m'avez enlevé de force et me retenez ici contre mon gré.

Voyant qu'Adrian s'apprêtait à lui répondre, Archer conclut rapidement :

— Je suis certain que vous avez assez d'hommes à vos ordres pour m'imposer votre volonté, mais si vous confondez coercition et coopération, vous vous faites des illusions.

Les yeux glacés le transpercèrent.

— Vous n'avez pas nié mon hypothèse.

Écartelé entre terreur et indignation, Archer savait qu'Adrian discernait sa frayeur. Il ne s'en souciait pas. À présent, il était un homme, plus un enfant.

— Je vous nie le droit de faire des hypothèses à mon sujet.

Adrian eut un rictus.

— Tôt ou tard, mon garçon, vous réaliserez avoir envie de coopérer. Mais pour le moment, si ma suggestion ne vous tente pas, vous pouvez retourner à votre cellule. Peut-être verrez-vous différemment les choses dans la matinée.

Il agita une clochette et se leva, indiquant la porte de la main. Affaibli par le soulagement qu'il éprouvait et osant à peine croire que son calvaire était terminé, même si son répit était momentané, Archer se redressa à la hâte et voulut s'enfuir.

Avant de quitter la cabine, Adrian fit une pause, la main sur la poignée.

— N'oubliez pas, M. Archer, que le moindre geste violent de votre part entraînerait un châtiment sévère pour vos camarades.

Sur ce, il s'approcha rapidement derrière Archer et se plaqua contre lui, pelotant le devant de son corps. Piégé entre ces mains intrusives et le souffle chaud qui lui brûlait l'oreille, le jeune homme se figea et ferma les yeux, attendant ce qu'il savait devoir suivre.

Mais… Ce ne fut pas le cas. Adrian le caressa et le sonda pendant ce qui lui parut être une horrible éternité. Brusquement, il le poussa vers la porte ouverte et dans les bras du garde qui l'avait accompagné.

— Dites à M. Brown de me prévenir quand nous serons hors de vue.

— Oui, monsieur, répondit le garde.

Sous le choc, Archer tremblait encore pendant que les hommes lui rattachaient les poignets, jetaient sur lui une cape et le ficelaient. Il réussit à retourner jusqu'à sa cellule, mais, à peine la porte franchie, ses jambes lâchèrent sous lui. Il s'effondra sur la paille et s'adossa à la cloison.

Marshall, étendu dans le coin le plus sombre, se retourna et vint s'asseoir à côté de lui pour poser la main sur son épaule.

— Davy, qu'est-ce qui ne va pas ? On dirait que vous avez vu un fantôme.

C'était exact. Celui de George Correy.

Il haussa les épaules pour se dégager, effrayé d'accepter ce geste réconfortant parce qu'il craignait de craquer.

— Rien, tout va bien.

Reste calme. Respire profondément.

Il ne pouvait pas s'effondrer devant Will. Il devait garder la tête froide jusqu'à ce que les gardes emmènent la lanterne devant leur porte. Une fois la cabine redevenue obscure, il pourrait se laisser aller.

— Je… je n'aurais pas dû boire d'alcool. Ça m'est monté à la tête dès que j'ai quitté la table.

— J'aurais cru qu'un verre vous ferait du bien.

Sceptique, Marshall fronça les sourcils, mais il n'insista pas. Il demanda plutôt :

— Comment cela s'est-il passé ? Avez-vous appris quelque chose ?

Bien que la présence de son ami soit pour lui un tonique, Archer recommença à frissonner.

— Le menu était excellent, le convive répugnant. Vous ont-ils apporté à manger, Will ?

— Non, répondit Marshall d'un ton léger. J'ai apparemment été oublié ce soir. Par contre, ils ont rempli les seaux d'eau. Je présume qu'il s'agit d'une sorte de jeu du chat et de la souris, mais je ne comprends pas leur but. S'attendent-ils à ce que nous nous battions pour un repas manqué ?

Archer se souvint alors de ses chapardages et une vraie expression de bonheur détendit ses traits.

— Si c'était là l'intention d'Adrian, il devrait mieux surveiller ses provisions. Il m'a paru être du genre à diviser pour régner. Il a prétendu que je devrais être jaloux parce que vous avez un rang supérieur au mien.

Avec soin, il sortit d'une poche la serviette contenant le pilon gras et odorant et de l'autre un biscuit pas trop écrasé. Il expliqua en même temps :

— Je vous ai ramené ceci.

L'expression de Will exprima sa faim de façon éloquente, contredisant ses vaillantes paroles précédentes. Archer ressentit une brûlante satisfaction en regardant son ami manger. Pendant quelques minutes, il réussit à repousser la terreur qui commençait à le ronger. Adrian n'était pas particulièrement subtil, mais il n'en avait pas besoin – et Archer comprenait le plan du pirate : bien le traiter et affamer Marshall, puis rappeler à l'objet de sa convoitise qu'il pourrait améliorer le sort de son ami… Adrian pouvait même avoir deviné que son 'invité' avait emporté une partie de son repas.

William terminait les dernières miettes de son biscuit.

— Davy, dit-il ensuite, si j'étais amiral, vous seriez promu sur-le-champ. Mais qu'allons-nous faire avec les os ?

Tous deux examinèrent leur minuscule cellule.

— Ne les cachez pas sous la paille, conseilla Archer. Cela risquerait d'attirer les rats.

— Il y a déjà bien assez de rats humains dans la coursive, si vous voulez mon avis. Ah, j'ai une idée !

Soulevant le couvercle du seau hygiénique, William jeta à l'intérieur les os révélateurs.

— Je doute qu'ils inspectent de près son contenu, ajouta-t-il.

Archer haussa les épaules.

— Si c'est le cas, nous leur dirons que j'ai une digestion difficile.

Pour une raison étrange, Marshall étouffa un fou rire. Au moment où il se calmait, Archer imagina les pirates fouiller leur seau hygiénique et trouva cette vision hilarante. Il se mit à rire, entraînant à nouveau Marshall à rire avec lui. Chaque fois que leurs yeux se croisaient, les deux amis repartaient dans une nouvelle crise. C'était nerveux, bien sûr, et tous deux le savaient, mais c'était néanmoins leur façon de célébrer une petite victoire sur leurs ravisseurs.

Et Archer se sentit ensuite la gorge un peu moins contractée.

Puis Marshall détourna les yeux en disant :

— À présent, je pense que nous ferions mieux de dormir un peu.

— Attendez !

Archer baissa la voix pour continuer, mais tous deux avaient déjà pris l'habitude de converser en chuchotant.

— Avant d'oublier, reprit-il, j'ai plusieurs détails à vous signaler. L'homme qui se trouve en ce moment à la barre s'appelle Brown, même si je soupçonne qu'il s'agisse d'un nom d'emprunt, comme celui d'Adrian.

— C'est un nom assez commun, ce peut être le sien.

— Certes, mais pourquoi un de ces bandits utiliserait-il son vrai nom alors qu'ils portent tous des masques ? Il y a quatorze pas du pont arrière jusqu'à la trappe par laquelle nous sommes descendus. Il s'agit d'un navire de bonne taille, comme vous l'aviez deviné. Il m'a semblé plus grand que ceux que nous avons capturés, mais pas autant que la *Calypso*, il ne produit pas les mêmes sons et ne donne pas la même sensation d'espace. De plus, Adrian a également mentionné que vous et moi n'étions pas prévus, tout comme l'a dit le capitaine. Ils l'avaient choisi pour cible, ou éventuellement M. Drinkwater.

— Aurait-il mentionné le lieutenant Drinkwater par son nom ?

— Oui. Et il est également au courant que sa famille est bien nantie. Je me demande depuis combien de temps il savait que nous serions au port. Notre arrêt n'était pas prévu.

— Deux des navires français que nous avons pris sont arrivés un jour avant nous, déclara Marshall. Ils n'ont donc pu apprendre qu'une chose : que nous étions en route et que nous arriverions d'ici dix-huit ou vingt heures. De plus, la liste des officiers du bord est relativement facile à obtenir. Je me demande si ce vaurien attendait spécifiquement le capitaine Smith, ou si n'importe quel officier susceptible de lui rapporter bonne rançon aurait fait son affaire.

— Je ne sais pas. Adrian parle avec mépris des officiers et des gentlemen, mais ses manières suggèrent qu'il est l'un d'eux, ou du moins qu'il l'a été. Sa cabine arrière est somptueuse au point de rendre la *Calypso* spartiate.

Les quartiers de Smith avaient pourtant dans toute la flotte une réputation de simplicité raffinée. Le capitaine profitait des prérogatives de son rang pour avoir une cave privée et quelques petits conforts, mais il ne vivait pas sur le même pied qu'Adrian.

— La plupart des plats servis étaient périssables, sauf les biscuits. Il doit donc y avoir des poules à bord, quelque part, et une cave à vin. D'après moi, ce navire ne s'éloigne jamais des côtes.

— Attention, M. Archer, le sermonna Marshall. Vous faites preuve d'un talent certain de déduction. Nous ne voulons pas vous perdre au profit du service des renseignements.

— Pas de danger, assura Archer. S'ils tentaient de m'envoyer espionner les Français, les mangeurs de grenouilles me repéreraient instantanément, à cause de mes genoux flageolants.

Avec un sourire, Marshall lui empoigna l'épaule. Ensuite, les deux hommes s'organisèrent pour la nuit. Ce qui ne leur prit pas longtemps : les chaussures furent posées dans un coin, les vestes roulées pour servir d'oreillers et les chemises mises à aérer. Les toiles à voile avaient juste la taille suffisante pour que les épis de paille ne soient pas trop inconfortables. La cellule était bien trop étouffante pour avoir besoin de couverture.

À quelques minutes près, ils avaient bien prévu leur timing. Juste avant qu'ils aient terminé leurs préparatifs, un membre de l'équipage vint récupérer la lanterne. Sans elle, il faisait assez sombre pour dormir – et échapper un moment à la réalité.

Archer espéra que l'obscurité l'empêcherait également de rêver.

V

Entrée complémentaire, HMS Calypso, *en réparation, Portsmouth.*
Lieutenant-commandant Anthony Drinkwater, capitaine remplaçant.
19 juillet 1799
Rien de nouveau.

ÉPUISÉS PAR les révélations bouleversantes reçues au dîner, Archer dormit profondément. Il fut réveillé en sursaut quand une meute d'hommes masqués fit irruption dans la cellule. À la lumière de la lanterne, il vit Marshall se battre contre deux hommes solides. Un troisième lui envoya dans l'estomac un coup de poing qui le plia en deux. Il fut maîtrisé et un autre garde lui lia les mains.

Encore à moitié endormi, Archer fut d'abord trop surpris pour lutter. Dès qu'il voulut le faire, il se retrouva un genou plaqué dans son dos et un bras autour de la gorge. Torse nu, pieds nus, Marshall et lui furent tous deux soumis au même traitement – attachés, les yeux bandés – et traînés hors de leur cellule. En haut des marches, ils retrouvèrent l'air libre sur le pont arrière du navire. Archer fut alors retourné et écarté de quelques pas. Ses poignets, toujours liés, furent tirés vers le haut et attachés au-dessus de sa tête.

Lorsqu'il tenta de se repérer, la voix d'Adrian résonna à côté de lui.

— Vous ne pourriez guère profiter d'une leçon sans la voir, n'est-ce pas ?

Son bandeau fut arraché. Il réalisa alors être contre une grille et sut qu'il allait subir une punition publique. Rien de surprenant. Après tout, il avait offensé le bâtard. Sur un navire, la flagellation était la sanction la plus couramment appliquée. Lorsqu'Archer se trouvait sur le *Titan*, il avait été puni à deux reprises, Correy réussissant à lui faire porter le blâme de ses fautes. Mais aujourd'hui, les circonstances étaient inhabituelles.

Sourcils froncés, Archer examina le treillis métallique et se rendit compte qu'il était dans le mauvais sens, face au pont. Soudain, Marshall fut plaqué devant lui, de l'autre côté du grillage, de sorte que leurs visages n'étaient qu'à quelques centimètres l'un de l'autre. La lune aux trois quarts donnait une lumière suffisante pour permettre à Archer de voir les pirates attacher Will aux barreaux métalliques, lui écartant bras et jambes pour l'immobiliser. Derrière l'épaule de son ami, Archer vit deux autres bandits conduire sur le pont le capitaine Smith, qui lui aussi, pour le moment, avait les yeux bandés. Il fut arrêté à quelques mètres de distance.

Si Archer s'était plus ou moins attendu à des représailles après son ferme refus, il n'avait jamais imaginé une scène pareille. Tordant le cou pour regarder derrière lui, il trouva Adrian qui l'examinait d'un air lubrique et spéculatif. Il en eut le cœur serré. D'un autre côté, qu'espérait-il au juste seul contre quarante ou cinquante hommes ? Il n'avait jamais eu la moindre chance d'échapper au pirate.

Il en eut la bouche sèche.

— Très bien, souffla-t-il. J'ai compris. Je vais le faire.

Le sourire d'Adrian était plein d'assurance.

— Bien entendu. Je n'en ai jamais douté. Mais ceci est une punition, pas une menace.

Il leva la voix pour annoncer haut et clair :

— Que nos braves officiers assistent au spectacle et comprennent que je parle sérieusement !

En le voyant traverser le pont d'un pas conquérant, Archer regrettait que ce misérable n'ait pas choisi de faire carrière au théâtre. Voilà qui leur aurait épargné bien des soucis !

— Messieurs, annonça Adrian à ses hommes. Il y a eu ce soir tentative d'évasion. Le lieutenant Marshall n'est pas coupable, certes, mais ce sera à lui d'en supporter les conséquences.

Son bandeau arraché, Marshall cligna des yeux. Il parut surpris de voir Archer attaché devant lui.

— Voilà pourquoi vous étiez si agité en revenant hier soir, Davy. Pourquoi ne rien m'en avoir dit ?

— Je suis désolé, murmura Archer. Mais je n'ai pas...

Il se tut lorsqu'il fut frappé par derrière. Il lui faudrait attendre pour s'expliquer. *Non,* il lui faudrait plutôt trouver un mensonge plausible, car il ne pouvait dire la vérité.

— Je ne veux pas abîmer un jeune homme aussi superbe, continua Adrian. Aussi...

En entendant la tonalité sirupeuse de sa voix, Archer se glaça.

— ... nous utiliserons une trique pour cette fois. La prochaine, ce sera le fouet. Bosco... avant de commencer sur M. Marshall, pourriez-vous donner à M. Archer un échantillon, je vous prie ?

Le souple rotin émit un sifflement strident avant de sabrer Archer dans le dos. Pris au dépourvu, il ravala de justesse un glapissement de douleur. Il retint aussi son souffle et se raidit, se préparant au prochain coup. Celui-ci ne venant pas, il commença à se détendre lorsque le maître d'équipage, qui avait sournoisement attendu à cet effet, le frappa de deux coups rapprochés.

— C'est assez, déclara Adrian. Ne privons pas M. Marshall de ce qui lui est dû. Une douzaine de coups, je vous prie.

— C'est d'un prévisible ! marmonna Will.

Ses traits se crispèrent quand il reçut le premier coup, mais il serra les dents avec obstination et ne produisit pas un seul son, sauf quelques halètements de douleur. Le grillage était secoué par les soubresauts de son corps sous les coups.

Will était trop proche, Archer ne put supporter de le regarder plus longtemps. Non que la punition soit particulièrement sévère – chaque aspirant sur le *Titan* l'avait subie une fois ou deux– mais il s'en sentait responsable, ce qui lui rendait la situation presque insupportable. Et son dos douloureux le picotait encore. Au-delà de William et de leurs ravisseurs, il chercha des yeux l'endroit où se trouvait le capitaine Smith, les mains liées derrière lui, entouré d'une demi-douzaine de gardes. Son visage paraissait sculpté dans du granit. Au clair de lune, l'expression de ses yeux restait invisible, mais Archer, en voyant sa posture, évoqua un canon chargé prêt à la mise à feu.

Son attention se détourna de son capitaine lorsqu'Adrian reprit la parole :

— Et en voilà douze.

Avec un soupir, William s'affaissa contre le grillage.

— ... plus un dernier pour faire bonne mesure ! ajouta le bandit.

Le coup tombait déjà, trop rapide pour que Marshall ait pu s'y préparer. Ensuite, Adrian le prit par les cheveux pour lui tirer la tête en arrière.

— Auriez-vous quelques mots à adresser au lieutenant Archer qui vous a valu cette punition, M. Marshall ?

William montra les dents dans un sourire sauvage, dangereux.

— Certainement, répondit-il. Bravo, M. Archer ! J'espère que vous réussirez la prochaine fois.

Ses yeux, braqués sur Archer, exigeaient que son ami partage sa plaisanterie et sa voix résonnait d'une insolence délibérée.

Adrian n'apprécia pas d'être ainsi défié. La trique se remit à tomber. Cette fois, il n'y eut pas d'annonce du nombre de coups et le bosco y alla à tour de bras. Archer ne les ressentait que par ricochet et c'était déjà terrible. Cela dura, encore et encore. Il perdit le compte après trente. Il voyait bien que la sévérité du châtiment commençait à éroder la résistance de Marshall, ses halètements étaient presque devenus des sanglots quand les coups s'arrêtèrent enfin.

— Will, souffla Archer, pour l'amour de Dieu, ne le provoquez pas. Comment pourrions-nous nous enfuir si vous n'arrivez plus à bouger ?

Grâce au ciel, le capitaine Smith devait avoir la même idée. Dans le calme retombé après le dernier coup, sa voix trancha comme une épée le silence de la nuit, seulement entrecoupé par la respiration laborieuse de Marshall.

— Taisez-vous, M. Marshall ! ordonna-t-il.

Puis il se tourna vers Adrian.

— En général, monsieur, j'apprécie peu devoir pendre un homme. Dans votre cas, je ferai une exception.

— Voici une réflexion bien peu originale, monsieur, répondit Adrian, moqueur.

Il s'approcha de Marshall pour inspecter son œuvre.

— Il n'y aura pas de séquelles irrémédiables, j'en suis sûr. Nous ne tenons pas à endommager une marchandise de valeur, après tout.

Son regard croisa celui d'Archer à travers la grille.

— Veillerez-vous que cela ne se reproduise pas ? demanda-t-il.

Craignant d'être trahi par sa voix, Archer se contenta d'acquiescer.

— Tant mieux !

Sur un geste d'Adrian, ses hommes vinrent libérer les deux prisonniers de la grille. William avança d'un pas chancelant, le visage et le corps rigides de tension. Archer tenta de rester à proximité pour lui permettre de s'appuyer contre lui. La peau moite, Marshall grelottait déjà.

Les deux amis rejoignirent Smith, sur le pont principal, et Adrian examina leur trio avec satisfaction.

— Messieurs, je pense que vous savez à présent qui est seul maître à bord de ce navire ?

Du même mouvement instinctif, les deux lieutenants se tournèrent vers leur capitaine. Puis Archer se risqua à lui parler :

— Nous n'avons pas tenté de nous évader, monsieur.

— Je vous remercie, M. Archer, répondit Smith.

Sa réponse fut presque étouffée par le hurlement enragé d'Adrian :

— Ramenez-les dans leur cellule !

— Silence ! rugit Smith.

Sur la *Calypso*, même en pleine bataille, un tel ordre aurait ramené le calme sur le pont. Profitant du silence stupéfait qui s'ensuivit, le capitaine enchaîna :

— Vous avez joué aux pirates bien trop longtemps, tous autant que vous êtes. Tant que vous suivrez cet homme, vous n'êtes plus de simples criminels, vous êtes des traîtres. Plus un port d'Angleterre ne sera pour vous havre de paix. Nous sommes en guerre, sombres idiots, et vous osez vous en prendre à des officiers de la Royal Navy de Sa Majesté ?

Son regard balayant le pont, le capitaine enchaîna :

— Je suis prêt à offrir l'amnistie à tout homme qui renoncera à cette lamentable opération et acceptera de faire son devoir envers son pays !

Même Archer, emporté par la forte personnalité de Smith, était prêt à renoncer à tout, sur-le-champ, et à faire allégeance. D'après lui, la moitié des hommes présents ressentait la même émotion. Si tous trois n'avaient pas été attachés, Smith aurait pu réussir.

Mais l'équilibre précaire se modifia dès qu'Adrian intervint. Empoignant Smith par un bras, il le renversa sur le pont. Puis il s'en prit à ses deux hommes de garde, figés, bouche bée, et les propulsa vers le capitaine.

— Ramenez-le dans sa cellule et enfermez-le. Ensuite, vous irez recevoir une flagellation du bosco !

Domptés, les deux marins emmenèrent le capitaine. Adrian se tourna alors vers son équipage, dont la moitié assistait encore au mini-drame. Il pointa du doigt Marshall et Archer.

— Emmenez-les. *Sur le champ* ! À la moindre désobéissance, je vous fais tous abattre !

— Par qui ? marmonna Will.

Par chance, il parla doucement, aussi seul Archer l'entendit-il. Si son ami n'avait pas été dans un tel état, Archer lui aurait volontiers donné un coup de coude. Il dut se contenter de froncer les sourcils. Marshall réussit à contenir ses railleries jusqu'à leur retour en cellule. Ils n'avaient pas eu les yeux bandés cette fois, peut-être parce qu'il n'y avait pas grand-chose à voir : aucune autre porte ne se trouvait à proximité de la leur. Le capitaine devait être emprisonné ailleurs.

UNE FOIS seul, Will perdit son expression courageuse. Il appuya ses deux mains à la cloison, tremblant de tous son corps. Hâtivement, Archer nivela la paille éparpillée, lissa la toile à voile et récupéra la serviette en lin volée. Elle n'était pas bien grande, mais elle lui servirait peut-être à apaiser la brûlure des coups.

Il prit son ami par le coude, veillant bien à ne pas toucher son dos.

— Venez, Will. Allongez-vous et ne bougez plus. Je vais vous verser de l'eau sur le dos. Vous ne le sentez probablement pas encore, mais la douleur ne va pas tarder à devenir intolérable.

— Je commence à le réaliser.

Bougeant très prudemment, William s'étendit sur le ventre tandis qu'Archer imbibait la serviette dans un des seaux.

— Ça en valait la peine, cependant, reprit Marshall. Avez-vous vu la tête de ce salaud quand Smith est intervenu ? Il ne savait plus quoi faire. Si le capitaine avait disposé d'une minute de plus, l'équipage aurait probablement chanté *God Save the King*.

— Mais cette minute, il ne l'a pas eue.

Archer regrettait d'être aussi amer, mais il n'osait imaginer ce qu'allait faire Adrian pour panser son orgueil blessé. La seule chose dont il était certain, c'était que la réaction du pirate ne lui plairait pas. Il prit le linge trempé, inquiet à l'idée de mettre du sel sur des entailles ouvertes. Pourtant, il le devait, ne serait-ce que pour faire cesser le saignement.

— Serrez les dents, Will. Je suis désolé.

Quand l'eau de mer toucha ses plaies, William tressauta de tout son corps.

— Merci. Davy, le capitaine n'a pas réussi cette fois-ci, mais son intervention a tout changé.

— Oui, j'ai remarqué. Adrian est devenu encore plus enragé.

— Non, je ne parlais pas de cela. Réfléchissez un peu. Le capitaine nous a dit avoir fait protéger sa famille. Jusque-là, ces forbans n'enlevaient probablement que des épouses, des enfants, et peut-être les parents de gens riches – des terriens. Leurs captifs ne savaient qu'une chose : qu'ils se trouvaient embarqués. Mais nous, étant marins, nous pouvons en déduire bien davantage, ne serait-ce que par la façon dont ce navire se déplace. Et nous savons avoir passé l'essentiel de notre temps à bord hors du port. Ils n'avaient probablement jamais capturé de marins avant nous. Ils ont commis une erreur fatale en choisissant le capitaine Smith pour cible.

Son sourire ressemblait, en plus mesuré, à celui qu'il avait arboré sur le pont supérieur.

— Ils tiennent un tigre par la queue, Davy, reprit-il. J'ignore si le capitaine a le pouvoir d'accorder une amnistie, mais je le parierais capable de l'obtenir pour le mutin qui faciliterait notre évasion.

— Ce sont des criminels, objecta Archer. Pourquoi une telle proposition les intéresserait-elle ?

— Ce sont peut-être des vauriens, Davy, mais avant tout, ils sont Anglais. Certains d'entre eux ont certainement de la famille en Angleterre. De plus, ce sont des marins. Tous les hommes qui se trouvaient cette nuit sur ce pont et qui ont entendu parler M. Smith savent désormais ce à quoi ressemble un véritable capitaine. Ils savent aussi que le leur n'est qu'un fantoche. Malheureusement, Adrian en est également conscient, donc il va devoir utiliser une partie de son équipage pour surveiller l'autre – et il va s'inquiéter que certains de ses hommes conspirent contre lui.

— J'aimerais vous croire.

Le raisonnement de William paraissait sensé. De plus, parler lui faisait oublier sa douleur. En voyant l'état de son dos, à la peau marbrée de coups, Archer n'arrivait pas à comprendre comment le blessé parvenait encore à réfléchir. La serviette qu'il tenait brûlait déjà. D'ici le lever du soleil, les contusions prendraient toutes les couleurs de l'arc-en-ciel.

— Mieux vaut garder votre dos aux frais. Que préférez-vous, que j'enlève cette serviette ou bien que j'y verse encore de l'eau ?

— Faites au plus facile, Davy. Merci.

Il grinça des dents quand la serviette, rincée, fut remise sur son dos, puis recommença à parler :

— Nous devons être prêts à profiter de la moindre approche, si l'un d'eux veut changer de bord. Il nous faut des renseignements sur la position du navire, savoir si nous sommes proches de la côte...

— C'est probablement le cas, coupa Archer. Lorsqu'ils m'ont ramené hier soir, Adrian a demandé au garde d'être prévenu dès que le bateau serait hors de vue. Je pense qu'il parlait de la terre, au cas où quelqu'un ait une lorgnette braquée dans sa direction. Il ne voulait pas que nous puissions être vus monter sur le pont.

— Il pouvait également se méfier d'autres navires. Dans ce cas, avec quelques minutes libres sur…

Il s'interrompit avec un cri étranglé et vacilla. Archer le prit par les épaules pour le stabiliser.

— Le pire commence peu après qu'on ait cru que cela s'arrangeait, Will. Cela va passer.

— Dans combien… de temps ?

— Je ne sais pas, je n'ai jamais reçu plus d'une douzaine de coups. Bouger rend les choses pires. Essayez de rester immobile.

William marmonna quelques mots inintelligibles.

— Quoi ?

— Quand même… cela valait le coup. De voir ce salaud arrogant comprendre qu'il s'était attaqué à un homme plus fort que lui.

À travers l'évent, Archer vit apparaître une pâle lumière qui annonçait l'aube.

— Vous devriez vous reposer, Will. Tentez de dormir.

— Je présume que vous plaisantez.

— Ah, vous pouvez parler ! Dieu du ciel, Will, pourquoi l'avoir aiguillonné ainsi ?

— Je déteste les brutes qui abusent de leur pouvoir, répondit Will d'une voix que la douleur éraillait. Cela me rappelle ce bâtard de Correy.

Archer reçut cette remarque comme un coup physique. William était-il devin ? Puis il réalisa de son ami n'en avait pas besoin pour constater une similitude. Vérifiant la serviette, il préféra l'humecter à nouveau.

— Eh bien, le monde ne manque pas de brutes abusives, c'est certain, et nous en avons certainement rencontré plusieurs.

Et je ne suis pas davantage capable de les affronter aujourd'hui qu'autrefois. Will n'avait pas à être étendu là, souffrant. Il avait reçu cette flagellation avec fierté, pensant être puni parce qu'Archer avait suivi les ordres de Smith. Au contraire, lâchement, Archer avait tenté de se protéger de l'inéluctable. Il n'y échapperait pas, au final. *Je ne risque pas d'être tué, après tout, puisque ce bâtard espère toucher ma rançon.* Il avait déjà capitulé – sur le pont. Adrian pouvait l'envoyer chercher à tout moment et le faire escorter dans sa cabine. Archer serait impuissant à l'en empêcher.

Mieux valait ne pas y penser pour l'instant.

— Will, voulez-vous un peu d'eau ? Je veux dire, avez-vous soif ?

— Oui, volontiers.

Il fallut un certain temps pour positionner William sur le côté, lui donner à boire et le remettre sur le ventre.

— Merci. Davy… ?

— Oui ?

— Quand tout a commencé, vous avez parlé à Adrian – j'ai eu l'impression que vous acceptiez une sorte de marché. De quoi s'agissait-il ?

Archer s'était détourné pour humecter la serviette. William ne put le voir grincer des dents tandis qu'il cherchait à éviter de trop mentir.

— Vous aviez raison en pensant qu'il cherchait… des renseignements. J'ai oublié de vous en parler à mon retour, la nuit dernière, mais il m'a interrogé concernant la *Calypso*. Il voulait connaître le nom des navires que nous avons capturés. Et il voulait savoir combien prendraient les réparations de notre pauvre vieux vaisseau. Je lui ai répondu que nous avions été enlevés avant notre rencontre avec le charpentier du port et que je ne pouvais donner aucune information d'ordre militaire avant d'en avoir discuté avec le capitaine.

— Oh. Je vois. Très bien, Davy.

— Je pensais que nous en parlerions ensemble, au matin, pour décider quels renseignements inutiles lui faire passer.

S'agenouillant pour placer la serviette mouillée sur le dos de son ami, Archer baissa la tête et reprit :

— Je-je n'aurais jamais pu imaginer qu'il vous ferait cela. William, pourrez-vous me le pardonner ?

Cette dernière déclaration, au moins, était parfaitement sincère.

— Je n'ai rien à vous pardonner, Davy, répondit Will d'un ton las. Vous ne faisiez que votre devoir. D'ailleurs, il paraît évident qu'il tenait à nous faire une démonstration de force, à un moment ou à un autre, ne serait-ce que pour nous décourager de tenter une évasion. Ceci était peut-être destiné au capitaine Smith, mon prétendu 'oncle', dont Adrian cherche une meilleure coopération. Puisqu'ils ne m'ont pas déjà tué comme 'marchandise sans valeur', Smith a dû leur raconter sa version.

Il posa le menton sur ses poings et enchaîna :

— Nous savons que le capitaine menace l'autorité d'Adrian. À bord d'un navire, c'est le pire danger qui soit. Si ce bâtard perd le contrôle de son équipage, Smith prendra sa place.

— Il est pourtant évident qu'il attend quelque chose de moi... commença Archer.

Il se méprisait de ne pas tout révéler, mais la vérité aurait été pire.

— Il cherchait peut-être à vous briser – excusez-moi, ce n'est pas ce que je voulais dire – il tentait de vous forcer à lui fournir ces renseignements, juste pour se prouver qu'il en a le pouvoir et non parce qu'il en a réellement besoin.

— Vous avez sans doute raison.

Tirant de sa poche son mouchoir, Archer le mouilla pour en nettoyer le visage de William. Que celui-ci ne proteste pas indiquait combien il souffrait. Oh, oui, Will avait bien cerné Adrian, même s'il se trompait sur la nature de son objectif. *Et ce bâtard a tout pouvoir, William, car je ne pourrais supporter qu'il vous fasse davantage souffrir. Qu'il soit maudit ! Comment a-t-il pu deviner... ?*

— Je suis sûr que toutes ces rançons l'enrichissent, Davy, mais d'après sa performance sur le pont, ce qu'il cherche surtout, c'est le contrôle sur les autres.

Épuisé par la douleur, William parlait désormais lentement, avec difficulté. Ses yeux sombres étaient ternis.

— Il devait avoir des espions à Portsmouth à notre arrivée, continua-t-il avec obstination. Il sait ce que nous avons ramené. Ces informations paraissent tôt ou tard dans la *Gazette de la Navy*, à moins qu'une dépêche vitale se trouve à bord d'un de ces navires – le genre de secrets que vous et moi n'apprendrons jamais. Ne vous inquiétez pas, Davy, cela n'a aucune importance. Laissons-le croire qu'il a gagné. Gagnons du temps.

— Je pensais lui parler de nos captures déjà parues. Vous avez raison. Un lieutenant d'active n'est jamais au courant d'informations secrètes.

— Je pense que nous nous en sortirons grâce au capitaine. Nous devons être prêts à agir à son signal. Par Dieu, si je deviens un jour à moitié l'homme qu'il est...

Sa voix s'éteignait, ses paupières se fermaient.

— Vous l'êtes déjà, déclara Archer à mi-voix. En tout cas, en ce qui concerne cette moitié.

Une fois certain que William s'était endormi, il le recouvrit de la seconde toile à voile pour qu'il ne prenne pas froid, puis étala sur le sol leurs deux vestes sur lesquelles il se coucha. Il roula leurs chemises en guise d'oreiller et se mit sur le côté, s'agitant le temps de trouver une position confortable. Les coups qu'il avait subis n'étaient rien comparés à ceux de William, mais la douleur restait diablement présente. Archer regarda le rai de lumière émanant de l'évent avancer lentement sur la paroi de la cabine, laissant ses pensées dériver sur ce qui l'attendait... le lendemain sans doute, au coucher du soleil.

D'après lui, William soupçonnait ce qu'il avait subi avec Correy, bien des années plus tôt. Il était reconnaissant à son ami de ne jamais avoir abordé le sujet. Et il ne pouvait se résoudre à avouer son problème actuel.

Suis-je donc si facile à lire ? Le devine-t-on rien qu'en me regardant ? Il espérait bien que non. Il n'avait jamais délibérément tenté d'attirer l'attention d'un homme – et certainement pas celle de Correy – mais au théâtre, il avait reçu quelques propositions qu'il n'avait jamais acceptées, sans rancune de part et d'autre. Et, plus jeune, il avait également été épris de façon plus conventionnelle de l'adorable doublure de la célèbre tragédienne, Mme Sarah Siddons.

Mais il avait bel et bien reçu des propositions masculines. Et maintenant ceci. William pourrait finir par se demander, comme Archer le faisait actuellement, s'il ne provoquait pas ces attentions, par une sorte de signal suggérant qu'il les accepterait. Et si William se posait cette question, peut-être ne voudrait-il pas garder un tel ami. Une réputation de ce genre sonnerait vite le glas des ambitions d'un jeune officier. Or, William était très ambitieux. Il le méritait bien, car il serait un jour dans les livres d'Histoire un capitaine aussi célèbre que Jervis, Nelson et Smith. De tels hommes étaient rares et l'Angleterre avait besoin d'eux.

C'était presque amusant que William puisse admirer ses illustres prédécesseurs sans se reconnaître digne de figurer parmi eux. Il avait dit qu'Adrian avait capturé un homme meilleur que lui, mais en vérité, le pirate avait commis la même erreur deux fois, ce qui le terrorisait probablement.

Peut-être est-ce la raison pour laquelle ce bâtard s'en prend à moi. Une corvette n'attaquera pas deux frégates si un sloop moins bien armé est en vue. Je suis une cible facile. Et il croit pouvoir nous utiliser l'un contre l'autre. Cela lui plaît, cela lui donne une sensation de puissance.

Il aurait dû suivre la suggestion d'Adrian et faire croire qu'il était jaloux de William. Son ami n'aurait jamais été flagellé si le pirate avait pensé qu'Archer y verrait une vengeance personnelle. Non, cela n'aurait pas fonctionné. Archer était capable de porter un masque mondain, si besoin était, pour se conformer aux exigences de la société, mais jamais il ne pourrait prétendre haïr son meilleur ami... l'homme qu'il aimait.

Il pourrait cependant représenter une diversion. Les deux frégates réussiraient plus facilement à vaincre la corvette si celle-ci avait son attention détournée et tentait de couler le sloop. Si Adrian perdait une partie de sa vigilance en croyant gagner une escarmouche, il pourrait en négliger un combat plus vital. Cette tactique ne faisait pas partie de l'enseignement d'un officier, grâce au ciel, mais elle pourrait cependant atteindre son objectif. *Laissons-le croire qu'il a gagné*, avait dit William. *Gagnons du temps.*

Quelque part, je ne pense pas qu'il aurait parlé ainsi s'il avait su toute la vérité. Pourtant, il a raison.

Malgré tout, une ancienne terreur – due à Correy – pesait encore sur Archer, aussi lourde qu'une ancre. Il ignorait s'il pourrait s'en libérer. Il le devait. Il le fallait. S'il recommençait à ressasser, s'il était hanté par ses souvenirs, comme il y avait été forcé autrefois, ses horribles et bruyants cauchemars lui reviendraient sans doute. Et Will saurait alors qu'il y avait un problème.

Archer avait survécu à pire. Vraiment. Si Adrian était un porc libidineux, il ne semblait pas tenir à battre sa proie comme plâtre, comme le faisait Correy. Archer ne serait donc pas blessé, or il y avait également survécu. Il ne risquait pas davantage une nouvelle infestation de punaises, comme celle que certains des hommes avec ramené à bord d'un bordel de Vérone – il avait fallu près d'un mois pour s'en débarrasser, tout l'équipage étant couvert de piqûres.

La vermine existait dans différentes espèces, mais Adrian, aussi mauvais qu'il soit, n'était pas Correy. Dangereux, oui, vicieux certainement, mais il ne ferait pas ensuite chanter sa victime, il n'avait pas le pouvoir de ruiner sa carrière et sa vie. *Je suis déjà en prison, il ne peut pas rien me faire de pire. Il ne me tuera pas ni ne me jettera par-dessus bord, s'il peut l'éviter, car il tient à toucher ma rançon.*

Son devoir était de faire ce qu'il pouvait pour sortir de là, avec ses deux compagnons. Il était un adulte, non un garçon de seize ans terrorisé.

Il aurait préféré ne pas avoir à subir cette épreuve, mais il n'avait pas le choix. Ses vœux ne comptaient pas, seul son devoir importait.

Plus important encore, son sacrifice protégerait William de ce fils de pute. En se remémorant la façon dont Adrian avait fixé son ami, ligoté et écartelé, à moitié nu sur le grillage, Archer sentit ses entrailles se nouer. *Laissez-le tranquille, sale bâtard. Ne posez pas vos sales pattes sur lui !*

Il ne s'agissait pas seulement d'un sentiment protecteur. Archer avait très vite réalisé éprouver pour Will bien plus qu'une affection amicale. Il avait été presque choqué par la puissance de son émotion, qui dépassait de loin ce que permettait le règlement de la Royal Navy. Après ce qu'il avait subi aux mains de Correy, il avait perdu tout désir envers les hommes. Pourtant, avec William, l'attraction existait, mais en vain. Archer était bien conscient que, pour garder son ami, il ne devait jamais lui laisser soupçonner ses véritables sentiments.

Il scruta le visage endormi, si proche du sien dans cette cellule minuscule. Les cheveux noirs bouclés étaient collés de sueur, la bouche détendue ; l'inconscience atténuait les crispations de douleur sur les traits fermes. Will s'était montré attentif envers lui, d'une façon ou d'une autre, presque depuis le jour de leur rencontre. Il l'avait débarrassé de l'imposante présence de George Correy. Il représentait aussi le modèle de réussite qui inspirait à Archer l'envie de s'y conformer. Et un jour, sur un navire français, son amour pour Will éveilla en Archer un courage qu'il ignorait posséder. Oui, Will était toujours là. Quelques jours plus tôt, il avait aidé Archer à maîtriser sa panique d'être confiné dans le compartiment du chariot. Archer ne devait pas seulement à son ami la vie, mais également le respect de soi sans lequel l'existence était insupportable.

Il était grand temps qu'il rembourse un peu sa dette. Même s'il devait pour cela se prostituer …

Eh bien, ce ne serait pas la première fois qu'il subirait ce genre d'attentions, n'est-ce pas ? Avec Correy, il avait dû céder pour survivre. Avec Adrian, il le ferait pour accomplir son devoir, aider son capitaine et protéger son ami. Cela valait bien le prix qu'il aurait à payer. Jamais il ne pourrait se donner *à* William, mais il se livrerait au moins *pour* lui, pour le protéger, ce qui rachèterait peut-être ce désir honteux et contre nature qu'il éprouvait. Avec un peu de chance, il s'en trouverait même libéré, comme une première et terrible gueule de bois peut empêcher un homme de devenir un ivrogne chronique.

C'était peu probable. Quand Archer pensait à William sous cet aspect, il n'éprouvait que de l'excitation. Il aurait voulu connaître sa proximité corporelle, embrasser cette bouche douce et sensuelle, apprendre à donner du plaisir à son amant. Par contre, s'il pensait à Adrian, à son arrogance, à ses mains revendiquant son corps, à la laideur d'une âme qui jouissait de la douleur d'autrui pour assouvir ses appétits… il en frissonna de dégoût. Il n'y avait rien de commun entre les deux.

Si, moi.

Rien de nouveau. Il se savait capable de survivre à cette épreuve, alors que William risquait de ne pas le faire. Et l'idée que cette âme lumineuse soit souillée, abattue… *Non. Jamais. Pas si je peux l'éviter.*

Adrian ne pourra être pire que Correy.

Mon Dieu !

Respire.

SMITH FAISAIT encore sécher l'encre de sa missive quand il entendit des pas devant sa porte. Il baissa les yeux sur sa lettre. Tout semblait en ordre.

Cette fois-ci, Adrian s'était déplacé en personne.

— Avez-vous fini d'écrire, capitaine ?

— Oui.

Smith se demanda si Drinkwater comprendrait sa référence voilée. C'était un risque à courir. Son premier lieutenant, plongé comme il l'était dans les mille détails importants dont un capitaine de navire avait la charge, pouvait ne pas remarquer cet indice.

Même ainsi, il éprouvait une petite consolation : Adrian ne serait pas là, à attendre calmement, sa seconde lettre, s'il avait détecté une anomalie dans la première.

Smith la lui tendit à travers les barreaux.

— Vingt mille pour moi et cinq pour chacun de mes hommes, remarqua-t-il. Vous ne trouvez pas la somme trop élevée ?

— Vous vous êtes déjà montrés plus pénibles tous les trois que mes précédents clients.

— Je suis ravi de l'apprendre.

Adrian approcha le feuillet de la lanterne extérieure – pas suffisamment, par chance, pour que le papier soit réchauffé.

— Ceci me semble satisfaisant. Je le ferai porter à son destinataire dans la matinée.

Il tourna les talons, puis s'immobilisa comme si un souvenir lui revenait.

— Au fait, capitaine, j'ai décidé de punir l'un de vos hommes pour votre attitude sur le pont.

Sans répondre, Smith fronça les sourcils.

— N'êtes-vous pas curieux de savoir comment ? insista le pirate.

— Je ne compte pas m'abaisser à vous réclamer des précisions. Je présume que je ne tarderai pas à découvrir vos intentions.

— Sans aucun doute. Eh bien, puisque vous n'avez rien à me demander…

— Si, j'ai une question. Vous avez prétendu devant M. Marshall que M. Archer avait tenté de s'échapper. Ce mensonge avait-il une raison ou bien n'êtes-vous qu'un lunatique ?

— C'est une définition intéressante, capitaine. Mais oui, j'avais une raison. J'aime rappeler à mes clients qu'un de leurs compagnons porte la responsabilité de leurs tourments. Par exemple, je ferai bien comprendre à votre jeune officier qu'il paie pour votre noble élan de patriotisme. Vous obtiendrez tout le crédit qui vous est dû, capitaine. Ne craignez rien.

Smith répondit du même ton calme :

— Vous savez, un pirate peut être pendu sans sommation dès qu'il est pris, sans même avoir droit à un procès.

— Mais vous êtes mon prisonnier, capitaine, et non l'inverse. Et je commence à trouver plutôt malsaine votre fixation sur la pendaison !

— J'ai l'intention de vous la faire découvrir de très près.

Sur ce, Smith pivota et souffla la lanterne. Après un moment, Adrian réalisa sans doute que l'intermède était terminé, aussi s'en alla-t-il.

Une fois seul, Smith tomba lourdement dans le fauteuil de sa cabine. Annoncer à ce vaurien que Marshall était son 'cousin' avait transformé le jeune officier en cible, certes, mais ne rien dire aurait pu le condamner à mort. Bien sûr, les meilleurs hommes étaient toujours ceux qui couraient le plus de risques, les premiers envoyés en mission dangereuse, par exemple, car ils avaient les meilleures chances de réussir. Un capitaine prenait quotidiennement des risques calculés à bord. Et ce n'était jamais un choix facile, même avec l'expérience.

Smith soupira. Maudit Marshall ! Pourquoi s'était-il montré aussi impudent ? Une douzaine de coups aurait été désagréable, mais supportable. La raclée qu'il avait reçue après son éclat l'empêcherait sans doute de bouger pendant un jour ou deux. Son défi avait été splendide, mais il ne valait pas le prix payé.

Eh bien, William Marshall était jeune, solide et résilient ; et également, espérons-le, assez intelligent pour ne pas commettre deux fois la même erreur. Quant à Archer, il s'était montré habile en profitant de l'occasion pour communiquer, aussi conscient du danger soit-il. Les deux lieutenants avaient prouvé par leurs actes, mieux qu'aucune parole ne le pourrait, que même la perspective d'une sévère punition ne les détournait pas de leur allégeance envers leur capitaine. Ce moment inestimable avait permis à Smith de commencer à saper l'autorité d'Adrian sur son équipage.

Il aurait souhaité avoir le temps d'expliquer aux deux jeunes gens être le véritable responsable de la tentative d'évasion évoquée, mais après tout, ils n'avaient pas besoin des détails. Ils se débrouilleraient. Comme lui, ils sauraient lire dans le jeu d'Adrian

Smith espérait juste qu'ils sortiraient tous vivants de ce traquenard.

Entrée complémentaire, HMS Calypso, en réparation, Portsmouth.
Lieutenant-commandant Anthony Drinkwater, capitaine remplaçant.
20 juillet 1799

Rien de nouveau. Cependant, l'amiral Roberts m'a informé que sa recommandation de garder le capitaine Smith sur les livres de la Calypso avait été approuvée en haut lieu, à la condition que, s'il n'était pas revenu à bord à la fin des réparations, lorsque le navire serait à nouveau navigable, un autre capitaine soit dûment nommé. Les charpentiers estiment que les travaux prendront encore six à huit semaines, et le rapport concernant les enlèvements précédents révèle que les disparus sont généralement de retour dans les six semaines. Le délai semble être un peu juste. Nous espérons tous les jours recevoir un message.

— RÉVEILLEZ-VOUS, WILL.

À peine conscient, Marshall s'irrita cependant du tapotement sur son bras. Puis il réalisa être étendu sur le ventre, face au sol. Pourquoi diable avait-il dormi dans cette position ? Il se souleva sur un bras et… une vive douleur le fit aussitôt retomber. Et tout lui revint en mémoire.

— Will ?

— Donnez-moi… un moment, Davy. Je suis en train de décider si je veux me réveiller ou mourir tout de suite pour en finir.

— Il vous faut bouger.

Marshall plissa les yeux pour examiner Archer. Le soleil devait se trouver juste en face de leur évent, car la cellule était presque lumineuse.

— Davy, la nuit dernière, vous m'avez conseillé de rester immobile.

Il aurait préféré ne pas s'exprimer comme un enfant boudeur, mais il devenait de plus en plus conscient que le simple fait de respirer faisait bouger les muscles de son dos. Il avait la sensation qu'on lui avait versé du plomb fondu du cou à la taille et que le métal s'était juste assez solidifié pour devenir un carcan.

— Oui, je sais, mais à présent vous devez bouger, sinon vous serez trop raide pour le faire. Attendez.

Une fraîche humidité apaisa un peu la brûlure de son dos et Marshall se détendit.

— Soyez béni, Davy. Accordez-moi un moment.

Il se sentait mieux et recommençait même à somnoler quand Archer le dérangea une fois de plus.

— Levez-vous, William. C'est l'heure du petit déjeuner.

— Oh, pour l'amour du ciel !

Il serra les dents et commença à se redresser, avant de décider que cela n'en valait vraiment pas la peine.

— Mangez sans moi, Davy, je n'ai pas…

— Non !

Archer plaça une assiette devant son nez. Deux ovales blancs roulaient à côté d'un biscuit.

— Regardez ! insista son ami. Ces poules dont j'avais soupçonné l'existence ont fait un effort ce matin, nous avons des œufs durs. Ne me disiez-vous pas que vous désiriez en manger depuis un certain temps ? Debout !

— C'est de l'insubordination, lieutenant, grommela Marshall.

— C'est ma chance de me venger de tout ce porridge que vous m'avez forcé à avaler quand notre navire a connu cette épidémie de fièvre. Allez, William. Un effort.

Tout titubant, Marshall réussit à se mettre à quatre pattes.

— Que ce maudit bâtard pourrisse en enfer ! Je lui arracherai les tripes à mains nues.

— Jurez si vous y tenez, mais relevez-vous.

Déposant l'assiette, Archer aida son ami en position verticale : appuyé contre la cloison, mais sur le côté, la moindre pression sur son dos étant manifestement hors de question.

Marshall mit un moment à retrouver son souffle.

— Merci, Davy, dit-il ensuite. J'apprécie sincèrement…

— Vous avez déjà fait la même chose pour moi. Et même bien davantage.

Archer semblait d'humeur sinistre, comme s'il se rendait à des funérailles

— Je m'étais juré que cela n'arriverait jamais, déclara-t-il d'une voix morne. Je regrette de m'être tellement trompé. J'aurais dû…

Il secoua la tête, repoussa l'assiette, et prit deux tasses de thé posées près de la porte. Marshall ne comprenait pas du tout pourquoi Davy se sentait aussi coupable.

— Ce n'était pas vous qui maniez la trique, Davy. Ni vous qui donniez les ordres. Et à moins que vous ne soyez un pervers machiavélique jouissant de souffrir, vous n'avez rien à voir avec notre enlèvement.

Archer esquissa un sourire, même s'il dut faire pour cela un effort.

— Si c'était le cas, j'aurais engagé quelqu'un d'autre.

Marshall mordit dans un œuf et réalisa être affamé.

— Je crois deviner pourquoi il veut connaître nos récentes captures, déclara-t-il ensuite. Je me demande bien pourquoi je n'y ai pas pensé la nuit dernière, mais je parie qu'il cherche à déterminer le montant de la rançon du capitaine. Du coup, je commence à me poser des questions : s'agissait-il d'une décision impromptue – ou d'un changement de plan ?

— Pensez-vous qu'il avait l'intention d'enlever quelqu'un d'autre ?

— Cela serait plus logique, Davy. Cet enlèvement était aussi soigneusement minuté qu'un exercice militaire – il a donc fallu du temps pour le planifier et le préparer. Or, Adrian n'a pu apprendre notre arrivée impromptue que vingt-quatre heures plus tôt au mieux, c'est insuffisant pour de tels préparatifs. Mettez-vous à sa place.

Archer grimaça.

— Non, merci.

— Je parle sérieusement. Supposons qu'il se prépare à enlever quelqu'un d'autre – après tout, Portsmouth est une ville de passage – et voilà qu'il apprend que les limiers de la Royal Navy ont fait une grosse prise et qu'ils reviennent au port avec trois navires capturés. Même s'il ne réclame que la part du capitaine Smith sur les cinq derniers navires ennemis, Adrian pourrait prendre sa retraite.

— C'est assez sensé, reconnut Archer. Si nous avions défoncé la porte de cette voiture une minute plus tôt, la tentative aurait échoué. Mais s'il pensait enlever une autre personne, seule et n'ayant pas l'habitude de combattre…

— Exactement.

— En quoi cela nous aide-t-il ?

— Je ne sais pas encore, admit Marshall.

Il roula des épaules, vérifiant la limitation de ses mouvements, puis fit quelques efforts de plus.

— Nous ne pouvons pas savoir quelles informations nous seront utiles à long terme, reprit-il, mais plus nous en savons sur notre ennemi, qu'il s'agisse de certitudes ou de déductions, meilleures sont nos chances de le vaincre.

Remarquant qu'Archer avait nettoyé son assiette, une autre idée lui vint.

— Davy, m'avez-vous dit tout ce qui s'est passé hier soir ? Sans rien omettre ?

Archer fronça les sourcils.

— Que voulez-vous dire ?

— M'avez-vous rapporté tous les détails, aussi minimes soient-ils. Par exemple, à quoi ressemble le verrou à l'extérieur de cette porte ? Il était ouvert la nuit dernière, comme le jour de notre arrivée. Je n'ai pu l'étudier de près. Si les gardes ne sont pas là pour nous arrêter, pensez-vous que nous puissions le forcer ?

— Oh.

Archer ferma brièvement les yeux.

— Il y a deux systèmes de fermeture, répondit-il ensuite. L'un est un simple crochet de fer rivé dans un œilleton, à l'angle du hublot grillagé. Du genre qu'on trouve sur une porte d'appentis, comme cette pièce était, d'après moi, utilisée à l'origine. Je pense que nous l'atteindrions facilement. L'autre est une poutre de bois, à environ quarante-cinq centimètres sous la fenêtre. Elle doit peser plusieurs kilos, mais nous pourrions la soulever avec une ficelle et un crochet. Autre chose ?

— Comment est meublée la cabine d'Adrian ? Les gardes sont-ils restés avec vous ?

Archer vida son thé, ramassa les assiettes et ramena le tout sous la porte.

— Non, répondit-il ensuite. Nous étions seuls. Mais Adrian a pris soin de me rappeler que le capitaine Smith et vous seriez châtiés si je... tentais quelque chose.

Il regarda nerveusement autour de lui, puis s'approcha de l'évent, s'accrocha au barreau des deux mains et leva les yeux vers le ciel.

— Il avait deux gardes devant la porte, continua-t-il, à portée d'oreilles. Il leur a fait un signal avant de me laisser sortir. J'ignore s'il en change régulièrement – ce serait inconscient de sa part de ne pas le faire. J'ignore aussi comment réagiraient les gardes s'ils soupçonnaient un problème. J'étais enfermé à clé dans cette cabine William, et même si j'avais réussi à le tuer, ils auraient pu vous jeter tous les deux par-dessus bord avant de revenir s'occuper de moi.

Pourquoi était-il si nerveux ? se demanda Marshall.

— Davy, je n'ai jamais dit que vous auriez dû l'attaquer. Voilà qui aurait été dangereusement prématuré. Il nous faut apprendre où est emprisonné le capitaine avant de passer à la phase offensive. Pourtant, si vous pensez pouvoir le prendre par surprise, c'est une idée intéressante.

— Jamais je ne risquerai votre vie sur un tel pari, déclara Archer sombrement, sinon, j'aurais déjà essayé la nuit dernière. Croyez-moi, j'y ai pensé. Mais ce bâtard s'est certainement prémuni contre une tentative de ce genre. Je n'ai aucune arme à ma disposition et il me surveille comme un faucon.

— Était-il armé ? demanda Marshall.

À son tour, il termina son thé avant de réaliser être incapable d'étendre le bras jusqu'à la porte.

— Bon sang ! jura-t-il.

— Je m'en occupe.

Archer ajouta également le couvert de son ami et le poussa sous la porte, puis il pressa son visage contre le grillage pour vérifier qu'il n'y avait personne à l'extérieur. Ensuite, il s'assit près de William pour lui parler en toute discrétion.

— Il ne m'a jamais tourné le dos, déclara-t-il. Il aurait cependant pu avoir eu un pistolet glissé dans sa ceinture. Ne l'auriez-vous pas fait à sa place ?

— Peut-être pas. Après tout, il a des gardes à portée de voix, alors rester désarmé peut lui paraître plus sûr. Il se croit capable de vous tenir à distance jusqu'à l'arrivée des renforts. Par contre, si vous lui preniez son pistolet, il serait votre prisonnier.

— Et si je n'y parvenais pas, il risquerait de perdre une rançon. Dans tous les cas, c'est une mauvaise affaire.

— Pensez-vous qu'il redemandera à vous voir ?

Devenu blême, Archer détourna les yeux et déglutit avant de répondre.

— J'en suis certain.

— Davy, qu'est-ce qui ne va pas ?

Le jeune homme se secoua.

— Rien. C'est juste… Après ce qui s'est passé la nuit dernière, je ne…

Il s'interrompit et inspira profondément.

— Une seule parole qui lui déplaît et vous risquez de vous retrouver attaché au grillage, Will. Ou pire. Je suis désolé d'être aussi lâche.

Il paraissait de plus en plus bouleversé, sans que Marshall comprenne pourquoi.

— Assez !

Il s'était exprimé d'une voix plus forte que prévu, mais au moins, il attira l'attention d'Archer.

— Davy, reprit-il, quand je me suis trouvé coincé dans la poudrière de l'*Impulsive*, c'est grâce à vous que j'en suis sorti vivant. Si vous n'étiez pas venu me chercher, j'aurais explosé au-dessus de la mer. Je ne veux plus jamais vous entendre vous traiter de lâche.

— Il ne s'agissait pas de courage.

— Oh, vraiment ? Alors, pourquoi l'avez-vous fait, jeune idiot ?

— J'étais… J'étais mort de peur, William. Il me paraissait certain que nous finirions par être capturés et que j'allais en plus devoir d'abord assister à votre mort. Il fallait que j'agisse. J'ai pensé avoir une chance… Même si je ne réussissais pas à vous sauver, j'aurais au moins une mort rapide.

Marshall poussa un soupir exaspéré.

— Eh bien, Barrow affirme n'avoir jamais vu de geste aussi courageux et j'aurais tendance à être de son avis. Si c'est là votre définition de la lâcheté, je vous autorise à continuer à agir de la sorte. Mais trouvez un autre qualificatif, je vous en prie !

Il plaisantait, bien entendu. Pourtant, Archer acquiesça, le visage sinistre.

Marshall préféra changer de sujet :

— Très bien. À présent, parlons de ce qu'il y a sur le pont. Je pense avoir repéré quatre petits canons, peut-être six. Des pièces de huit.

— C'est aussi ce que j'ai vu. Peut-être aussi des arbalètes. Je n'en suis pas certain, entre le clair de lune et d'autres sujets de préoccupation. Mais si je ne me suis pas trompé…

— Ils ont une canonnière, compléta son ami. Et six canons. C'est un navire marchand. Juste assez d'armes pour se protéger contre les petits pirates. Ils ont probablement une cargaison légitime pour cacher leur véritable commerce.

— Leur fret doit être utile à la guerre, suggéra Archer, sinon Adrian risquerait de voir enrôler de force une partie de son équipage. Il ne peut se permettre de perdre de vue des hommes au courant de ses malversations. Tôt ou tard, l'un d'eux risquerait de parler.

— Vous avez raison, Davy. C'est une idée brillante ! Même si nous ne réussissons pas à nous échapper, nous le tenons à présent. Une fois libérés, il nous suffira de contacter la capitainerie et de mettre la main sur la liste des navires au port les trois et quatre du mois, et de vérifier la nature de leurs cargaisons. Portsmouth a beau être un port actif, une liste de deux jours ne pourra être très longue.

Marshall fut très surpris de voir qu'Archer ne partageait pas son enthousiasme.

VI

Entrée complémentaire, HMS Calypso, *en réparation, Portsmouth.*
Lieutenant-commandant Anthony Drinkwater, capitaine remplaçant.
21 juillet 1799

ILS SONT vivants ! Barrow vient de m'apporter une lettre du capitaine
Smith, adressée à l'amiral Roberts et à moi-même. Ce courrier devant être
apporté instantanément à la capitainerie, j'en mets la copie :
    Messieurs,
    J'ai le regret de vous informer que M. Marshall, M. Archer et moi-
même sommes retenus prisonniers par le groupe de brigands qui, comme
vous le savez, s'est déjà rendu coupable de plusieurs délits d'enlèvements
et demandes de rançon. Ils ne semblent pas se soucier du tort que leurs
agissements infligent à leur pays. Nous nous trouvons pour le moment en
un lieu inconnu où nous demeurerons jusqu'au paiement de la rançon.
Malheureusement, nos ravisseurs n'ont pas encore fixé son montant, aussi
risquons-nous de perdre davantage de temps avant qu'ils se décident. Je
vous demande de contacter le plus vite possible mon agent d'affaires pour
lui demander de mettre à disposition les fonds correspondant aux montants
que ces criminels ont demandés pour les précédentes victimes. Pour
simplifier le processus, je préfère que mon agent s'occupe de régler nos
trois rançons, moins il y aura de participants impliqués, plus vite iront les
choses. Je joins à ce courrier une missive à transmettre au père de M.
Archer, le comte de Grenbrook. Veuillez vous assurer qu'il la reçoive au
plus tôt.
    Comme je comptais prendre un bref congé à terre pendant les
réparations de la *Calypso*, j'espère que l'Amirauté considérera mon
absence à ce titre. M. Drinkwater, j'ai toute confiance en votre capacité à
gérer la situation ; le cas n'est pas plus complexe que celui que nous avons
dû affronter au large des côtes françaises, l'été dernier... Veuillez assurer
à l'équipage que nous reviendrons dès que possible. J'espère sincèrement
que notre retour aura lieu bien avant que la *Calypso* soit prête à reprendre
du service. Si, pour une raison quelconque, nos espoirs ne se réalisaient

pas, veuillez indiquer dans le journal de bord que M. Marshall et M. Archer se sont comportés avec courage et bravoure, en vaillants officiers anglais. Transmettez à ma femme et à la famille mon meilleur souvenir, ainsi qu'à vous et tous mes hommes.

Je vous prie d'agréer (etc.)

Capitaine Paul Andrew Smith, (etc.)

M. Korthals continue à diriger les recherches concernant l'homme ayant payé un gamin pour porter cette lettre à notre équipage. Nous n'avons guère d'espoir d'en tirer des renseignements utiles, car l'enfant (qui n'a que six ans) s'exprime de façon incohérente tant il est excité par l'effet que sa mission a eu sur O'Reilly. (M. Ring a réussi à arracher O'Reilly aux griffes du connétable. La véhémence d'O'Reilly affirmant qu'un passant ressemblait à la description de l'enfant en question, bien que, après vérification, ce n'était pas celui que nous recherchions, lui ayant valu d'être mené en prison.)

— ÉLOIGNEZ-VOUS DE la porte.

Ce fut presque avec soulagement qu'Archer entendit cet ordre. Il venait de passer un jour et demi dans un état d'anxiété presque perpétuelle. Après ses réflexions de la veille au matin, il avait fait de son mieux pour cacher sa nervosité à Marshall, lequel n'avait bien entendu aucun moyen de comprendre la nature de ses tracas. Archer y avait réussi, car son ami était distrait par ses souffrances physiques. Il avait beaucoup dormi et semblait se remettre rapidement – à tel point qu'il avait tenu à enfiler sa chemise d'uniforme et son gilet, sans pour le moment chercher à boutonner ce dernier. Seul quelqu'un qui le connaissait bien pouvait noter une raideur résiduelle dans l'attitude et des mouvements plus lents lorsqu'il se remettait debout.

Au début, les gardes répétèrent la routine des deux jours précédents, à une différence surprenante : ils ordonnèrent à Archer de reculer et à Marshall d'avancer. Après avoir cligné des yeux de surprise, Marshall voulut se baisser pour ramasser sa veste, mais Archer le devança, anxieux de dissimuler le fait que son ami n'ait pas recouvré toute sa mobilité. Il l'aida à l'enfiler et brossa la paille qui restait accrochée au tissu. Que se passait-il ? Les hommes – différents des gardes habituels – devaient se tromper. Ils n'étaient pas censés emmener Will…

— À quoi dois-je cet honneur ? demanda Marshall.

Comme pour répondre à sa question – l'allusion était immanquable – Adrian apparut sur le pas de la porte.

— C'est votre capitaine que vous devez remercier cette fois pour le désagrément que vous allez subir, lieutenant. Son discours ne pouvait rester sans conséquence.

Malgré ses épaules voûtées, Marshall, le visage impassible, réussit à toiser Adrian.

— Dans ce cas, je porte trop de vêtements. Si vous me laissiez le temps de…

— Oh, je ne compte pas vous ramener sur le pont, une tentative de mutinerie me suffit. Je préfère ne pas vérifier si la verbosité excessive est une tare de famille. Je doute aussi que vous soyez prêt à une autre séance avec mon bosco. Sauf si vous insistez…

Apparemment, Marshall avait entendu l'ordre de Smith de contrôler sa gouaille. Il répondit sans changer d'expression :

— Ce n'est pas le cas.

— Parfait, vos manières s'améliorent.

Avant de sortir, William adressa à Davy un sourire par-dessus son épaule.

— À plus tard, M. Archer.

Il fut enveloppé d'une cape et ligoté. La porte n'étant pas refermée, Archer continua à lui sourire d'un air encourageant jusqu'à ce que tombe le capuchon, qui lui dissimula le visage de son ami. Ensuite, engourdi, il perdit toute expression. Il avait redouté un tel moment, mais pour lui-même. Il n'avait pas réalisé à quel point ce serait pire que William en soit le récipiendaire. Pourquoi Adrian agissait-il ainsi ?

Trois des gardes s'éloignèrent avec Marshall. Deux autres, qui avaient escorté Adrian, restèrent dans la coursive.

— Eh bien, M. Archer, êtes-vous prêt à dîner ?

Quoi ? Oh, Dieu merci ! William n'était donc pas conduit dans la cabine du capitaine. Archer se permit de respirer, même si son estomac restait un bloc de glace.

— Je préfère ne rien manger, répondit-il, à moins que vous n'appréciiez de me voir rendre mon repas.

— Quel empressement ! J'en suis flatté.

Bien qu'une douzaine de répliques lui traverse l'esprit, Archer les retint. Il avait cependant désespérément besoin d'une réponse.

— Qu'allez-vous faire de lui ? demanda-t-il.

— Voici une question plutôt révélatrice, vous ne pensez pas ?

— Pas du tout.

Révélatrice ? Parce qu'il s'inquiétait pour William ? À quoi jouait ce bâtard ?

Adrian lui passa un doigt le long de la mâchoire et fit claquer sa langue en découvrant sa peau non rasée.

— Je… bredouilla Archer. J'avais l'impression que nous avions un accord.

Adrian semblait retenir un rire.

— Un accord ? Entre gentlemen ?

Un *gentleman*, ce pirate ? Certainement pas !

— Si vous voulez, concéda Archer. En tout cas, je pensais que vous ne feriez plus rien à M. Marshall si j'acceptais de…

Il déglutit, ravalant la bile amère qui lui remontait dans la gorge. La perspective était déjà horrible. Comment l'énoncer à haute voix sans ressembler à une putain du port ?

— … de vous fournir un service de cabine, acheva-t-il.

— De votre plein gré ?

Il souriait à présent. Qu'il soit maudit !

— Non. Ce n'est pas possible. Mais je ne me débattrai pas.

— Pensez-vous sincèrement avoir une chance contre mes hommes ?

Archer réprima un élan de colère. *Sale bâtard condescendant*

— Je vis à bord d'un navire de guerre de Sa Majesté depuis l'âge de seize ans, répondit-il d'un ton maîtrisé. J'ai survécu à des combats où les hommes glissaient dans le sang dont le pont était couvert. Aussi surprenant que cela puisse vous paraître, je sais me battre.

Avec un certain choc, il réalisa que c'était la vérité, ce qui lui donna le courage de poursuivre :

— Si vous n'aviez pas mes compagnons comme otages, oui, je me battrais. Je serais sans doute tué, mais je ferais de mon mieux pour emmener avec moi quelques-uns de vos hommes.

Son ravisseur se mit à rire. Puis il s'approcha et caressa les cheveux d'Archer.

— Ah, il y a donc de l'acier dans ce fourreau. C'est encore meilleur ! Je trouve tellement plus gratifiant de dompter un être fougueux. Je ne doute pas que vous ferez de votre mieux, mon garçon. Quand l'heure sera venue.

Allait-il donc donner un double sens au moindre mot ? Archer resta debout, rigide, ignorant la caresse, il tenta d'employer un ton raisonnable.

— Vous comprenez mon point de vue, j'en suis sûr. Je cherche seulement à déterminer si j'ai bien compris la nature de notre... accord, et si vous avez l'intention de l'honorer.

— Oui, je vois.

Adrian referma la main sur ses cheveux attachés, sur la nuque. Archer resta immobile, respirant à peine.

— ... mais vous vous rendez certainement compte que notre accord n'est plus le seul élément en jeu. Je peux difficilement omettre le comportement du capitaine Smith et espérer garder une discipline à bord, vous savez. Je pense m'être montré extrêmement généreux en laissant à votre ami un jour de répit.

Il lâcha les cheveux d'Archer, mais se pencha plus près de lui pour dire :

— Laissez-moi vous rassurer. À l'heure actuelle, M. Marshall et simplement enfermé à fond de cale. Ne vous inquiétez pas, mon garçon. Vous le retrouverez sain et sauf, très bientôt, quand vous aurez rempli votre part de notre accord.

Il lui tapota l'épaule dans un simulacre de réconfort. L'esprit vide, Archer ne trouva rien à répondre, mais Adrian ne s'en formalisa pas. Il parlait pour avoir le plaisir de s'entendre.

— Pensez-y comme une incitation à bien vous comporter. Quant à la situation future de M. Marshall... Je suis plus gourmet que glouton. J'apprécie à leur juste valeur ses charmes considérables, mais je n'ai pas l'intention de m'intéresser à eux avant d'avoir eu ma dose des vôtres. Donc, son bien-être dépend essentiellement de vous, vous ne pensez pas ?

Ainsi William serait un peu protégé du danger, même s'il n'était pas en sécurité. Pour le moment.

Archer déglutit.

— Je pense que... ce que je pense n'a aucune importance. Vous aimeriez me faire croire que sa sécurité repose entre mes mains, pour que je me sente coupable si vous décidez de le faire souffrir.

Adrian se mit à rire.

— Vous êtes perspicace, mon garçon, mais vous sous-estimez vos attraits. J'ai l'intention de vous déguster avec soin et lenteur, mais puisque vous avez évoqué l'éventualité de vous débattre, laissez-moi vous prévenir : votre ami sera effectivement puni à la moindre de vos transgressions. Je tiens à votre entière coopération. Si vous envisagez de me refuser quelque chose – *quoi que ce soit*, soyons bien clair – M. Marshall sera à nouveau attaché au grillage. Il recevra trois coups de fouet pour chacun de vos refus. Est-ce bien compris ?

Archer hocha la tête, pas vraiment surpris.

— Bien, reprit le pirate. Et puisque nous y sommes, autant vous informer dès à présent du châtiment concernant d'autres infractions, vu que je préfère ne pas vous voir perdre votre temps à y penser. Si vous attaquez un de mes hommes, M. Marshall perdra un doigt par blessure grave. Un œil pour œil, en quelque sorte.

— Vous tenez donc à votre équipage ?

Voilà qui paraissait inconcevable.

— Je n'aime pas que l'on gâche la marchandise, répondit Adrian avec un haussement d'épaules. Maintenant, je pourrais aussi offrir votre ami à mes hommes pour un temps déterminé par la gravité de votre infraction. Je suis certain que beaucoup d'entre eux apprécieraient de s'en repaître, mais aucun ne se montrerait aussi attentionné que moi, je vous le garantis. Et si vous vous avisiez de lever la main sur moi... Vous m'écoutez au moins ? insista-t-il en soulevant d'un doigt le menton d'Archer. Je disais donc, si vous leviez la main sur moi, M. Marshall subirait d'abord le grillage, ensuite l'équipage, et pour terminer, il serait châtré. Un de mes hommes a passé quelques années chez les Turcs. Il manie le couteau pour ce genre d'affaires à une vitesse à donner le vertige. Avez-vous bien compris *cette fois* ?

— Oui, murmura Archer.

Il en avait déjà le vertige. Christ. Ils étaient tombés aux mains d'un fou furieux !

— Oui, qui ? insista Adrian.

— Oui...

Sa voix était bien trop aiguë. Il se racla la gorge et croisa le regard glacial de son vis-à-vis. *Je ne vous appellerai pas 'monsieur' sans que vous m'en donniez l'ordre formel.*

— Oui, j'ai compris, reprit-il plus fermement.

Adrian sourit, choisissant apparemment de ne pas relever sa rébellion.

— J'en suis très heureux. Si vous parveniez à me tuer, mon équipage serait libre de tous vous traiter comme il l'entend. J'ai bien entendu laissé des instructions pour que votre ami soit tué, mais mes hommes peuvent aussi décider de le rançonner ou de le vendre comme esclave en Afrique du Nord. Au fait, c'est ce qui vous arriverait si, pour une raison quelconque, nous ne touchions pas votre rançon. Un bon marchand a toujours plusieurs moyens de réaliser un joli profit.

Il prit un des poignets d'Archer et y serra les doigts, constatant ainsi son tremblement.

— Vous frémissez déjà d'impatience, reprit-il. Peut-être devrais-je vous envoyer mon barbier pour qu'il vous aide à vous raser.

Archer s'arracha à l'étreinte d'Adrian.

— Je me débrouillerai tout seul.

— Dans la plus pure tradition navale, j'en suis sûr. Je vous fais apporter très vite le nécessaire.

Il quitta la cabine, referma la porte, puis appuya son visage contre le hublot.

— N'envisagez surtout pas de vous trancher la gorge, M. Archer, susurra-t-il. Je devrais demander à votre ami de nettoyer votre sang.

— Je ne vous donnerai pas cette satisfaction.

Archer fut étonné de constater à quel point sa voix était calme. Il fut également enchanté de voir Adrian pris de court. Pourtant, le pirate tint à avoir le dernier mot.

— Oh, mais vous m'en donnerez tant d'autres. Ne traînez pas trop à votre toilette.

Archer conserva son sang-froid jusqu'à ce que son bourreau ait disparu. Puis il s'écroula contre le mur, les bras serrés autour de lui. *Comment vais-je pouvoir... Pour le moment, c'est sans importance. Concentre-toi sur le moment présent. Ne réfléchis pas. Respire.*

Peu après, un garde lui apporta le kit de rasage. Archer fixa la lame aiguisée pendant un long moment. *Non.* Autrefois, même aux pires moments de la situation avec Correy, jamais il n'avait envisagé l'option du suicide. Et dans le cas présent, ce serait vraiment une lâche échappatoire.

Il se rasa sans y apporter beaucoup de soin. Ne pouvant tenir le miroir devant lui, il ne voyait donc pas ce qu'il faisait et s'en souciait peu. Il termina la première joue et réalisa son authentique soulagement qu'Adrian n'ait pas arbitrairement décidé de se divertir en le remplaçant par Marshall. Archer faisait incontestablement passer le bien-être de son ami avant le sien. Quelque part, cette idée le réconforta.

Je me demande comment William aurait géré la situation.

À sa grande surprise, il se rendit compte qu'il connaissait la réponse : pas très bien. Il en fut saisit. Mais quand Correy avait tenté de s'en prendre à William, alors nouveau, ce dernier avait immédiatement réagi. Même seul, même sans savoir que Correy était un lâche qui n'attaquait que les faibles, Will l'avait défié, se moquant bien d'être tué.

Dans le cas présent, cependant, il n'aurait pu se battre. Il n'hésiterait pas à risquer sa vie, mais pas celles de son ami et du capitaine. Il aurait été forcé de se soumettre. Il serait resté déterminé – Archer en était certain – mais l'épreuve l'aurait... endommagé, en le privant de ce qui lui restait d'innocence, même s'il ignorait sans doute en posséder encore.

Moi, je n'ai pas ce problème, n'est-ce pas ? Plus maintenant.

En tout cas, Marshall n'avait pas à affronter le démon. Adrian était celui d'Archer et personne ne pourrait l'en défendre.

Le calme de la fatalité lui tomba dessus. Il s'essuya le visage, enfila sa veste, et appela les gardes. Bientôt, il fut enfoui dans les plis de la cape et escorté vers la dunette. Ses mains étaient inertes et glacées, comme des cailloux ; sa bouche si sèche qu'elle paraissait remplie de coton. Qu'avait dit le capitaine Smith dans ce compartiment, un millier d'années plus tôt ? ' ... il existe des circonstances où l'on n'a pas le choix. Parfois, il faut se décider au pire. Parce que le destin est sans pitié'.

'Laissons-le croire qu'il a gagné. Gagnons du temps'.

Que Dieu m'assiste, j'espère vraiment que le plan du capitaine sera efficace. J'espère en tout cas qu'il en a un.

Quatorze pas depuis le haut de l'escalier jusqu'à la dunette. Trois marches à descendre. Ensuite, on lui enleva la cape qui l'étouffait et un des gardes frappa à la porte. À l'intérieur, Adrian l'attendait – avec son sourire satisfait, prétentieux.

Il n'aurait aucune pitié.

Je vais devoir m'en passer.

VII

QUAND NOUS serons revenus à bord de la Calypso*, je ne descendrai plus jamais à fond de cale.* Marshall se demandait s'il n'aurait pas accepté une nouvelle flagellation contre le fait de pouvoir se redresser un petit moment.

Apparemment, Adrian possédait un étrange sens de l'humour. Il avait simplement déplacé son prisonnier dans une autre cellule, plus minuscule encore : au lieu d'un cagibi d'un mètre quatre-vingts sur deux mètres quarante, c'était un réduit – un mètre vingt sous plafond, un mètre quatre-vingts de profondeur et environ trois mètres soixante de long. Donc, mathématiquement parlant, Marshall bénéficiait du même volume que ces cinq derniers jours, mais c'était un cas où le calcul ne représentait pas la réalité, surtout quand la moitié de l'espace était encombré par de vieilles voiles. De plus, Marshall était pratiquement certain de ne pas être le seul résident des lieux. Certes, il y avait des rats dans tous les navires, mais d'après les bruits et grincements qu'il percevait, il se trouvait en nette infériorité numérique. Il n'avait jamais beaucoup apprécié la vermine et cette cohabitation forcée le révulsait.

Il trébucha, puis se faufila jusqu'au fond de sa prison, où une petite ouverture laisser entrer une légère brise iodée. Il se pencha et vit un volet de bois, pour l'instant entrouvert, mais qui pouvait être fermé en cas d'intempéries. Il fut heureux que ses gardiens ne l'aient pas clos, sinon il aurait risqué de ne jamais le découvrir. Il y pressa son visage et vit danser sur l'eau les reflets du soleil de fin d'après-midi. Il réalisa alors combien la mer lui manquait. Son confinement l'avait davantage éprouvé qu'il ne s'en était rendu compte. Il se sentit mieux en inspirant une grande bouffée d'air marin.

Très bien, il était dans un long placard étroit avec des rats. Il ne dormirait donc pas beaucoup avant que ses ravisseurs le laissent sortir. Que faire en attendant ?

Commence par mettre de l'ordre là-dedans. Si les responsables d'un tel foutoir se trouvaient sous ses ordres, il leur chaufferait les oreilles. Après s'être débarrassé de sa veste et de son gilet, il se mit à déplacer

85

laborieusement les morceaux de toile qu'il plia de son mieux, jusqu'à obtenir, sous le hublot, une surface libre d'environ un mètre vingt. Il empila ensuite plusieurs grands morceaux de toile et forma une sorte de banc.

Tout cela lui prit des heures et il dut relativement souvent se reposer. Son dos était encore en phase de guérison. Peut-être qu'un peu d'exercice physique accélérerait le processus. En tout cas, avoir une tâche à accomplir lui remonta le moral de façon inattendue.

Tout en travaillant, Marshall découvrit que la plupart des voiles étaient déchirées ou en lambeaux, avec de longs filaments tout emmêlés. Davy n'avait-il pas dit qu'avec un cordage et un crochet, il serait possible de soulever la poutre qui barrait la porte de leur cellule ? Si Marshall restait suffisamment longtemps dans ce réduit, il pourrait déchirer des morceaux de toile et les tresser pour en faire un filin. Et s'il n'en avait pas le temps, il pourrait du moins collecter les brins et les rapporter dans la cellule pour y travailler plus tard. Un filin trouvait toujours son utilité. D'après lui, il ne serait pas fouillé en sortant de ce réduit.

Il prit place sur son petit divan et voulut s'adosser au mur derrière lui… Avec un juron, il s'en écarta vivement pour se pencher en avant. Mieux valait ne pas encore abuser de son dos. Se relevant, il déplaça quelques rouleaux de toile sur le côté. Il avait ainsi une meilleure visibilité en face de lui. Aucun rongeur ne pourrait subrepticement approcher sans être repéré.

Tant qu'il y avait de la lumière diurne, en tout cas. Oh, Dieu ! Les rats risquaient de revenir à la nuit tombée.

Bien, autant qu'il utilise la toile à sa disposition. Un petit morceau roulé serré lui servirait de massue pour repousser les rats, dès qu'il les verrait ou les entendrait. Il ne lui fallut qu'un moment pour mettre son idée à exécution, il se sentit un peu mieux avec son arme de fortune, aussi ridicule soit-elle, à la main. Les rats n'étaient pas idiots, ils savaient que Marshall ne représentait pas pour eux un repas. Même si – *Seigneur, il ne devait pas y penser !* – même si ses plaies encore ouvertes pouvaient avoir une odeur alléchante, il était trop grand pour leur paraître une proie facile. De plus, avec ses récentes activités, il avait fait tant de bruit que les rats s'étaient sauvés. Ils pouvaient entrer, donc ils devaient avoir un passage pour quitter le réduit.

Marshall décida de profiter de la lumière pour dégager davantage de place. Il envisagea brièvement l'idée d'entasser des ballots de voiles contre la porte pour la bloquer, ses gardes devraient alors le récupérer de force. Mais ce serait une perte de temps. Il n'avait pas intérêt à contrarier ses ravisseurs, ce qui ne les pousserait pas à réfléchir à la proposition du capitaine Smith. De plus, Marshall voulait sortir de cet endroit le plus vite possible. Et même tout de suite.

Ce qui n'arriverait probablement pas.

Il se remit à plier et à empiler les morceaux de voiles. Les rats ne faisaient presque plus de bruit. Peut-être avaient-ils préféré émigrer vers un endroit plus tranquille. *Oui, partez ! Allez déranger votre damné capitaine.*

Je me demande s'il a de nouveau invité Davy à dîner… Cela paraissait sensé. Si Adrian n'avait pas encore compris que toute information transmise par Archer passerait par l'approbation de son lieutenant, il pouvait croire utile de poursuivre son interrogatoire maintenant que Marshall n'était plus un obstacle. Il pouvait aussi menacer de les séparer tant qu'Archer ne lui avait pas donné la liste en question. Dans ce cas, avec un peu de chance, Marshall ne resterait pas isolé trop longtemps.

Il espérait que Davy s'était un peu calmé. Son ami n'avait aucune raison de se sentir responsable de sa flagellation. Les lubies d'Adrian ne dépendaient d'aucun d'entre eux. Marshall soupçonnait fortement que, pour le pirate, tout n'était qu'un jeu. D'ailleurs, l'expérience, aussi douloureuse qu'elle ait été – et soit encore – s'était avérée au final plus facile à supporter que prévu. Le pire pour lui avait été de se sentir impuissant. Mais à long terme, c'était sans importance, même si Adrian décidait de s'en prendre encore à lui. Davy ne devrait pas se sentir responsable, il ne fallait pas qu'il soit aussi bouleversé… Bien entendu, Marshall l'aurait été, si leurs positions s'étaient trouvées inversées.

Il dégagea un mètre de plus. *Parfait. Les rats garderont un accès à la première moitié du réduit, je réquisitionne la seconde.* Alors qu'il ramassait un morceau de toile et le secouait, un objet s'en échappa et heurta le plancher avant de rouler.

Un objet métallique.

Entrée complémentaire, HMS Calypso, en réparation, Portsmouth.
Lieutenant-commandant Anthony Drinkwater, capitaine remplaçant.
21 juillet 1799

ENFIN DES nouvelles ! En relisant la lettre du capitaine Smith avant de l'envoyer à l'amiral Roberts, j'ai été surpris qu'il fasse référence à une précédente expédition en France, où nous avions reçu l'ordre formel de garder le secret. Après cette mission, le capitaine Smith avait évoqué devant moi les meilleures façons de conduire en secret de telles activités, tout en ayant l'intention de proposer de nouvelles techniques à l'amirauté. Dans ce but, le capitaine s'est intéressé à diverses substances d'encre invisible à l'œil nu, qui se révélaient une fois le papier soumis à un traitement approprié, en général une source de chaleur. Espérant que mon hypothèse se révélerait exacte, j'ai tenté cette expérience avec les lettres du capitaine que j'ai chauffées avec un fer fourni par notre cuistot. La lettre au comte n'a rien révélé, mais l'autre fut une mine d'informations ! Encore une fois, je préfère reproduire les paroles du capitaine pour en conserver l'intégralité :

Bravo, M. D ! Avons été enlevés en voiture par lieutenant imposteur. Ne perdez pas de temps à le chercher. Avons longuement roulé à travers la campagne, volets clos, mais sommes ensuite, je crois, retournés à Portsmouth. Montés à bord entre 3 et 4 heures, dissimulés dans barils de biscuits ; trouvez quel navire a chargé des provisions à cette heure. Le capitaine se donne le nom d'Adrian. Ma taille, la trentaine, cheveux roux, barbu, carrure athlétique. Bien éduqué, bien organisé, arrogant. Équipage masqué en notre présence et semble un mélange de matelots/terriens. Suis séparé des autres ; si vous trouvez ce navire, attaquez-le par surprise et en force, ce qui nous donnerait les meilleures chances d'en sortir vivants. Toute approche doit être clandestine ; ces vauriens ont des espions à Portsmouth et même, très probablement, sur les navires de SM. Je vais, bien sûr, tenter une évasion indépendante de vos efforts, et je suis certain que M. Marshall et M. Archer feront pareil. Bonne chasse !

Smith

LE VENT avait changé. Il faisait plus frais ce soir dans la cellule. Qui se trouvait toujours vide. Ils n'avaient finalement pas ramené William. Était-ce vraiment une surprise ?

Il n'a pas encore obtenu tout ce qu'il voulait. Seigneur, combien de temps cela prendra-t-il encore ? Archer renonça à tenter d'apercevoir la lune et se laissa retomber sur la paille. Il ne voulait pas dormir. S'il rêvait, il ne pourrait plus s'échapper et Adrian le hanterait.

Après les menaces vicieuses d'Adrian et la flagellation de Will, il s'attendait à presque tout, sauf à une bizarre parodie de séduction. À dire vrai, il pensait plus ou moins subir le même traitement qu'avec Correy. Être ployé sur un tonneau, maîtrisé et violé était une expérience douloureuse et humiliante, mais rapide. Au contraire, il avait été traité comme un invité. Apparemment, Adrian avait décidé que rester affable inciterait sa victime à coopérer.

Ce fils de pute pense-t-il vraiment que je vais le désirer ? Me croit-il capable d'oublier à quoi ressemble le dos de William ?

Ce n'était peut-être qu'une stratégie intelligente. Archer reconnaissait l'effet d'un tel traitement, même pendant qu'il le subissait. La veille, avant que les gardes emmènent Marshall, il avait éprouvé un certain soulagement à l'idée que son attente allait prendre fin. À présent ? Rationnellement, il était soulagé de n'avoir rien subi de pire qu'un déshabillage, des caresses et l'obligation de soulager ce bâtard avec ses mains. Ce souvenir lui donnait la chair de poule.

Jusqu'à présent, Adrian ne lui avait pas réellement fait mal. Jusqu'à présent… Rien n'avait été trop terrible. En toute logique, Archer devrait se sentir reconnaissant.

Mais au diable la logique ! Le besoin d'en finir l'obsédait. La veille, il avait failli l'exprimer à haute voix. Il s'était repris de justesse. Cela aurait été une erreur. En premier lieu, il n'avait aucune raison de croire que tout serait 'fini' en une seule fois. Adrian continuerait sans doute jusqu'à leur libération – ou leur évasion, s'ils en avaient la chance. Et Archer devait éviter tout ce qui évoquait un désir partagé – ce qui était certainement la façon dont Adrian interpréterait ses paroles.

D'ailleurs, son rôle était de gagner du temps. Si Adrian avait établi une sorte de procédure – vraisemblablement mise au point avec ses précédents 'invités', s'il fallait en croire ses vantardises – une intervention impromptue serait pire qu'inutile.

Les allégations de ce fils de pute pouvaient-elles être vraies ? Sur les neuf enlèvements que le pirate avait déjà à son actif, quatre femmes et deux adolescents avaient-ils retrouvé leur ancienne existence en gardant le silence sur la nature des agressions qu'ils avaient subies ?

Et toi, que comptes-tu dire, Archer ? À qui voudrais-tu te confier ? À ton capitaine ? À ta famille ? Ou peut-être à ton plus cher ami ?

Bien sûr que les précédentes victimes s'étaient tues ! Concernant les garçons, c'était évident. Mais les femmes ? Sauf si Adrian renvoyait enceinte une pauvre jeune fille, aucune de ses proies n'avait rien à gagner à faire connaître la honteuse vérité. Toutes l'enfouiraient profondément et tenteraient d'oublier ce qui s'était passé. Et Adrian proclamerait sans doute que leur silence venait du fait que ses 'conquêtes' avaient apprécié ses attentions. Il était si imbu de lui-même qu'il croyait probablement à ses fables !

Archer releva les genoux, les entoura de ses bras et y posa la tête. Que n'aurait-il pas donné pour un pistolet ! S'il tuait Adrian, le capitaine pourrait certainement convaincre une partie au moins de l'équipage à les aider à s'enfuir.

À moins qu'un des marins, suivant les ordres d'Adrian, abatte Smith sans lui laisser le temps d'ouvrir les négociations. Non, à ce stade, une tentative était trop dangereuse. Will pourrait en prendre la décision, mais Archer n'oserait pas. Il manquait trop d'objectivité.

D'ailleurs, il n'avait pas d'arme et il lui en faudrait une – il le savait désormais. Un pistolet, de préférence ; ou peut-être une épée. Un couteau risquait de donner l'avantage à Adrian. Le pirate, malgré son affectation, était vif et puissant, suffisamment fort pour maintenir les deux poignets d'Archer d'une seule main. Il l'avait immobilisé, ployé en arrière et déséquilibré tandis que son autre main glissait plus bas...

Non ! Archer se redressa et secoua la tête, échappant au sommeil. Il avança jusqu'au seau de toilette et s'aspergea le visage d'eau de mer. Cela ne suffirait pas. Tôt ou tard, il finirait par s'endormir. À son retour dans la cabine, il avait espéré y retrouver William avec un plan ou une idée qui serait au moins une distraction. Archer se sentait mieux quand son ami était avec lui, même si ce sentiment de sécurité était factice.

Peut-être valait-il mieux que William soit absent, du moins quand Archer n'arrivait pas à se ressaisir et à décider quoi lui révéler. Mais où était-il ? Et si Adrian l'avait en ce moment précis dans sa cabine ? *Non. Ce bâtard bâillait quand il m'a laissé partir. Il lui faut bien dormir aussi. Je ne le pense pas assez inconscient pour affronter Will s'il est fatigué.*

Pas encore, en tout cas. Pour le moment, Adrian n'avait pas envers Marshall l'arrogance assurée qu'il affichait avec Archer. Jamais il ne lui demanderait d'un ton sournois : *'allez-vous raconter à M. Marshall comment s'est déroulée votre soirée ?'.*

Il gèlera d'abord en enfer !

Il devait également déterminer si ses cauchemars allaient commencer et s'il se réveillerait en hurlant. Jusqu'ici, ce n'était pas le cas. Malgré des similitudes, la situation différait de celle d'autrefois, avec Correy, même si Archer avait du mal à mettre des mots sur cette sensation. À l'époque, il avait simplement tenté d'ignorer ce qui se passait, de tout nier. Durant certaines journées sur le *Titan*, il n'aurait pu dire ce qu'il avait fait, d'une heure à l'autre. Il se sentait comme enivré, juste assez pour être engourdi. La nuit, il grimpait dans son hamac et se réveillait en hurlant, avec un de ses compagnons de chambrée lui demandant de se taire. Pendant un certain temps, il était tranquille, jusqu'à ce que Correy s'en reprenne à lui.

Pour l'instant, il se sentait capable de continuer. À un moment, la nuit passée, son engourdissement s'était évaporé. Et Archer, toujours terrorisé, toujours révolté, avait eu la sensation d'avoir quitté son corps, d'être à l'écart, à l'abri. Il savait que, quoi qu'Adrian lui fasse subir, ce salaud n'aurait pas accès à un sanctuaire intérieur.

Quelque part, cette sensation ressemblait étrangement à ce qu'il avait éprouvé en se précipitant pour sauver Will de la poudrière enflammée. Il avait été terrifié, mais il avait également bénéficié d'une plus large vision des choses, sachant qu'il acceptait ce qui l'attendait, la vie ou la mort. Parce que la douleur de voir Will blessé ou tué serait pour lui bien pire que mourir. Aujourd'hui, peut-être était-il réconforté par l'idée de protéger celui qu'il aimait.

Il se demanda s'il s'agissait d'une étrange forme de courage, mais non, c'était peu probable. S'il était brave, il ne passerait pas son temps à se demander où était William, à craindre qu'Adrian ait décidé de les séparer définitivement. Le courage devrait permettre d'être plus fort et bannir l'incertitude. Il devrait aussi apaiser cette foutue solitude.

Entrée complémentaire, HMS Calypso, *en réparation, Portsmouth.*
Lieutenant-commandant Anthony Drinkwater, capitaine remplaçant.
22 juillet 1799
Rien de nouveau.

VIII

EN ENTENDANT des pas devant la porte de son étrange petite prison, Marshall émergea de l'état de somnolence dans lequel l'avait plongé l'épuisement. Dès qu'il se redressa, chacun de ses muscles protesta. Il se retourna pour jeter un coup d'œil vers l'extérieur et constata que le soleil était presque de la même position que la veille, quand il avait été enfermé ici.

S'il avait su qu'il resterait aussi longtemps sans nourriture ni eau, il n'aurait pas dépensé tant d'énergie à ranger et tout remettre en place. Dans ce cas, il ne souffrirait sans doute pas de vertiges et d'étourdissement. Mais ses efforts n'avaient peut-être pas été vains. À présent, tout le réduit était impeccable, et même durant la nuit, les rats n'étaient pas revenus le déranger. Malheureusement, il avait préféré rester éveillé pour s'en assurer, aussi avait-il l'impression d'avoir le cerveau bourré d'étoupe.

Pouvait-il tenter de maîtriser le garde ? *Non.* Pas à trois mètres de distance. Marshall se souleva de sa couchette de fortune et fit quelques pas, mais déjà la porte s'était ouverte, juste le temps de faire glisser un seau à l'intérieur, avant de claquer. S'approchant pour vérifier, il vit un bol en bois flotter dans de l'eau qui paraissait potable. Il y goûta prudemment, puis assouvit sa soif, l'eau rafraîchissant sa gorge desséchée.

— Merci ! cria-t-il.

— Éloignez-vous de la porte, ordonna une voix invisible.

Docile, Marshall recula. La porte s'entrouvrit. Il ne vit rien d'autre qu'une main posée sur le loquet.

— Marshall ?

— Oui ?

— Si le cap'taine vous pose la question, parlez pas de l'eau. Nos ordres étaient de vous enfermer ici. On nous a pas dit d' vous faire sortir ou d' vous nourrir. Mais vous devez quand même rester vivant, pas vrai, alors si quelqu'un vient, pensez bien à renverser l'eau, d'accord ? Et cachez le seau.

— Oui. C'est d'accord. Je vous remercie.

La porte commença à se refermer.

— Attendez ! appela Marshall.

— Essayez pas de m'avoir !

92

— Non, non.

Il souhaita désespérément ne pas être autant abruti de fatigue.

— Vous avez entendu parler le capitaine Smith, l'autre soir ? insista-t-il.

— J'ai entendu. Pour un prisonnier, il y a pas été de main morte.

— Il ne s'agissait pas d'une vaine promesse. Sa proposition était parfaitement sincère. Tentez de lui parler. Si vous nous aidez à nous échapper, vous pourrez nous accompagner et il veillera à ce que vous soyez amnistié…

La porte se referma brusquement, puis il y eut un bruit de pas qui s'éloignaient. Marshall se pencha pour récupérer son butin qu'il emporta jusque sous le hublot, où il entassa une pile de voiles pour l'élever le plus haut possible. Il s'offrit ensuite un autre bol, en le savourant gorgée par gorgée. L'eau était tiède et poussiéreuse, mais après une journée à devoir s'en passer, il la trouvait merveilleuse.

Bien, que signifiait ce petit incident ? Sans doute l'interprèterait-il mieux avec cerveau moins embrumé. Ses pensées tourbillonnaient. Avaient-ils désormais un allié secret dans l'équipage ou bien s'agissait-il seulement d'un marin moins impitoyable que ses camarades et disposé à courir un petit risque ? Ce pouvait aussi être une autre manœuvre du jeu pervers d'Adrian. Mais dans ce cas, Marshall n'en voyait pas l'utilité. À moins que le pirate veuille faire perdre à ses prisonniers du temps et de l'attention en les poussant à soudoyer un garde compatissant ?

Il secoua la tête et tenta, en vain, de trouver une logique à cette idée. Non, l'explication la plus simple était sans doute la vérité : un des marins, ayant compris qu'un prisonnier déshydraté risquait de tomber malade, ce qui impliquerait davantage de travail pour tout le monde, avait 'anticipé' l'ordre sensé de lui fournir au moins de l'eau. Ceci, bien sûr, dans l'hypothèse où Adrian était capable de donner des ordres sensés, ce dont Marshall doutait beaucoup.

En partant de cette hypothèse, la plus simple, deux éléments suggéraient que le pirate ne contrôlait pas entièrement son équipage. D'abord, cette eau, ensuite, le capharnaüm qu'il avait trouvé dans ce réduit. Un capitaine soucieux du bon état de son navire n'aurait jamais toléré un tel désordre. Il aurait tout au moins chargé son premier lieutenant d'y veiller, ou peut-être son maître de manœuvre. D'ailleurs, c'était une autre étrangeté : Adrian paraissait ne pas avoir d'homme de confiance, un adjoint chargé de superviser les détails dont un capitaine n'avait pas le temps de s'occuper. Certes, l'équipage à bord étant bien plus réduit que sur un navire de guerre, il y avait moins besoin d'officiers. Mais n'en trouver aucun était anormal. Adrian dirigeait-il toujours seul ou bien s'agissait-il d'un changement récent ?

Et le morceau d'outil que Marshall avait découvert la nuit dernière – la lame d'une petite hache, provenant sans doute d'une herminette de charpentier – était niché dans une poignée de copeaux de bois, enroulé dans un morceau de voile perroquet déchirée. Un homme d'équipage avait manifestement arraché le métal de son manche, puis caché la preuve de sa maladresse en un ballot serré. Même si c'était arrivé pendant une situation d'urgence – au cours d'une tempête, par exemple – l'objet, sur un vaisseau bien tenu, aurait été par la suite rapporté au charpentier du navire.

Malgré ses soupçons envers Adrian et ses manigances, Marshall refusait de croire que cette lame émoussée lui avait été délibérément fournie par voie détournée. Le pirate était machiavélique, pas stupide. Le morceau de métal avait dix à douze centimètres de long, avec d'un côté un bord tranchant et de l'autre, une extrémité conique trouée pour y incruster le manche. Cela pouvait servir d'arme, peu efficace, certes, mais susceptible néanmoins de provoquer de graves blessures.

Marshall craignait cependant qu'Adrian n'ait décidé de le garder ici pour toute la durée de leur emprisonnement. *Dieu, j'espère que non !* Il tourna à nouveau la tête pour regarder par le hublot ; la lumière sur l'eau commençait à décroître. Il ferait bientôt nuit. Il ne pourrait pas éternellement rester éveillé.

Et les rats étaient toujours là.

Entrée complémentaire, HMS Calypso*, en réparation, Portsmouth.*
Lieutenant-commandant Anthony Drinkwater, capitaine remplaçant.
23 juillet 1799
Rien de nouveau.

ARCHER REPOUSSA un morceau de bœuf dans son assiette et l'écrasa avec son couteau à beurre, au bout rond. À présent, il avait droit à des couverts en argent, mais toujours pas de vrai couteau, bien aiguisé. *Quand cessera-t-il d'attendre que je l'interroge concernant William ?* se demanda-t-il.

Il était déterminé à ne pas poser de questions. Il ne ferait rien qui puisse détourner vers William l'intérêt d'Adrian. Il ne reverrait probablement ni son ami ni son capitaine avant la fin, quelle qu'en soit la nature, de ce calvaire. Il tentait de s'y résigner sans laisser voir au pirate combien être seul l'éprouvait.

Mais il y avait de pires maux. Il aurait nettement préféré la solitude à la compagnie de cet homme…

Adrian avait insisté pour que son 'invité' prenne le temps de se sustenter avant de passer aux activités prévues pour la soirée. Après réflexion, Archer avait préféré céder. Il n'avait rien mangé de toute la journée, ni au petit déjeuner ni au dîner, se contentant de cacher dans l'évent les biscuits qu'on lui avait fournis – au cas où William réintègre leur cellule durant son absence. Cela n'arriverait pas, bien sûr. Mieux valait ne pas l'espérer. Son estomac lui ayant fait savoir ne pas apprécier ce jeûne prolongé, Archer avait mangé. Il avait besoin d'énergie. Si les plats étaient savoureux, il ne le remarqua pas.

— Comment s'est passée votre journée ? demanda Adrian.

Il parlait comme s'il s'agissait d'une rencontre mondaine parfaitement normale et non de la lente approche d'un prédateur vers sa proie.

— Très ennuyeuse.

Archer se sentait très détaché. Que se passerait-il au juste s'il refusait de jouer son rôle ? Il semblait avoir si peu à perdre qu'il céda à la tentation d'une provocation. Il leva les yeux.

— Suis-je censé répondre : 'et la vôtre' ? enchaîna-t-il. Suis-je censé échanger des phrases creuses ? À quoi servirait cette mascarade ?

Adrian sirota une gorgée de vin avant de répondre.

— À rien, je présume, sauf à m'amuser. Mais je trouve votre question tout aussi distrayante. Je ne l'avais pas prévue. C'est rafraîchissant.

— Même une souris peut mordre si elle est acculée.

Les yeux froids s'étrécirent.

— Pas au sens littéral, j'espère. Sinon votre ami risque de chanter en soprano.

— Je parlais métaphoriquement, bien sûr, répondit très vite Archer.

Il lui vint à l'esprit que mordre Adrian empoisonnerait sans doute quiconque s'y risquerait, mais il décida plus prudent de ne pas en faire la remarque.

— Voulez-vous que je vous répète les règles ? insista le pirate.

Archer n'avait aucune chance de les oublier et Adrian avait pris bien trop de plaisir à les énoncer la première fois.

— Ce ne sera pas nécessaire, répondit-il. Je dois accepter vos exigences sans résister, sinon mes compagnons en paieront le prix. C'est bien cela ?

Adrian se détendit un peu.

— Essentiellement, oui.

Archer baissa la tête sur son assiette et afficha un visage impassible. Il éprouvait un sentiment curieux. Était-ce celui ayant poussé Marshall à défier Adrian alors qu'il se trouvait attaché au grillage ? Il ne s'agissait pas de courage, Archer en était désormais certain. Peut-être n'était-ce qu'une séquelle de terreur prolongée. Une trop longue exposition à la tension finissait par brûler, comme une mèche de lampe à huile déclenchant un incendie.

Ce qui le laissait étrangement libéré, sensation d'autant plus troublante que la situation était dangereuse. Même s'il se souciait peu de son sort, la vie des deux autres dépendait de lui. Il devait donc rester prudent.

Adrian sembla deviner un changement subtil dans la balance des pouvoirs.

— La question est : puis-je vous faire confiance ? demanda-t-il brusquement.

Confiance ? Perdant son détachement, Archer fut balayé par un élan de rage soudaine. Il faillit répondre : *comment osez-vous me le demander !* Il fut reconnaissant que plusieurs années passées dans la Royal Navy lui aient appris à discipliner ses émotions. Il ne pouvait exprimer ni sa colère ni sa dérision, le prix à payer était trop effrayant. Mais jouer au couard ?

Il inspira profondément et croisa les yeux de glace.

— Absolument pas, répondit-il posément. Mais mes compagnons le peuvent.

Entrée complémentaire, HMS Calypso, *en réparation, Portsmouth.*
Lieutenant-commandant Anthony Drinkwater, capitaine remplaçant.
24 juillet 1799
Rien de nouveau.

LA NUIT passa, puis la journée, et ce fut à nouveau la nuit. L'Étoile du Nord avait disparu derrière les nuages qui cachaient la lune. Peu après, Marshall ne vit à travers le petit hublot qu'une obscurité aussi noire que celle qui régnait dans son réduit. Il laissa retomber la tête contre le panneau de bois et se demanda s'il pouvait courir le risque de s'endormir quelques minutes.

Malheureusement, ce ne serait pas 'quelques minutes'. S'il fermait les yeux, il ne les ouvrirait plus avant le lendemain matin. Sauf si ses commensaux à quatre pattes le réveillaient. Ils étaient plus excités durant la nuit, apparemment. D'après le bruit, la vermine faisait la nouba dans le recoin le plus éloigné.

Ils ne vont quand même pas me garder ici éternellement.

Vraiment ? Pourquoi pas ?

Est-il vrai que parler seul est signe de folie ? Ou n'est-ce le cas que quand il y a conversation ?

— Je suis juste fatigué, voilà tout, dit-il à haute voix.

Tout d'un coup, ce fut le grand silence chez les rongeurs.

— Si vous n'allez pas faire la fête ailleurs, je chante ! leur cria-t-il

Voilà de quoi les terroriser ! Marshall aimait bien chanter, mais les amateurs de musique se plaignaient de ses vocalises. En général, il s'abstenait donc de leur martyriser les oreilles.

Je me demande si menacer les rats indique un trouble mental. Il continua à se poser des questions : avait-il une chance de rejoindre Davy ou le capitaine s'il utilisait son outil métallique pour forcer le verrou de ce réduit ? Réussirait-il à le faire ? Il était bien plus probable qu'il attire simplement l'attention du garde devant sa porte – car il ne doutait pas qu'il y en ait un. Et, dans ce cas, il perdrait sa trouvaille. Mieux valait attendre de retourner dans sa cellule – à moins que, à Dieu ne plaise, il reste ici indéfiniment comme il commençait à le craindre.

Au moins, il avait provision d'eau. Il s'octroya un demi-bol en guise de célébration. Il tentait de rationner son seau, ignorant combien de temps celui-ci était censé lui durer. Pour le moment, il n'en avait vidé qu'un tiers. Et son estomac avait cessé d'espérer une nourriture solide. Marshall ne ressentait plus la faim, il devenait apathique. Aucun problème sérieux. Pour le moment. Jadis, dans les latitudes des Chevaux[3], le navire s'était trouvé encalminé et tout l'équipage avait dû subsister cinq jours avec de l'eau de pluie ; et là-bas, il faisait plus chaud dans la journée, plus froid durant la nuit. *Je n'ai aucune tâche à accomplir. Je peux me reposer.*

Il en avait plus qu'assez du repos !

Il tenta de s'étirer, simplement pour vérifier comment il se sentait. Il découvrit vite que son dos n'était pas encore entièrement remis. Dès qu'il ferait jour, il s'étendrait de tout son long sur le plancher. Que les rats soient damnés !

Mais il n'avait pas souffert en vain. Il était possible que Smith ait déjà fomenté une mutinerie. À dire vrai, non, probablement pas – pas aussi vite. Au mieux, un ou deux hommes de l'équipage y réfléchissaient, mettant en

---

[3] Zone d'anticyclones au nord ou au sud de l'équateur, peu de précipitations, ensoleillement quasi permanent

balance la réputation du capitaine Smith et ce qu'ils connaissaient d'Adrian. Le gros de la troupe préférerait s'en tenir à ce qu'ils avaient plutôt que tenter la chance. C'était valable pour la plupart des gens.

Marshall avait exagéré en disant à Archer que Smith prendrait le contrôle du navire. Après tout, ils n'avaient qu'à mettre une chaloupe à la mer. Il ne leur faudrait pas tant de complices à bord. Un seul capable déverrouiller les portes des cellules aux petites heures du matin suffirait même, mais quelques guetteurs augmenteraient leurs chances d'évasion, tout en les aidant ensuite à ramer.

Leur évasion…

Pour une raison étrange, Marshall ne cessait de penser au regard hanté d'Archer quand les gardes l'avaient emmené la veille. Quel était donc son problème ? Bien sûr, qu'ils soient séparés était contrariant, mais quand même pas la fin du monde. D'un autre côté, Davy ignorait que les pirates se contenteraient de l'enfermer ici, aussi peut-être imaginait-il pour lui le pire. Adrian pouvait très bien lui avoir menti, parlant d'une autre flagellation ou d'un châtiment invraisemblable.

Était-ce vraiment 'invraisemblable' ? Oui, certainement. La fatigue lui troublait les idées. Si les autres victimes avaient subi des tortures durant leur enlèvement, le capitaine Smith l'aurait su, il les aurait prévenus – ou du moins, il aurait paru plus soucieux. Or, son attitude avait davantage exprimé la colère que l'inquiétude.

Mais c'était avant qu'ils aient été amenés à bord, avant qu'Adrian commence ses jeux malsains. La situation avait vite changé, passant d'incroyablement inattendue à douloureusement sinistre. Apparemment, aucune des précédentes tentatives d'évasion n'avait jamais réussi. Leur cas était-il différent parce qu'ils étaient des officiers de la Royal Navy ? Adrian avait-il réalisé le risque encouru et répondu par une agression préventive ? Trop de questions sans réponses. Marshall reconnut que, avec un esprit à ce point embrumé, il n'avait aucun espoir d'y trouver un sens. Deux seuls points lui importaient vraiment. Que devenaient Davy et le capitaine Smith ?

Et quand, au nom du ciel, vont-ils me laisser sortir d'ici ?

IX

Smith ouvrit les yeux dans l'obscurité. Y avait-il eu un bruit ? La lanterne devant sa porte avait une mèche si basse qu'elle ne projetait qu'une faible lueur. Pourtant, il distingua une silhouette derrière les barreaux.

— Cap'taine ?

— Oui.

Il ne s'agissait pas d'un de ses hommes. *Dommage !* Mais ce n'était pas non plus le sournois pirate. Smith quitta sa couchette et s'approcha de la porte avec prudence.

— Qu'est-ce que c'est ? Et qu'avez-vous fait de votre acolyte ?

— Il est aux poulaines, avec la chiasse. Y va rester un moment. J' voulais vous parler de c'que vous avez dit l'autre nuit.

Smith le reconnut : c'était l'homme ayant rapporté à Adrian sa première proposition. Celui que l'autre garde avait appelé Bert – un supposé fidèle d'Adrian. L'était-il vraiment ?

— Oui, que voulez-vous savoir ? Je ne veux pas qu'un de mes hommes se fasse à nouveau fouetter pour amuser votre capitaine.

— C'est justement pour ça que j' voulais vous parler, m'sieur. Le cap'taine nous met dans une vraie cagade. J'avais pas signé pour ça !

— À quoi vous attendiez-vous ? L'enlèvement est un métier dangereux.

Il était peu probable qu'Adrian s'en prenne à Marshall ou à Archer parce qu'un de ses hommes parlait trop. Non, c'était faux : il le ferait. Il agirait comme bon lui semblerait, en toute impunité, et peu lui importerait que ce soit juste ou pas.

— Je suis sur ce bateau parce que personne d'autre veut engager un prétendu voleur. J'ai une femme et deux enfants à nourrir.

— Qu'avez-vous volé ?

— Rien du tout, cap'taine. Mais ce foutu tordu de commissaire de bord a dit le contraire et comme lui, c'était un officier et moi, rien qu'un canonnier, qui y z'ont cru à votre avis, hein ? Dans l'équipage du cap'taine Adrian, y sont tous comme moi, des marins qu'avaient pas le choix. Et pis, y paye bien.

— Comment cela ?

— Cette foutue affaire de rançons ! Le cap'taine, y voulait des hommes qui s'en fichent de s'en prendre à des nobles. Au début, c'était marrant. Il a même commencé par s'enlever lui pour être sûr que ça marche.

Smith avait du mal à en croire ses oreilles.

— Il... quoi ? Vous prétendez que le premier enlèvement a été un test ?

— Oui, m'sieur. Et ça a marché. Mais la plupart du temps, on a une cargaison officielle.

— De quoi s'agit-il ?

— De la poudre à canon. Ça rapporte gros

— Parce que c'est une cargaison dangereuse.

Et vitale en temps de guerre, donc, l'équipage d'Adrian échappait à l'enrôlement forcé. Astucieux. Le pirate avait manifestement de l'influence en haut lieu, sinon il n'aurait jamais obtenu un contrat légitime pour livrer de la poudre. Tout ce que Smith venait d'entendre confirmait ses premiers soupçons concernant Adrian.

— Et vous voudriez tout abandonner. Pourquoi maintenant ?

L'homme se mordit la lèvre.

— Cap'taine, j' veux m'en aller depuis le premier mort, un cocher qu'a voulu protéger sa maîtresse. Prendre leur argent à des nobles qu'en ont beaucoup, ça m'gêne pas. C'est ce que faisait Robin des Bois, hein ? Et l'équipage partage le butin, comme dans la Royal Navy avec les vaisseaux capturés. Mais ça, non...

Il secoua la tête et reprit :

— Y'a quelques mois, même l'associé du cap'taine a changé d'avis. Il a disparu un soir, au port. Le cap'taine a dit qu'il était parti. C'est peut-être vrai...

D'après son expression, Bert pensait plutôt que son cadavre avait été jeté dans l'eau au milieu de la nuit, lesté d'un poids attaché aux pieds.

— En clair, la situation se détériore...

L'homme parut perplexe,

— ... je veux dire qu'elle devient pire, corrigea Smith.

— Ouais, bien pire. Et m'est avis qu' vous l'avez inquiété.

— Tant mieux.

C'était la moindre des choses après tout.

Smith réfléchissait, enclin à croire son interlocuteur. Ses années d'expérience de commandement avaient développé en lui une certaine intuition concernant les marins, et celui-ci lui paraissait plus franc que son bavard complice à la queue de rat. De plus, quel aurait été son intérêt à élaborer une histoire aussi compliquée ? Ses paroles étaient sensées, ce qui était une première sur ce bateau de fous.

— Où sont mes hommes ? reprit le capitaine.

— Eh ben, pour vot' discours sur le pont, le cap'taine a enfermé la nuit passée çui qu'a une grande gueule…

Smith dut réprimer un sourire en entendant cette description de Marshall.

— … dans le casier de voile avant, sans boire ni manger. J' sais pas quand y va sortir. M'est avis que le cap'taine l'a oublié. Hier, j'y ai porté un peu d'eau et ben, vous allez pas m' croire ! Il a rangé tout l'bordel !

Voilà qui avait certainement l'écho de la vérité ! Smith fut heureux d'apprendre que Marshall était suffisamment en forme pour se livrer à de telles activités.

— Et Archer ?

— Le cap'taine l'a pris à dîner, deux, trois fois. Pour que l'autre soit jaloux…

Il fronça les sourcils et hésita, comme prêt à en dire davantage.

— Je doute que mes hommes s'en soucient.

Ce n'était pas une surprise qu'Adrian se livre à des jeux stupides.

— Non, monsieur. Mais quand même, c'est pas bien…

Bert surveilla nerveusement la coursive et reprit très vite :

— Je l'entends venir, j'ai plus trop d' temps. Vous étiez sérieux en parlant d'amnistie ?

— Si vous nous aidez, je vous enrôlerai sur mon propre navire, sans poser de questions sur votre passé. J'ai besoin d'en savoir davantage. Où diable sommes-nous ? À quelle distance…

Il fut interrompu par un bruit de pas.

— Pas maintenant ! souffla Bert.

Il s'écarta vivement et s'appuya contre la cloison. Au moment où la porte du fond s'ouvrit en grinçant, Bert remplissait de tabac sa longue pipe d'argile puante – une déplorable idée sur une barge remplie de poudre à canon ! – et paraissait avoir du mal à allumer son briquet à mèche.

Smith entendit le commentaire de l'autre garde : 'tout est calme'. Il veilla à ne pas faire le moindre bruit en retournant se coucher.

— HÉ ! DEBOUT là-dedans ! Sortez de là !

Marshall secoua la tête, essayant de s'éclaircir les idées. Quelle heure était-il ? Le jour ou la nuit… ? La lune brillait à l'extérieur, si haute dans le ciel qu'il ne voyait que son reflet sur les vagues. Il était donc tard. La septième cloche, peut-être la huitième. D'ailleurs, c'était sans importance, puisque ses ravisseurs s'apprêtaient enfin à le laisser sortir.

— Une minute ! cria-t-il.

— Dépêchez-vous !

Marshall vérifia la lame d'herminette dans l'ourlet de sa chemise, bien coincée entre le bas de son gilet et la ceinture de sa culotte. Il but ce qui restait de son eau avant de basculer le seau derrière un amoncellement de voiles. Ensuite, il avança jusqu'à la porte d'un pas vacillant.

Ses gardes étaient masqués, comme de coutume. Marshall les salua poliment, au cas où son bienfaiteur anonyme soit parmi eux, puis il se laissa étouffer dans les plis d'une cape et attacher. Ils ne lui indiquèrent pas où ils l'emmenaient. D'ailleurs, ils ne parlèrent pas. Pourtant, quand il fut débarrassé du lourd manteau, il se trouvait devant une cellule familière. Il put vérifier qu'Archer ne s'était pas trompé concernant les loquets de la porte. Il en aurait été satisfait s'il n'avait pas été aussi épuisé, après avoir veillé durant l'essentiel des soixante dernières heures, sinon davantage. Hébété de fatigue, il sentait à peine ses doigts.

Une fois dans la cellule, il vit Archer recroquevillé dans un coin, dos à la porte, qui paraissait dormir. Marshall réussit à préparer sa couchette sans le réveiller. La paille paraissait fraîche. Elle avait dû être balayée et remplacée aujourd'hui, ou la veille. Un net progrès, dont il lui faudrait féliciter l'aubergiste. Marshall roula sa veste en guise d'oreiller puis, avec un soupir d'extase, il s'étendit de tout son long avant de sombrer dans un sommeil divin.

— *ALORS MON garçon, ce n'est pas ce que à quoi vous pensiez, n'est-ce pas ?*

Le poids qui l'écrasait disparut, ainsi que le membre dur pressé contre lui.

— *Nous y viendrons, en temps voulu, reprit la voix honnie. Le Français qui m'a montré cette technique l'appelait* frottage[4]. *Très agréable, non ?*

Archer enfouit la tête entre ses bras, en essayant de disparaître dans les coussins empilés sur le sol. Une main le prit par l'épaule, une autre enduisit d'huile son entrecuisse.

— *Mais je n'ai pas fini, susurra Adrian. Tournez-vous, je veux voir votre visage...*

— *Non !*

Paniqué, Archer roula sur lui-même, les bras tendus. Dans l'obscurité, il heurta une paroi de bois. Réveillé par son cri, il se redressa, dos au mur, et chercha à contrôler sa respiration, à calmer le tambourinement frénétique de son cœur. Il n'était plus dans la cabine d'Adrian, il était revenu dans sa cellule. Tout allait bien, ce n'était qu'un cauchemar. Il était seul pour le moment. Sain et sauf.

Il entendit bouger et se figea. Il n'était pas seul.

— Davy ? Seriez-vous...

— Will ?

Quand était-il revenu ? Ce n'est pas possible. Oh, mon Dieu, s'agissait-il d'un rêve ou de la réalité ? Archer n'en savait rien.

— Vos gueules là-dedans !

Des pas furieux s'approchèrent, une lanterne éclaira de l'extérieur les barreaux de la porte.

— Vous m'avez foutu la trouille ! continua la voix. Si nous devons entrer, vous allez le regretter.

Marshall fronça les sourcils.

— Ce n'était qu'un mauvais rêve, répondit-il sèchement. C'est terminé à présent, merci.

Le mauvais coucheur décida sans doute qu'il était inutile d'ouvrir la porte pour vérifier.

— Fermez-la, maintenant !

Il s'éloigna et l'obscurité retomba. Mais pour Archer, ce rai de lumière avait été suffisant. William était bel et bien de retour, en bonne santé, mais apparemment de mauvais poil. Archer déglutit, il avait presque peur de vérifier les soupçons.

— Will. Est-ce que tout va bien ?

---

[4] En français dans le texte

— Oui. Et vous ?

— À peu près. Où étiez-vous ? Quand…

Une main chaude se posa sur son bras.

— Davy. Je suis content d'être revenu et j'ai des choses à vous communiquer, mais pas maintenant. Je suis bien trop fatigué pour réfléchir. Cela ne vous gêne pas d'attendre quelques heures ?

— Non, bien sûr que non. Je suis désolé.

— Bon. Nous parlerons plus tard.

Marshall lui tapota le bras avant de retomber en arrière, avec un profond soupir. Il sembla se rendormir presque instantanément. Archer se recoucha, l'esprit en déroute. Quand les gardes l'avaient-ils ramené ? Rêvait-il ou pas ? Dans la pénombre, il lui était difficile de différencier la réalité de son souhait le plus cher, mais il entendait cependant une lente régulière respiration à côté de lui.

Il tendit une main timide, veillant à ne pas toucher William. Il désirait seulement s'approcher suffisamment pour sentir sa chaleur corporelle. Très vite, il s'écarta, un peu gêné. Il saurait bien la vérité demain matin. Il aurait peu à attendre. Il devait être très tard, ou bien très tôt. Lui-même était revenu dans sa cellule à la seconde cloche, mais il avait gardé très longtemps les yeux ouverts avant de s'endormir.

À présent, il avait sommeil, comme si le soulagement l'avait fatigué – ou plutôt lui permettait de reconnaître enfin à quel point il était épuisé. Il se frotta les yeux, surpris de les trouver humides. Le détachement éprouvé dans la cabine d'Adrian avait disparu. Il ressentait désormais un mélange de joie et de terreur. Il n'était plus seul. Son cher William était de retour.

Mais Archer craignait de le perdre – une fois de plus.

X

Entrée complémentaire, HMS Calypso, *en réparation, Portsmouth.*
Lieutenant-commandant Anthony Drinkwater, capitaine remplaçant.
25 juillet 1799

Rien de nouveau. Agissant conformément aux instructions du capitaine
Smith afin d'identifier le navire s'étant approvisionné la nuit de
l'enlèvement, nous sommes allés vérifier les dossiers. Malheureusement,
beaucoup des navires qui sont partis avec la marée au matin du 17 juillet
99 s'étaient approvisionnés la nuit précédente. Même en éliminant les
navires de guerre, au moins pour le moment (à bord d'un navire en
service actif, la présence de trois officiers prisonniers n'aurait pu passer
inaperçue !), nous avons affaire à une vingtaine de navires de taille
variable, car nous ignorons l'heure exacte de leur approvisionnement.
J'attends donc la demande de rançon en espérant que le capitaine pourra
nous fournir d'autres détails pour restreindre le champ de nos recherches.

ARCHER OUVRIT les yeux et inspira profondément. Il se sentait bien.
Reposé. Presque revenu à son état normal. Comme c'était étrange !
— Bonjour, Davy.
— Will !
Il se redressa et trouva Marshall assis en tailleur près de la porte.
Tout sourire, son ami s'occupait les mains avec des lambeaux de toile à
voile.
— Vous êtes revenu ! reprit Archer. Je ne rêvais donc pas.
— Tout paraît un peu irréel aux petites heures avant l'aube, mais
apparemment, ma pénitence est terminée. Attendez !
Il se leva et alla vérifier à la porte. Il souleva le rabat au niveau du
plancher pour scruter la coursive.
— Tout est clair, déclara-t-il.
Il se retourna et enchaîna :
— Davy, regardez ce que j'ai trouvé !

Il tendait un morceau de métal. Archer l'examina de plus près. C'était une sorte d'outil, ressemblant à un ciseau à bois, mais avec une lame plate, légèrement courbe.

— Une herminette, n'est-ce pas ?

Marshall acquiesça, avant de désigner l'évent du menton.

— Cela va nous aider à sortir. Il nous faudra travailler la nuit, sans faire de bruit, mais je pense que nous réussirons à desceller le barreau. Êtes-vous tout le temps resté ici durant mon absence ?

— Non. J'ai été absent tous les soirs au moins une heure. Adrian m'a convoqué à dîner.

J'étais le dessert. Archer se mordit la lèvre pour se sortir cette idée de l'esprit.

— Étiez-vous présent quand ils ont changé la paille ?

— Non. Je pense qu'ils l'ont fait la nuit dernière.

— Dans ce cas, ils n'ont pas inspecté cet évent de près. J'y ai trouvé ceci.

Il sortit de derrière son dos un ballot, contenant les biscuits qu'Archer avaient préservés.

— J'en ai déjà mangé un, Davy. Excusez-moi.

— C'est dans ce but que je les avais mis là, Will.

— Oh. Merci.

Will disposa plusieurs brins de paille sur le plancher, devant lui. Puis, l'air concentré, il reprit :

— Voici ce dont je me souviens de notre nuit sur le pont : la trappe était ici, les mâts environ ici et ici.

Archer hocha la tête. Marshall continua à placer ses fétus :

— D'après moi, notre évent doit être proche du gréement d'artimon. Si nous pouvons sortir de cette cellule, nous devrions réussir à grimper sur le flanc du navire.

Archer lui rendit son outil. Marshall l'enveloppa dans sa chemise et le dissimula sous sa ceinture.

— Où avez-vous trouvé cette lame ? demanda Archer.

— Ils m'ont enfermé dans un casier à voiles qui, manifestement, n'a pas été rangé ou nettoyé depuis des mois. Vous n'imaginez pas le désordre ! Adrian peut se prétendre un capitaine et menacer de tirer sur son équipage, mais ce navire manque nettement de discipline. J'ai récupéré des lambeaux de voile. Nous devrions pouvoir en faire un filin.

Tout en parlant, il tira plusieurs pelotes de fil de ses poches.

106

— Je n'ai pas oublié ce que vous disiez, Davy, pour soulever le linteau et ouvrir la porte. Il nous manque encore un crochet, mais…

Il s'interrompit et fronça les sourcils en regardant son vis-à-vis

— Pourquoi riez-vous ?

Archer ne put se retenir davantage.

— Will ! Ils vous enferment pour vous punir et vous revenez prêt à prendre le navire d'assaut. Je ne me moque pas de vous, je vous assure. J'imagine simplement la tête de ces bâtards quand ils découvriront que nous nous sommes enfuis.

— Je veux d'abord faire une reconnaissance de nuit sur le pont. Si Adrian avait réuni tout son équipage pour assister à ma flagellation, il n'a qu'une cinquantaine d'hommes. Imaginons que la moitié soit endormie et que quatre autres gardes soient chargés de surveiller notre cellule et celle du capitaine, ils ne doivent pas être nombreux durant les quarts de nuit. Je veux également savoir si nous sommes en vue des côtes et découvrir où est enfermé le capitaine. Davy, l'autre soir, avez-vous vu dans quelle direction ils l'entraînaient ?

— À bâbord, je pense.

Archer ferma les yeux pour mieux se remémorer la scène.

— Oui, confirma-t-il. Ils lui ont fait traverser le pont.

— Il est probablement à notre opposé. Je doute qu'ils aient plus d'une ou deux cellules disponibles. Il est difficile d'enlever plusieurs personnes sans raffut, sans compter que le risque serait plus grand.

— Effectivement, ils n'ont que deux cellules, confirma Archer. Adrian l'a laissé échapper – son passe-temps favori semble être la vantardise. Il a d'ailleurs confirmé tout ce que le capitaine nous avait dit concernant neuf enlèvements réussis. D'ordinaire, il ne prend qu'un captif, parfois accompagné d'un domestique. Je crois que c'est la première fois qu'ils prennent trois hommes à la fois. Et William, vous aviez raison aussi. Il s'attaque principalement aux épouses et aux fils adolescents ! La plus jeune de ses victimes avait quatorze ans.

Préférant ne pas penser au sort de ce garçon pour le moment, Archer reprit précipitamment :

— Il a l'habitude de séparer ses prisonniers et de les utiliser comme otage l'un contre l'autre. Je crois que nous avons la cellule ancillaire.

— Ça vaut bien un hamac d'aspirant sur le *Titan*, déclara Marshall. Sauf que nous sommes prisonniers. Et qu'une barre ferme la porte.

— Et que des gardes sont à l'extérieur.

— Oui, mais peut-être verrons-nous bientôt que le discours du capitaine a eu les résultats escomptés. L'autre nuit, un des gardes m'a apporté de l'eau, Davy, en me demandant de n'en parler à personne. J'ignore de qui il s'agissait, mais je lui ai rappelé l'offre de Smith et en lui demandant d'aller lui en parler en direct, si c'était possible. On verra bien ce qu'il en adviendra.

Il semblait optimiste. Par contre, Archer se renfrogna en réalisant qu'Adrian avait voulu priver William d'eau, en plein été, pendant deux jours et demi. Et de nourriture plus longtemps encore, puisque son ami n'avait déjà rien eu à dîner trois jours plus tôt.

— Pourquoi ne prendriez-vous pas l'autre biscuit, Will ?

— Si nous avons aujourd'hui un petit déjeuner, il ne devrait pas tarder. Sinon, nous partageons. À part votre souper avec Adrian, avez-vous été nourri ?

— Mieux que vous.

Marshall reprit les fils qu'il épissait.

— Davy, assez ! déclara-t-il calmement. C'est exactement ce qu'il veut – que je sois jaloux de vous et que vous vous sentiez coupable. N'entrez pas dans son jeu.

— Vous n'êtes pas contrarié ?

Marshall haussa les épaules.

— Si, d'être ici. Quant au reste... c'est la guerre. Adrian est un ennemi. Il ne voit probablement pas les choses de cette façon, mais c'est pourtant la vérité. Nous ne pouvons gaspiller notre énergie sur ses petites manigances. Rappelez-vous ce que doit faire un prisonnier : survivre, s'évader et saboter ce qui appartient à l'ennemi. Rappelez-vous également la dernière question du capitaine : comment fuir et capturer Adrian ?

Archer hocha la tête.

— Vous avez raison.

— De plus, après ce que vous avez enduré hier soir, vous méritez bien un biscuit.

Oh, mon Dieu – comment... ? Pris de panique, Archer se figea. Il se sentait atrocement vulnérable.

— Que – que voulez-vous dire ?

— Vous avez dû supporter la présence de Sa Royale Arrogance, non ? Ce maudit pirate se comporte comme s'il était l'héritier du trône !

Archer dissimula son soulagement. Comme pris d'une idée subite, Marshall fronça les sourcils.

— Vous savez, Davy, reprit-il, vous disiez l'autre soir que vous le pensiez bien né. Vous avez sans doute raison. Il doit être noble, car il agit avec la morgue des privilégiés n'ayant aucun respect d'autrui.

— C'est exact. Son comportement me rappelle celui de mon frère Ronald.

— J'en suis désolé. S'agit-il de l'héritier de votre père ?

— Non. Mark est un homme très bien. Il a douze ans de plus que moi, aussi n'avons-nous jamais été particulièrement proches, mais il sera un bon maître, solide, pragmatique, il s'intéresse à nos terres et à ceux qui les cultivent. Ronald est le second né – non, en réalité, il est le troisième de notre famille puisque ma sœur aînée est née avant lui – mais il agit comme le Seigneur de la Création. Et, comme Adrian, il a une nature vicieuse. D'après moi, il n'a jamais pardonné à notre mère d'avoir donné naissance à Mark avant lui.

— Pourtant, ce doit être agréable de faire partie d'une grande famille. Combien d'enfants êtes-vous au juste ?

Archer se souvint que Marshall était orphelin, son père étant décédé l'année précédente. Il ne lui restait plus qu'un ou deux cousins éloignés.

— Sept vivants, répondit-il. Dans l'ordre : Mark, Mary, Ronald, Anne, Amelia, moi et Eugénie. Les quatre aînés sont mariés, aussi la maisonnée devient-elle un peu chaotique durant les vacances, avec tous les neveux et nièces. Du moins, c'était le cas autrefois et je ne pense pas que cela ait beaucoup changé. Je n'ai plus passé mes vacances chez mes parents depuis le début de la guerre, et ma sœur Anne a eu des jumeaux l'an dernier. Vous savez, Will, si nous avons une permission et la possibilité de nous rendre à Londres, vous devriez m'accompagner et faire connaissance de ma famille. Certains restent en ville, même durant l'été.

— Votre père ne serait sans doute pas ravi d'être ainsi envahi, répondit Marshall, sceptique.

— Pourquoi ? Vous êtes parfaitement respectable, un officier de Sa Majesté et mon ami. Vous n'avez plus de famille …

Marshall avait l'air si sérieux qu'Archer ne put résister à son envie de le taquiner.

— … et mon père a encore deux filles à marier.

Il éclata de rire en voyant son ami lever haut les sourcils. Il reprit ensuite :

— Je vous assure, William, après les amis que je lui ai ramenés de Drury Lane[5], mon père sera enchanté de vous voir.

Les filles le seront également, réalisa Archer avec un pincement au cœur. Quelle ironie du destin si Will épousait l'une de ses sœurs ! D'un autre côté, ce lien de sang resserrerait leur amitié. C'était le mieux qu'il puisse espérer.

William arborait la plus étrange expression, comme si l'idée qu'on puisse être heureux de le connaître était une impossible aberration.

— Vous devriez commencer à envisager votre avenir, vous savez, insista Archer en toute sincérité. Nelson n'est pas né amiral et, comme vous, il était fils de révérend. Avant peu, vous serez Sir William, j'en suis certain. Vous devriez commencer à fréquenter la haute société.

Marshall secoua la tête.

— Smith, qui s'est engagé dans la Royal Navy à douze ans, a dû attendre vingt-trois ans son premier commandement. S'il lui a fallu tout ce temps, j'aurais de la chance de devenir capitaine à quarante ans.

— Non, cela ne prendra pas si longtemps. Pas en temps de guerre. Je n'ai pas l'impression que la paix est pour bientôt.

— Nous devrions plutôt penser à votre prochaine promotion, déclara Marshall. Quand votre examen est-il prévu ?

— Hier, je pense, répondit Archer un peu triste. C'était censé être le 24 juillet, non ?

— Morbleu ! Eh bien, peu importe quand vous le passerez à condition que vous le réussissiez. Vous êtes un excellent sous-lieutenant.

À l'heure actuelle, Archer ne s'intéressait pas vraiment à son grade.

— Je veux seulement sortir d'ici, Will. Il y aura d'autres examens. Cela ne me gêne pas d'attendre.

Si un sorcier lui offrait de renoncer à toute promotion future en échange de voir Adrian se noyer instantanément, il resterait volontiers aspirant tout le reste de sa carrière militaire.

— Vous y êtes obligé, je suppose. Mais vous avez raison. Autant nous concentrer sur notre évasion. Nous devrions commencer par vérifier s'il nous est possible de passer par cet évent…

Archer leva la main.

— Quelqu'un vient.

---

[5] Rue de Londres, mais aussi le célèbre théâtre s'y trouvant.

Marshall cacha son cordage et se plaça à un endroit où le garde le verrait de la porte. Ils devaient faire semblant d'agir comme d'habitude. Peu après, leur petit déjeuner fut poussé sous la porte. Porridge, biscuits, deux pommes et du thé. Un vrai festin !

— C'est bien ce que je pensais, déclara Marshall. Quand nous sommes ensemble, je ne suis plus privé de nourriture. Adrian devient d'un prévisible !

La journée passa trop vite. Ils firent du butin de Marshall des épissures et obtinrent trois mètres de filin susceptible d'être doublé ou triplé pour avoir la solidité nécessaire et soulever la poutre de la porte, s'ils avaient la chance d'obtenir un crochet métallique à y ajouter. Ils mirent également au point leur plan provisoire d'évasion : s'ils réussissaient à sortir par le hublot et qu'ils voyaient la terre, ils tenteraient d'abord de libérer le capitaine. S'ils étaient hors de vue de la côte ou si les risques étaient trop importants, ils attendraient de voir si Smith réussissait à retourner une partie de l'équipage. S'il n'y avait aucun signe d'insurrection, ils chercheraient à atteindre le hublot de Sir Paul et le laisseraient décider de la suite des opérations.

Le repas terminé, William calcula être resté éveillé soixante-cinq heures durant les trois derniers jours. Malgré cela, il était déterminé à travailler autant que possible la nuit suivante, creusant le bois autour du barreau de l'évent, dans l'espoir de le desceller. Il était également important que le barreau reste en place tant qu'il n'était pas nécessaire de l'enlever. Le mieux serait donc de profiter des heures diurnes pour dormir, aussi s'étendit-il et sombra-t-il presque immédiatement dans le sommeil.

Archer tenta de suivre son exemple, mais en vain. Il était bien trop nerveux. La veille, les gardes étaient venus le chercher à la huitième cloche. En supposant qu'ils fassent pareil ce soir, il lui restait quatre ou cinq heures de tranquillité dont il voulait profiter. Malheureusement, sans l'optimisme énergisant de Marshall pour le distraire, il se remit à tourner en rond dans sa tête, comme un bœuf autour d'une meule. Tôt ou tard, les gardes reviendraient. Tôt ou tard, Archer devrait affronter une fois de plus Adrian.

Mais à présent, il avait un nouvel espoir. L'épreuve prendrait bientôt fin. Le capitaine Smith allait peut-être recruter de l'aide parmi l'équipage et Will ferait sauter ce barreau – par pure obstination, si nécessaire. Eh bien, ses deux compagnons accompliraient en toute sécurité la tâche qu'ils s'étaient donnée. Même si leurs projets n'aboutissaient pas, il restait une autre solution après tout, car une rançon était le but originel de leur enlèvement.

Archer mourait du désir de quitter cet endroit.

Il ne pouvait s'approcher du hublot sans réveiller William, aussi ferma-t-il les yeux et tenta-t-il de s'imaginer le plus loin possible d'ici. Chez lui, à Noël, ou se promenant dans les rues de Londres, ou au théâtre, attendant que la petite scène s'anime et l'emporte, comme par magie, en d'autres temps et lieux...

Mais ces souvenirs lui paraissaient désormais trop loin, faisant partie d'un monde qui n'était plus le sien. La seule vision qu'il parvint à évoquer clairement fut la première fois où il avait grimpé en haut du mât perroquet, pour réaliser qu'il voyait la Manche jusqu'à son autre rive. Le soleil était à son apogée, couvrant la mer de reflets diamantés, et le chant du vent à ses oreilles lui donnait une sensation de liberté plus enivrante que n'importe quel alcool.

Dans une de ses lettres, il avait tenté de l'expliquer à sa sœur, Amelia qui, consternée, s'inquiétait de l'exiguïté de sa cabine à bord de la *Calypso*. Quelle importance de passer quelques heures dans une couchette de soixante centimètres sur un mètre quatre-vingt quand, sur le pont du navire, vous attendait le monde entier, plus vaste encore que l'œil ne pouvait le voir ? Quant au sommet du mât, à trente mètres de haut, en plein ciel, au milieu du gréement, seul Dieu le père avait une plus belle vue. Rien n'existait de semblable à travers le monde.

— Davy.

Il ouvrit les yeux et trouva Marshall agenouillé à côté de lui, le visage morose.

— Ils viennent de m'apporter à dîner, chuchota son ami. Le kit de rasage est là pour vous. Adrian exige votre présence à sa table...

XI

LA CABINE de Smith n'était pas assez grande pour qu'il puisse y faire les cent pas. Il l'arpentait cependant, en diagonale, après avoir repoussé dans un coin la table et la chaise. À l'heure actuelle, Drinkwater devrait avoir reçu sa première lettre – et peut-être même la seconde, car le temps qu'elle prendrait à arriver dépendait en partie de son mode d'envoi. Si Adrian avait remis son courrier à un navire de passage qui en ferait la distribution par la mer, la missive aurait déjà atteint son destinataire. S'il passait par un intermédiaire à terre, cela risquait de prendre beaucoup plus de temps. Smith soupçonnait le pirate d'être de mèche avec les contrebandiers, une autre conséquence d'avoir un équipage hors la loi – ses hommes auraient des contacts clandestins dans diverses branches d'activité illicite.

Tout ceci, bien sûr, à condition que Bert ait dit la vérité, mais aucun équipage honnête n'accepterait de participer à une série d'enlèvements et de meurtres. Pour ajouter à la crédibilité du récit entendu, l'essentiel de la journée venait de passer sans représailles. Apparemment, Bert n'avait pas rapporté leur conversation. Si Adrian devenait instable, certains de ses hommes tenteraient sans doute de prévoir une échappatoire pour quand l'opération s'effondrerait, ils contacteraient donc Smith sous peu.

Il espérait que Drinkwater découvrirait ses messages codés et userait à bon escient des informations transmises. Il faisait grandement confiance à son premier lieutenant, un homme intelligent, mais il préférait pour le moment établir ses plans d'évasion sans compter sur une assistance. S'il en obtenait, tant mieux. Ses lieutenants et lui n'auraient alors rien d'autre à faire que rester vivants jusqu'à ce que le navire soit capturé. Sinon, il devrait s'en sortir avec deux alliés fiables, un agent double et les autres mutins qu'il réussirait à convaincre de se retourner contre l'équipage.

Bien sûr, un seul complice secret suffirait sans doute : Bert, s'il réussissait à être au bon endroit au bon moment. Le roulement permanent des hommes de guet était en partie une complication, en partie un avantage. Toute tentative de contacter Marshall et Archer serait pour le moment plus dangereuse qu'utile, mais puisque les gardes changeaient régulièrement, Smith serait tôt ou tard en mesure de faire passer un message à ses hommes pour que tous trois puissent coordonner leurs efforts.

Auparavant, il lui fallait plus de renseignements. Ignorant la position actuelle du navire et sa destination, Smith ne pouvait que faire des hypothèses. Au pire, ils étaient actuellement au large, si Adrian livrait sa poudre aux Anglais qui patrouillaient la Manche. Dans ce cas, le seul moment possible pour réussir une évasion serait à proximité d'un navire de guerre. Évidemment, l'occasion serait bonne, car trois officiers en uniforme de la Royal Navy anglaise s'enfuyant d'un navire marchand ne manqueraient pas d'attirer l'attention de tout marin de Sa Majesté. Malheureusement, Smith n'entendrait sans doute rien de ce qui se passerait à l'extérieur, car ses ravisseurs fermeraient le volet de son hublot avant d'effectuer leur livraison risquée.

D'après leur navigation, il était plus probable que la poudre soit destinée aux navires qui surveillaient les côtes. Dans ce cas, une fois le vaisseau pirate à l'ancre, il envoyait ses barils à terre et en chaloupe. Ce qui rendait aussi plus logiques les étranges délais fixés par Adrian pour la demande de rançon. Sinon, pourquoi envoyer une première lettre, suivie dès le lendemain par une suivante ? Le bandit devait avoir le moyen de faire délivrer les messages où qu'il se trouve. De plus, recevoir une deuxième missive par des voies tout à fait différentes compliquait les recherches.

Si la côte était suffisamment proche, voilà qui semblait le moyen d'évasion le plus aisé, à condition que la météo soit clémente et qu'Adrian n'ait pas de complices à terre. Non, c'était peu probable. Un homme dans chaque port serait bien trop coûteux, sans compter que, tôt ou plus tard, l'un d'eux risquerait de le trahir.

Par mer calme, même pas besoin d'une chaloupe pour s'échapper. Il suffirait de jeter à l'eau des tonneaux, puis de s'éloigner du bord pour rejoindre discrètement le rivage. Le long des côtes anglaises, même les contrebandiers et leurs sympathisants savaient que la Royal Navy les protégeait des envahisseurs. La plupart n'hésiteraient pas à aider des officiers en péril. Smith n'avait rien d'un vaniteux, mais il était bien certain que tout riverain reconnaîtrait le nom du capitaine de la *Calypso*.

Il espérait également qu'Adrian était trop sûr de lui pour comprendre que son triste commerce prendrait fin une fois ses hommes et lui libérés – à supposer qu'ils soient en vie. Même si l'équipage pirate était resté masqué, Adrian avait beaucoup trop révélé de son navire dans son empressement à flageller Marshall pour démontrer son pouvoir sur ses prisonniers. D'une certaine façon, un bateau était aussi unique qu'un individu. Les trois officiers n'auraient aucun mal à en reconnaître le gréement, la ligne, l'armement.

Les navires marchands transportant de la poudre n'étaient pas si nombreux. Dès son retour à bord de la *Calypso*, Smith demanderait à l'Amirauté de les assigner tous les trois à patrouiller la Manche durant quelques semaines. D'ailleurs, en avait-il même besoin ? Les listes tenues par la capitainerie du port suffiraient à révéler la véritable identité du 'capitaine' Adrian, sans doute propriétaire de son vaisseau. Cependant, Smith était un homme d'action, par un commis de bureau, aussi préférerait-il nettement capturer sa proie à bord d'une frégate armée et non en feuilletant des documents poussiéreux.

Bien sûr, Adrian pouvait choisir la prudence et jeter ses victimes par-dessus bord une fois la rançon empochée. Il y aurait intérêt, si ce devait être sa dernière opération d'un commerce aussi dangereux. Mais, si telle était son intention, Smith et ses lieutenants seraient déjà morts. D'après ses souvenirs des cas antérieurs, l'échange n'était jamais fait en direct. Une fois l'argent livré, les prisonniers étaient libérés quelques jours plus tard, et ailleurs.

Suivant les consignes d'Adrian, Smith avait réclamé à la *Calypso* de hisser un pavillon pour signaler que la rançon était prête. Il aurait donc probablement une autre missive à écrire à Drinkwater, avec les instructions pour délivrer l'argent. Smith aurait souhaité en savoir davantage sur la procédure – voilà une autre question qu'il devrait poser à son informateur, même si un simple marin avait peu de chance de savoir grand-chose. Il fallait que Drinkwater trouve le moyen de surveiller la rançon et de la suivre – soit en direct, soit via l'homme chargé d'effectuer la livraison. Smith espérait bien que l'amiral Roberts utiliserait pour cela l'équipage de la *Calypso,* des hommes actuellement coincés à terre à cause des réparations, mais qui tous auraient à cœur de récupérer leurs officiers disparus.

D'un autre côté, ce n'était pas sa solution préférée. L'ennemi étant misérable, Smith ne valait pas sa rançon s'il était incapable de régler seul la situation.

DANS LA cabine de la dunette, le dîner était excellent. Une fois de plus. Tout était parfait, sauf celui qui trônait au bout de la table, bien sûr. Archer mangeait machinalement, conscient du regard d'Adrian pesant sur lui. Étrangement, la conversation avait été rare ce soir. Il commençait à s'inquiéter de ce changement de routine.

À la fin du repas, Adrian s'enfonça dans son siège et parla enfin :

— Eh bien, M. Archer, appréciez-vous d'avoir retrouvé la compagnie de M. Marshall ?

Archer ne leva pas les yeux.

— Oui. Merci.

Le pirate avait certainement le don de l'attaquer au point le plus sensible. Certes, il étudiait sa proie depuis un certain temps et c'était sans doute sa principale source d'amusement.

— J'en suis ravi. Vous m'avez paru un peu éteint, hier soir. Je regrette, j'aurais aimé passer davantage de temps avec vous, mais d'autres tâches requéraient mon attention.

— Je vous en prie, ne vous dérangez surtout pas pour moi.

— Oh, mais ce n'est pas un dérangement, je vous assure. De toute façon, il est plus facile de surveiller une seule cellule. M. Marshall a-t-il récupéré de sa désagréable expérience de l'autre nuit ?

Archer fixait les reflets rouges du vin dans son verre. Serait-ce une nouvelle menace ? se demanda-t-il. Mieux valait y croire. De toute façon, il s'agissait au moins d'un rappel.

— Je crois qu'il va un peu mieux, répondit-il d'un ton prudent.

En vérité, William avait parfaitement recouvré la santé, après avoir récupéré son sommeil en retard. En ce moment précis, il réfléchissait sans doute à la meilleure utilisation pour leur évasion de l'objet métallique qu'il avait découvert.

Archer enchaîna :

— Je n'ai aucune intention de faire quoi que ce soit susceptible de lui causer une autre expérience désagréable, si c'est là le sens de votre réflexion.

— Bien sûr que non. Je me demandais simplement si vous ne préféreriez pas avoir une cabine pour vous seul. Goûtez ce vin. Les Espagnols l'appellent *sangria*. Je trouve qu'il s'agit une façon agréable d'absorber une ration quotidienne de citron. Dites-moi ce que vous en pensez.

Probablement une recette des Borgia. Archer leva son verre et goûta. La saveur s'avéra plus piquante et sucrée que prévu, un contraste intéressant avec le plat principal du dîner, un ragoût épicé. Mieux encore, le fait de boire le dispensait de répondre immédiatement et l'alcool l'engourdirait peut-être.

— C'est très bon. Quant à ma cabine…

S'il laissait voir à Adrian à quel point il tenait à la compagnie de William, ce dernier serait au moindre prétexte renvoyé dans le casier à voile. Mais s'il prétendait préférer la solitude, Adrian risquait de le prendre au mot. Il ne pouvait pas gagner à ce jeu.

Il haussa les épaules.

— … le fait que nous soyons encore vos 'invités' prouve clairement que mes préférences ne comptent pas.

Adrian rit.

— Vous êtes têtu, mon garçon, n'est-ce pas ? On dirait que je ne vous possède pas encore tout à fait.

Ce ne sera jamais le cas.

Archer sirotait son vin.

— Voulez-vous que je me taise ? proposa-t-il.

Le silence lui serait tellement plus facile que ce duel verbal !

— Oh, non, vous êtes bien trop amusant ! Je trouve assez piquant le contraste entre votre docilité physique et votre rébellion verbale. J'attends avec grand plaisir le moment de votre soumission. Ceci me rappelle une de mes récentes invitées – une fille charmante, une Irlandaise.

Archer garda le silence. Adrian continua à parler :

— Ravissante petite chose ! Peau de porcelaine, cheveux noir de jais. Ce n'était qu'une femme de chambre. Sa maîtresse appréciait tant ma compagnie que nous avons dû les garder une semaine de plus avant que je réussisse à la convaincre de retourner à son écœurant mari. Mais la fille… Au début, elle a hurlé comme une banshee[6], mais après un dressage en bonne et due forme, elle s'est mise à apprécier… certains membres de mon équipage.

Archer l'écoutait avec une sorte de fascination : il trouvait incroyable qu'Adrian puisse raconter de telles horreurs d'un ton aussi léger.

---

[6] Créature de la mythologie celtique irlandaise, magicienne ou messagère de l'Autre monde

Il décida de jouer son rôle, tout en se demandant si cette histoire était vraie. Il espérait que non.

— Qu'est-elle devenue ? demanda-t-il.

— Elle était trop pénible. Je l'ai offerte à mes hommes. Je pense qu'ils ont fini par la jeter par-dessus bord.

Archer sentit son estomac se nouer. Adrian continua avec entrain :

— Ou bien le cuisinier l'a découpée et servie en ragoût. Ou bien elle est encore à fond de cale, qu'en sais-je ? Bien entendu, sa maîtresse n'a pas voulu verser de rançon pour cette fille, qui en savait beaucoup trop sur ses activités licencieuses à bord, même si personne n'aurait cru à ses révélations.

La voix d'Adrian lui parvenait à distance. Surpris, Archer cligna des yeux et se les frotta. Quelque chose n'allait… pas. La sensation n'était pas vraiment désagréable, juste étrange. Il avait les paupières lourdes, alors qu'il n'avait pas sommeil. Plus bizarrement encore, sa culotte le serrait à l'entrejambe.

Puis il remarqua le sourire entendu d'Adrian et comprit.

— Que…

Ses lèvres étaient inertes, sa langue ne fonctionnait pas. Il dut se concentrer pour former quelques paroles :

— Qu'avez-vous mis dans le vin ?

— Juste une goutte de laudanum, mon garçon. Je serai occupé demain soir, je tenais donc à rendre notre soirée mémorable. Je vous veux détendu et soumis.

— Très bien.

D'un geste délibéré, Archer prit son verre et le vida. Adrian se contenta d'en rire.

— Oh, excellent ! Ceci ne suffira pas à vous endormir, si c'était ce que vous espériez.

En voyant l'expression d'Archer, il s'égaya d'autant plus.

— Désolé de vous décevoir, reprit-il. Venez, à présent.

À nouveau, Archer dut se concentrer pour se rappeler où étaient ses pieds, mais il réussit à se redresser sans assistance. Lorsqu'il leva les yeux, il vit une garcette à la main d'Adrian. L'idée d'être ligoté et impuissant réveilla en lui une terreur qu'il pensait disparue.

Il tenta de parler de façon pragmatique :

— Ce ne sera pas nécessaire, je vous assure.

— Je l'espère, mais voyez-vous, le bondage est une pratique que j'apprécie de temps à autre. Je crains que vous ne vous débattiez ce soir, même si ce serait imprudent de votre part. Vous me résistez depuis le début, mon garçon. Pensiez-vous réellement que je ne l'avais pas remarqué ?

Pliant le filin en deux, il le mit dans sa poche et s'approcha d'Archer. Il lui dénoua sa cravate.

— Ce soir, reprit le pirate, j'ai décidé d'accélérer les choses. Le laudanum vous aidera à vous détendre et la poudre de cantharide[7] qui se trouvait dans le ragoût vous enflammera. Il y a bien trop longtemps que vous réfrénez vos instincts. Ce soir, je veux vous voir répondre à mes efforts.

Arrachant la cravate, Adrian fit glisser sa main de façon suggestive. Horrifié, Archer sentit son corps réagir à son contact.

Son ravisseur l'entraîna vers le lit avec un grand sourire.

— En vérité, il est temps de vous débarrasser de votre uniforme. Je sais déjà que la soirée sera pour moi très agréable, mon garçon. Et vous l'apprécierez aussi.

Non, certainement pas. Et 'mon garçon' ? C'est ainsi que le berger de mon père appelle son colley.

Archer savait ce qui l'attendait, alors l'apprécier… Comment Adrian pouvait-il le penser ? C'était incompréhensible, avec ou sans mouche cantharide. Le laudanum commençant à faire effet, il avait l'esprit cotonneux. Voilà qui devrait l'aider. Peut-être…

Peut-être pourrait-il oublier ses autres sensations.

Sa dernière pensée cohérente fut une étrange satisfaction : Adrian se méfiait de lui s'il pensait devoir le droguer. Archer n'était donc pas considéré comme une victime soumise, après tout.

Vous ne me possédez pas, espèce de bâtard. Et à la moindre occasion, je vous tuerai.

---

[7] Ou 'mouche espagnole', dont les soi-disant propriétés aphrodisiaques furent connues depuis l'Antiquité.

XII

Entrée complémentaire, HMS Calypso, *en réparation, Portsmouth. Lieutenant-commandant Anthony Drinkwater, capitaine remplaçant. 28 juillet 1799*

NOUS AVONS reçu une deuxième lettre du capitaine Smith. Je ne reproduis pas, car elle indique simplement que nos trois officiers étaient en vie le 19 juillet 99 ; le fait qu'il n'ajoute pas 'et en bonne santé' me préoccupe, autant qu'un de ses commentaires codés. La rançon est fixée à 20000 livres pour le capitaine et 5000 de plus par tête, pour M. Marshall et M. Archer. Une fois l'argent réuni, nous devons hisser sur le seul mât qui reste à la Calypso *le drapeau maritime indiquant 'ennemi en vue', ce qui, je présume, est une plaisanterie du pirate. Ensuite, nous recevons un dernier message pour les modalités de la livraison. La missive du capitaine contenait un message codé, ainsi qu'un croquis du pont du navire-pirate avec l'emplacement des mâts, du gréement et de l'armement. Nous le reconnaîtrons désormais à vue ! Je reproduis ci-après le message codé et le croquis :*

M. D : Navire marchand. Voir croquis/mâts. Armes légères, au moins quatre canons, probl. canonnière. Éloge à Marshall & Archer pour courage durant épreuve difficile. Un membre équipage prétend avoir vu dommages de la Calypso : petit, maigre, calvitie, queue de rat, démarche de marin. Complice possible ou espion du capitaine. Demandez Amirauté enquête sur déserteurs et officiers correspondant description Adrian ayant quitté le service peu avant commencement des enlèvements, et comparer avec liste des navires au port 17/7/99.

Journal personnel d'Anthony Drinkwater
Dans mon rapport à l'amiral Roberts, je n'ai pas inclus le post-scriptum codé que le capitaine Smith a écrit en tout petit sur sa dernière lettre. Nous naviguons en eaux dangereuses, car il semble que notre adversaire puisse avoir de puissants alliés. Si, à Dieu ne plaise, nous

perdons nos officiers, je devrais sans doute rendre ce document public, mais pour l'instant, je garde le secret dans l'espoir d'éviter un scandale.

M. Drinkwater, découpez ce post-scriptum. C'est un ordre dont je prends la pleine responsabilité. Je regrette de vous faire porter ce fardeau, mais je crains que vous ne receviez guère de coopération des plus hauts sommets de la hiérarchie. Il sera difficile de trouver 'Adrian', car il s'agit probablement d'un noble de haut rang ayant tourné casaque, mais qui bénéficie encore d'une forte influence politique. Bien qu'il ne soit pas aussi intelligent qu'il se l'imagine, c'est un homme instable et, selon moi, bien plus dangereux qu'un simple pirate. Si vous réussissez votre abordage, faites de lui votre cible principale ; l'équipage se soumettra si le capitaine est abattu. Tirez à vue. S'il est capturé et que je suis mort, pendez-le instantanément pour actes de piraterie. Adrian ne doit pas quitter le navire vivant !

AU MATIN de leur dixième jour d'emprisonnement, l'aube se leva, brillante et claire. Les reflets du soleil brillaient à travers le barreau de l'évent. Pour garder le décompte des jours, Marshall gratta une ligne sur le bois de la paroi. Ensuite, fatigué, il s'étendit à nouveau. Il savait qu'il était temps pour lui de prendre du repos, mais le sommeil ne venait pas.

Il était déçu du peu d'avancement de ses efforts durant la nuit. Désireux de s'assurer qu'Archer et lui pourraient s'enfuir par le hublot, il avait tiré de toutes ses forces sur les cordages du volet pour vérifier qu'ils supportent son poids. Mais le descellement était un travail de longue haleine. Le cadre de l'évent, une poutre en chêne de vingt centimètres d'épaisseur, recouvrait ce qui à l'origine était probablement une canonnière. D'après Marshall, le navire avait été mieux armé autrefois. Il pouvait encore naviguer, certes, mais sa structure ne supportait plus le recul des canons. Le cadre avait été percé pour y incruster un barreau. Donc, s'il créait une rainure dans la poutre et découpait une encoche devant le métal, le barreau glisserait discrètement, tout en pouvant être remis en place en cas de besoin.

Pour le moment, il n'avait creusé que deux centimètres à peine. Davy et lui avaient travaillé deux heures environ, mais l'aube arrivait tôt en cette période de l'année et la lame de l'herminette était émoussée. De plus, ils devaient veiller à faire le moins de bruit possible. Et le dos de Marshall n'était pas encore prêt à rester tordu toute la nuit dans une position impossible. Ses épaules avaient lâché bien avant l'heure où il avait prévu d'arrêter.

Davy l'avait remplacé, mais ses bras étaient trop courts pour atteindre l'arrière du barreau à l'angle nécessaire. De plus, très fatigué à son retour dans la cabine, il vacillait quasiment sur place. Marshall avait fini par interrompre ses vains efforts. Il leur faudrait au moins deux nuits de plus pour déloger le barreau. Davantage si Davy rentrait après minuit et dans le même état d'abrutissement que la nuit dernière.

Quand Marshall avait essayé d'apprendre ce qui s'était passé au cours du dîner, Archer avait vaguement répondu : 'Rien de particulier. Il parle sans arrêt de ses précédents prisonniers et de son intelligence exceptionnelle. Ou il reprend la liste des navires capturés que je lui ai fournie et essaie d'y trouver des incohérences. Ou il agit de façon irrationnelle. La nuit dernière, il a voulu m'attacher à... mon siège pendant deux heures, tandis que lui restait à lire. Même pas à haute voix ! Il était juste plongé dans son livre'.

Davy était d'humeur si sombre par rapport au matin que Marshall s'en était inquiété. Une telle morosité venait-elle d'un manque de sommeil ? Ou bien Adrian jouait-il avec lui une nouvelle guerre des nerfs ? Imaginer le pirate déambuler dans sa cabine devant Davy ligoté à son siège n'avait vraiment rien de rationnel. Certes, l'homme n'avait aucune moralité et Marshall était bien placé pour savoir combien il appréciait démontrer son pouvoir, mais quel était l'intérêt d'attacher son 'invité' ? Adrian serait-il fou – ou bien le devenait-il ? En tout cas, la situation était dangereuse et Archer semblait en être la cible. Ses cauchemars l'indiquaient.

Davy parut percevoir sa pensée : il commença à grommeler dans son sommeil et à s'agiter sans relâche, comme il l'avait déjà fait en se couchant, juste avant l'aube.

Marshall lui posa la main sur le bras et, sans rien exprimer de son inquiétude, lui parla d'une voix assourdie :

— Tout va bien, Davy. Rendormez-vous.

Le dormeur parut se calmer, même si 'tout va bien' n'était pas entièrement vrai. Que ce bâtard d'Adrian soit maudit ! Pourquoi s'en prenait-il à Archer ?

Marshall répondit lui-même à sa question. Le bandit avait beau être irrationnel, il n'était pas fou au point de tenter de manipuler Smith. Et même s'il avait essayé, il n'aurait pas été loin. Sans doute avait-il décidé que le prétendu 'cousin' du capitaine était de la même trempe. Par contre, Davy… À leur arrivée sur le bateau, le jeune sous-lieutenant était inanimé et Adrian en avait probablement déduit qu'il s'était évanoui de frayeur. La brute s'était donc ruée sur le plus vulnérable comme une mouche sur une plaie ouverte.

Le bâtard n'avait jamais vu sa victime se battre, sinon il y aurait réfléchi à deux fois. David Archer avait reçu le commandement de la *Fifine*, un des navires capturés aux Français, parce qu'il avait mené l'abordage et fait prisonnier son capitaine. Mais actuellement, le combat n'avait rien de loyal. Archer ne pouvait se défendre, sachant que tout ce qu'il ferait ou dirait entraînerait des représailles sur ses compagnons. Une sournoise petite manigance née d'un sournois petit esprit. Marshall était-il prêt à subir une autre flagellation pour voir Davy flanquer son poing dans ce sourire dédaigneux ? *Oh oui.*

Aussi satisfaisante que soit cette perspective, récupérer ensuite de nouvelles blessures leur ferait perdre une journée ou deux – ou plus, si le bosco utilisait un fouet cette fois, comme Adrian l'en avait menacé. Ou bien il pourrait se retrouver dans la soute à voile, avec un mètre vingt sous plafond, et un évent trop étroit pour passer à travers. Définitivement séparé d'Archer. Ce qui anéantirait leur meilleure chance d'évasion et risquerait de mettre Davy en danger, si ses cauchemars s'aggravaient, devenant trop bruyants et incontrôlés.

Non. Marshall frotta ses yeux, qu'il avait du mal à garder ouverts. Ils devraient jouer les cartes qu'ils avaient reçues. Si son ami ne supportait plus les repas avec Adrian, il le dirait sûrement, non ?

Non, probablement pas. Davy s'inquiétait – de façon tout à fait inutile – à l'idée de prouver son courage. *Je vais le garder à l'œil, voir si je peux l'aider.* Pour être réaliste, c'était douteux.

Archer émit un petit cri malheureux. Marshall lui tapota à nouveau le bras pour le faire taire. *Je suis désolé, Davy, vous allez devoir supporter la situation un peu plus longtemps. Nous sortirons de là dès que possible, je vous le promets.*

Entrée complémentaire, HMS Calypso, en réparation, Portsmouth.
Lieutenant-commandant Anthony Drinkwater, capitaine remplaçant.
27 juillet 1799
Rien de nouveau.

Le capitaine Smith marqua peu d'intérêt à l'arrivée de son dîner. Il n'avait pas revu son allié potentiel depuis leur première rencontre, trois jours plus tôt. Il avait bien compris que la rotation aléatoire des gardes impliquerait de longs intervalles sans possibilité de contact, mais ce n'était pas pour autant qu'il tolérait facilement ce délai. Il n'aurait besoin que d'une minute pour obtenir les informations dont il avait besoin : la position du navire, la distance de la côte, la destination... Où se trouvait la cellule de ses hommes ? Où étaient conservées les armes ? Une fois les réponses obtenues, il pourrait élaborer une stratégie.

En attendant, il ferait aussi bien de manger. Après tout, le menu paraissait correct. Du thé, un biscuit, un bol de ragoût et une pomme. Une nourriture de bord tout à fait normale. Il espéra que Marshall et Archer étaient aussi bien nourris et se demanda s'ils organisaient également un plan d'évasion de leur côté. Il comptait sincèrement sur leur esprit d'initiative, car il devait bien y avoir un moyen. Les deux lieutenants étaient sous ses ordres depuis plus d'un an, chacun d'eux lui empruntait régulièrement des ouvrages de sa bibliothèque privée concernant l'histoire navale et militaire. Tous deux étaient jeunes et brillants, dotés d'un esprit vif, et Marshall s'avérait particulièrement créatif.

Mais Smith devait également trouver une solution. Il refusait que lui, capitaine de frégate, reste oisif en comptant sur son lieutenant, aussi remarquablement inventif soit-il, pour le sauver. Il n'était pas dans sa nature de laisser l'initiative à des subordonnés.

Il plongea sa cuillère dans le ragoût et y sentit un obstacle. Un os peut-être, ou même un caillou. Les objets les plus étranges se retrouvaient parfois dans la cambuse d'un navire, les tonneaux étant ouverts bien loin du lieu de leur achat. Il y avait des années que Smith ne devait plus prêter attention au contenu de son assiette, le cuistot de la *Calypso* veillant tout particulièrement sur les plats servis à la table de son capitaine.

Décidant qu'un morceau d'os pouvait toujours servir, il pencha son bol et fouilla à l'intérieur. Une fois l'objet récupéré, il le fixa un moment avant de reconnaître de quoi il s'agissait : un grand couteau de poche usé, décoré de pois cassés – avec une tranche de carotte coincée dans la charnière.

LE PLATEAU des jeunes officiers de la *Calypso* – avec deux portions – arriva environ une heure avant le coucher du soleil. Archer fixa le deuxième bol, comme s'il craignait de le voir exploser. Marshall en fut surpris, le ragoût de bœuf et de pommes de terre qui leur avait été servi n'ayant rien d'alarmant à ses yeux. Un biscuit était posé à côté d'une tasse de thé très noir, plus attirante encore.

— Davy, qu'est-ce qui ne va pas ?

— Rien, répondit son ami avec un demi-sourire. Rien du tout. Au contraire, pour une fois, tout va bien.

Notant le regard interrogateur de Marshall, il reprit :

— Adrian m'avait prévenu qu'il serait occupé ce soir et que je n'aurais pas à le subir. Bien sûr, je n'y avais pas cru.

— La franchise n'est certainement pas sa principale qualité. Connaîtriez-vous la nature de sa tâche ?

— Absolument pas. Il ne m'a rien dit d'autre.

Marshall hocha la tête et baissa les yeux sur le repas.

— Si cette occupation est légitime, il s'agit sans doute d'une livraison, qui sera transportée à terre ou livrée directement à bord d'un autre navire. Cela pourrait aussi concerner notre rançon.

Les yeux de Davy s'ouvrirent en grand, pleins d'espoir.

— Vous le pensez vraiment ? Si tôt ?

— C'est peu probable, mais possible. Je suis sûr qu'il avait déjà en poche la lettre du capitaine quand il a mis les voiles. Il a dû laisser un de ses hommes à Portsmouth pour la délivrer à bon port et attendre la réponse. Un cotre rapide pourrait nous avoir rattrapés, ou bien Adrian a organisé un rendez-vous à terre avec son émissaire. Nous serions plus à même de déterminer l'hypothèse la plus plausible en sachant où nous nous trouvons.

— Pourquoi ne pas regarder dehors ? Les étoiles pourraient nous indiquer notre position.

— Tant que la nuit est claire. Et puisque vous n'êtes pas de corvée-dîner ce soir, nous nous mettrons au travail dès le couvre-feu. Êtes-vous suffisamment reposé ?

— Je serais prêt à commencer tout de suite.

La perspective de faire avancer leur plan d'évasion, ou seulement le fait d'échapper une soirée durant à la compagnie toxique d'Adrian semblait grandement modifier l'humeur d'Archer.

Au bout d'un moment, il reprit :

— Will, j'ai une idée. Nous n'avons pas de pierre à aiguiser, mais ne pensez-vous pas que nous pourrions affûter votre lame sur une des boucles de vos chaussures ?

Marshall sourit.

— Comme un fusil à aiguiser ?

Pour une fois dans sa vie, il trouvait un avantage au fait d'avoir des chaussures plus économiques, avec une boucle en acier et non en argent, métal plus noble, mais trop malléable.

— Cela vaut le coup d'essayer, décida-t-il. Je ne pense pas que nous puissions émousser davantage cette herminette.

Il termina rapidement son repas avant de s'asseoir contre le mur, près de la porte. Il aurait ainsi un moment pour cacher ce qu'il faisait à l'approche d'un garde. Archer se plaça contre l'ouverture pour faire le guet. Par chance, le travail ne faisait pas trop de bruit. Quelques minutes plus tard, Marshall constata une amélioration, modeste, mais très nette.

— Bravo, Davy ! Voilà qui nous fera gagner des heures, sur le long terme.

Il continua à aiguiser quelques minutes de plus, puis cacha son précieux outil. En général, les gardes n'attendaient pas longtemps avant de venir récupérer les plats.

Il vida sa tasse de thé.

— En plus, ajouta-t-il, ils nous ont apporté de quoi rester éveillés cette nuit. Très aimable de leur part.

Archer poussa les plats sous le rabat de la porte.

— Pensez-vous que nous puissions terminer cette nuit ? demanda-t-il.

— Nous essayerons. Cependant, il nous reste sept centimètres à creuser dans le chêne et nous ignorons à quelle profondeur est planté le barreau.

Tous deux entendirent des pas approcher dans la coursive. Ils se turent pendant que le garde vérifiait l'intérieur de la cellule et récupérait les plats avant de s'éloigner.

— Même si nous terminons cette nuit, chuchota Marshall, ce sera probablement juste avant l'aube.

Archer hocha la tête.

— Je suppose que faire une reconnaissance ce soir serait trop risqué de toute façon, si Adrian attend de la compagnie. Inutile d'être accroché au gréement au moment où apparaît un autre navire, ou de se faire repérer par une chaloupe retournant au rivage.

— Au contraire ! S'ils font du commerce avec les navires de Sa Majesté, nous devrions peut-être tenter d'être vus, ne croyez-vous pas ? Non, bien sûr que non. L'équipage sera vigilant. Je serais rattrapé avant de pouvoir lancer un signal. Au fait, il me vient une idée : quand nous aurons décroché le barreau, pensez-vous pouvoir utiliser cette herminette contre Adrian ? Avec une arme de fortune, vous auriez une chance de…

— Non ! le coupa Archer.

Il se mordit la lèvre et reprit d'un ton plus calme :

— Je ne pourrais pas la cacher, je… il… il me fait toujours fouiller avant de me laisser entrer chez lui. Et aussi quand je sors. Si j'avais quelque chose sur moi, ce serait confisqué et il voudrait savoir où j'ai obtenu cette lame. William, j'aurais besoin d'une arme plus dissuasive pour me débarrasser d'Adrien. Si vous trouviez un pistolet qui traîne…

— Vous serez le premier à savoir.

Marshall s'inquiétait de la réaction d'Archer, de sa tension manifeste, de son discours erratique. D'un autre côté, si lui-même devait envisager un acte dont les représailles retomberaient sur David ou le capitaine, il serait probablement tout aussi nerveux.

Mieux valait passer à un sujet plus concret.

— Parlez-moi de la disposition de la cabine d'Adrian, Davy ? Y a-t-il des fenêtres ?

Il poussa vers Archer quelques fétus et, de la main, balaya sur le sol un espace libre.

— Oui, une pleine rangée sur la poupe, comme dans la *Calypso*. Assez grandes pour y pénétrer, mais protégés par des volets intérieurs. Peut-être même y a-t-il également des panneaux extérieurs. Je ne saurais le dire.

Archer créa une sorte de rectangle avant de continuer :

— Contrairement à l'aménagement de la *Calypso*, cette cabine est d'une seule pièce, sans séparation. Elle est également plus petite, bien sûr. Pas de hublots. La table se trouve à droite en entrant. Assez grande, elle pourrait accueillir six convives, mais il n'y a que quatre chaises.

Il continuait à placer les brins de paille en parlant.

— La console est ici, près de la table. Derrière, il y a un bureau et un présentoir de cartes marines, contre les fenêtres de la dunette, et là, une armoire et deux coffres, le long du mur bâbord. Le lit est… de l'autre côté, derrière un rideau qu'il laisse toujours ouvert…

Encore des pailles. Marshall hocha la tête. De toute évidence, Davy avait accompli son devoir, malgré sa nervosité, et attentivement surveillé son environnement.

— … Il y a une commode et une étagère, juste ici, qui forment une sorte de paroi entre la cabine principale et le coin-nuit. Sous la couchette, il y a également des tiroirs.

— Voilà de nombreux rangements ! Je parierais qu'il vit à bord à longueur d'année. Et vu la nature de son commerce, il est probable qu'il cache des armes dans sa cabine.

— C'est exact, reconnut Archer, mais je ne pense pas que j'aurais l'opportunité de le vérifier. Vous aviez raison, au fait, il n'est jamais armé pour dîner. Je n'ai rien remarqué sur lui. Il compte sans doute sur ses gardes pour le protéger.

— Il doit pourtant y avoir un point faible. Un moyen de…

Marshall examina les fétus de paille en se frottant le menton, les sourcils froncés.

— Davy, reprit-il, si vous aviez l'occasion de tuer Adrian, ou même de l'assommer, vous pourriez trouver des armes dans sa cabine et vous enfuir ensuite par la fenêtre. Il nous faudrait coordonner nos actions. Si j'étais sur le pont, je pourrais créer une diversion. Et pendant que je retiendrais l'attention de l'équipage, vous descendriez libérer le capitaine.

Les sourcils d'Archer se rapprochèrent.

— Il y a beaucoup trop de 'si', mon ami. Vous risquez surtout d'être tué.

— Je suis certain qu'ils chercheraient d'abord à me récupérer vivant. N'oubliez pas que nous représentons pour eux des marchandises de valeur. Je ne pense pas qu'Adrian touchera la rançon sans devoir prouver que nous sommes encore en vie. De plus, je n'aurai pas d'arme, sauf si j'arrive à en voler une. Les gardes n'auront aucune raison de m'abattre à vue.

— Je suppose que c'est vrai…

Archer manquait d'enthousiasme et Marshall le nota, bien entendu.

— Ne vous inquiétez pas, Davy. À ce stade, ce plan n'est encore qu'une ébauche. Et encore, il faudrait que la terre soit assez proche pour notre évasion. Pas question de nous aventurer sur la vergue si nous sommes au large, sans secours à portée de main.

Archer parut soulagé.

— Oh. En vous écoutant, je craignais que vous vous lanciez sur-le-champ.

— J'aimerais bien !

Avec un sourire, Marshall tapota la poche où il avait caché la lame d'herminette.

— Mais, reprit-il, il nous faut d'abord enlever ce barreau.

— Nous nous y attaquerons lorsqu'ils récupéreront cette damnée lanterne.

Mais alors, Archer fronça les sourcils.

— Will ? reprit-il, d'un ton inquiet.

Marshall avait également senti la vibration, en dessous d'eux : le navire ralentissait sur son erre. Il perdait son élan, affalant ses voiles par rapport au vent.

— Il est encore tôt, remarqua Marshall. La livraison doit donc être légitime. Elle se passe en plein jour.

Archer se tourna machinalement vers le hublot pour vérifier la lumière.

— Le soleil ne va pas tarder à se coucher. Oh, non… gémit-il.

Un des marins, depuis le pont supérieur, manœuvrait sans doute les filins, car le volet de leur évent grinça sur ses gonds en se rabattant peu à peu, jusqu'à couper l'air et la lumière entrant dans la cellule.

Marshall se leva pour aller vérifier. Le lourd panneau de bois s'incrustait parfaitement dans le cadre, dissimulant l'entaille qu'il avait commencé à creuser. Malheureusement, il ne lui restait pas assez d'espace pour travailler. Il ne pourrait même pas insérer la lame. Résigné, il se détourna et s'affala sur le sol. Quand il croisa le regard d'Archer, il constata que les mots étaient inutiles.

Il les exprima cependant, dans le vain espoir que partager sa déception la rendrait moins amère.

— Nous sommes coincés, Davy. Ils vont nous surveiller de près. Inutile d'espérer progresser cette nuit.

XIII

Entrée complémentaire, HMS Calypso, *en réparation, Portsmouth.*
Lieutenant-commandant Anthony Drinkwater, capitaine remplaçant.
26 juillet 1799

J'AI APPRIS que la collecte de rançon exigée pour la libération du capitaine Smith et de nos deux lieutenants avançait. L'argent devrait être prêt d'ici deux ou trois jours. L'amiral Roberts désignera tout spécialement une escouade de marins pour surveiller le coffre qui le contient. Il m'a confié le commandement temporaire du navire marchand capturé, la Fifine, *qui sera chargé de livrer la rançon.*

Nous aurons à bord, outre l'équipage habituel, soixante-quinze marins de la Calypso *; nous suivrons en principe les instructions pour remettre la rançon, mais j'ai reçu toute latitude pour agir au mieux afin de sauver nos hommes et de capturer les ravisseurs, dans la mesure du possible. Les renseignements fournis par le capitaine Smith ont été transmis à l'Amirauté, en chaise de poste. Si nous recevons une réponse, le cas échéant, celle-ci devrait arriver à peu près en même temps que le coffre contenant l'argent.*

OBSCURITÉ. CONFINEMENT. L'air était étouffant. La paille le piquait à travers la toile à voile sur laquelle il était étendu, au gré de l'éternel roulis de l'océan. Marshall se réveilla et cligna des yeux avant de réaliser qu'il était toujours dans la cellule. Il se demanda ce qui l'avait dérangé. Puis il entendit Archer marmonner des mots incohérents dans son sommeil en se débattant.

Marshall se pencha et prit son poing au visage.

NU ET glacé, Archer était épinglé dans le gréement, aussi impuissant qu'une mouche dans une toile d'araignée. En dessous de lui, tout

130

l'équipage le regardait. William y était aussi, avec le capitaine, et tous deux le fixaient comme s'ils n'arrivaient pas à en croire leurs yeux.

Derrière lui, Adrian murmura :

— Alors, mon garçon ? Vous avez aimé, n'est-ce pas ? Cela vous a plu. Avouez-le.

Il aurait voulu repousser le bâtard. Il aurait voulu lâcher prise et s'écraser sur le pont ou tomber à la mer. Mais il n'avait pas les mains libres. Il ne pouvait pas bouger.

— J'aurais préféré coucher avec un cadavre décomposé qu'avec vous ! cracha-t-il.

Il y eut un mouvement dans la filière – un autre homme y grimpait. Les yeux écarquillés, Archer examina sans le reconnaître le visage rongé par les poissons. L'ignoble apparition approchant, il vit les algues dans les cheveux et le trou béant au centre de la chemise en lambeaux. Il comprit.

— Hé, gamin !

— Correy. Comment... ?

— Viens comme une bonne petite pute. Viens voir Georgie...

Une main squelettique se tendit vers lui, les os décharnés émergeant de la chair pourrissante. En bas, sur le pont, William se détourna avec dégoût.

Marshall prit son ami par les épaules et le secoua.

— Davy, chuchota-t-il. Davy ! Réveillez-vous !

Mais Archer, toujours piégé dans son cauchemar, se débattit de plus belle. Pire encore, il se mit à crier. Maudits cauchemars ! Marshall dut faire taire le forcené d'une main sur la bouche et peser sur lui pour calmer son agitation. Il ne voulait pas qu'Archer soit fouetté pour avoir créé une perturbation. Quant à lui, son dos n'apprécierait pas une nouvelle raclée.

— Davy ! souffla-t-il.

Le corps sous lui s'apaisa.

— Quoi... William ?

— Oui. Davy, je vous en prie, taisez-vous, il faut...

Il s'interrompit parce que deux bras venaient de passer autour de ses épaules nues, l'attirant vers le bas. Ce n'était pas une étreinte amicale, mais plutôt la prise d'un noyé s'accrochant à une bouée de sauvetage. Marshall tourna la tête pour échapper aux cheveux blonds qu'il avait dans la bouche, mais alors, ses lèvres en frôlèrent d'autres. Marshall perdit la tête quand Davy ouvrit la bouche. Une vague de plaisir sauvage monta en lui comme un raz-de-marée et l'engloutit. Il se retrouva agrippé également à Davy, aussi fort, aussi près. Ce n'était pas exactement de la passion – plutôt un étrange mélange d'attitude protectrice et de désir qu'il n'avait jamais réalisé ressentir, le besoin vital d'un corps tangible contre le sien en cette noirceur terrorisante où se trouvait suspendues toutes les règles ayant façonné leur monde habituel. Pendant quelques secondes, il oscilla entre sensation et contrôle, puis une nouvelle vague émotionnelle l'emporta.

Une petite partie de son cerveau s'inquiétait de la nature du problème, mais son corps se rua avidement dans le tourbillon. Une trainée de feu le parcourut tout entier jusqu'à ses orteils, créant un incendie dans son aine. Il se sentit durcir. Ses lèvres palpitaient sous la douce et chaude caresse de la langue de Davy qui plongeait profondément dans sa bouche. C'était comme embrasser une fille – et pourtant complètement différent. Il n'y avait ni délicatesse ni prudence, juste un besoin urgent à satisfaire, dont la férocité ressemblait presque à celle d'un combat naval.

Pourtant, Marshall ne voulait ni tuer Davy ni lui faire mal – Oh, Dieu, certainement pas ! Il voulait simplement se rapprocher de lui, en quelque sorte. Il se rendit compte que son sang courait plus vite dans ses veines et qu'il sentait, malgré les vêtements qui séparaient leurs deux corps, un cœur tambouriner contre le sien. Jamais, dans sa vie solitaire, il ne s'était senti aussi proche d'un autre être et pourtant, il éprouvait un curieux sens de familiarité, comme s'il savait exactement quoi faire. C'était incroyable, merveilleux ! Une découverte éblouissante était toute proche, il le sentait, et il voulait désespérément y parvenir.

À présent, Archer se tordait contre lui, une main crispée dans ses cheveux emmêlés, l'autre verrouillée à sa taille. Marshall s'abandonna au rythme sauvage, ses mains glissant instinctivement pour attraper son ami par les hanches. Davy poussa un long gémissement et, tout à coup, tous deux s'attaquèrent aux boutons de leurs culottes avec des doigts que l'urgence rendait maladroits. Peu importait qui détacha quoi, les pantalons s'ouvrirent et glissèrent, les deux hommes, luisants de sueur, se frottèrent l'un contre de l'autre comme de jeunes animaux en rut, dans une lutte furieuse et frénétique, mais silencieuse.

C'était comme se trouver sur le pont d'un navire au cœur d'un ouragan : aucun contrôle, aucune chance de maîtriser les éléments déchaînés. Il fallait juste s'accrocher ferme et garder l'espoir de survivre au cataclysme.

132

La chemise de Davy, roulée entre eux, devenait un obstacle. Ils unirent leurs efforts pour s'en débarrasser, leurs lèvres se séparant quelques secondes, le temps d'atteindre leur objectif. Lorsqu'ils se retrouvèrent peau à peau, le paroxysme arriva presque instantanément. Tous deux poussèrent un cri rauque qui s'étouffa dans la gorge de l'autre. Le tsunami sembla éternel, mais peu à peu, il reflua.

Les amants redevinrent deux êtres distincts, pantelants, repus, mais très choqués et effarés. Pourtant, Davy retint un instant de plus le visage de Marshall qu'il embrassa avec une tendresse bouleversante.

— Merci, souffla-t-il.

Libéré, Marshall roula sur lui-même, hébété. Son corps tremblait encore comme le gréement d'un navire en pleine tempête. La sensation se dissipant, son cerveau s'éclaircit. Il réalisa que l'intermède lui ayant paru si long n'avait dû durer qu'une minute ou deux. Avaient-ils été entendus ? Il tendit l'oreille et ne perçut que la respiration d'Archer, encore erratique, le bruissement de la paille et le craquement du navire. Aucune alarme extérieure ne sonnait.

Marshall n'en avait pas besoin. L'alarme hurlait en lui. Il tenta d'apaiser la situation en se montrant pragmatique.

— Nous… nous devrions faire un brin de toilette.

À tâtons, il chercha le seau et s'éclaboussa le ventre, frissonnant sous la fraîcheur de l'eau de mer. Une fois lavé, il remplit le bol et le passa à Archer.

Sa culotte était enroulée autour d'une cheville. Il profita du répit pour mettre de l'ordre dans sa tenue et tenter de réfléchir. Paralysé par l'énormité de ce qu'il venait de faire, il avait la sensation de nager dans de la mélasse. Que diable lui avait-il pris d'agir de cette façon ? Et Davy l'avait *remercié* ! De s'être arrêté, bien entendu. Si Marshall avait pu tomber raide mort en ce moment précis, il l'aurait volontiers fait. Malheureusement, cette solution n'était pas en son pouvoir.

L'obscurité était telle qu'il ne pouvait voir Davy, il n'avait donc pas à le regarder en face. Il fut un peu réconforté à l'idée que celui-ci ne le voyait pas davantage. Il n'entendait plus siffler sa respiration, mais il sentait son regard attentif peser sur lui. Davy gardait le silence, sans doute parce que la rage lui coupait la parole.

Oh, mon Dieu, que faire à présent ? William s'écroula contre la cloison, le visage dans les mains, et chercha désespérément quoi dire. Il finit par se réfugier dans une certaine formalité, bien que les mots aient du mal à franchir sa gorge atrocement serrée.

— M. Archer, je… je vous demande très humblement pardon. J'ai agi de façon inexcusable. Je ne comprends pas ce qui m'a pris…

Archer s'était roulé en boule, recroquevillé, étouffé par la douleur, maudissant son imbécillité. Il aurait dû lâcher Will, s'excuser de l'avoir réveillé, ou faire semblant de dormir. Il aurait dû ne rien dire du tout ! Eh bien, il n'avait plus à s'inquiéter de n'être qu'un pion dans le jeu d'Adrian. À présent, Will n'avait qu'à libérer le capitaine et s'enfuir avec lui. *Je vais attaquer Adrian. Même si je n'arrive pas à l'abattre, je le combattrai jusqu'à ce qu'il me tue.* Il entendit William parler de toilette. Machinalement, il prit le bol pressé contre ses doigts et déversa l'eau sur son ventre, emportant ainsi les traces de ce qui s'était passé. Les traces matérielles, en tout cas. *Les autres, rien ne pourrait les effacer.*

Puis Will se remit à parler et David comprit enfin le sens de ses paroles. Sauf qu'il ne comprenait pas du tout. Au nom du ciel, pourquoi William lui demandait-il pardon ? Pourquoi paraissait-il si bouleversé ? Pourquoi semblait-il attendre une réponse ? Comment cela, 'ce qui lui avait pris' ? C'était absurde.

Archer déglutit.

— Si je me souviens bien, j'ai participé également.

Sa voix presque calme avait une étrange tonalité. Eh bien, c'était normal, car il venait de détruire le seul bonheur qui rendait sa vie digne d'être vécue. Que lui restait-il à perdre ?

Le pauvre William respirait lourdement, comme s'il avait couru pendant des kilomètres.

— Will, pour l'amour de Dieu ! s'exclama David. Asseyez-vous avant de vous écrouler.

Marshall tomba lourdement sur le plancher en produisant un bruit sourd. Il noua les mains devant lui pour les empêcher de trembler.

— Si vous le souhaitez, dit-il d'une voix morne, je demanderai à être mis aux arrêts dès notre retour sur la *Calypso*, pour avoir… pour avoir attenté à la pudeur d'un officier sous mes ordres. Ensuite, je donnerai ma démission et…

— Seriez-vous devenu fou ?

Sous le coup de la panique, Archer oublia ses autres émotions ; il peina à garder sa voix basse.

— Will, reprit-il avec insistance, effrayé au point que son discours en était presque incohérent, vous risqueriez d'être pendu ! Avez-vous déjà assisté à une pendaison ? Moi, oui… J'avais huit ans. Mon père pensait que cette expérience pourrait m'ouvrir les yeux. Il avait raison, au sens littéral. Je n'ai pas dormi pendant trois jours.

Il inspira profondément avant de continuer, d'une voix plus lente. Il tentait désespérément de trouver des arguments sensés :

— Même si vous aviez commis un délit, pensez-vous que j'en parlerais ? Pensez-vous que je veuille vous envoyer à la potence ?

La potence. Peut-être pourrait-il utiliser le cordage qu'ils avaient épissé et se pendre discrètement pendant que William dormait. Non. Ce serait une lâche échappatoire et Will se sentirait d'autant plus coupable.

— Il serait bien plus logique que je sois arrêté pour avoir séduit mon supérieur, conclut-il.

Non, réalisa-t-il aussitôt, une telle révélation gâcherait également la vie de William. Il reprit très vite :

— Si nous admettions notre inconduite, ils nous pendraient probablement tous les deux pour idiotie.

Il ne savait plus quoi dire, mais il continua cependant à parler :

— Je pourrais aussi rapporter que notre charmant hôte nous a agressés de façon indécente et que vous avez choisi d'en porter la responsabilité. Cela s'approcherait au moins de la vérité, n'est-ce pas ?

Il s'interrompit, horrifié, en prenant conscience de son aveu.

— Quoi ? bredouilla Marshall. Non ! Cette flagellation était injustifiée, mais ce n'était quand même pas…

Il se tut soudain en réalisant ce que David impliquait.

— Oh, mon Dieu ! souffla-t-il. Davy. Non…

Archer ne répondit pas. *Un silence éloquent.* Marshall comprit soudain l'horrible vérité.

— Voilà ce dont vous parliez alors que nous étions attachés sur le pont, n'est-ce pas ? Voilà la véritable raison de son comportement, de cette flagellation, de ce petit jeu avec nos repas. Adrian est comme Correy. Il vous veut et vous l'aviez refusé.

— Oui, reconnut Archer d'une voix distante.

Adieu, mon ami.

— Et la nuit suivante – après qu'ils m'aient enfermé ailleurs ?

135

Pas de réponse. Marshall avait l'impression qu'Archer, assis à côté de lui, se trouvait à des lieues de là. Il aurait voulu le toucher, mais il n'osait pas.

— Davy, pour l'amour de Dieu ! s'écria-t-il. Vous deviez bien savoir que j'aurais préféré être fouetté jusqu'au sang plutôt que vous savoir… abusé… À cause de moi !

— Je le sais, bien entendu, répondit Archer, d'une voix très basse. Ce qui m'a aidé. Énormément. Mais cela n'aurait rien changé. Il m'a très clairement exprimé ne pas avoir besoin de mon consentement. C'était inéluctable et les représailles auraient été atroces. Il ne menaçait pas seulement de vous fouetter, Will, il voulait vous – mutiler. Et il l'aurait fait, j'en suis certain. Je suis désolé.

Il sentit ses larmes couler sur ses joues. Il ne put les retenir. *Je voulais juste vous protéger. Je n'ai jamais voulu vous entraîner dans cette histoire sordide.*

Jamais de sa vie Marshall ne s'était senti aussi furieux ou impuissant.

— Ne puis-je rien faire pour vous aider ?

— Vous l'avez déjà fait. Vous continuez à me parler.

Pour l'instant, au moins.

— En vérité, reprit Archer, c'est plus… plus facile qu'avec Correy. Il n'est pas aussi brutal, en tout cas, physiquement, ce qui me permet de garder une certaine forme de dignité… Une illusion, sans doute, mais je le distrais de… de ce que le capitaine manigance certainement. Ce n'est pas de votre faute, William, et vous n'auriez rien pu faire pour le détourner de son objectif.

Marshall était déchiré par les remords.

— Je n'aurais pas dû aggraver les choses. Je ne vaux pas mieux que Correy…

Dans l'obscurité, Archer le prit par le bras et le secoua. Il aurait préféré ne pas toucher Will, pour ne pas le souiller de son contact, mais il ne pouvait le laisser continuer de cette façon.

— Vous ne lui ressemblez *en rien*, murmura-t-il d'un ton farouche. Il n'aimait que brutaliser ses victimes. Aviez-vous l'intention de me faire souffrir ?

Quelle question stupide !

— Non !

— Pensiez-vous… pensiez-vous que je vous voulais du mal ?

Oh, par pitié…

— Bien sûr que non, Davy, mais…

Dieu merci ! Archer le libéra.

— Bien. Voici la différence fondamentale. Vous tentiez juste de m'aider et la… la situation nous a échappée.

Pendant un long moment, il se tut en réfléchissant. Il avait menti, gardé le silence sur ce qu'il subissait, essayé de cacher ses tourments, et tout cela pour rien. Mieux valait à présent une totale franchise pour laisser Marshall décider. Ce serait tout à fait injuste que son ami porte le blâme de ce qui s'était passé.

Archer inspira profondément et se lança :

— Voulez-vous que je vous explique ce qui est arrivé entre nous il y a quelques minutes ?

— Je sais…

— Non, vous ne savez rien. Du moins, pas tout. Voilà, je rêvais que j'étais avec Adrian et il…

Il bredouilla, perdant son courage. Puis il se reprit :

— … il s'amusait. Brusquement, le décor a changé et vous étiez là. À présent, je réalise que vous tentiez juste de me réveiller, mais, sur le moment, j'ai cru… j'ai cru que vous vouliez m'embrasser, donc que je rêvais encore, car, bien sûr, c'était impossible. J'étais tellement soulagé…

Menteur ! Tu étais 'enchanté'.

— Quand… quand j'ai compris que ce n'était pas un rêve, je n'ai pas pu me contrôler.

— J'ai abusé de vous !

— Non !

Comment l'exprimer plus clairement ?

— Bien au contraire, Will, insista Archer, vous ne m'avez causé aucun tort. C'est moi qui ai commis une erreur stupide. Et si vous me détestez à présent, je le comprendrais très bien. Je suis certain que vous n'avez jamais…

Il s'interrompit encore, cherchant en lui la force d'en terminer une bonne fois pour toutes.

— Davy ? Est-ce que tout va bien ? s'inquiéta William.

— Non.

Pour moi, plus rien n'ira jamais bien. Vas-y, dis-lui toute la vérité, laisse-le décider ensuite ce qu'il fera. Archer se força à continuer, trébuchant sur les mots :

— Ce n'est pas à cause de vous, Will. C'est à cause de moi. Correy n'a pas été le premier qui… J'ai déjà eu une difficulté de ce genre à l'école, avec un garçon plus âgé que moi. Et maintenant, ce bâtard… Je vous jure que j'ignore pourquoi cela m'arrive, je n'ai rien fait pour, mais j'ai appris à y survivre.

Cesse de pleurnicher, espèce de lâche. Parle ! Dis-lui la vérité.

— Vous avez été – ou, pour être plus précis, vous avez réagi avec une gentillesse que je n'avais jamais rencontrée. Dans de telles circonstances, j'ai toujours été au mieux indifférent à mon partenaire, au pire effrayé ou forcé. Avant vous, William, je ne m'étais jamais senti… aimé. Vous ne m'avez *pas* brutalisé, vous n'avez pas abusé de moi.

Marshall, un peu nauséeux, sentit le sang lui monter au visage. L'émotion contenue dans la voix de son ami lui était d'autant plus difficile à supporter que David disait vrai. Il l'aimait effectivement. Il avait cru qu'il s'agissait d'une affection fraternelle, mais étant enfant unique, comment ferait-il la différence ? Et puis, Davy ne l'avait certainement pas forcé non plus. Au contraire, la sensation avait été merveilleuse, absolument enivrante… Dieu, que devait-il en déduire ? Serait-il un monstre, un pervers ?

— Davy, nous ne pouvons pas…

Non, impossible. Cela n'arrivera plus jamais.

— J'en suis bien conscient.

Pourtant, Archer refusait de mentir et prétendre regretter ce qui était arrivé, juste une fois. Il avait bien besoin d'un petit moment de joie au milieu de tant de douleur.

— J'en suis bien conscient, répéta-t-il. Même si nous le voulions – et je ne pense pas que vous le fassiez – le capitaine Smith nous jetterait par-dessus bord dans un sac lesté. Cela ne serait jamais arrivé sur la *Calypso*. Cela ne serait jamais arrivé sans cet emprisonnement.

— Cela n'aurait jamais dû arriver, dans n'importe quelle circonstance.

— Et pourtant, c'est le cas.

Archer se souvint alors que William était un novice, dans ce domaine, en tous les cas.

— William, je ne sais si vous étiez au courant, mais le lieutenant Hampton, du *Titan*, ne s'intéressait pas aux femmes. Il m'a dit un jour que certains capitaines fermaient les yeux, à condition que les hommes impliqués soient adultes et discrets. Et dans le cas contraire… Eh bien, vous n'auriez jamais pu provoquer Correy en duel si votre querelle avait eu un autre motif.

— Quoi ?

— Aucun capitaine ne tient à gérer une affaire de sodomie à son bord, Will, vous le savez bien, sauf les disciplinaires fanatiques. Ce genre d'affaires souille tous ceux qui y sont impliqués. Même en cas de viol, il est fréquent que la victime soit également pendue. Le vieux Cooper ne voulait pas d'une histoire pareille. D'après Hampton, le capitaine espérait depuis longtemps que quelqu'un se dresse contre George – et je l'ignorais, sinon j'aurais moi-même provoqué cette brute en duel.

— En y réfléchissant, Davy, je n'arrive pas à comprendre comment j'ai trouvé le courage de lui jeter mon gant. J'ai eu de la chance que le destin tranche en ma faveur.

Archer sourit en évoquant ce souvenir.

— Correy était tellement arrogant qu'il vous a sous-estimé. Il n'a jamais pensé qu'un fils de vicaire savait tirer juste ! En tout cas, Will, notre cas n'a rien d'exceptionnel. Et puisque c'est arrivé, je suis heureux que ce soit avec vous. Je vous confierais ma vie et vous devez bien savoir que je préférerais mourir que de vous porter tort. Nous pourrions avoir succombé à un excès... d'émotion... et agi avec imprudence, et cela s'arrêterait là. Ce petit incident ne dépassera pas les murs de cette cellule.

Voilà qui paraissait sensé. Bien sûr, une fois de retour sur la *Calypso*, ayant enfin quitté ce navire maudit, Marshall prendrait le temps de réfléchir et se choisirait sans doute des amis plus décents. *Je serai pour lui une source d'embarras. Chaque fois qu'il me regardera, il se souviendra de ce qui s'est passé – alors, comment pourrait-il à nouveau me faire confiance ?* Mais pour le moment, puisque Will semblait toujours se sentir responsable, mieux valait oublier cet épisode et se concentrer sur leur évasion.

Marshall avait de la peine à croire à quel point tout, ainsi énoncé, paraissait simple – et de quelle voix calme Archer lui présentait ses conclusions. D'un autre côté, il y avait déjà un certain temps que son ami était confronté au problème. Et Marshall connaissait d'expérience la bravoure de cet homme, qui s'était précipité dans une poudrière enflammée pour le sauver. David Archer était capable de lutter contre ses terreurs, quelles qu'elles soient. Il fallait pour cela plus de courage que Marshall n'en aurait jamais.

— Vous y avez longuement réfléchi, n'est-ce pas ?

— Toute ma vie, il me semble. Comment pourrait-il en être autrement ?

Certes.

— Mais comment…Davy, comment le lieutenant Hampton s'est-il retrouvé dans cette situation ?

Il avait encore du mal à admettre qu'un homme qu'il considérait comme un ami pouvait avoir un point commun avec George Correy.

— Je pense que Correy avait découvert son secret, il l'a donc utilisé pour le faire chanter – et l'empêcher de dénoncer ses sales petites manigances.

Archer réalisa tout à coup que Marshall avait pu se méprendre sur ses paroles.

— Par Dieu, non ! Hampton ne s'en est jamais pris à moi, Will. Il avait déjà un amant sur le *Titan*.

En vérité, il s'agissait du capitaine Cooper, un autre maillon de la chaîne de chantage ayant donné à Correy le pouvoir d'abuser de l'équipage en toute impunité. Archer pouvait-il expliquer à William l'étrange amitié qui l'avait liée à son ancien lieutenant ? Sans doute pas. Mieux valait ne pas essayer.

— Le lieutenant Hampton a tenté de m'aider quand il a réalisé que Correy s'en prenait à moi. Nous n'étions pas amants, mais il m'a appris comment faciliter les choses, comment éviter d'être blessé. C'était un homme bien, Will, vous le savez, il avait simplement des goûts particuliers. Et Correy était une vraie bête. À Spithead, aucune femme n'acceptait sa compagnie. Même les putains du port se méfiaient de lui après qu'il ait failli tuer l'une d'entre elles sous les coups. Il n'aimait pas vraiment les jeunes garçons, non, c'était abuser de sa force qui lui plaisait. Je ne l'aurais pas laissé seul avec un mouton !

Marshall fit la grimace. Voilà une vision sur laquelle il préférait ne pas s'attarder. Mais la brute défunte l'intéressait peu. Il n'arrivait pas à imaginer qu'une sensation aussi intense et bouleversante que celle qu'il venait de connaître puisse s'intégrer dans la trame d'une vie ordinaire.

— Alors, vous… vous pensez que nous pouvons continuer comme avant ?

— Bien entendu, quel autre choix avons-nous ? À qui pourrions-nous nous confier ? Vous imaginez-vous dire au capitaine : 'Excusez-moi, monsieur, mais M. Archer m'a confondu l'autre nuit avec une sirène. Ne vous inquiétez pas, tout est arrangé, nous nous sommes serré la main en gentlemen' ?

140

Le silence consterné de Marshall fut une réponse éloquente.

— Notre seule option, enchaîna Archer, est d'agir comme s'il ne s'était rien passé. Nous ne sommes pas les premiers, je suis foutrement certain que nous ne serons pas les derniers.

Après un temps de silence, il soupira et ajouta :

— Will, si le règlement exigeant qu'un officier soit rasé de près change un jour, je vous jure que je réagirai aussitôt.

— Que voulez-vous dire ?

— Je me laisserai pousser la moustache et peut-être même d'horribles favoris pour cacher ce damné visage trop attrayant.

Marshall se détendit, presque enivré de soulagement à l'idée qu'il existe une solution facile de s'en sortir – et qui lui permette de préserver sa si rare amitié avec Davy. Il suggéra, sur le ton de la plaisanterie :

— Vous pourriez prendre l'air hautain.

— Quoi ?

— Souvenez-vous de la mine que prenait le capitaine Cooper pour tancer les aspirants s'étant trompés sur un problème de navigation : on aurait cru qu'il sentait une odeur poisson pourri, n'est-ce pas ? Vous pourriez vous entraîner à faire cette grimace. Elle devrait suffire à repousser toute avance.

— Oh.

Il y eut un temps de silence. Puis Archer reprit :

— Voilà, je prends l'air dégoûté. Est-ce efficace ?

— Davy, je ne vois rien, il fait trop noir.

— Eh bien, je ne pense pas pouvoir grimacer de façon audible.

Marshall ne put retenir son sourire devant cette tentative d'humour.

— Vous n'aurez qu'à réessayer une fois qu'il fera jour.

Il se mordit la langue. Un nouveau jour de captivité, d'impuissance. Et une autre nuit où Davy serait emmené pour 'souper' avec le pirate. Il serra les poings.

Archer devina son changement d'humeur.

— Cela ne marchera pas, reconnut-il à mi-voix.

— Morbleu, Davy…

— Will, nous n'y pouvons rien. Pour le moment.

— Non.

— Nous ferions mieux de dormir un peu.

— Oui.

XIV

LORSQUE LE volet fut levé, les deux prisonniers restèrent étendus, les yeux ouverts, en silence, à regarder l'aube éclairer leurs cellules. Avec un soupir, Marshall réalisa être trop nerveux pour dormir. C'était tout aussi bien. Il voulait s'assurer qu'il ne reste aucune trace de leur activité de la nuit. Alors qu'il regardait autour de lui, il aperçut le corps d'Archer.

— Oh, mon Dieu ! Davy...

La peau pâle était marquée d'affreuses ecchymoses de toutes les couleurs, la plupart concentrées au niveau des côtes et de la taille – des traces de doigts, d'après leur taille. Quant aux poignets...

Le visage écarlate, Archer se précipita sur sa chemise qu'il enfila à l'envers. Il réalisa son erreur lorsqu'il tenta de la boutonner, se figea et cacha son visage dans ses mains, comme un enfant espérant que, s'il ne voyait pas, personne ne le verrait non plus. Marshall tendit la main, désireux de le toucher, de le réconforter, mais il se ravisa.

— Je suis désolé, Davy, chuchota-t-il.

Se redressant, il avança jusqu'au hublot où il se tint le dos tourné pour laisser à son ami un peu d'intimité. Il entendit un bruissement de tissu indiquant que Davy remettait sa chemise à l'endroit, mais il était trop tard – la vision restait gravée sur sa rétine. Davy avait été brutalisé et son corps en portait les traces. Ses épaules étaient marquées de meurtrissures pourpres. L'une d'entre elles, particulièrement brutale, provenait d'une morsure humaine.

— Merci, marmonna Archer d'une petite voix.

En jetant un coup d'œil derrière lui, Marshall constata que son ami s'était rhabillé. Il revint s'asseoir et s'adossa contre le mur opposé, la tête dans les mains, l'esprit en déroute. Enfin, il n'y tint plus et posa la question qui le hantait :

— Davy. Pardonnez-moi, mais je... je dois savoir. Ai-je causé certains de vos bleus ?

— Quoi ? Non ! Dieu, non, Will. J'aurais préféré que vous ne les remarquiez pas. Ce n'est ...

— Vous disiez que ce bâtard n'était pas aussi brutal que Correy. Pourtant...

Il effleura le poignet d'Archer et, du regard, demande la permission de continuer. Une fois celle-ci accordée, il repoussa la manche de la chemise. La peau était marquée de contusions et d'irritations. Du chanvre... ?

— Pourquoi diable vous a-t-il attaché ? demanda-t-il, furieux.

— Pour s'amuser, répondit Archer avec amertume. Il n'a pas besoin de garcette, puisqu'il vous a. Quant au reste, il m'a puni de ne pas suffisamment...

Archer fit la grimace avant de croiser les bras et de se voûter.

— ... apprécier ses efforts. Il considère s'être donné beaucoup de mal pour rendre la procédure... agréable. Je lui ai dit, assez crûment, ne pas être impressionné. Il en a été extrêmement contrarié. Après m'avoir malmené sous le coup de la colère, il a décidé de poursuivre ses tentatives de séduction, car il s'en distrait beaucoup. Will, je vous en prie, pourrions-nous changer de sujet ?

Cette proposition soulagea beaucoup Marshall.

— Bien sûr, déclara-t-il avec conviction. Je tiens cependant à ce que vous preniez une décision.

— Laquelle ?

— Quel sort préférez-vous pour ce fils de pute putréfié : le pendre ou m'aider à le découper en très petits morceaux ?

Sa sinistre plaisanterie ne provoqua aucune lueur d'humour dans les yeux bleus de Davy.

— Le tuer sera la seule façon de l'arrêter, vous savez. Il ne passera jamais en justice pour ce qu'il a fait.

— C'est bien dommage !

— Sans doute, mais je ne pourrais plus jamais apparaître en public. Je peux supporter ce qu'il me fait subir, William, mais pas de siéger devant un tribunal pour en témoigner. Je ne pourrais pas.

David avait raison, sans le moindre doute. Son calvaire était déjà suffisamment horrible. Le rendre public serait trop atroce.

— Vous n'aurez pas à le faire. Je suis un imbécile. Cela détruirait votre carrière.

— Oh, oui... S'il m'en reste une, après notre libération. Et vous seriez jeté dans le même tonneau, Will. Vu que nous étions tous les deux prisonniers, tout le monde supposera...

Marshall n'y avait pas pensé. Son malaise dut apparaître sur son visage, car David enchaîna :

— Il s'agit d'un autre morceau de notre patchwork, mon ami. Il ne s'est rien passé. Rien du tout.

Il leva les yeux pour regarder William débattre de la question et arriver à la conclusion inévitable.

— Pourquoi avez-vous dit 's'il vous reste une carrière' ?

Archer inspira profondément et détourna les yeux. Au bout d'un moment, il répondit enfin :

— À votre avis, que se passera-t-il quand le capitaine découvrira la vérité ?

— Il y aura un cadavre. Celui d'Adrian. Mais pourquoi serait-il au courant ? Jamais je ne…

Archer l'interrompit d'un ton triste et résigné :

— Voyons, Will, réfléchissez. Tout l'équipage de ce navire est au courant, il sera impossible de garder le secret. Et ce bâtard d'Adrian a été le premier à admettre – il aime à se vanter – avoir 'séduit' ses précédents prisonniers, homme ou femme, toux ceux lui ayant plu. Je parierais qu'il a déjà parlé de moi au capitaine Smith – en lui donnant sa version déformée, bien entendu. Il a probablement prétendu que je l'avais débauché. Après cela, capitaine ne voudra certainement plus de moi à bord.

— Vous n'êtes qu'une victime ! Et le capitaine Smith est un homme juste !

Le regard d'Archer exprimait une résignation au-delà de son âge.

— Vous avez peut-être raison, répondit-il d'une voix atone qui démentait ces paroles. Mais un capitaine en temps de guerre est avant tout responsable de son équipage. Son premier souci doit être d'assurer au mieux son service. Et je suis désormais… souillé. Je doute qu'il veuille de moi à bord de son navire. Le mieux que j'ai à faire – s'il m'y autorise – sera de démissionner discrètement dès qu'on me le suggérera. J'espère simplement ne pas vous entraîner dans ce naufrage.

Il se recroquevilla sur lui-même pendant un moment, le temps de prendre sa décision.

— Will, quand nous réussirons à desceller ce barreau, vous sortirez. Et si vous réussissez à retrouver le capitaine Smith, partez avec lui. Après votre évasion, Adrian ne s'en prendra plus à moi. Quel intérêt aurait-il…

— Ne soyez pas ridicule, Davy, jamais je ne vous abandonnerai.

— Même après ce que je vous ai fait…

— Ce que vous m'avez fait ?

Marshall aurait voulu le secouer, mais aussi le serrer contre lui – non, c'était impossible !

— Vous avez volé de la nourriture pour moi, insista-t-il. Vous m'avez soigné après cette flagellation. Oh, et vous avez également voulu me protéger en laissant ce bâtard vous molester…

Il ne put continuer. Il n'arrivait pas à croire que David puisse se blâmer.

— Davy, reprit-il au bout d'un moment, si vous faites allusion à un certain comportement trop émotif, j'avais cru l'affaire réglée…

Archer tenta de se détourner, mais Marshall le saisit par les bras, prenant soin de resserrer les doigts à des endroits sans ecchymoses.

— Voyons, Davy, pensez-vous réellement pouvoir me retenir contre mon gré ? Étendu comme vous l'étiez, en dessous de moi ? Je vous défie d'y réussir.

Archer ferma les yeux. Marshall le libéra.

— Vous ne pourriez pas, trancha-t-il. Donc, vous ne l'avez pas fait. Si vous imaginez avoir commis un acte susceptible de provoquer ma colère à votre égard, vous devez avoir rêvé. Si je me souviens bien, vous n'étiez même pas certain la nuit passée que mon retour soit une réalité.

— Will…

— Davy, chaque homme accomplit l'impossible durant son sommeil. On ne peut en vouloir à un ami à cause d'un rêve.

— Ou d'un cauchemar.

— Peu importe. Si l'on me questionnait concernant une… agression de votre part, je nierais, donc, vous devez avoir rêvé.

Archer finit enfin par croiser son regard. Et Marshall lut dans ses yeux un désir qui dépassait ce que le monde permettrait.

— Rien n'est possible, chuchota Davy

— Oui, je sais. Mais je ne suggère pas que nous demandions au capitaine de nous marier ! Comme vous l'avez souligné, nous n'avions pas de mauvaise intention, donc, il n'y aura pas de séquelles… sauf si vous continuez votre mea culpa. Si vous tenez absolument à ce que je vous assigne une pénitence, pardonnez-vous et je considérerais que nous sommes quittes.

— Will, pour l'amour de Dieu, ma carrière est terminée. Pourriez-vous au moins me laisser un dernier rôle utile ?

— Davy ! s'écria Marshall.

Se reprenant, il baissa la voix.

— Vous commencez à subir l'influence de ce démon, puisque vous croyez à ses mensonges. Quoi qu'il vous fasse subir, jamais il ne vous transformera en un homme comme Correy – même s'il avait un siècle pour s'y efforcer.

— Je l'espère sincèrement, Will, chuchota tristement Archer. Je ne sais que trop ce que l'on éprouve aux mains d'une brute. Je vous suis très reconnaissant de votre soutien… mais la décision ne dépendra pas de vous.

Dieu merci !

— De vous non plus. Davy. Et si Adrian a le sens de l'auto-préservation, il ne se vantera pas de ses méfaits devant le capitaine… Surtout pas pour lui suggérer, comme vous le disiez, avoir…

Il n'arrivait même pas à envisager cette perspective, encore moins à trouver les mots pour l'exprimer.

— … abusé de moi. N'oubliez pas qu'il me prend pour un cousin de Smith. À votre avis, comment réagirait le capitaine envers un homme qui s'en prendrait à sa famille ?

D'après Marshall, Smith traiterait avec la même férocité quiconque abusant d'un de ses aspirants, mais il le garda pour lui. Archer, qui avait pris l'habitude de se croire sans valeur, refuserait d'admettre qu'on puisse avoir une autre opinion à son égard.

— Adrian n'est pas assez inconscient pour se mettre à dos un homme aussi dangereux et puissant que le capitaine Smith, conclut-il.

— Je n'y avais pas pensé, admit Archer. Mais que devrais-je répondre si le capitaine m'interroge sur le comportement d'Adrian à mon égard…

— Cela n'arrivera probablement pas.

Archer croisa son regard avec fermeté.

— Peut-être, mais je ne pourrais mentir. Et, Will, pas question que vous vous compromettiez en essayant de me couvrir. Si vous perdez la confiance du capitaine, il ne vous l'accordera plus jamais.

— Nous avons beaucoup à faire avant d'en arriver là, répondit Marshall. Imaginons plutôt que tout se passe bien, que nous nous échappions et que nous revenions avec des renforts prendre ce navire à l'abordage. Mieux encore, supposons que nous réussissions à libérer le capitaine et que, tous les trois ensemble, nous fassions Adrian prisonnier. Quel serait son sort ?

Archer affichait un air sceptique, mais il fit un louable effort pour répondre à la question.

146

— Eh bien, c'est un pirate. En temps de guerre, il s'agit d'un crime capital qui ne mérite même pas de procès. C'est d'ailleurs ce que le capitaine a déclaré sur le pont. S'il en a l'occasion, il le pendra haut et court. Dans le meilleur des cas, une partie de l'équipage se rangera de notre côté et nous aidera à conduire notre prise à bon port. Nous pourrions aussi alerter un navire de passage et en obtenir de l'aide. Pour le reste… Will, c'est ridicule.

— Qu'avons-nous d'autre à faire pour le moment ? Le capitaine nous conseille toujours de combattre avec la ferme intention de vaincre. Continuez, Davy. Nous avons gagné notre liberté, pendu le pirate qui nous a enlevés, tué ses hommes et pris le contrôle de son navire – qu'allons-nous devenir ?

— Nous pourrions quitter ensemble la Royal Navy, gréer un petit sloop et vivre heureux jusqu'à la fin des temps.

— Davy…

— C'est vraiment… Bon, d'accord. Eh bien, en supposant que nous en sortions vivants, nous continuerions notre carrière, trouverions éventuellement une épouse et élèverions nos enfants, et nous ferions tout notre possible pour préserver le service de prédateurs tels que Correy ou ce bâtard, parce que nous les reconnaîtrions désormais pour ce qu'ils sont. Est-ce la bonne réponse ?

— Je pense qu'avec un tel objectif, l'existence est digne d'être vécue. N'est-ce pas mieux que le désespoir, la disgrâce et la honte ?

Archer soupira, visiblement peu convaincu.

— Bien entendu.

— Davy, faites-le pour moi, je vous en prie. Pourriez-vous au moins espérer que la situation puisse s'arranger ? Je ne vous demande pas de le croire avec certitude, seulement d'être un peu plus positif !

— Pourquoi ?

— Parce que je sais ce que c'est que perdre tout espoir. Du coup, la mort devient trop facile. Sans espoir, Davy, vous vous ferez tuer. Et sans vous, nous mourrons tous. Nous ne sommes que trois contre un équipage de forbans. Le capitaine ne quitterait jamais le bord sans vous…

— C'est ce que pense Adrian. Il ne s'attendrait pas à ce que vous partiez. Pourtant, si cela vous permettait d'aller chercher de l'aide et de mettre un terme à cette…

— Même si Smith était prêt à le faire, personnellement, je m'y refuse ! Après ce que vous avez enduré pour nous, comment pouvez-vous seulement imaginer… ?

Poignardé par la douleur, Marshall ferma les yeux et lutta une fois de plus contre la tentation de prendre son très cher ami dans ses bras.

— C'est une chose de vous perdre durant la bataille, chuchota-t-il. Je n'y peux rien. Mais tant que nous respirons tous les deux, jamais je ne vous laisserai derrière moi. Est-ce bien compris ?

Archer s'adossa contre la cloison et détourna les yeux.

— Il y a déjà une semaine que cela dure, William. L'un des gardes qui m'a emmené la nuit dernière prétend qu'Adrian se lasse vite. D'après lui, Adrian se choisira une autre proie quand il en aura terminé avec moi. Je doute qu'il s'agisse du capitaine.

Cette fois, il affronta le regard de Marshall, comme pour s'assurer avoir été bien compris. Il continua d'une voix presque dépourvue d'expression :

— Je vais le distraire aussi longtemps que possible. Tant que je lui résiste, je pense que vous ne risquez rien. Il s'agit réellement de gagner du temps. La rançon viendra peut-être…

— Non. Nous n'attendrons pas une minute de plus. Vous ne pouvez croire que je vous laisserais me protéger de cette façon…

Il effleura l'épaule de Davy, très légèrement. Il était sincère, mais la terreur d'avoir à subir la même épreuve que son ami le paralysait. Il avait toujours reconnu le courage de David, sans pour autant en mesurer la portée.

Une porte grinça à l'extérieur et les gardes du matin prirent leurs postes. Les deux prisonniers surent qu'ils devaient faire attention à ne pas être entendus.

— Je regrette que vous ne m'en ayez pas parlé plus tôt, Davy, chuchota Marshall.

En voyant son ami ouvrir la bouche pour protester, il ajouta précipitamment :

— Ne vous inquiétez pas, je comprends la raison de votre silence, mais si j'avais su, je n'aurais pas tant attendu que le capitaine prenne l'initiative. Pas avec ce que vous subissiez. Il nous faudra trouver sa cellule dès que nous sortirons.

— Sans un plan coordonné, notre tentative d'évasion est plus risquée…

— Ce ne sera pas une tentative, coupa fermement Marshall. Nous réussirons.

XV

QUAND SMITH se réveilla, il sentit l'air frais circuler dans sa cellule ; l'aube se levait. La veille, quand le navire avait bougé, il avait bien pensé qu'il n'aurait pas l'occasion de signaler sa présence. Par contre, il ne s'était pas attendu à ce qu'un garde se poste juste devant sa porte, le prévenant que la moindre tentative de sa part serait punie par la mort d'un de ses hommes. Smith comprit ces précautions en entendant du bruit juste devant son hublot : l'autre navire était si proche qu'il entendait les cris des marins. Eux aussi auraient perçu sa voix en cas d'appel au secours, s'il avait été prêt à risquer la vie de ses officiers.

— Cap'taine ?

Il y avait bien longtemps que Smith ne s'était pas déplacé aussi vite.

— Vous êtes seul ?

— L'autre est parti chercher vot' déjeuner. Désolé qui m'a fallu si longtemps pour revenir vous...

Smith n'était pas d'humeur à converser. Il s'empressa d'interroger Bert :

— Où sommes-nous ? Quand aura lieu la prochaine livraison ?

— À environ huit lieues bâbord de Lizard Point, cap'taine. Ensuite, nous retournerons vers Torbay, en ligne aussi droite que possible. Sans être vus de la côte. Et personne connaît la prochaine livraison, sauf le cap'taine et p't-être aussi M. Brown, not' bosco.

— Où sont mes hommes ?

— Juste de l'autre côté, à tribord. Ils vont à peu près bien, pour le moment. Je voulais vous dire, m'sieur, j'ai parlé à un ami et nous avons décidé de vous aider, si vous nous obtenez l'amnistie.

— Votre ami serait-il par hasard le cuistot ?

— Comment vous... ah, y vous a envoyé un cadeau, pas vrai ? Y m'a dit qui le ferait.

— Effectivement, il l'a fait. Remerciez-le de ma part. Mais avez-vous confiance en lui ?

— Aussi confiance que possible, m'sieur. Il en a déjà plein le dos du cap'taine Adrian. J'avais prévu de filer pendant ma prochaine permission à terre et Henry comptait faire pareil, après ce qu'y ont fait à sa femme.

La conversation semblait avoir déraillé.

— La femme du cuisinier ? Qu'a-t-elle à voir avec cette histoire ?

— Ben, elle était pas sa femme à l'époque, c'était la bonne d'une dame que le capitaine a voulu rançonner. Un joli petit lot, alors, le cap'taine… l'a enlevée aussi, pour s'amuser. Ensuite, voilà-t'y pas que la noble dame a pensé que ce serait marrant de s'envoyer un pirate ! Et vous savez comment il est, fier comme un coq qui fait la roue.

Smith eut la sensation d'être tombé dans un très étrange roman.

— Une dame – une captive aurait eu une liaison avec Adrian ? Il a abusé d'une prisonnière ?

Bert acquiesça.

— Oh, ouais, il l'a fait. Et pas qu'avec elle – avec presque tous. C'est pas sain, cette affaire-là, m'sieur. Si j'avais su qu' c'était comme ça, j'aurais tenté ma chance à terre. La dame, c'était la première à être consentante, vous savez. Tout le monde pensait qu'y prenait juste du bon temps avec elle, mais il a eu un sacré mal à lui faire quitter son navire. C'est là que le partenaire du cap'taine a commencé à râler. Ça le gênait pas d' s'amuser un peu avec les prisonniers, mais la dame voulait rester à bord pour d'venir aussi un pirate. Complètement timbrée, la salope ! Hum, excusez-moi, m'sieur. J'espère bien qu' son mari lui a tanné le cuir quand il l'a récupérée. En tout cas, elle a abandonné sa bonne, elle voulait pas la racheter pour pas que la fille raconte la vérité aux aut' domestiques. Alors Henry – c'est le cuistot, m'sieur – il a emmené la fille à terre quand il est parti chercher des provisions, il l'a mariée discrètement et il l'a envoyée en Écosse, chez sa mère, qui devient un peu vieille.

Sans se soucier des détails, Smith revint au cœur du sujet.

— Demandez à votre ami s'il peut mettre dans le repas du soir une substance susceptible d'affaiblir l'équipage – de les endormir ou de les envoyer courir aux gogues. Vous serait-il possible de faire passer un message à mes hommes ? Et pouvez-vous leur fournir une arme quelconque ?

— Je les verrai sans doute, mais j' pourrais pas vous dire quand. Dans les quelques jours… Et pour les armes, un couteau, oui, mais pas de pistolet avant le jour J. Quand un homme à bord sait pas où est son pistolet, ça va mal pour lui.

150

— Je vois. J'ai remarqué des canons sur le pont. Sont-ils chargés ?

Sur la plupart des navires, un tel gaspillage de poudre serait insensé, car un ennemi peut être repéré de loin, mais dans le cas d'Adrian, une telle précaution lui permettrait de fuir s'il était pris au dépourvu. De plus, il ne manquait pas de poudre.

Bert acquiesça.

— Y'a juste les canonnières qui sont chargés. Et nous changeons régulièrement la poudre. Pour les autres, c'est seulement en cas de besoin.

— Chargés avec quoi ?

— De la mitraille, en général. Elle est assez légère, le coup a une large portée.

— C'est sensé, concéda Smith. Bien. Je veux savoir quand nous approcherons d'un autre navire, ou quand nous serons à moins d'une lieue ou deux des côtes, surtout si cela arrive durant la nuit. De plus, à un moment, je vais devoir vous demander de déverrouiller cette porte.

— Le point de non-retour, hein ?

— Exactement. Combien d'hommes y a-t-il dans l'équipage ?

— Trente-huit, plus le cap'taine et le bosco. Moins y'a d'hommes, plus grosses sont les primes.

Trente-huit contre trois – non, cinq. Les probabilités n'étaient guère favorables, mais en ajoutant l'élément de surprise, le timing et le fait que la plupart des marins dormiraient … Oui. C'était jouable.

— Vous disiez que mes hommes se trouvaient de l'autre côté, reprit Smith. Combien ont-ils de gardes ?

— Deux, m'sieur, comme vous, et y restent enfermés ensemble la plupart du temps. Ils ont le même couvre-feu que vous – et les gardes se tiennent dans l'escalier pour faire le guet. Y'a pas d'autre accès à la cellule. Et pis, y'a au moins une douzaine d'hommes sur le pont durant la nuit, deux ou trois sont toujours de garde.

Smith acquiesça. Il devait confier à Bert un message pour Marshall, mais cette perspective l'inquiétait. Il avait beau se targuer de sa capacité à juger le caractère d'un homme, il risquait de causer du tort à ses lieutenants s'il s'agissait d'un piège élaboré d'Adrian – d'un autre de ses petits jeux de pouvoir. Mais le pirate irait-il jusqu'à lui fournir un couteau pour apaiser sa méfiance ? C'était peu probable.

— Si vous en avez l'opportunité, dites à M. Marshall que l'ordre de s'échapper lui viendra dans la nuit, avec le mot de passe que nous avions la dernière nuit à bord en vue de Spithead.

151

— Le mot de passe ?

— Il s'agit d'un code sur la *Calypso*. M. Marshall est l'un de mes officiers, cela lui certifiera que le message vient bien de moi. De plus, matelot, cela me prouvera également que vous l'avez rencontré.

— Mot de passe, Spithead… Vous aimez à compliquer les choses, cap'taine, remarqua Bert avec un rictus.

— En vérité, ce n'est pas le cas. Cette situation…

— Attendez !

Bert s'éloigna rapidement. Puis Smith l'entendit ouvrir une porte et parler à l'autre garde :

— J' crois qu'il l'est déjà réveillé. Ce thé, c'est pour moi ?

Bien, Smith ne recevrait probablement pas d'autres renseignements, mais il en avait déjà obtenu plus que prévu. Il n'avait pas demandé à Bert où étaient gardées les armes à bord, mais elles se trouvaient probablement dans les endroits habituels. De plus, avec un peu de chance, il pourrait prendre un pistolet ou deux à l'équipage.

Idéalement, il sortirait tard de sa cabine et chargerait Bert de libérer Marshall et Archer, puis il retrouverait ses hommes sur le pont et tous ensemble agiraient au mieux, en fonction des circonstances. Smith était enclin à attaquer en priorité le gaillard arrière où se trouvait la cabine d'Adrian, pour se débarrasser de la plus dangereuse menace. Le navigateur, Brown, restait un inconnu, mais Smith n'avait pas été surpris d'apprendre qu'Adrian ne gérait pas lui-même les détails de la navigation de son navire. Comme il l'avait indiqué à Drinkwater, il tenait absolument à mettre fin aux agissements du pirate. C'était pour lui plus important encore que leur évasion, même s'il espérait faire d'une pierre deux coups.

Il devait réussir. Apprendre qu'Adrian abusait de ses prisonniers l'avait révulsé, comme toute ignominie commise en temps de guerre. 'Presque tous les prisonniers', avait dit Bert. D'après les souvenirs de Smith, il y avait eu neuf enlèvements avant le leur – huit, vu que le premier n'était qu'un simulacre. Smith ignorait le nom des victimes, mais il se souvenait d'un gentleman âgé et d'un banquier d'une quarantaine d'années – deux hommes qui n'avaient probablement pas intéressé le pirate ; puis trois épouses, dont celle accompagnée d'une domestique qui, apparemment, n'avait pas été libérée avec sa maîtresse, et enfin une jeune fille et deux adolescents.

Et deux de mes hommes. William Marshall et David Archer n'étaient plus des enfants, certes, mais ils restaient assez jeunes pour attirer l'œil d'un prédateur. La question n'était pas de savoir si Adrian était pervers, mais plutôt de déterminer à quel point il l'était et quels dommages il laissait dans son sillage. Pour le moment, Smith préférait ignorer le fait que quatre femmes sur huit prisonniers ne représentaient pas 'presque tous'. Il devait présumer qu'Adrian ne s'en prenait qu'au beau sexe. Cela suffirait à le faire pendre. *À moins que j'aie l'opportunité de l'abattre.*

Entrée supplémentaire, HMS Calypso, *en réparation, Portsmouth.*
Lieutenant-commandant Anthony Drinkwater,
Capitaine du HMS Artémis, *affectation temporaire*
27 juillet 1799

NOS ORDRES ont changé ! Après avoir étudié les dossiers du bureau de la capitainerie, nous avons provisoirement conclu que le navire le plus susceptible d'avoir été utilisé pour l'enlèvement de nos officiers était le Morven, *une ancienne canonnière déclarée non apte au combat après deux graves dégâts structurels et reconvertie en brick marchand. Son capitaine a été la première victime de la série d'enlèvements et, bien que son signalement ne corresponde pas à celui que le capitaine Smith nous a fourni (nous ignorons la couleur des cheveux du capitaine, celui-ci étant rasé et portant une perruque poudrée lors de son passage), la coïncidence est trop étrange pour être ignorée. L'amiral Roberts m'a nommé, ainsi qu'une partie de l'équipage de la* Calypso, *pour monter à bord de la* Fifine – *temporairement baptisée* Artémis – *et fouiller discrètement la zone entre l'île de Wight et Lizard Point, où ce navire est censé fournir de la poudre aux navires qui patrouillent la Manche. Nous contacterons également tous les navires de la Royal Navy que nous rencontrerons et leur demanderons de nous aider à retrouver le* Morven.
Inutile de le préciser, nous devrons l'aborder par la ruse ou furtivement. Même si nous avons suffisamment d'armement pour attaquer, nous ne pouvons tirer à vue sur un navire qui peut être innocent. Nous devons d'abord nous assurer que nos officiers sont à bord et apprendre où ils sont détenus. De plus, le Morven *transporte une cargaison de poudre, nous ne rendrions aucun service à nos hommes en provoquant une explosion ! Le capitaine Smith a ordonné une attaque en force, un abordage par surprise, et nous suivrons ses ordres. Notre équipage à*

l'habitude des combats et, d'après la taille du Morven, *nos forces en hommes et en armement sont largement supérieures. Le bureau de l'amiral Roberts gère la livraison de la rançon. Je suis heureux d'avoir remis les fonds du capitaine Smith en des mains capables. Étant homme d'action, je préfère aider à son sauvetage par des moyens plus directs. Les membres de l'équipage de la* Calypso *non embarqués sur l'*Artémis *sont hébergés sur un ponton sous le commandement du second lieutenant Watson. Nous mettrons les voiles avant l'aube. Si Dieu le veut et que le vent nous le permet.*

COMME D'HABITUDE, les gardes avaient apporté le nécessaire de rasage. C'était exactement la routine des jours précédents. Marshall n'avait pas envie de suivre le rituel, mais comme Davy y tenait, il voulut lui offrir son soutien. Pendant qu'il se rasait, Archer devint étrangement calme, lointain. C'était arrivé toutes les autres fois, mais jusqu'à présent, Marshall n'en avait pas compris la raison. Le savoir ne faisait qu'empirer les choses.

— Davy, je dois certainement pouvoir faire quelque chose…

— Ne vous inquiétez pas, Will.

Leurs yeux se croisèrent. Ceux de Davy étaient distants. Comme s'il s'était réfugié dans des fortifications à l'intérieur de lui-même. Avec un faible sourire, il désigna la fenêtre d'un signe de tête.

— Ce ne devrait plus durer longtemps.

Il récupéra le bol et le rasoir, qu'il fit glisser sous la porte. Un peu plus tard, quand les gardes vinrent le chercher, il serra les dents, carra les épaules, et sortit de la cellule sans un regard en arrière.

Marshall avala le dîner qu'ils avaient laissé pour lui, la nourriture était comme de la cendre dans sa bouche. Il se força à manger, car son corps aurait besoin d'énergie pour le combat à venir. Ensuite, il réussit à dormir un moment. Il était déterminé à se mettre à travailler le barreau dès le retour de Davy. Il se réveilla peu avant le couvre-feu, agité et mal reposé. En général, les gardes ramenaient son ami après la seconde cloche, d'ici une heure ou deux environ.

Cette nuit-là, Archer ne revint pas.

À une heure du matin, Marshall commença à attendre, l'oreille tendue vers la cloche du navire, s'attendant à tout moment à percevoir le grincement des gonds de la porte en bas de l'escalier. Il patienta une heure, pendant que les minutes s'écoulaient, une par une. Pour s'occuper, il tenta de rassembler ses souvenirs concernant le pont supérieur. Il n'y avait pas prêté suffisamment attention sur le moment et la nuit aurait pu troubler la perception. Mais ce jour-là, la lune avait été pleine. Actuellement, elle était dans son dernier quartier. Pendant quelques jours, le pont serait relativement sombre durant la nuit. Il faudrait qu'il boutonne sa veste d'uniforme pour en cacher les revers blancs. Par contre, il ne pouvait rien faire pour sa culotte claire. Il veillerait simplement à faire le moins de bruit possible en veillant à l'endroit où il mettait les pieds.

Finalement, son anxiété lui fit oublier toute prudence. Il sortit sa lame d'herminette et libéra son énergie sur le bois du hublot. Ce qui ne l'empêchait pas de réfléchir. Il regrettait presque de ne pouvoir retrouver son ignorance antérieure.

A posteriori, il n'arrivait pas à croire à son aveuglement. Tout était pourtant tellement évident : l'anxiété de Davy, son humeur de plus en plus sombre en soirée, quand l'heure du dîner approchait, et même sa façon de parler, quand il bredouillait en cherchant ses mots – ce n'était pas sous l'effet de l'anxiété, c'était parce qu'il veillait à dissimuler ce qu'il subissait. Et ses cauchemars ? Pas étonnant ! *Le fils de pute…*

Marshall se planta la lame dans le pouce et étouffa un juron. C'était déjà diablement difficile de travailler dans le noir, mais s'il laissait en plus sa colère le rendre maladroit, cela n'aiderait pas son ami.

C'est moi qui l'ai envoyé là-haut le premier jour. Il ne voulait pas y aller. Non, cette décision était probablement sans importance. Même si Archer avait refusé de quitter la cellule et que Marshall l'ait soutenu, Adrian aurait envoyé ses hommes pour l'emmener de force. Et le résultat final aurait été le même. Marshall avait agi pour le mieux et il continuait à le faire, tout comme Davy…

Il eut une vision mentale très nette de ce que faisait son ami.

Ça suffit. Pense à autre chose. Un sujet neutre. S'il avait à creuser six centimètres de bois pour atteindre le barreau et qu'il lui fallait trois passages de sa lame pour enlever un millimètre d'épaisseur – sauf qu'avec un bois aussi le dur, son estimation était sans doute optimiste – six centimètres et trente passages chacun, un total de cent-quatre-vingts, plus ce qu'il devrait creuser au-dessus du barreau pour pouvoir le soulever et déloger le bord inférieur de son cadre. À quelle profondeur était-il planté ?

Il réfléchit à son petit problème mathématique pendant un certain temps, tout en continuant à travailler sur le montant intérieur du bois, qu'il creusait le long du barreau. Il avait déjà une rainure de trois centimètres sans résultat probant, mais il s'acharna avec patience, de façon mécanique, en s'efforçant de garder la tête vide...

Le bâtard a fait cela à tous ses précédents prisonniers, homme ou femme, lui ayant plu. Au nom du ciel, comment Adrian avait-il pu rester impuni aussi longtemps ? Pourquoi aucune de ses victimes ne s'était-elle plainte ? Pourquoi personne n'avait-il au moins fourni aux autorités son signalement ? Même s'il gardait son damné masque ! Lui arrivait-il d'être rasé de près ? Dissimulait-il ses cheveux en public, peut-être en portant une perruque ? Ceux qui n'avaient pas l'heur de 'lui plaire' ne voyaient sans doute de lui qu'une silhouette masquée en contre-jour, mais les autres ?

Ses victimes gardaient le silence, sans doute profondément humiliées, comme Davy l'avait été. Une forme de chantage très efficace : si Adrian était capturé et jugé, tous ceux qu'il avait abusés en souffriraient. D'ailleurs, la raison de son impunité était sans importance. Il avait bel et bien échappé au châtiment. En ce moment précis, il continuait ses abus. Il y avait déjà cinq heures que Davy était parti. Au nom du ciel, que lui faisait subir ce damné bâtard ?

Marshall fut traversé d'un éclair de chaleur en se remémorant la sensation sous lui d'un corps chaud et nu – Davy qui l'attirait de toutes ses forces, avec tant de douceur intense... Mais pour son ami, la soirée avec le pirate serait différente. Certainement horrible, d'après sa panique quand il émergeait de ses cauchemars. Comment était-il possible de transformer en tourment un acte aussi merveilleux, aussi plein de joie et de plaisir ? Davy avait dit une chose étrange : *Il n'a pas besoin de garcette, puisqu'il vous a.*

J'aurais dû le remplacer. Je ne suis qu'un lâche, j'aurais dû me proposer à sa place.

Il posa son front contre le barreau de métal froid. *Ça suffit. Arrête d'y penser. Continue à travailler.*

Il reprit sa tâche, l'esprit vide, ne s'arrêtant que quand ses doigts commençaient à s'engourdir. Il remettait alors avec soin l'outil dans sa poche et secouait ses bras jusqu'à ce que son sang circule à nouveau normalement dans ses mains. À un moment, il eut un tel vertige qu'il dut s'allonger. Un peu plus tard, il se réveilla en sursaut, certain que les gardes avaient dû ramener Archer et découvert sa tentative d'évasion.

Ce n'était pas le cas. Il avait juste rêvé. Il était toujours seul. La cinquième cloche avait dû sonner, sinon la sixième, l'aube se lèverait d'ici une heure ou deux. Il lui restait le temps d'avancer encore un peu. Il devait se remettre au travail.

Les raisons les plus horribles lui venaient en tête pour expliquer l'absence d'Archer. Il ne pouvait s'arrêter à la pire hypothèse. *Ne vous inquiétez pas, Will. Ce ne devrait plus durer longtemps.* Et si Davy avait agi de façon désespérée et que – délibérément ou non – il s'était fait tuer ?

Dans ce cas, si Adrian commettait l'erreur de se trouver à sa portée, Marshall utiliserait une prise utile qu'il avait apprise de Barrow, il y avait déjà quelque temps de cela, par un paresseux dimanche après-midi alors que quelques-uns des marins les plus âgés évoquaient leurs combats d'antan et même leurs bagarres à quai. Barrow avait appris le truc d'un des hommes du bord, un Lascar[8] qui avait une redoutable réputation au combat corps à corps.

Marshall était un peu plus grand qu'Adrian, mais tous deux avaient probablement le même poids et le bâtard paraissait solide. Manifestement, Davy pensait n'avoir aucune chance, sans arme, contre le pirate, mais la prise ne réclamait pas de force particulière, seulement de l'agilité, un bon timing et de la volonté. En fait, Archer avait tout ce qu'il lui fallait.

Il pourrait attaquer le pirate à mains nues.

S'il était encore en vie.

La lame se heurta au métal. Perplexe, Marshall fronça les sourcils et chercha à mieux voir dans la faible lumière de l'aube. Il avait atteint le barreau. Celui-ci bougea quand il força dessus. Malheureusement, il n'allait pas tarder à faire jour. Et son cerveau était tout embrumé.

Davy n'était toujours pas revenu.

---

[8] 'Matelot indien', qualificatif sans connotation péjorative à l'époque

157

XVI

— ÉCARTEZ-VOUS DE la porte.

Smith s'était habitué à la routine instaurée par ses ravisseurs : les seaux posés à côté de la porte allaient être échangés contre trois autres, un vide et deux contenant de l'eau. La seule différence importante en l'occurrence était que le garde chargé de la manœuvre était son nouvel allié, Bert.

En déposant le seau le plus éloigné de la porte, le matelot jeta à Smith un regard appuyé, désignant du menton un morceau de papier caché en dessous.

Smith acquiesça, marquant qu'il avait compris. Bert s'éloigna sans un mot, avec un clin d'œil. Il s'avérait être un conspirateur efficace. Dès que Smith fut certain que ses chiens de garde s'étaient éloignés, il alla récupérer le message.

Bert ne brillait ni par l'orthographe ni par la grammaire, mais le sens de ses mots était assez clair. Plusieurs marins parmi l'équipage avaient reçu l'ordre de préparer quarante barils de poudre qui seraient livrés dans deux jours. Le cuistot avait accepté d'ajouter un petit quelque chose à la soupe du déjeuner, le surlendemain, puisque les livraisons avaient habituellement lieu en cours d'après-midi. Smith devrait donc éviter d'avaler cette soupe s'il voulait être 'en forme' le reste de la journée.

Par contre, Bert n'avait pu contacter Marshall. Quant à Archer, il ne se trouvait pas dans sa cellule habituelle, aussi peut-être était-il dans la soute à voile. Bert comptait attendre que les deux officiers soient ensemble pour tenter de leur parler, à moins qu'il ait une autre opportunité. Il préférait ne pas leur donner d'armes parce que leur cellule était fouillée de temps à autre et qu'aucun d'eux ne pourrait cacher quoi que ce soit sur leur personne. Le cuistot ne leur enverrait pas la soupe assaisonnée. Si Smith voulait profiter de l'occasion, il devait plier le manche de sa cuillère en renvoyant les plats après son déjeuner. S'il ne le faisait pas, la soupe resterait normale pour pouvoir utiliser l'astuce ultérieurement, 'et poure l'amoure de Dieu, brûlé le messaje'.

Bert et Henry formaient une sacrée paire, pensa Smith en sortant du silex et de l'amadou pour allumer sa bougie. Il trouvait également déconcertant de réaliser à quel point un cuistot tenait entre ses mains la santé et le bien-être de l'équipage. Il se demanda quel genre de 'petit quelque chose' serait ajouté à la soupe, mais même sa curiosité ne le pousserait pas y goûter le moment venu.

Le petit rouleau de papier brûla et se transforma en cendres. Smith les écrasa entre ses doigts avant de les jeter à la mer, par son hublot. La situation allait-elle leur donner une opportunité de s'échapper ? Même si tout l'équipage se trouvait indisposé, aucun des hommes ne dormirait. Certains d'entre eux seraient aptes au combat, c'était évident. De plus, empoisonner la soupe marcherait sans doute la première fois, ainsi que ses deux complices le pensaient, mais répéter la manœuvre serait un risque inacceptable. Smith avait au moins deux heures pour réfléchir et prendre sa décision.

S'il avait le choix, il préférerait tenter une évasion discrète en pleine nuit, non loin de la côte. Ce serait la solution la plus sûre et celle qui avait la meilleure chance de succès. Et même si le navire ne se trouvait pas à proximité de la terre, il n'y aurait pas de lune pendant encore un jour ou deux. Si ses hommes et lui pouvaient s'emparer d'une chaloupe et s'éloigner sans être repérés, ils atteindraient le rivage bien avant l'aube et Adrian ne pourrait probablement pas se lancer à leur recherche. La question était de savoir si cette occasion se présenterait de sitôt.

Au diable les tergiversations ! Si le cuistot était d'accord pour empoisonner la soupe, cela ne dépendait pas d'un contact avec d'autres navires. Il suffisait de choisir le bon moment. Certes, Smith tenait à s'échapper au plus tôt, certes, il abhorrait l'idée de devoir payer sa liberté à ce brigand arrogant, mais il refusait de faire tuer ses hommes pour s'éviter un embarras. Avec ce que tous trois avaient appris à bord, c'était simplement une question de temps avant qu'Adrian soit capturé et que son petit 'commerce' prenne fin. Si les prisonniers évadés étaient récupérés par un navire rapide et bien armé, ils pourraient même participer à l'hallali. Avec un peu de chance.

De plus, si Archer avait disparu, ce n'était pas le bon moment d'affronter l'ennemi. Ils étaient déjà à cinq contre trente-huit, ce qui représentait une cote pire encore qu'un contre huit. Perdre un homme les ferait passer à un contre dix. Et si Archer n'était pas avec eux, Adrian aurait un otage.

Mais comment était-il possible de cacher un homme sur un brick aussi petit ? Sans doute Bert se trouvait-il absent lorsqu'Archer avait été emmené. Mais pourquoi l'avait-il été ? Il paraissait plus sensé de garder ensemble les deux prisonniers. Bien sûr, le bon sens n'était pas la priorité actuelle d'Adrian. Craignait-il une mutinerie de son équipage ? Avait-il compris qu'une évasion serait plus difficile à ses prisonniers si l'un d'entre eux était mis au secret, sous la garde exclusive de quelques hommes de confiance ? Encore une fois, comment était-ce possible sur petit navire ? Si Archer était dans la soute à voile – un endroit vraisemblablement moins agréable que sa cellule – peut-être s'agissait-il d'un châtiment, comme pour Marshall ? Si c'était le cas, quelle infraction avait-il commise ?

Le jeune lieutenant se trouvait-il encore à bord ? Marshall et Archer avaient peut-être trouvé un moyen de libérer un d'entre eux… Non. La seule possibilité aurait été de monter sur le navire qui s'était approché l'avant-veille et Bert serait certainement au courant d'une évasion.

Archer aurait-il été… C'était improbable. Pourquoi Adrian jetterait-il cinq mille livres à la mer ? Si Archer n'était pas à bord, il était tombé à l'eau pendant la nuit – et probablement mort.

VOILÀ MAINTENANT un jour et demi que Davy n'était pas revenu. À la mi-journée, Marshall était prêt à sortir par son hublot et à grimper sur le pont, qu'il fasse jour ou pas. Il passa son après-midi à affûter la lame de l'herminette jusqu'à creuser un trou dans sa boucle de chaussure. À la nuit tombée, il était dans tous ses états. Les gardes ignorèrent ses questions et ne lui donnèrent aucune information. L'homme qui fit l'échange des seaux le fixa d'un air menaçant, les sourcils froncés bas. Marshall lui renvoya un regard impassible. Quelque chose n'allait vraiment pas, à moins qu'Adrian s'amuse à un autre jeu – ce qui était bien sûr plausible.

Il avala son souper, le seul repas qu'il ait reçu de toute la journée, et trouva la nuit interminable. Il réussit à tenir jusqu'à l'extinction des feux avant de se remettre au travail, grattant les derniers morceaux de bois qui tenaient le barreau en place. Lorsque la deuxième cloche sonna, sa lame s'attaquait enfin au bois juste au-dessus du métal. Une heure plus tard, à la quatrième cloche, Marshall put arracher le barreau. Dès qu'il l'eut en main, il réalisa avoir, en plus d'une voie d'évasion, une arme potentielle.

Du moins, en théorie. Pour cacher sa disparition, il ne pouvait garder le barreau, surtout s'il ne comptait faire ce soir qu'une reconnaissance, sans attaquer personne. Si Davy s'était trouvé avec lui dans la cellule, il lui aurait demandé de remettre le métal en place et de détourner l'éventuelle attention des gardes.

Un jour, le capitaine Smith avait cité les paroles d'un maréchal prussien[9] : *Aucun plan de bataille ne survit au contact de l'ennemi.* Leur plan comprenait Archer, mais l'ennemi avait réussi à le saborder. *Que je sois damné si j'attends davantage !*

Plutôt que de laisser sa cellule manifestement déserte, Marshall entassa de la paille pour simuler la forme de son corps et l'entoura de toile à voile. Éclairé par un simple reflet de lune, il ignorait si son œuvre tromperait les gardes, mais en principe, ils n'y regarderaient pas de près, sauf s'ils ramenaient Davy.

Il s'étira de tout son long et se glissa dans l'ouverture, les bras levés pour agripper le rebord du cadre. Il constata alors que, dans cette position, son corps ne passait pas. Revenant dans sa cellule, il se débarrassa de sa veste et de sa chemise qui le gênaient inutilement. Avec ces vêtements, il offrit des bras et un oreiller à son mannequin de paille. Après réflexion, il enleva également ses chaussures et ses chaussettes. Sur le pont d'un navire, de nombreux matelots marchent pieds nus et certains portaient une culotte claire, en toile à voile. Même si quelqu'un l'apercevait, sa présence pourrait sembler légitime.

Comme il ne pouvait passer le visage face à la mer, il glissa le barreau dans sa ceinture et fit un nouvel essai dans l'autre sens, face au ciel. C'était sacrément difficile. Il réussit de justesse à s'accrocher aux anneaux de fer dans lesquels jouaient les cordages qui manœuvraient le volet. Pendant quelques douloureuses minutes, Marshall sentit le rebord de l'évent s'incruster dans son dos, puis il poussa des pieds, força sur ses bras, et s'arracha à la cellule. Les filins se tendirent le long de la coque, mais ils soutinrent son poids. Aucune tête n'apparut par-dessus le bastingage qui le surplombait.

Pendant un moment, il resta ainsi suspendu, les jambes encore à l'intérieur, les yeux levés vers les étoiles, enivré par l'immensité du ciel, de la mer et de l'air iodé qui soufflait autour de lui. Il était à quelques mètres au-dessus des flots. Revenu chez lui après un temps d'exil. Par

---

[9] Helmuth Karl Bernhard, comte von Moltke, chef d'état-major prussien

contre, il faisait trop froid pour s'attarder et il avait une mission à accomplir.

La lune décroissante lui permit de constater qu'il ne s'était pas trompé concernant le gréement du navire. Les chaînes les plus proches étaient à environ un mètre cinquante. C'était beaucoup, certes, aussi lui faudrait-il ne pas faire d'erreur. Le navire avançait lentement, mais sûrement, à travers la houle. Si Marshall tombait à l'eau, c'en serait fini de lui.

Avec beaucoup de prudence, il remit le barreau en place et se redressa, en équilibre sur le mince rebord du hublot, s'accrochant aux deux cordages qu'il avait dans les mains. Il trouva merveilleux de pouvoir se tenir debout – incroyable que de simples détails créent une telle différence !

Il prêta l'oreille, mais n'entendit rien sur le pont, au-dessus de lui, pas plus qu'il ne vit d'autres évents ressemblant au leur sur ce côté de la coque. Il n'en fut pas surpris, bien qu'il ait gardé le petit espoir d'avoir un accès possible à la cellule du capitaine. La soute à voiles se trouvait également sur l'autre flanc du navire, ce que Marshall savait d'après la position du soleil.

Les pieds bien campés sur le bois du hublot, il s'étira contre la paroi légèrement courbée du navire, la main tendue vers le câble. Éclaboussé par les embruns, il frissonna de froid, le corps hérissé de chair de poule. Il eut une image mentale de lui dans cette position dangereuse, insensée, plaqué contre la coque, dépendant d'un filin à la solidité douteuse, vu qu'il n'avait pour objet que de fermer un simple volet de bois. À quelques mètres au-dessus de la mer houleuse, il devrait progresser sans un filin de sécurité attaché autour de la taille, les doigts touchants à peine le premier câble vertical.

Il découvrit que la terreur aidait à merveille à focaliser l'attention. Il ne pouvait rester ici. Donc, soit il retournait dans sa cellule, soit il continuait à avancer. Il tenta de poser le pied droit sur les chaînes et comprit qu'il lui faudrait, pour le faire, lâcher son aussière et se lancer.

Quitte ou double. Avec une petite prière muette, Marshall se prépara à bondir. Sa main gauche se resserra sur le câble juste au-dessus de la droite. Ses orteils frottèrent la coque pendant un moment, avant de trouver un appui sur le rivet, au bas des chaînes. Le cœur battant, Marshall resta immobile le temps de reprendre son souffle, puis, hissant une main après l'autre, il se mit à grimper jusqu'aux bat-flancs, juste en dessous du pont qui longeait la coque. Dans sa cellule, il avait tenté de faire de l'exercice, mais son emprisonnement et les maigres rations de la semaine l'avaient épuisé. Il prit un moment de repos pour recouvrer ses forces.

Avec autant de précautions que s'il abordait un vaisseau ennemi – ce qui était le cas, après tout – Marshall se hissa sur la filière et jeta un coup d'œil au-dessus du bastingage. Il était à peu près au milieu du navire, légèrement décalé vers la plage arrière. Il ne vit pas grand-chose, mais entendit deux voix au-dessus de lui, sans pouvoir distinguer leurs paroles. Aucune d'elles n'était celle d'Adrian, qui dormait probablement.

En une minute de folie, Marshall se vit escalader la balustrade, se ruer dans la cabine d'Adrian et l'attaquer avec tout ce qui lui tombait sous la main. Que se passerait-il s'il cédait à la tentation ? Avant de pouvoir décider si un tel acte serait courageux ou stupide, il aperçut la silhouette des deux gardes en poste devant la porte de leur capitaine. Et comme lui-même se trouvait à l'opposé du pont, il avait peu de chances de les approcher sans se faire voir. En fait, il n'en avait même aucune. Ainsi il y avait des sentinelles. Étaient-elles toujours en poste ou bien Adrian se trouvait-il occupé à cette heure tardive ?

Accroupi, Marshall réfléchissait toujours quand les gardes s'écartèrent ; la porte de la cabine s'ouvrit. Marshall se baissa et tendit l'oreille. Il perçut quelques mots qui ressemblaient à ' … et ramenez-le dans sa cellule…'. Il risqua un coup d'œil et vit un captif enveloppé dans les plis de cette fichue cape. S'agissait-il de Davy ? Impossible à dire. Si oui, Dieu merci, mais cela signifiait également que les gardes allaient pénétrer dans la cellule.

Il n'avait aucune chance d'y revenir à temps pour éviter d'être découvert.

ARCHER AVAIT la sensation d'être un somnambule lorsque les gardes le poussèrent dans la cellule. Il n'en était parti que depuis un jour et demi, mais cela lui avait paru une éternité. À la lueur de la lanterne de ses ravisseurs, juste avant qu'ils s'éloignent, il aperçut le corps recroquevillé de Marshall dans un coin.

— Will ? chuchota-t-il.

Pas de réponse. Il haussa les épaules sans s'attarder sur sa déception. Il avança sans faire de bruit jusqu'au hublot. Dès qu'il s'accrocha au barreau, celui-ci lui resta dans la main. Pas étonnant que

William dorme aussi profondément ! Il devait avoir travaillé sans répit dès l'extinction des feux. Demain, il n'y aurait pas de lune. Après-demain également. La première nuit noire leur permettrait une reconnaissance, la seconde serait celle de leur fuite. Parfait timing.

À tâtons, il trouva sa couchette et s'étendit. Un pâle rayon passa par l'évent, éclairant la paille. Étrange que William se soit couché sous une telle épaisseur, il ne faisait pas si froid ce soir, du moins pas dans la cellule.

Archer ferma les yeux et tenta de dormir. Il savait qu'il en avait besoin. Mais dès qu'il se détendait, il se revoyait la veille dans la cabine d'Adrian, cherchant à retrouver ses esprits après que son corps ait si violemment rejeté les attentions de Adrian – en même temps que le dîner qu'il venait d'ingurgiter. Archer n'avait jamais souffert du mal de mer, mais l'anxiété provoquait parfois chez lui de violentes nausées. Tout comme les exigences de plus en plus débridées d'Adrian.

Par réflexe, il frotta sa bouche du dos de la main. Au moins, ses vomissements l'avaient momentanément débarrassé du bâtard. Difficile de se croire irrésistible quand sa prétendue conquête ne pouvait garder son repas. *Il ne pourra pas dire que je ne l'avais pas averti.*

Avertissement ou pas, sa réaction avait rendu Adrian furieux. Il avait obligé Archer à tout nettoyer avant de le confiner dans un réduit – sans doute celui où Will avait trouvé la lame d'herminette. Un des gardes avait eu la bonté de lui laisser de l'eau et Archer avait occupé le 'siège' installé par William. Il y avait déplié quelques morceaux de voile et s'était étendu, le sommeil lui permettant d'échapper à ses tourments. Il avait posé sa veste sur son visage pour décourager les rats.

Il était seul, mais ce n'était pas si terrible. Assis, il voyait le clair de lune se refléter sur l'eau et parfois une vague exceptionnellement haute lui soufflait des embruns au visage. Il s'inquiétait seulement qu'Adrian s'intéresse à William, mais c'était improbable. Du moins, pour le moment. Son hypothèse fut confirmée quand, le lendemain soir, une nouvelle équipe de gardes vint le chercher.

Archer avait retrouvé son détachement. Il fut à peine surpris qu'Adrian lui annonce, avant le dîner, la répétition des activités de la veille. Mais en vérité le bâtard se méfiait, car il n'avait pas poussé les choses aussi loin. Ce qu'Archer considérait comme une petite victoire.

De plus, le pirate avait perdu son arme la plus efficace, sans même le savoir. Quoi qu'il puisse faire désormais, il n'avait plus l'option de le faire chanter en menaçant de tout révéler à William. Même s'il parlait, c'était sans importance. Archer avait du mal à réaliser avoir été absous par Marshall, mais c'était pour lui un énorme réconfort, même s'il s'avérait que le capitaine Smith et le reste du monde puissent juger la situation différemment.

Égoïstement, il aurait voulu que son ami se réveille, même un petit moment. L'optimisme si implacable de Will réussissait parfois à neutraliser le poison d'Adrian. Mais ce serait trop injuste de le priver de son sommeil. Il n'y avait plus rien à faire sur le hublot, alors…

Il y eut un heurt, à l'extérieur, devant l'évent. Archer tressauta, sidéré.

— Will !

Il se pencha et attrapa le dormeur par le bras, mais sa main se referma sur une manche de chemise vide. Par chance, le choc lui serra la gorge, étouffant son cri de terreur. Puis le puzzle se remit en place. Archer se hâta d'enlever le barreau au moment où un pied nu atterrissait sur le rebord.

— *Will ?*

— Dieu merci… Davy, écartez-vous ! ordonna Marshall à mi-voix.

Un second pied apparut, puis un corps glissa à travers le hublot comme un dauphin dans l'eau. Marshall vacilla en atterrissant, Archer le soutint pour lui permettre de retrouver l'équilibre. Son ami, trempé et frissonnant, le prit par les épaules.

— Est-ce que tout va bien ? demanda-t-il en claquant des dents.

— Plus ou moins. Je vois que votre nuit été animée.

Archer lui tendit le barreau. Marshall le remit en place tout en parlant, à voix basse :

— Surtout au cours de la dernière demi-heure. Votre timing a été parfait, Davy. Je venais d'entendre quelqu'un sur le pont s'approcher du bastingage et, tout seul, je n'aurais jamais réussi à rentrer à temps. Les chaînes sont assez loin, il est plus facile de sortir que de revenir.

Il s'assit sur la toile à voile et enfila sa chemise.

— Il fait frisquet dehors, reprit-il. Je présume que les gardes n'ont pas remarqué mon jumeau muet ?

Archer s'assit à son tour, rasséréné.

— Peu importe les gardes ! Savez-vous que je suis revenu depuis quinze minutes et que j'attendais votre réveil ? Comment s'est passée votre excursion ?

— J'avais espéré mieux. J'ignore si Adrian a des gardes devant sa porte toute la nuit ou seulement pendant que vous êtes avec lui, mais ils vont nous compliquer la tâche. Ce bâtard a d'étranges horaires.

— Je sais. Je me souviens d'avoir lu quelque part que, dans les colonies, les Peaux-Rouges attaquaient toujours juste avant l'aube, car c'est l'heure à laquelle la vigilance humaine est la plus faible. Voilà peut-être pourquoi Adrian nous déplace toujours durant la nuit.

— En tout cas, c'est une explication sensée, mais nous autres marins sommes habitués aux changements de quart toutes les quatre heures. Je ne vois pas ce qu'il espère en tirer. Morbleu, oublions ces détails. Vous êtes revenu. Vous êtes certain que tout va bien ? Où étiez-vous durant tout ce temps ?

— Comme vous, dans le casier à voile. C'est un peu étroit, mais vous l'aviez déjà rangé et nettoyé. Je le préfère infiniment aux quartiers du capitaine. Je l'ai à nouveau contrarié – je vous en prie, n'en parlons pas, ajouta Archer très vite. Il s'est contenté de m'enfermer. La vue était agréable.

— Oui, j'ai également apprécié les couchers de soleil, reconnut Marshall.

— J'ai vu le soleil se lever, William. Nous nous dirigeons maintenant vers l'est, nord-est.

— Nous revenons après un tour dans la Manche... Oui, cela correspond à la position de la lune.

— Pensez-vous qu'il compte retrouver son complice ayant collecté la rançon ?

— C'est probable. Je doute qu'il prenne le risque de trop s'éloigner des côtes, sauf en cas de nécessité. À proximité du rivage, il est plus à l'abri des Français.

Archer hocha la tête.

— Bien, que faisons-nous à présent ? Pensez-vous pouvoir traverser le pont et descendre de l'autre côté pour libérer le capitaine ?

La lune, juste devant leur évent, éclairait faiblement la cellule, mais le visage de Will restait dans l'ombre.

— Ce sera plus difficile que je le croyais, admit-il. Voilà pourquoi je m'interrogeais sur les gardes postés. Je pourrais réussir, si la nuit est très sombre, ou je pourrais aussi monter dans la filière et traverser le pont, mais jamais le capitaine ne sortira par son hublot.

— Vous pourriez lui transmettre votre outil et il descellerait son barreau.

— Non, nous n'en avons pas le temps. Cela nous a pris des jours. Et puis je ne crois pas... qu'il puisse passer... Il est trop gros !

Marshall émit un bruit étrange, puis il explosa de rire. Une chance que la cellule de Smith soit éloignée, décida Archer, car le capitaine n'apprécierait certainement pas que deux officiers subalternes se moquent ainsi de lui.

Il fallut un moment à Archer pour se remette de l'image mentale de son capitaine coincé dans le hublot.

— Alors, que faisons-nous ? demanda-t-il ensuite. Nous attendons ?

— Non.

Marshall avait perdu tout humour, cette syllabe laconique le prouvait.

— Non, Davy, mais c'est à vous d'en décider. J'ai une idée risquée qui vous mettrait en première ligne.

— Très bien. De quoi s'agit-il ?

— Je vous ai déjà demandé si vous pensiez pouvoir assommer ou tuer Adrian, vous vous en souvenez ?

— Oui, mais désarmé je crains que ce soit impossible. Je suis désolé.

— Pendant votre absence, je me suis souvenu d'un truc que Barrow m'avait montré. Lui-même l'avait appris de Bannerjee. Saviez-vous que le petit Lascar a un jour réussi à rendre O'Reilly inconscient pendant quinze secondes ?

— Non !

Archer avait du mal à y croire : Bannerjee pesait probablement quarante kilos tout mouillé. O'Reilly faisait plus du double.

— Comment a-t-il fait ? demanda-t-il.

— O'Reilly voulait le ramener à bord après une vacation à terre et le Lascar n'en avait pas envie. Il a passé le bras autour du cou d'O'Reilly et fait pression, en moins d'une minute, c'était terminé. C'est un mouvement de lutte asiatique, qui, bien appliqué, ne laisse aucune séquelle. Barrow n'étant pas bien lourd, il a pensé que cela pourrait lui être utile, alors il s'est débrouillé pour négocier.

Utile, certainement. La plupart des combats auxquels les deux amis avaient participé impliquaient des armes, mais un pistolet n'avait qu'un seul coup et l'on risquait toujours de lâcher son épée ou sa hache.

— Et Barrow vous a transmis son savoir ?

— Oui. En échange, je lui ai donné ma ration d'alcool pendant deux jours. Je n'ai jamais eu l'occasion d'utiliser cette prise, donc je ne peux être certain qu'elle soit efficace. Mais si c'est le cas, la taille et la force de votre adversaire ne comptent pas. L'important est de le prendre par surprise, à condition d'être suffisamment proche …

Gêné, il s'interrompit. Et Archer sentit ses joues le brûler.

— Je vois. Eh bien… la proximité ne devrait pas être un problème. Et je ne doute pas qu'il soit surpris, je n'ai… je n'ai jamais défendu ma vertu…

Il se tut, la honte lui serrant la gorge.

— Vous défendiez ma vie, répondit calmement Marshall. Et celle du capitaine. Ce qui devait vous être infiniment plus difficile, Davy, pensez-vous que je l'ignore ? Je vous en prie, ne laissez pas ce misérable vous diminuer.

J'ai intérêt à ne pas le faire. Sinon je finirai par disparaître pour de bon. Non, l'heure n'était pas à l'auto-apitoiement. Archer regrettait presque que Marshall ait découvert son secret. La plupart du temps, il parvenait à ne pas penser à Adrian, mais il ne pouvait se défendre contre la compassion de William. Et s'il baissait trop sa garde, il craignait de réitérer l'épisode embarrassant de l'autre nuit. Il préférait d'ailleurs ne pas trop y songer, sinon son désir inassouvi l'étoufferait.

Il lui fallait une diversion.

— Expliquez-moi donc ce mouvement, professeur. Comment marche-t-il ?

— Je pense qu'il s'agit de couper le sang et les humeurs qui sont vitales au cerveau. Je vais vous montrer, sans faire réellement pression, bien entendu. Il faudra que vous passiez un moment derrière lui.

Marshall se mit à genoux derrière Archer.

— Êtes-vous prêt ? demanda-t-il.

Son ami acquiesça, repoussant ses souvenirs de la veille dans un placard de son cerveau dont il referma soigneusement la porte. Ce n'était pas Adrian qui se trouvait dans son dos, mais William. Le seul homme au monde auquel il faisait une confiance absolue. Tout allait bien. Il ne risquait rien. Pourtant, son corps n'y croyait pas vraiment et frissonna de terreur.

Puis Marshall se pencha et la réaction d'Archer fut pire encore, car un élan de désir le traversa.

168

— L'important est d'aller très vite, indiqua William. Le bras droit s'enroule autour du cou, comme ceci…

Archer fut enveloppé d'une chaleur protectrice. *Oh, Dieu* ! Il toucha la manche de Marshall, luttant contre son envie de se retourner pour enfouir le visage contre la poitrine dure.

— Une minute, Will. C'est… difficile.

C'est impossible. Je ne peux rester aussi proche de lui.

Marshall s'écarta et s'assit sur ses talons.

— Davy, est-ce que tout va bien ?

— Oui. Oui, désolé. Continuez.

Archer durcit tous ses muscles comme pour se préparer à recevoir un coup.

— C'est moins évident que je l'aurais cru, admit Marshall.

Il effleura la nuque d'Archer, puis interrompit son geste avec un rire amer.

— Excusez-moi, reprit-il. Je devrais… je devrais peut-être proposer de vous remplacer près de ce bâtard, Davy. Je crains de devenir de plus en plus comme… lui. Dieu ! Je suis désolé.

Archer se retourna. Au cours des dernières semaines, William avait perdu du poids. Son visage, d'ordinaire acétique, était devenu anguleux, ce qui en faisait ressortir les méplats. Et le désir qu'il lut sur ses traits le frappa en plein cœur.

— Vous aussi ?

— Nous ne pouvons pas, répondit Marshall, les yeux assombris. Davy, *nous ne pouvons pas*. Cela pourrait nous détruire. Nous risquerions tous les deux d'être déshonorés et pendus pour quelques instants de plaisir.

Présenté de cette façon, il n'y avait pas matière à discussion.

— Je regrette d'avoir été à moitié endormi la première fois, chuchota Archer, d'un ton vibrant de sincérité. Si nous n'aurons jamais rien de plus, tout s'est passé trop vite.

— Inutile d'avoir des regrets. Nous ne pourrions continuer une fois revenus à bord de la *Calypso*.

Pourtant, William ne paraissait pas convaincu.

— Donc, ce serait notre dernière chance. Peut-être notre seule chance.

— Nous allons nous le reprocher.

Archer aurait voulu prendre ce visage amaigri entre ses paumes et embrasser Will pour qu'il arrête de discuter.

— Pourquoi ? Nous n'aurons jamais d'autre occasion, Will. Si nous faisions tout ce que nous voulons, tout ce qui nous passe par la tête, nous garderions au moins des souvenirs. J'aimerais en avoir quelques bons pour compenser les mauvais, mais si vous n'en avez pas envie…

— Ce n'est pas ça, Davy. J'en ai envie. Je… je vous veux tellement que cela m'effraie. Et si nous ne pouvons plus nous arrêter ?

Tandis qu'il parlait, la faible lueur qui brillait dans la cellule disparut, les nuages dissimulant le croissant de lune.

À l'aveuglette, Archer posa les doigts sur des lèvres chaudes.

— Pouvez-vous nous imaginer tomber en pâmoison sur la *Calypso* comme des jeunes filles en mal d'amour ? Moi, pas.

Marshall ferma les yeux, déchiré par son dilemme. La terreur paraissait la plus forte, ce qui était de nature à empoisonner toute passion.

Hâtivement, Archer retira la main.

— Oh, mon Dieu, Will. Je suis désolé. Si vous craignez à ce point, cela n'aurait aucune valeur.

Il déglutit avec difficulté et se rassit, le visage détourné, avec la sensation que tout son être allait se dissoudre en larmes. *Un peu de discipline ! Dissimule ce que tu ressens ! Il a raison, c'est beaucoup trop dangereux. Ne lui as-tu pas déjà causé suffisamment de tort ?* Au nom du ciel, à quoi pensait-il, d'ailleurs ? Il tentait de détourner son plus cher ami du droit…

— Je suis désolé, William, reprit-il fermement. Vous avez raison, bien sûr. Je suis désolé. Où en étions-nous ? Venez, montrez-moi cette manœuvre. Un bras autour de la gorge, et alors… ?

S'il m'étrangle par accident, au moins, tout sera fini. Cette perspective avait un certain attrait.

Il resta un long moment à attendre, incapable d'en dire davantage ou même de réfléchir, tant il était intérieurement agité et troublé. Enfin, il sentit le bras de Marshall passer autour de lui, mais au niveau des épaules, pas du cou. Ensuite vint l'autre bras. Puis la tête brune s'appuya contre la sienne, l'enfermant dans un cocon chaud et protecteur. C'était merveilleux.

Avec un soupir, Archer se détendit dans cette étreinte. Même s'il ne bénéficiait que de cette proximité, il s'en contenterait avec reconnaissance.

— Je vais prendre votre place, Davy, marmonna Marshall dans ses cheveux. La prochaine fois que ce bâtard enverra un garde de vous chercher, nous vous prétendrons malade et je vous remplacerai, en faisant semblant d'être curieux. Je suis sûr qu'il sera intéressé.

Non ! Oh, non !

— Bien sûr qu'il le sera, mais il se méfiera également. Vous n'auriez pas la moindre chance de l'approcher, William. Il a peur de vous. Il vous prendrait, je n'en doute pas, mais il vous ferait préalablement attacher par ses hommes.

Les bras se resserrèrent autour de lui.

— L'idée qu'il… *abuse…* de vous.

Archer posa les mains sur celles de Marshall.

— Will, je réussis désormais à l'oublier dès que je quitte sa cabine.

Ce n'était pas tout à fait vrai, mais ce que Will et lui avaient partagé l'autre soir donnait à Archer une perspective qui diminuait l'importance des exigences d'Adrian. Il garderait éternellement gravé en lui cet intermède, qui ne pouvait être effacé.

— Il ne compte pas, assura-t-il. Lui permettre de vous faire souffrir à ma place serait pour moi bien pire que de le supporter une dernière fois.

— J'aimerais pouvoir vous aider…

— Je ne pense pas que ce soit possible, Will. Pas dans ce cas-là. Notre meilleure chance de le prendre par surprise est que tout se passe comme il s'y attend.

Il s'écarta à regret avant d'ajouter :

— Montrez-moi à présent comment vaincre ce bâtard.

C'était le seul moyen possible. *Contrôle. Discipline.* Il ne s'agissait pas seulement de la Royal Navy. Il n'existait aucun endroit en Angleterre, ni même au monde, où deux hommes pouvaient s'étreindre ainsi, à moins que l'un d'eux soit à l'article de la mort. Les sentiments devaient être maîtrisés, bâillonnés et réduits au silence. C'était comme apprendre à ne pas tressaillir quand tonnait le canon, ou s'habituer à dormir dans un hamac et non dans un vrai lit. Finalement, la tâche serait facile.

Non, elle ne le serait jamais. Mais elle était faisable. Indispensable.

Après un grondement sourd, Marshall inspira profondément.

— Très bien, Davy. Vous passez donc votre bras autour de son cou en positionnant votre coude sous son menton, ce qui fera basculer sa tête en arrière.

Pour illustrer ses dires, il accomplit la manœuvre avec tant de douceur que son geste devenait une caresse.

— Il vous faut alors tenir votre bras droit de la main gauche, puis vous coller à lui pour qu'il ne puisse tordre le cou, verrouillez bien votre bras afin d'appuyer sur des artères qui se trouvent dans la gorge…

Il continuait à illustrer ses paroles très lentement, très doucement.

Soudain, Archer dut réprimer son instinct de hurler.

— … et maintenant, vous serrez aussi fort que possible sans relâcher votre prise quoi qu'il arrive.

Archer sentit une légère pression contre sa gorge. Son cerveau se vida.

Quand il retrouva ses esprits, il avait plaqué William contre la cloison, les mains nouées autour de son cou, sans se soucier des doigts qui tentaient d'écarter ses poignets. Les deux hommes, raidis de tension, tremblaient des pieds à la tête.

— Davy… marmonna Marshall, d'une voix rauque.

Horrifié, Archer le libérera instantanément.

— Oh, mon Dieu ! Serais-je devenu fou ?

Marshall se frotta la gorge.

— Non, répondit-il avec difficulté. Vous… avez juste… explosé.

Avec la sensation d'être un meurtrier, Archer se pencha pour frotter le dos de son ami.

— Au nom du ciel et de tous ses saints, Will, je suis désolé.

Marshall toussa, puis se mit à rire.

— Pas moi, rétorqua-t-il, d'une voix redevenue presque normale. Si j'avais encore des doutes concernant la célérité de vos réactions… J'ignore d'où vous est venue cette énergie, mais j'espère que vous en avez de bonnes réserves.

— Je ne sais pas ce qui m'a pris.

Si, il le savait. L'écœurant souvenir lui revenant brusquement, Archer essuya la sueur froide qui lui maculait le visage.

— C'était… c'était Correy… expliqua-t-il. Parfois, il s'amusait à m'étrangler. Un jour, j'ai bien failli y passer. Seigneur, il y a des années que je n'y pensais plus ! Will, j'aurais pu vous tuer !

— Ce serait peut-être mieux que vous vous entraîniez sur moi, suggéra Marshall.

— Je préfère l'éviter. Et si…

— Il nous faut être certains que cette manœuvre est efficace, Davy, et que vous pouvez l'accomplir. Vous n'aurez qu'une seule chance et nous ignorons si nous resterons ensemble pour que vous vous entraîniez. Et puis, vous êtes trop dangereux, je préfère ne plus tenter de vous agresser.

Son sourire brilla dans l'obscurité. Même s'il ne cherchait qu'à l'encourager, c'était efficace – et Archer se sentit un peu moins victime.

— Très bien. Combien de temps dois-je maintenir la prise ?

— D'après Barrow, trois minutes risquent de provoquer la mort, une fois votre adversaire inconscient. Je pense ne rien risquer si vous comptez trente secondes. Mais je préférerais un peu moins.

— Alors, disons vingt secondes. Et Will, luttez contre moi, cherchez réellement à vous libérer, car je suis sûr qu'il le fera.

— Aucun doute. Veillez à déterminer combien de temps je reste évanoui. C'est un renseignement important. Avec lui, cependant, vous n'aurez pas à vous soucier de le serrer trop longtemps, même si vous lui cassez le cou, personne ne versera de larmes sur son sort.

Marshall s'installa en tailleur dans la paille, les jambes croisées.

— Très bien, Davy. Allez-y, dès que vous vous sentez prêt.

Il leur fallut quatre tentatives pour réussir. À la première, William baissa le menton, bloquant la clé. Au deuxième essai, Archer n'avait pas correctement verrouillé ses deux mains. La troisième fois, sa prise était bonne, mais, inquiet, il n'osa pas serrer, aussi les deux amis luttèrent-ils un moment sans rien prouver. Mais la quatrième fois, frustré par ses précédents échecs, Archer cessa d'être trop prudent et suivit exactement les instructions – position des mains et du corps, serrage et pression.

Et Marshall s'amollit dans ses bras avec une soudaineté terrifiante.

XVII

— OH MON Dieu ! *Will ?*

Il lâcha le corps inerte qui glissa jusqu'au sol. Marshall ne simulait pas. S'asseyant sur ses talons, Archer le prit dans ses bras et examina son visage. Grâce au ciel, il respirait encore !

— Will, je vous en prie...

Il avait complètement oublié de maintenir la pression pendant les vingt secondes prévues. Aucune importance ! Par contre, il compta les secondes avant que Will reprenne conscience, pratiquement sans avoir à y réfléchir, car il avait l'habitude de chronométrer ses hommes pendant leurs exercices de tir pratique. Il repoussa les cheveux de William sur son front et se pencha. Ses lèvres détendues et légèrement entrouvertes étaient si proches, à quelques centimètres...

Et William était inconscient, impuissant à se défendre. Une liberté de ce genre ne s'apparentait-elle pas à un viol pur et simple ? Archer maudit son désir et s'écarta un peu.

— Réveillez-vous, Will, ce n'est pas drôle. Par pitié...

William Marshall resta inconscient pendant près de trois minutes. Tout d'un coup, il inspira profondément, cligna des paupières et ouvrit les yeux. Son regard, dans le maigre rayon de lune qui éclairait la cellule, paraissait vitreux.

— Will...?

— Je vais bien, répondit-il, sans conviction. Tête qui tourne. Migraine.

Au bout d'un moment, il parut redevenir lui-même. Il eut un sourire assorti d'un clin d'œil.

— Hé, Davy. Vous avez réussi !

Il paraissait ridiculement satisfait pour un homme qui venait d'être étranglé. Archer, qui comptait toujours, avait atteint trente-cinq secondes lorsque Marshall tenta enfin de se redresser.

— C'est parfait, Davy, insista son ami. Vous n'aurez qu'à l'assommer dès qu'il se réveillera.

Encore choqué par ce qui venait de se passer, Archer le prit par le bras et le secoua.

— Est-ce que tout va bien ? Pouvez-vous vous bouger ?

— Je ne me suis jamais senti mieux. Bien sûr que je peux bouger !

Pour le prouver, il fit rouler sa tête d'un côté à l'autre.

— Ma migraine a déjà presque disparu, constata-t-il. Incroyable !

Puis, sans avertissement, il passa la main derrière la tête d'Archer et attira vers lui son visage. Le baiser, brûlant et hésitant, fut également d'une tendresse à briser le cœur. Archer ne fit même pas semblant d'y résister.

Il finit quand même par s'écarter pour pouvoir respirer.

— Will, non… il ne faut pas… Vous l'avez dit vous-même…

Avec un sourire, William approcha les lèvres de son oreille.

— Je crois que mon cerveau – et mon bon sens – n'ont pas encore repris conscience, chuchota-t-il. Ne faisons pas trop de bruit, pour ne pas les réveiller.

— C'est trop dangereux, protesta Archer sans conviction.

— Sans doute.

Un autre baiser, juste sous l'oreille, vida l'esprit d'Archer de toute pensée cohérente.

— Davy, reprit William peu après, quand j'ai quitté la maison, il y avait une fille… elle me voulait, mais je n'ai pas osé. Je lui ai dit que je craignais de la compromettre, mais en vérité j'avais peur… je pensais revenir plus tard, couvert de gloire. Mais je l'ai perdue, l'hiver après mon départ, elle est morte de la fièvre. Depuis, j'ai toujours regretté mon indécision.

Il changea de position, libérant de son poids les genoux d'Archer, mais restant collé contre lui. Il s'accrocha d'une main à sa chemise et continua d'une voix qui tremblait :

— Quand vous n'êtes pas revenu la nuit dernière, Davy, je vous ai cru mort. J'ai consacré ma vie à la Royal Navy, sans jamais m'en plaindre. Je lui offrirai volontiers le reste de mes jours – sauf les deux prochaines heures. Vous avez raison, ce sera peut-être notre seule et unique occasion. Si l'un de nous devait mourir demain, j'aimerais que l'autre garde ces souvenirs dont vous parliez.

— Ce qui me préoccupe n'est pas ce qui risque d'arriver si nous mourons, commença Archer.

Puis une idée lui vint à l'esprit.

— Will, voudriez-vous dire que vous n'avez jamais… Je suis désolé, ma question est stupide.

— Non, je n'ai jamais… jusqu'à l'autre nuit. Je suis fils de vicaire, vous vous en souvenez ? Un modèle de bienséance, le fils parfait dont rêve toute mère, le parfait petit officier et gentleman au sang de glace.

Il posa son front contre la tempe d'Archer et reprit :

— Alors, quand vous proposiez que nous fassions tout ce qui nous passait par la tête, je crains de devoir me fier à votre imagination. Personnellement, j'aimerais répéter l'autre nuit. Plus lentement.

Il posa la main sur son visage, le caressant doucement, puis le tournant jusqu'à ce que leurs lèvres se touchent. Archer s'offrit à ce baiser et nota que, pour un novice, William apprenait très vite. Ses caresses délicates le long de son dos laissaient dans leur sillage des frissons exquis.

— Si vous en avez toujours envie… ajouta Will.

'Envie' était un mot bien trop faible pour exprimer ce qu'Archer ressentait. Il prit William dans ses bras et le serra très fort, l'esprit déjà embrumé par tout ce qu'il avait envie de faire avec lui.

Tout ce qu'Adrian lui avait fait découvrir. En tout cas, tout ce qui n'était pas douloureux.

À William ?

Il voulait faire de son ami bien-aimé un sodomite ! Un paria. Le condamner à vivre sous la menace permanente de la disgrâce et de la peine de mort. *Non, je veux simplement l'aimer…*

C'était exactement la même chose.

Et Will était vierge, pour l'amour de Dieu. *Je l'ai déjà corrompu.*

Avec un gémissement, Archer s'arracha des bras de William malgré les vives protestations de son corps frustré.

— Nous ne pouvons pas. Will, nous ne pouvons pas ! Je… je n'aurais jamais dû le suggérer. Je suis devenu exactement comme ce bâtard…

— Impossible. Davy, vous aviez raison. Le lieutenant Hampton n'avait rien d'un démon. Vous ne l'êtes pas non plus. Ni moi. Pourtant, je peux comprendre pourquoi ceci est interdit.

Il caressa la joue d'Archer du bout des doigts et, du pouce, effleura ses lèvres.

— Personne ne penserait plus à se marier, chuchota-t-il. Et s'il n'y a plus d'enfants, où trouver les hommes à envoyer au combat ? Impossible également de le permettre sur un navire de guerre, ce serait encore pire que d'avoir les femmes à bord.

Archer aurait voulu se laisser convaincre, mais il ne pouvait se le permettre.

— Ce n'est pas davantage permis hors d'un navire, Will. Avez-vous oublié ce qu'en dit la Bible ?

— La Bible dit : 'tu ne tueras point', Davy. Avez-vous oublié quel est notre rôle dans la vie ? Le monde n'hésite pas à oublier ce que dit la Bible quand cela l'arrange. Dieu existe peut-être, mais il y a bien longtemps que j'ai cessé de croire à la religion, sauf à son utilité pour discipliner les masses… Voilà pourquoi je n'ai jamais envisagé de suivre les traces de mon père. Pardonnez-moi si je blasphème, mais Dieu a sans doute un sens de l'humour particulièrement pervers. Voyez un peu la façon dont les chrétiens de France et d'Angleterre se battent les uns contre les autres !

Jamais, dans ses rêves les plus fous, Archer n'aurait pu imaginer une discussion théologique aussi peu conventionnelle. D'un autre côté, il n'était pas étonnant que Marshall, intelligent et obstiné, trouve des arguments inattendus pour défendre son point de vue, une fois qu'il avait un objectif en tête. Archer aurait sans doute rétorqué plus facilement si son ami n'avait pas été aussi proche, si ses mains n'étaient pas aussi chaudes.

Son silence contraint attira l'attention de William.

— Davy ? C'est… c'est bien ce que vous voulez également, n'est-ce pas ? Pour une fois seulement, et ce qui se passe dans cette cellule ne quittera pas ces murs…

Archer, déjà plus ou moins convaincu que sa carrière était terminée, fut tenté d'acquiescer. Mais il avait déjà créé tant de dégâts…

Marshall s'écarta légèrement, ses mains retombant sur le côté.

— Je suis désolé, Davy, chuchota-t-il. Ce doit être terrible pour vous. Je ne veux pas aggraver votre situation. C'est à vous d'en décider.

Il s'éloigna davantage, emportant sa chaleur avec lui. Une perte si douloureuse qu'Archer faillit en hurler.

— Davy, insista Marshall, vous devez vous décider rapidement. Nous n'avons qu'une heure ou deux avant l'aube et, demain soir, il est possible que nous ayons déjà échappé à ce foutu rafiot.

Archer était piégé dans l'agonie de l'indécision.

— Je ne veux pas être comme lui, murmura-t-il. Je ne veux pas vous causer du tort.

— Vous n'êtes pas comme lui. Vous ne le serez jamais, c'est impossible. Il a abusé de vous, par la force, contre votre volonté. Avec moi, vous êtes libre de faire ce que vous voulez. Voilà la différence.

Marshall lui renvoyait ses propres paroles.

— Mais…

— Mais, coupa Marshall, il vous faut faire un choix. Je ne veux pas non plus vous causer du tort, Davy. Je vous…

Il semblait avoir du mal à prononcer le mot suivant. Il se racla la gorge et enchaîna :

— … je vous aime quoi que vous décidiez. Soyez bien certain que notre amitié perdurera.

Cette fois, Archer ne put résister davantage – l'effort était au-delà de sa volonté. Il fut attiré comme par un aimant. Ils fondirent l'un dans l'autre comme les deux moitiés d'un tout. À présent, il faisait trop sombre dans la cellule pour qu'ils puissent se voir, ce qui leur rendit les choses plus faciles.

Archer s'agenouilla pour aider William à retirer sa chemise, la sienne glissant également. Puis Will déposa une pluie de baisers sur sa clavicule, ses doigts parcourant en même temps son dos. Après le calvaire d'avoir été soumis à des attentions forcées, à tenter de ne rien ressentir aux mains du pirate, Archer fut rapidement dépassé par l'émotion.

— Attendez…

— Qu'est-ce qui ne va pas ? s'étonna William.

— Rien. Rien. C'est juste… Doucement, Will. Laissez-moi vous montrer…

Il trouvait étrange d'entendre ces mots dans sa bouche, encore plus étrange d'être le plus expérimenté. C'était bien la première fois que cela lui arrivait ! Même durant sa brève et désastreuse liaison avec une jeune femme, avant de rejoindre la Royal Navy, elle avait eu plus d'expérience que lui.

— Très bien.

William roula sur dos, lui laissant l'initiative. Il répondit avec enthousiasme à son baiser. Archer fit glisser ses lèvres le long de la gorge, la clavicule, puis il remonta boire à sa bouche ses halètements de plaisir…

— Votre peau a un goût salé, Will. Le goût de la mer.

— Davy ? Puis-je également vous toucher ? chuchota William, hésitant.

Archer trouva merveilleux d'avoir son mot à dire. Il sourit contre la peau de son amant.

— Volontiers. Faites-le.

Il ponctua d'un baiser chacune de ses paroles. Puis il perdit le souffle en sentant les mains chaudes parcourir ses flancs, sa poitrine, s'attarder sur ses mamelons érigés.

— Vous aimez ?

En guise de réponse, Archer se remit à l'embrasser, glissa le long de son corps, trouva un sein et s'y attaqua de la langue. William referma les doigts dans ses cheveux. Archer passa à l'autre côté, laissant son poids peser sur Will, qui se cambra pour accentuer la friction.

Lorsqu'Archer releva la tête, il s'agrippa d'une main à la hanche de Will, l'autre lui caressant le ventre. Tout contre les lèvres entrouvertes, il chuchota d'un ton taquin :

— Vous aimez ?

— Oh, Dieu...

Archer posa les doigts sur la braguette de William et sentit un mouvement sous le tissu.

— Vous êtes mon lieutenant, mon supérieur. Vous n'avez pas à vous mettre au garde-à-vous.

Will gloussa, un son ridicule qui ne correspondait pas à son sérieux habituel. Puis il enserra Archer dans une étreinte féroce et lui mordilla l'oreille.

— Idiot ! À cause de vous, chaque fois que je verrai un subalterne au garde-à-vous, j'évoquerai désormais...

Archer aurait cru que l'humour dissipe la passion, mais au contraire. Une pluie de baisers rapides entrecoupés d'éclats de rire ne fit que l'enflammer. Pendant un moment, chacun oublia lequel des deux prenait l'initiative, lequel se soumettait. Étendus l'un contre l'autre, ils se découvraient à pleines mains. Leurs culottes disparurent comme par magie. Loin de se sentir vulnérable, Archer était en parfaite sécurité. Un contraste d'autant plus étrange avec ce qu'il avait déjà vécu – tout était question de libre arbitre. Aucune peur cette fois, ni douleur ni humiliation. C'était comme si les caresses de William le purifiaient d'autres contacts non désirés. Un feu de Saint-Elme pétillait sur tout son corps, de haut en bas, devenant de plus en plus intense. Jusqu'au moment où...

— Will, seriez-vous aussi... ?

— Oh, oui !

Une brève lutte s'ensuivit, plutôt frustrante, tandis que Marshall tentait de le hisser au-dessus de lui. À sa grande surprise, Archer découvrit qu'il ne le souhaitait pas. Il préférait rester en dessous, il se sentait protégé, à l'abri du monde entier, dans ce cocon réconfortant.

— Will, je vous en prie...

— Davy – êtes-vous sûr ?

— Oui... oh, morbleu, venez !

Il serra Will contre lui. Leurs corps ne s'accordaient pas tout à fait, mais leurs différences étaient sans importance. Will enroula ses longues jambes autour des siennes et très vite, ils trouvèrent leur rythme. Peu après, à part se souvenir de devoir rester silencieux, Archer ne pensait plus à rien.

XVIII

QUAND SA respiration se calma, Archer écarta une mèche des cheveux noirs de William, qu'il fit passer derrière son oreille pour chuchoter :

— Était-ce ce que vous imaginiez ?

— Oh, Dieu !

Il roula sur le côté, le bras toujours sous la tête d'Archer, servant d'oreiller.

— Oh, Dieu ! répéta-t-il. Je n'aurais jamais la force de passer par ce hublot ni de grimper. Comment les gens arrivent-ils à... faire cela... de façon régulière ?

Archer s'étira, savourant le bien-être qu'il ressentait. La chaleur corporelle de William semblait avoir fait fondre toute la glace enserrant son âme.

— De très bon cœur, je pense.

Il embrassa une épaule qui se trouvait à portée de ses lèvres et en huma le délicieux parfum. Il lui était déjà arrivé de partager une cabine avec William, mais il ne se souvenait pas de cette fragrance. Quelle idée folle ! Jamais il n'avait été aussi proche de son ami – et certainement pas de cette façon.

Marshall continuait à réfléchir.

— Voilà sans doute une autre bonne raison de toujours garder l'équipage occupé, déclara-t-il d'un ton pensif. Le sexe réclame de l'énergie.

William avait beau affirmer que ce moment leur appartenait, pour une fois, une partie de lui-même restait concentrée sur son travail de lieutenant, de meneur d'hommes. Archer réprima un éclat de rire et se dégagea le temps de retrouver la serviette de table, désormais en lambeaux. Il la plongea dans le seau de toilette pour se nettoyer, puis la rinça avec soin.

— Attention, Will, l'eau est froide. Non, laissez- moi m'occuper de vous.

Il s'activa donc, bien plus longtemps que nécessaire et avec un très grand soin, évitant les endroits chatouilleux, s'attardant sur d'autres. Quand il eut terminé, il se trouva plus ou moins étendu sur William et commença à remarquer que son ami répondait physiquement à ses caresses.

— Je ne le pensais pas capable de se ranimer si vite, remarqua Marshall.

Ses mains glissèrent sur l'estomac Archer, avant de s'immobiliser un peu plus bas, tandis que ses doigts exploraient avec une telle douceur que c'en était presque un chatouillis. Presque.

— Auriez-vous d'autres projets ? chuchota Marshall.

Archer faillit ne pas pouvoir répondre. Penser de façon cohérente l'obligeait à lutter contre son plaisir.

— Oui. Pensez-vous que nous en avons le temps ?

Les doigts de William se refermèrent doucement sur leur objectif.

— La huitième cloche a sonné il n'y a pas longtemps. Nous avons un moment devant nous. Que dois-je faire ?

Dieu merci, William restait attentif ! pensa Archer. A posteriori, il réalisa qu'une troupe aurait pu défiler devant la porte sans qu'il la remarque. Ni naguère ni maintenant.

— Rien de particulier. Ou bien tout ce que vous voulez. Dites-moi si quelque chose ne vous plaît pas.

À contrecœur, il écarta de lui la main de William pour déposer une pluie de baisers le long de son corps, commençant par la gorge et laissant ses mains glisser lentement, avec des mouvements circulaires. Will apprécierait. Archer n'avait jamais rien connu d'aussi excitant. Même venant d'un être aussi odieux et méprisable qu'Adrian, elles avaient brisé son contrôle, le fracassant complètement. Il avait réussi à bloquer tout le reste. Mais quand le bâtard avait tenté de le convaincre de lui rendre ses caresses, son corps s'était rebellé.

Alors pourquoi le faisait-il à présent – et à un homme auquel il tenait ?

C'est différent. Justement parce qu'il tenait à William. Parce qu'il n'avait pas peur et qu'il n'était ni engourdi ni drogué. Il aimait pouvoir offrir ces attentions de son plein gré et savourait le souffle erratique de William qui s'efforçait de ne pas faire de bruit. Le ventre plat frissonna lorsqu'Archer en titilla le nombril de sa langue, ses doigts remontant le long d'une cuisse pour s'emparer du sexe et des bourses qui pesèrent au creux de sa paume.

— Davy, que… ?

Un cri s'étouffa dans sa gorge au moment où Archer le prit dans sa bouche. Le corps de William se souleva comme la houle de l'océan en pleine mer.

— Non ! souffla-t-il. C'est trop… Oh – mon – Dieu !

Les mains qui avaient tenté de le repousser s'accrochèrent au contraire à sa tête pour le maintenir en place, les doigts se crispèrent dans ses cheveux, sans brutalité. D'ailleurs, très vite, ils glissèrent pour atteindre sa nuque et caresser doucement la ligne de ses épaules.

Archer surfa sur la vague jusqu'à l'apothéose finale, absorbé dans les sensations qu'il provoquait et ressentait, la chaleur du moment, la douceur du membre, sa brûlante odeur musquée. Il se délectait de la réponse de William et ne pensa pas une seconde à s'écarter, même lorsque le corps étendu sous lui durcit et se cambra, agité de longs spasmes avant de retomber, détendu. William poussa un long et profond soupir. Davy le libéra et s'étendit contre lui, la joue posée contre la peau chaude et lisse.

William s'agita sous lui et glissa plus bas, les mains baladeuses, les lèvres pressées sur sa cuisse. Il referma les doigts sur lui et osa quelques caresses d'une langue timide – *oh, non, il ne faut pas, je ne peux pas le laisser...*

— William, non, vous n'êtes pas obligé de...

Son ami écarta les mains qui cherchaient à le retenir.

— Davy, j'ai trouvé vos caresses merveilleuses. Vous n'aimez pas ?

— Si, bien sûr, mais...

Archer avait la vague impression qu'il ne les méritait pas et qu'il ne devrait pas demander... mais il avait rien demandé, n'est-ce pas ? Et s'il avait aimé offrir à Will...

— Je... je n'ai jamais pensé que vous deviez...

— Chut.

Un souffle d'air frais le faisant frissonner, Archer se soumit à William et laissa ses mains retomber sur le côté. Puis il fut emporté par un plaisir si bouleversant qu'il ne put que ressentir. L'heure n'était plus à la résistance ou au déni. Il trouvait presque insupportable d'affronter de plein fouet une jouissance aussi intense, mais envisager d'en perdre une seule minute lui était encore pire. À l'aveuglette, il tendit la main et frotta son visage contre des cuisses aux muscles durs, embrassant tout ce qu'il pouvait atteindre tandis que sa respiration rauque refroidissant la peau humide. Il fut un peu surpris de réaliser que William réagissait à nouveau avec vigueur.

Encore une fois et ce serait la dernière. Avec une urgence soudaine, Archer se pencha pour empoigner William par les cheveux, l'incitant à se redresser, malgré les exigences de son corps. Il voulait l'embrasser.

— Davy, que... ?

— S'il vous plaît.

Il se jeta sur ses lèvres qu'il dévora avec passion. Il voulait se remémorer chaque détail et tous les graver dans son âme.

— Nous avons si peu de temps... chuchota-t-il. Je vous veux comme cela.

William le prit dans ses bras et se laissa retomber sur la toile de leur couchette.

Une dernière fois. Y avait-il autre chose que William pouvait ne pas avoir réclamé ? William, si bon, si altruiste, n'était pas du genre à se montrer exigeant.

— Will…

— Mmm ?

Marshall reprit sa bouche, sa langue la pénétrant doucement. C'était des plus troublant et, pendant de longues et glorieuses minutes, Archer en perdit toute pensée cohérente. Puis, sur un dernier baiser, il s'écarta enfin. Il voulait se donner à William, mais… et si son offre révulsait son ami ?

Il lui fallait bien mesurer ses paroles…

— Voudriez-vous… Voudriez-vous me prendre… me pénétrer ?

Les mains qui lui caressaient le dos s'immobilisèrent.

— Serait-ce ce que vous voulez ?

Archer avait déjà reçu tout ce qu'il voulait, et plus encore.

— Et vous ?

William l'embrassa sur la gorge, à l'endroit des meurtrissures encore noires et bleues, puis il remonta jusqu'à son oreille où il murmura :

— Non, Davy. Pas vraiment.

Ses mains reprirent leurs doux mouvements jusqu'à la taille, où elles s'accrochèrent pour rapprocher leurs deux corps. Puis, abandonnant sa prise, William posa la main sur sa joue. Malgré l'obscurité, Archer vit presque son ami le scruter pour tenter de déchiffrer son expression

— Si vous y tenez vraiment, je peux essayer, reprit Will. Mais… Est-ce douloureux ? Je le crains.

Ému par une telle compassion, Archer dut cligner des yeux pour retenir des larmes soudaines.

— Oui… Parfois. Cela a pu l'être. Avant. Mais je pense que tout se passerait bien si vous alliez doucement.

— Davy, non !

Will sentit ses joues s'humidifier. Il essuya ses larmes du bout des doigts.

— Tout… tout va bien, Will. Je vous assure. C'est sans importance. Je n'ai jamais été… avec… avec un homme qui se soucie que ce soit douloureux ou pas.

— Eh bien, je ne suis pas comme cela. C'est important pour moi.

Une fois de plus, il trouva les lèvres d'Archer qu'il l'embrassa avec tendresse, puis il s'attaqua à sa gorge.

— Davy, comment pouvez-vous penser que j'apprécierais un acte qui vous soit douloureux ? Ceci est tellement bon que je ne pense pas pouvoir en supporter davantage. Merci cependant de l'avoir proposé.

Il caressa la poitrine d'Archer, ses doigts dessinant des cercles autour des mamelons, ce qui envoya des étincelles à travers son corps.

— Mais, si cela ne vous dérange pas, j'aimerais tenter quelque chose.

— Tout ce que vous voulez, souffla Archer, hors d'haleine.

— Nous avons encore un peu de temps. Laissez-moi…

Will semblait à court de mots. Il reprit quelques secondes plus tard :

— Laissez-moi vous rendre ce que vous m'avez fait. À moins que cela ne vous rappelle …

Archer l'interrompit en lui tirant les cheveux avant de poser sa bouche sur la sienne. Lorsque le baiser cessa, il affirma d'une voix ferme :

— Avec vous, rien ne me rappelle un autre. Ne prononcez pas son nom. Faites de moi… ce que vous voulez.

Tout en parlant, il ressentit un petit pincement d'appréhension, mais celui-ci disparut très vite aux premières caresses de William, minutieuses, légères, et Archer ne pensa plus qu'à son anticipation. Des lèvres se posèrent sur lui, un peu partout. Hébété, il se demanda vaguement si son amant n'avait pas retenu la cartographie de ses ecchymoses parce qu'il semblait décidé à les couvrir de baisers. *Un baiser et tu vas guérir*, disait autrefois sa mère.

Il gloussa. William s'interrompit immédiatement.

— Chatouilleux ?

— Non. Juste heureux. C'est merveilleux !

Il passa les doigts dans les cheveux de William, tout ébouriffés, raidis du sel que les embruns pulvérisaient par le hublot. Aucun des deux lieutenants ne ressemblait sans doute à l'image traditionnelle d'un officier et d'un gentleman, mais dans l'obscurité, c'était sans importance. La nuit leur offrait une certaine liberté. Sans rien voir, ils dépendaient de leurs autres sens : l'odorat, le goût, l'ouïe et surtout le toucher. Des sensations coulaient sur Archer jusqu'à en devenir presque intolérables. Au même moment, William remonta pour le serrer à nouveau dans ses bras. Leurs lèvres se rencontrèrent comme la première fois, mais en mieux – chacun ne craignant plus ce que l'autre pourrait faire ou dire. Il n'existait plus d'incertitude, juste de la passion partagée.

Ils ondulèrent ensemble, sans urgence, dans une lente et douce harmonie qui était déjà presque une séparation, car elle évoquait les derniers jours d'été juste avant que la pluie automnale recommence à tomber. Archer baissa tous ses remparts et se laissa emporter par ses sentiments comme la *Calypso* par le roulis, sautant d'une vague à l'autre. Jamais il n'avait connu cela, même autrefois, lors de ses insouciantes amours avec Marie Belle, bien des années plus tôt, avant que la douleur endurée sous des mains brutales n'ait brisé sa coquille. De toutes les fibres de son corps, il sentait Will bouger contre lui et, quand tous deux trouvèrent l'orgasme, ce fut comme si son être était traversé d'un éclair de lumière qui le laissa tout frissonnant de plaisir.

Lorsqu'Archer rouvrit les yeux, il s'attendait presque à trouver la cellule illuminée par la sensation qui persistait en lui, mais non, il faisait encore nuit.

Pas pour longtemps, d'ailleurs.

Will le serra très fort, puis soupira.

— Nous ne pouvons vraiment pas risquer davantage, Davy.

Il lui offrit un dernier baiser d'amant. Archer s'accrocha à lui, étirant le moment autant qu'il le pouvait tout en réalisant, avec un pincement au cœur, que cet intermède devrait lui durer tout le reste de sa vie.

Ils finirent par se séparer et Will l'embrassa chastement sur le front.

— Nous devrions nous rhabiller à présent.

— Je sais.

Archer inspira profondément en se demandant s'il réussirait à conserver le souvenir de ce parfum.

— Will… reprit-il. Je vous remercie.

— Vous savez, je peux réellement vous répondre que tout le plaisir a été pour moi.

— Oh, non !

À contrecœur, Archer s'écarta. Il découvrit alors être épuisé au point qu'il avait de la difficulté à tenir assis. Il récupéra la serviette, se nettoya et enfila péniblement ses vêtements.

— Nous avons beaucoup à faire ce soir, remarqua-t-il. Nous devrions passer la journée à dor… mir.

Le dernier mot fut interrompu par un prodigieux bâillement.

— Oui. Reposez-vous, Davy. Je vais attendre qu'il fasse jour afin de m'assurer que nous n'avons pas laissé de traces révélatrices.

— Merci. J'ignore pourquoi je suis tellement fatigué.

En plus, il avait froid. Il prit sa veste et la posa sur lui en guise de couverture, s'organisant un oreiller avec de la paille supplémentaire.

— Bonne nuit, Will. Ou plutôt bonjour…

— Dormez bien, Davy.

Archer ferma les yeux et glissa instantanément dans un sommeil si profond qu'aucun rêve ne vint le troubler.

MARSHALL S'ASSIT, dos au mur, et essaya de mettre de l'ordre dans ses pensées. Il n'avait jamais imaginé son corps capable de ressentir un plaisir aussi intense, sinon il se serait adonné plus tôt à de telles l'activité. D'ailleurs, il ne ressentait pas de culpabilité, même a posteriori. Il était parfaitement en phase avec lui-même, de la tête aux pieds. Leur comportement avait été dangereux – Davy et lui ne pourraient ni admettre ce qu'ils avaient fait ni se risquer à recommencer – mais ils n'avaient commis aucun mal. Quoi que puisse en dire le monde, un tel bonheur ne pouvait être un péché. Marshall s'inquiétait seulement d'être découvert, mais c'était peu probable.

Il restait sidéré de s'être autorisé à agir comme il l'avait fait – comme ils l'avaient fait. En vérité, Davy avait dit vrai l'autre soir : rien ne serait probablement arrivé sans ces circonstances particulières. Ces circonstances... et une vision – un moment de clairvoyance, une certitude alors qu'il perdait conscience en étant étranglé par Davy. Pendant un bref instant, il avait vu ce que leur réservait l'avenir, ou du moins, un des futurs possibles : Davy étendu sur le gaillard avant du navire, immobile, les yeux fermés. Mort ? Peut-être.

Il ne s'agissait pas d'un excès d'imagination. Marshall avait de tels éclairs de prescience, rares, mais toujours exacts. Il tenait ce don de sa grand-mère irlandaise, qui l'avait également possédé. Elle l'en avait averti. Il n'en était pas reconnaissant et ne considérait pas ce talent comme un 'don'. Sa première vision avait eu lieu lorsque sa mère s'était alitée, pour la naissance de sa petite sœur. La parturiente et le bébé étaient décédés en moins d'une semaine. Plus récemment, au cours d'une bataille, Marshall avait vu en rêve deux de ses canonniers, sans visage. Il avait oublié sa vision au réveil, sans en réaliser la signification avant qu'un boulet français emporte le bastingage de la *Calypso* et envoie les deux hommes dans l'éternité.

Alors, que penser concernant Davy ? La situation était-elle à présent différente ? Avait-il rendu à son ami si cher la volonté de vivre, contrebalançant son désespoir impuissant vis-à-vis de l'avenir ? Ou avait-il aggravé les choses, en éveillant en lui un désir impossible à réaliser ? Marshall avait beau essayer, il ne pouvait forcer ses visions. Son don – qu'il soit bénédiction ou malédiction – n'en faisait qu'à sa tête.

Eh bien, Marshall avait fait ce qu'il pouvait. Et sans que cela soit pour lui un sacrifice. S'il avait offert du plaisir à Davy, il en avait reçu au centuple.

Si tous deux survivaient au lendemain, cet épisode deviendrait pour eux un rêve étrange et merveilleux, destiné à être gardé secret à leur retour sur la *Calypso*. Et s'ils mouraient, rien n'aurait plus d'importance.

Si un seul d'entre eux survivait ?

Si Davy disparaissait, si c'était ce que sa vision annonçait, ce serait la pire douleur que Marshall ait jamais connue – mais il lui serait au moins épargné la culpabilité et le regret qu'il aurait ressenti d'avoir laissé Davy disparaître dans le néant sans lui exprimer son amour pour lui. *Et si je meurs, je présume que je découvrirai si l'enfer existe vraiment.* Voilà qui semblait couvrir toutes les éventualités.

Il entendit un faible écho des deux coups de la cloche du navire. Cinq heures du matin. Le soleil n'allait pas tarder à se lever et, avec un peu de chance, ils recevraient un petit déjeuner d'ici une heure ou deux.

Peu à peu, le ciel s'éclaira à l'extérieur et la lumière pénétra dans la cellule, suffisante pour que Marshall puisse vérifier qu'il n'y avait aucune trace de leurs ébats. Il récupéra la serviette et la rinça avant de la cacher dans la paille. Rien d'autre – niveau odeur ? Il se souvint de l'odeur forte des ponts du *Titan* lorsque les prétendues 'épouses' rendaient visite aux marins à bord. Il ne sentait rien de particulier, mais, par précaution, il tint ouvert une minute durant le couvercle du seau hygiénique. Une forte odeur d'ammoniaque envahit la cellule. En s'évaporant, elle emporterait tout autre relent.

Il se sentait somnolent, mais il craignait de s'étendre à côté d'Archer. La cellule ne faisait qu'un mètre quatre-vingt de large et leurs deux couchettes de fortune étaient trop proches l'une de l'autre. Il risquait de rouler dans son sommeil et de prendre dans ses bras le corps chaud et confiant de Davy. Ce serait si bon… mais il n'osait en courir le risque. Désormais, il lui faudrait trouver une excuse pour ne pas s'endormir à côté d'Archer, du moins pas avant que ses sentiments aient disparu. Il trouverait bien un prétexte sensé, par exemple monter la garde. D'ailleurs, dans le contexte, ce serait aussi bien. Il s'installa dans le coin de la porte, à côté des seaux d'eau, appuya sa tête contre le mur et ferma les yeux.

XIX

Journal du capitaine, HMS Artémis *(entrée complémentaire, service détaché, HMS* Calypso, *en réparation, Portsmouth.)*
Lieutenant-commandant Anthony Drinkwater
29 juillet 1799

TORBAY, *BEAU temps et bon vent. Avons rencontré deux navires depuis le départ (le HMS* Sophia *et le HMS* Polychrest*), et les avons informés de la situation. Aucun signe du* Morven *jusqu'ici.*

— HÉ ! VOUS ! Où est passé l'autre ?

Archer ouvrit les yeux en entendant cette question. Un garde le regardait à travers les barreaux de la porte, les sourcils froncés au-dessus de son masque.

— Quel… ? Oh. Juste là.

Il désigna du doigt William, affalé contre le mur, qui paraissait dormir à poings fermés.

Le garde afficha un air encore plus féroce.

— Il est malade ?

— Non, je ne pense pas. William ?

Déjà, Marshall secouait la tête et ouvrait les yeux. Il vit le gardien et comprit la nature du problème, aussi se déplaça-t-il jusqu'à un endroit où il était visible.

— Je me suis assoupi, dit-il. Désolé.

— Restez où je peux vous voir, marmonna le garde d'un ton sec.

Il fit glisser un plateau sous la porte : du gruau – encore – des biscuits et des pommes.

Marshall hocha la tête.

— Oui. Merci.

Les deux amis partagèrent la nourriture et mangèrent en silence. De temps à autre, Archer levait les yeux et il esquissa même un demi-sourire, un peu moqueur, qui disparut très vite. Étrange, mais la lumière du jour avait transformé William. Distant et impassible, il était bien différent de l'amant ardent de la nuit.

Archer finit par exprimer ce qu'il pensait :

— C'est bizarre, n'est-ce pas ? Comme un rêve... ou plutôt le souvenir d'un rêve.

Marshall avala la dernière cuillère de son porridge

— Oui, répondit-il sobrement. Voilà probablement la meilleure façon d'y penser.

Archer posa la question qu'il regrettait déjà d'énoncer à haute voix.

— Le regrettez-vous ?

Leurs yeux se rencontrèrent. Dans le regard brun, Archer lut brièvement une douce émotion.

— Non. Jamais. Mais il nous faut prendre de la distance, Davy. À l'heure actuelle, nous ne pouvons nous permettre une distraction de ce genre.

— Effectivement, vous avez raison.

Il vida son bol et poussa les plats à l'extérieur de la cellule. Peu après, le plateau fut débarrassé.

Marshall reprit en chuchotant, par précaution :

— Nous devons envisager notre prochaine étape...

Il s'exprima d'une voix normale pour évoquer la meilleure façon d'aider la *Calypso* à traverser un détroit pendant un orage avec des vents variables. Sous le couvert de cette discussion, les deux amis, avec des fétus de paille, dessinèrent un plan d'action pour l'attaque de la nuit suivante. Quand ce fut terminé, Archer commençait à croire qu'ils avaient une véritable chance de sortir de cette galère.

— Vous avez le don de remonter le moral des troupes, William. Vous auriez fait un merveilleux médecin.

William secoua la tête avec un sourire.

— Non, je ne crois pas. Je respectais notre médecin local, c'était un homme bon, mais jamais je n'aurais pu étudier avec lui. Je trouve trop difficile de ne fréquenter que des malades – ne riez pas ! Je déteste tout particulièrement de voir souffrir les enfants. Et puis, c'est aussi une question d'argent. Un médecin, tout comme un révérend, ne gagne pas grand-chose. Bien sûr, je n'espère pas devenir riche, mais ce serait agréable d'entrer dans une auberge, comme nous l'avons fait avec le capitaine, et de commander ce qui me plaît sans devoir compter mes sous.

189

Maintenant que je suis lieutenant, je toucherai à vie une demi-solde, même si je quitte le service actif, ce que j'espère bien ne jamais devoir faire.

Archer n'avait jamais eu à se soucier d'argent. Il avait vécu une enfance aisée, ses besoins matériels satisfaits. Actuellement, son père continuait à lui envoyer cinquante livres par an pour ses frais, ayant promis de continuer jusqu'à ce que son fils devienne lieutenant. Ensuite, Archer se débrouillerait seul, bien entendu – un homme ne pouvait agir autrement, n'est-ce pas ? Même s'il rencontrait un jour une période de pénurie, il n'aurait jamais à s'inquiéter de son prochain repas.

— Eh bien, il est rare de devenir riche dans la Royal Navy – le capitaine Smith et quelques autres étant l'exception à la règle, bien sûr. Je présume que nous espérons tous être aussi chanceux qu'eux.

— Nous avons déjà la chance d'être encore en vie. Dites-moi, Davy, pourquoi avez-vous choisi de vous engager dans la Royal Navy ? Par tradition familiale ?

Un an plus tôt, à la même question, Archer se serait contenté d'évoquer un désir d'aventure avant de changer de sujet. Mais la vieille blessure avait cicatrisé. A posteriori, ses mésaventures devenaient même presque comiques.

— C'était une échappatoire.

— Pardon ? Qui vouliez-vous fuir ?

— Vous souvenez-vous qu'un jour, je vous ai avoué passer l'essentiel de mon temps à Drury Lane ?

— Oui, acquiesça Marshall.

— Eh bien, je connaissais une fille, une actrice…

Mary Belle Blossom. Ou Maribel, ou Mariabella, en fonction de la pièce dans laquelle elle jouait. D'un jour à l'autre, elle changeait de nom en fonction de ses costumes et de son personnage.

— … elle était alors la doublure de la Siddons, qui jouait Cléopâtre, même si elle avait également un petit rôle dans la pièce, celui d'une servante. Elle devait être prête à reprendre le rôle principal en cas de besoin. Ensemble, nous passions des heures…

Il retint de justesse ce qu'il s'apprêtait à dire : '*au lit*'. Un gentleman ne pouvait révéler ce genre de détails.

— … à répéter le texte de Cléopâtre. Aujourd'hui encore, je pourrais vous réciter toute la pièce. Je n'avais que quinze ans, elle était mon aînée de deux ou trois ans.

Elle était jolie, intelligente et animée ; lui était fasciné, épris et tout à fait débordé par ce sentiment.

— Nous étions… Devenu adulte, j'ai compris qu'il s'agissait d'une passade, mais à l'époque… Seigneur, j'étais convaincu que le soleil tournait autour d'elle ! Après quelques semaines, je la demandai en mariage. Elle m'a répondu de ne pas être ridicule. Je suis rentré chez moi pour parler à mon père.

En évoquant cet épisode, il soupira lourdement.

— Je présume qu'il n'a pas approuvé vos projets ?

— Ce fut comme se trouver sur le pont du *Titan* au milieu d'une bordée de canon. Il m'a traité de tous les noms – usant de termes que je n'avais jamais entendus – en menaçant de me déshériter… L'entrevue a été plutôt pénible. Le lendemain, il m'a informé avoir écrit à l'officier commandant le régiment de mon frère. Il voulait s'assurer que j'y serais accepté.

— S'agirait-il de votre frère terrible ? demanda Marshall.

— Bien sûr. J'aurais presque préféré m'engager sur ce rafiot pirate plutôt qu'être enrôlé dans le même régiment que Ronald. Alors je me suis confié à mon oncle John, qui, quelques années plus tôt, avait servi sous les ordres du capitaine Cooper, et j'ai prétendu préférer la Marine à l'Armée – ce qui était vrai, ce jour-là. Il a réussi à me faire enrôler sur le *Titan*.

— Votre père était-il en colère ?

Archer se mit à rire.

— Non, au contraire. Il m'a surpris. Il était ravi de mon initiative – surtout parce que, une fois marin, j'aurais peu de chance de revoir ma dulcinée. Mon père disait que la Royal Navy saurait faire de moi un homme.

Ah, la vie avait de ces ironies !

— Mieux vaut ne rien ajouter, reprit Archer. Pourtant, j'ai eu une dernière entrevue avec la jeune fille en question.

— Auriez-vous reçu une autre bordée de canon ? demanda Marshall avec empathie.

— Non, pas vraiment. Bien que mon orgueil en ait pris pour son grade. Je lui ai annoncé mon engagement en lui proposant de nous marier le jour même, car je devais bientôt rejoindre mon navire. Elle a refusé.

— Quoi ?

— Je n'arrivais pas y croire non plus, surtout après tout ce que mon père m'avait dit concernant la vénalité des actrices. Mais cette fille savait

191

exactement ce qu'elle voulait. Elle m'a dit que ma famille ne l'accepterait jamais et ne lui permettrait pas de continuer à jouer. Et puis, elle voulait un mari qui lui tienne chaud la nuit, pas 'un marin buriné par le vent et le sel qui ne rentre à la maison que pour lui faire un enfant, avant de réembarquer pour aller se noyer une fois par an'.

À dire vrai, Marie Belle n'avait pas été aussi brutale. Très gentiment, elle lui avait assuré que, gentil et mignon comme il l'était, Archer aurait toutes les filles à ses pieds à chaque permission. À l'époque, cela n'avait guère été une consolation.

— Lui avez-vous expliqué qu'il est impossible de se noyer chaque année ? s'enquit Marshall.

— Là n'était pas mon problème. Elle s'est montrée très généreuse. Après tout, je lui avais proposé le mariage en bonne et due forme. La situation aurait pu devenir très pénible. Seigneur, j'étais si…

— … jeune ? offrit William.

— Oui. Et surtout naïf.

Pour récompenser la gentillesse de Marie Belle, Archer avait raconté à son père que, contre une petite rente viagère, elle accepterait de ne pas le traîner en justice pour rupture de promesse. Il avait même envisagé de répéter à Sa Seigneurie la véritable réponse de la jeune actrice, avant d'y renoncer. Il n'aurait pas été cru et Marie Belle vivait dans la misère. Elle ne portait que des chemises trouées.

— Elle avait raison, reprit-il. Si je l'avais épousée, elle serait restée seule la plupart du temps, pendant que j'étais en mer. Et ma famille l'aurait regardée de haut. 'Pas de notre monde'.

— Quelles amours tragiques ! Dans mon village, je doute que les filles aient remarqué mon absence.

— Je suis certain qu'elles l'ont fait.

Sauf si elles étaient toutes aveugles. Étrange d'avoir une telle conversation dans ces circonstances. Pourquoi William et lui n'en avaient-ils jamais parlé auparavant ?

— Et vous, William, enchaîna Archer, vous ne m'avez jamais dit pourquoi vous aviez décidé de naviguer au lieu d'entrer en apprentissage chez un riche marchand. Même pour gagner la demi-solde d'un lieutenant, j'ai du mal à croire que vous accepteriez un métier qui vous déplairait.

— Seigneur, encore heureux ! Il ne s'agissait pas uniquement de sécurité financière. J'ai toujours voulu voir le monde. Quand j'étais jeune, ma mère me lisait les journaux de bord de son père, qui avait navigué avec le capitaine Cook pour emmener les émigrants dans les colonies. Il avait des choses merveilleuses à raconter.

— L'avez-vous connu ?

— Non, il est mort au cours d'une tempête au large des Antilles. Je ne sais ce que sont devenus ses journaux. Peut-être se trouvent-ils avec les affaires de mon père que le nouveau vicaire garde pour moi. Je l'espère du moins. J'aimerais les relire. Je les comprendrais mieux maintenant que je connais la mer. Mais il y avait davantage, Davy. Je voulais accomplir quelque chose d'important, quelque chose qui crée une différence. Vous souvenez-vous quand le capitaine nous a dit que la Royal Navy protégeait l'Angleterre ? C'est la vérité. Si nous n'étions pas là – je parle du service tout entier, pas seulement de vous et moi – le monde ne serait pas le même et le sort de Angleterre serait bien pire. Et je me sens capable de bien faire mon travail, j'aime les calculs mathématiques de la navigation, établir une stratégie, une tactique, sans compter les combats, bien entendu. Je n'aurais pas pu être révérend, c'est une tâche bien trop sérieuse. Une question de vie et de mort.

— Mais, nous combattons, nous tuons... Du moins, nous blessons nos ennemis. Je ne comprends pas...

— C'est différent, Davy. Au combat, quand l'ennemi cherche à vous tuer, c'est différent. Je ne pourrais jamais affirmer à autrui que la vie éternelle existe. J'ignore ce qui se passe après la mort, voilà, je l'ignore purement et simplement et je n'ai jamais eu la foi, contrairement à mon père. J'ai appris à réciter mes prières, mais je ne suis pas croyant. Je veux des preuves avant de croire. Je n'ai pas besoin de foi pour savoir que le vent gonfle les voiles.

Archer était un peu surpris de ces révélations.

— Pourtant, il nous arrive de prier que le vent soit bon quand nous sommes encalminés. Vous avez bien choisi, je vous l'accorde. Je ne pense pas que votre père aurait pu grimper le long de la coque d'un navire au milieu de la nuit, accroché à un maigre filin.

Marshall gloussa.

— Non. Il aurait plutôt conseillé à Adrian de voir un médecin pour faire soigner son aberration mentale et récité des prières pour son âme. Je manque peut-être de charité, mais ce bâtard ne mérite que l'enfer qui l'attend – même s'il possède une âme.

XX

Journal du capitaine, HMS Artémis *(entrée complémentaire, service détaché, HMS* Calypso, *en réparation, Portsmouth.)*
Lieutenant-commandant Anthony Drinkwater
29 juillet 1799

TOUJOURS EN quête. Le Morven *reste introuvable. Si nous ne le voyons pas au cours de la prochaine heure, nous retournerons et recommencerons à fouiller la zone.*

SMITH LUT le billet manuscrit qu'il avait trouvé plié sous son bol de soupe. Il venait d'apprendre qu'Archer était de retour dans sa cellule et que Josiah, le compagnon du cuisinier – sans doute le garçon efflanqué qui venait de lui apporter son repas – était également 'de la partie'. Une façon comme une autre de présenter les choses, ce nouvel ajout les laissait à six contre trente-sept. Presque du un contre six. Leur côte ne cessait de s'améliorer. De plus, un de leurs complices – Bert, vraisemblablement – étant de service ce soir, il parlerait aux autres, avant de revenir consulter Smith le surlendemain.

Le capitaine se débarrassa du second message comme du premier, en le brûlant. Deux jours à attendre, c'était parfait, car la nuit serait sans lune et, à cette heure tardive, il n'y aurait que cinq ou six pirates sur le pont. Les gardes chargés de les surveiller recevraient leur souper pendant le quart du soir, avec ajouté à leur nourriture quelque chose qui les ferait dormir. Avec trois alliés parmi l'équipage, les trois officiers prisonniers pourraient être libérés en même temps…

S'ils réussissaient à accéder au pont avant que l'alarme soit donnée, ils seraient en mesure de verrouiller les écoutilles et de bloquer le reste de l'équipage dans les soutes. Et, par Dieu, ils prendraient alors le contrôle du navire !

Bien sûr, le garder serait une autre terre de manches. Mais s'ils arrivaient jusque-là, cela n'aurait plus d'importance. Quelle que soit la vivacité de la réaction de l'équipage, les évadés auraient certainement le temps de mettre une chaloupe à la mer et de s'enfuir. La solution la plus prudente, certainement. Mais quel retournement de situation si Smith rentrait au port avec le navire où lui et ses hommes avaient été embarqués dans des tonneaux de biscuits !

Ce serait présomption de laisser ses projets s'aventurer aussi loin. Ses années d'expérience en mer avaient appris à Smith que le cours d'une bataille pouvait virer de bord encore plus vite que le vent. Il avait néanmoins la perspective d'agir après une trop longue période d'inactivité et prévoyait que leurs chances étaient bonnes de gagner leur liberté. Pour le moment, cela lui suffisait.

— VOILÀ, CELA devrait marcher.

Marshall s'écarta du hublot pour laisser à Archer, qui jusque-là montait la garde près de la porte, la possibilité de s'approcher pour inspecter son œuvre. La lumière du matin, sous certains angles, révélait une profonde encoche dans le cadre de bois, aussi Marshall avait-il tenté de la masquer avec une mixture faite de biscuit émietté, reste de gruau, copeaux, bouts de fil et poussière.

Archer plissa les yeux avant de hocher la tête.

— Je vois l'encoche parce que je sais où la chercher, mais je doute qu'un garde la remarque. J'espère simplement que votre pâte ne va pas durcir au point que nous devions à nouveau creuser.

Il jeta un coup d'œil vers la porte, puis s'assit dans le coin, le plus loin possible du hublot. Si un garde vérifiait l'intérieur de la cabine, Archer attirerait son regard, l'écartant ainsi de l'évent.

Marshall tenta de savoir si son camouflage se voyait de la porte. *Non. Parfait.*

Il rejoignit Archer.

— Il suffit que cela tienne durant les seize heures à venir…

À la perspective d'agir bientôt, tout son être était noué d'anticipation. Il aurait aimé trouver un moyen de communiquer avec le capitaine Smith. Le marin auquel il avait parlé dans le casier à voile était-il allé le contacter ?

Peu importait. Smith avait dû faire les mêmes observations qu'eux concernant le navire-pirate. Plus expérimenté, il en avait certainement tiré plus de conclusions. Lui, Marshall, n'aurait qu'un rôle intermédiaire. Son capitaine, une fois libéré, prendrait le commandement des opérations.

La cloche du navire sonna une fois. Huit heures et demie. Si Adrian s'en tenait à sa routine, il garderait Archer dans sa cabine une heure ou deux après minuit.

— Vous entendez bien la cloche de la dunette, n'est-ce pas, Davy ?

— C'est la troisième fois que vous me posez la même question et, bien sûr, la réponse est toujours oui. La cloche sonne juste au-dessus de sa cabine, sur le pont arrière. Aussi, à moins qu'il me renvoie plus tôt que prévu, vous commencerez vos préparatifs à la seconde cloche. Je serai prêt à l'heure convenue.

— Quel dommage que nous ne soyons pas en hiver ! Il ferait nuit bien plus tôt…

— Et bien plus froid. Vous gèleriez à mort s'il vous fallait attendre sur ce fichu gréement. Ne vous inquiétez pas, Will, ajouta-t-il en haussant les épaules, il ne m'a pas encore tué, donc, il ne le fera pas ce soir. Je suis vraiment impatient que tout soit terminé. J'aime l'idée de pouvoir participer…

— Je voudrais faire davantage.

— Non.

Le visage d'Archer se durcit. Jamais Marshall ne lui avait vu une expression aussi déterminée.

— Non, William, répéta-t-il, je veux agir seul. J'en ai besoin. Je pense que c'est ma seule option de me libérer définitivement de lui.

C'était presque un écho de ce qu'avait ressenti Marshall, bien des années plus tôt, quand il avait défié Correy en duel. D'instinct, il avait su qu'un prédateur de ce genre n'abandonnerait jamais de son plein gré. Quelqu'un devait l'arrêter, de façon définitive.

— Je comprends.

— Je crains seulement de ne pas être assez fort ou assez rapide. Si j'échoue, continua Archer en détournant les yeux, c'est à vous qu'il s'en prendra, pas au capitaine.

— Je ne m'inquiète pas, Davy. Vous n'échouerez pas. Je vous ai vu à l'œuvre. J'ai vraiment lutté de toutes mes forces contre vous.

— Je sais. Mais vous saviez que jamais je ne vous ferais de mal. Vous ne couriez aucun danger. Ce bâtard se battra pour sa vie.

— Et vous vous battrez pour la nôtre à tous, rétorqua Marshall. Trois contre…

Comme quelques nuits plus tôt, le mouvement du navire changea et commença à ralentir. Peu après, la trappe retomba pour fermer le hublot.

— Une autre livraison ? demanda Archer.

— Sans doute.

Avec un peu de chance, ils pourraient vite forcer le volet, donnant le temps à l'un d'eux de s'y glisser et, une fois à découvert, d'attirer l'attention de l'autre navire. Si leur hypothèse était exacte, concernant la nature de la cargaison de l'*Insaisissable*, le navire en question était très probablement militaire, ou au moins un vaisseau privé travaillant en freelance pour la Royal Navy. À l'heure actuelle, la rumeur de leur capture avait dû se propager. Des chaloupes seraient mises à l'eau pour collecter la cargaison. Si l'une d'elles approchait de leur côté et que Davy tombait à l'eau, il serait récupéré. Une fois en sécurité, hors de portée d'Adrian, il pourrait envoyer des renforts. Ce bâtard d'Adrian n'oserait pas ouvrir le feu sur un navire de la Royal Navy, pas alors qu'il ne possédait que des pétoires.

Marshall ordonnerait à Archer de passer le premier... *et il obéira, s'il me croit derrière lui*. Le simple fait de sauver son ami serait une victoire. Il ne le suivrait pas, bien sûr, car le capitaine Smith était encore prisonnier. Mais Adrian, une fois découvert, n'aurait pas l'inconscience de tenter des représailles.

— Davy, écoutez...

Un tintamarre dans l'escalier coupa court à son plan d'urgence. Trois gardes, l'un armé d'un pistolet et les deux autres de gourdins, leur ordonnèrent de quitter la cellule.

Celui qui avait une arme à feu gesticula en leur désignant le plancher.

— Que préférez-vous, *boyos* ? Vous restez tranquillement allongés jusqu'à ce que nous ayons terminé notre petite affaire ou vous allez vous retrouver ligotés et bâillonnés pour pas attirer l'attention.

— Vous ne pouvez utiliser votre arme, rétorqua Marshall. Un coup de feu ferait plus de bruit que nos cris réunis. Et vous le savez très bien.

— Nous dirons qu'un maladroit a fait tomber une caisse, répondit l'homme. Décidez-vous, et vite.

Marshall échangea un regard avec Archer, qui haussa les épaules. Tous deux s'étendirent sur le pont. Depuis quelques jours déjà, leurs uniformes avaient atteint un état de crasse irrécupérable, un peu de poussière supplémentaire ne ferait aucune différence. Ils espéraient juste ne plus trop longtemps avoir à supporter les caprices d'Adrian.

LE TRANSFERT de la cargaison d'un bateau à l'autre prit presque deux heures. Les deux prisonniers entendirent pratiquement tout ce qui se passait au-dehors, mais Marshall ne put apprendre le nom du navire. Il appartenait bien à la Royal Navy, cependant, morbleu ! – les ordres aboyés à tue-tête et le sifflet du bosco n'appartenaient pas à d'un navire marchand.

Marshall croisa les yeux d'Archer. Il s'adressa ensuite aux gardes :

— Je suis surpris que ce navire n'ait pas envoyé une équipe fouiller votre bord, déclara-t-il. Ce n'est qu'une question de temps. Ils nous cherchent certainement. Vous devriez vraiment réfléchir à l'offre du capitaine Smith…

Un coup de botte – qu'il reçut dans les côtes – coupa court à cette suggestion sensée.

— Un mot de plus et mon compagnon vous assomme, grogna le porte-parole d'Adrian.

Il se tourna vers Archer et jeta :

— C'est pareil pour vous.

Davy lança un regard exaspéré à Marshal, qui répondit – à tous les deux – par un sourire. Seul son ami le lui rendit, en secouant la tête.

Finalement, le chargement prit fin et ils furent autorisés à retourner dans leur cellule, dont le volet se rouvrit. Les gardes supplémentaires s'éloignèrent, les sentinelles habituelles retrouvèrent leurs postes au bas de l'escalier, à quelques mètres de la porte verrouillée.

Marshall perdit le souffle en apercevant la boule, gruau et débris mélangés, posée sur le rebord du hublot. Archer suivit son regard horrifié et se mit à rire. Il récupéra le magma immonde et le jeta dans le seau hygiénique.

— Nous pouvons considérer qu'il s'agit d'un bon augure, Will. S'ils ne l'ont pas remarqué, ils ne verront rien.

Marshall, le cœur battant, déglutit péniblement.

— J'espère que nous aurons les mêmes gardes cette nuit. Bien, il nous reste environ une heure avant le déjeuner. Que préférez-vous, Davy, jouer aux échecs, résoudre des problèmes de navigation, ou dormir un moment ?

— Pourquoi ne vous reposeriez-vous pas ? suggéra Archer. Vous ne paraissiez pas trop à l'aise ce matin et je sais que vous n'avez guère dormi la nuit dernière.

Marshall sourit en entendant ces paroles.

— Vous non plus, d'après ce dont je me souviens. Et vous avez raison, nous devrions tous les deux prendre autant de repos que possible.

Davy détourna les yeux.

— Eh bien, je pense préférable que nous ne dormions pas ensemb… hum, en même temps. Je vais monter la garde.

Gêné, il haussa les épaules et Marshall réalisa que son ami partageait son avis concernant les risques encourus à s'étendre trop près l'un de l'autre.

— Merci, je vais tenter d'en profiter. Je prendrai mon tour de garde après le déjeuner.

À peine s'était-il étendu que son corps fatigué s'abandonna. Marshall n'eut que quelques secondes pour regretter d'avoir manqué cette opportunité avec le navire de la Royal Navy avant de sombrer dans un sommeil profond et réparateur.

Journal du capitaine, HMS Artémis *(entrée complémentaire, service détaché, HMS* Calypso, *en réparation, Portsmouth.)*
Lieutenant-commandant Anthony Drinkwater
29 juillet 1799

*A*VONS CROISÉ *le HM Sloop* Speedy *à six lieues au large de Bolt Head et son capitaine, Thomas Cochrane, nous a fourni de bonnes nouvelles. Il a chargé ce matin même de la poudre du* Morven, *qui naviguait direction nord, nord-est. Nous l'avons donc dépassé sans le voir au cours de la nuit. Après avoir appris notre mission, le capitaine Cochrane a aimablement proposé de se joindre à nous, mais j'ai refusé, tout en le remerciant. Mieux vaut ne pas donner l'alerte et je crains que le retour impromptu du* Speedy *ne paraisse suspect aux pirates. D'après la description que j'ai reçue du capitaine Cochrane, je suis convaincu que nous avons suffisamment d'hommes et de puissance de feu pour prendre le* Morven *d'assaut. Demain, à la même heure, si tout va bien, nous aurons récupéré nos officiers et coffré un équipage de brigands !*

— ESSAYEZ DE paraître moins féroce, Davy, conseilla Marshall. Vous brandissez ce rasoir comme si vous vous apprêtiez à aborder un navire Grenouille[10] pour le mettre à sac.

Archer examina son reflet dans le petit miroir en fronçant les sourcils.

— Vous avez raison, j'ai l'air bien trop déterminé.

Il inspira profondément et tenta de se détendre. Ce n'était pas le moment de se préparer au combat. La huitième cloche venait juste de sonner, il lui restait encore quatre heures à attendre jusqu'à minuit… et un long chemin à parcourir. En compagnie d'Adrian.

Marshall avait suggéré de se débarrasser du bâtard aussi rapidement que possible, puis de le ligoter, mais parfois, le pirate abandonnait un moment ses divertissements nocturnes pour donner des ordres à ses hommes ou en recevoir des informations. Pas question de prendre le risque d'alerter trop tôt l'équipage. L'attaque aurait lieu à la dernière minute, ce qui distrairait l'attention des gardes et permettrait à Marshall de monter sur le pont.

La nuit allait être très longue.

— C'est mieux, déclara William. Vous semblez malheureux.

— Oui, la perspective de passer du temps avec ce bâtard a de quoi me déprimer.

Après une hésitation, Marshall proposa :

— Il est encore temps d'échanger nos rôles. Si vous préférez que j'aille…

Archer secoua la tête.

— Non. Vous avez des bras plus longs que les miens, William. Je ne suis même pas certain d'atteindre les chaînes à l'extérieur du hublot. Notre plan est viable. N'y changeons rien.

Marshall pinça les lèvres.

— Vous avez raison. Dieu, j'aimerais avoir une autre option ! Mais ce sera la dernière fois, Davy.

— Oui.

D'une façon ou d'une autre, tout prendrait fin cette nuit. Archer l'avait décidé – pas tout à fait de la même façon que William – durant

---

[10] Rappel, les Anglais considèrent les Français comme des 'mangeurs de grenouilles'.

l'heure qu'il avait passée à faire le guet avant le déjeuner, pendant que son ami cédait enfin à son épuisement et s'endormait. Ce n'était pas qu'il ait perdu espoir, il avait foi en Will sous cet aspect et tentait de se persuader que tout s'arrangerait. C'était possible, mais il n'y croyait pas vraiment.

Et s'il disparaissait, la situation de William serait bien plus facile.

Il déposa le kit de rasage devant la porte et, par la trappe, jeta un coup d'œil à l'extérieur. Les gardes étaient hors de vue.

— Bon, alors reprenons, chuchota Marshall. Vous commencerez à la seconde cloche et moi, je serai prêt à escalader la balustrade dès que vous réussirez à écarter les gardes. Êtes-vous prêt ?

— Autant que possible.

— À tout à l'heure, sur le pont.

Marshall tendit la main et Archer l'accepta. Tout d'un coup, il éprouva la conviction qu'il s'agissait d'un adieu. En deux rapides enjambées, il attira son ami dans le recoin près de la porte, hors de vue.

— Will, si cela tourne mal… Veuillez, je vous en prie, rendre visite à ma famille. Dites-leur…

Il ne put continuer. Il ne savait quoi dire.

Marshall ferma brièvement ses yeux.

— Je dirai à vos parents que leur fils était un héros. Mais… je n'aurai pas à le faire, Davy… Tout ira bien, j'en suis sûr.

Il était temps d'y aller.

— William, reprit Archer d'une voix urgente, ce sera la dernière fois. Je vous le promets.

Il se dressa sur la pointe des pieds et agit rapidement, avant de perdre son sang-froid. Il s'empara des lèvres de Will, surpris que son baiser lui soit rendu avec ardeur. Les bras forts, serrés autour de lui, le renvoyèrent un bref moment à cette incroyable union de la nuit précédente. Mais c'était terminé à présent. Pour toujours. *Il était temps…*

— Je suis désolé, déclara-t-il, en reculant. Je n'aurais pas dû…

Il retourna à la porte et se pencha pour pousser le bassin à l'extérieur.

— Davy…

Il leva les yeux. Marshall le fixait avec un petit sourire étrange.

— Ne vous excusez pas, chuchota son ami. J'en avais également envie. Je craignais juste de briser votre concentration.

Archer effleura ses lèvres avec un sourire.

— Pas du tout. Au contraire, c'est comme un bouclier. Je pense en avoir bien besoin.

Une fois de plus, il allait se trouver dans la fosse aux lions.

— Souhaitez-moi bonne chance, ajouta-t-il.

Les yeux de Marshall n'exprimaient aucun doute.

— Bien sûr. Mais il ne s'agit pas uniquement de chance, M. Archer. Vous êtes capable de réussir.

— Bien sûr, rétorqua-t-il.

Il se força à hocher la tête. Il entendit les gardes récupérer le nécessaire de rasage. Un instant plus tard, la porte s'ouvrit devant son escorte.

— Cargaison embarquée, chuchota William, trop bas pour que les pirates l'entendent.

La 'cargaison' n'eut aucun mal à prendre un air sinistre avant que le capuchon de la cape ne lui retombe sur le visage, rendant inutile tout artifice.

Journal du capitaine, HMS Artémis *(entrée complémentaire, service détaché, HMS* Calypso, *en réparation, Portsmouth.)*
Lieutenant-commandant Anthony Drinkwater
30 juillet 1799

BIEN QUE *nous ayons croisé plusieurs bordées qui auraient dû nous permettre d'intercepter le* Morven, *nous l'avons encore manqué. Il a dû changer de cap depuis sa rencontre avec le* Speedy, *ce que le capitaine Cochrane ne pouvait prévoir, bien entendu. Nous allons balayer la zone aussi largement que possible en comptant sur la chance.*

AU DÎNER, ce soir-là, Adrian se montra en grande forme, très content de lui. À la fin du repas, Archer comprit ce que Damoclès avait dû ressentir avec une épée sur la tête. À la moindre question, à la plus petite insinuation, il avait l'impression d'avoir le mot 'évasion' gravé sur le front. En général, il buvait avidement tout ce que le bâtard lui offrait, heureux de l'engourdissement que l'alcool lui procurait. Ce soir, il avait accepté du vin pour ne pas attirer l'attention par un comportement sortant de l'ordinaire. Il le sirotait à peine, inquiet qu'Adrian ait à nouveau décidé de le droguer.

Il mangea sans savoir ce qu'il avalait. S'il ne portait pas attention aux plats, il surveillait de près la coutellerie. À dire vrai, une table dressée abondait en armes improvisées, toutes fort dangereuses lorsqu'elles étaient maniées avec de mauvaises intentions : un tesson d'assiette, un couteau émoussé, une des bouteilles du dressoir, et même la table. D'après Archer, en profitant de l'élément de surprise, il avait de bonnes chances de tuer Adrian, à condition de ne pas craindre de mourir aussi. Mais ce n'était pas le plan prévu. Il s'agissait seulement d'une stratégie de secours qu'il avait élaborée en cas d'échec de leur tentative.

À la fin du repas, Adrian fit remarquer :

— Vous semblez muet ce soir, M. Archer. Seriez-vous malade ?

C'est uniquement votre compagnie qui me rend malade à mourir.

— Non. Pas du tout. Je me demandais simplement si vous aviez déjà reçu des nouvelles de notre rançon.

— Il n'y a pas deux semaines que vous nous êtes à bord. Il est encore tôt. Auriez-vous tellement hâte de retrouver un navire incapable de naviguer ?

— J'aimerais rejoindre mon équipage, en effet.

— Et rien de tout ceci ne vous manquera ?

D'un geste ample, Adrian désignait la table, mais également l'ensemble de sa cabine, les tapis, le coin-nuit au luxe absurde. Et lui-même. Était-il à ce point imperméable à la réalité ?

— Je ne crois pas, répondit Archer.

Une voix intérieure lui indiqua qu'il s'agissait là d'une opportunité et qu'il ferait mieux de mesurer ses paroles. Si Adrian avait un point faible, c'était la fatuité. Archer pourrait en jouer et berner le pirate.

— Je me suis… habitué… à la Royal Navy.

— Eh bien, supposons que votre rançon ne soit pas payée avec celle des autres. Je suis certain que vous pourriez vous habituer à un confort supérieur à celui que Sa Majesté vous offre.

Pas de rançon ? Et Archer resterait indéfiniment avec le pirate – était-ce bien ce qu'il proposait ? Imaginait-il que sa victime resterait aussi docile sans William et le capitaine comme otages ?

Il décida de prétendre ne pas avoir compris la suggestion.

— La vie à bord m'a appris à m'adapter à toutes les circonstances.

C'était d'ailleurs la vérité. Adrian l'interpréterait à sa guise. Étrange, surtout après douze jours à devoir renier son intégrité physique, mais Archer était réticent à mentir, même pour se protéger. Peut-être parce qu'il ne lui restait que sa parole…

— Seulement vous 'adapter' ? J'aurais pourtant cru, à une ou deux occasions, que mes attentions étaient appréciées.

Archer sentit son visage s'empourprer. *Quand j'étais à genoux à vomir mes tripes ? Oh, oui, quel délicieux moment !* Il baissa vivement les yeux, pour ne pas qu'Adrian puisse y lire sa colère. Il serra les poings sur ses genoux, mais garda le silence.

Tellement prévisible ! Will avait raison, le bandit n'avait rien d'original !

Adrian se mit à rire.

— Ah, la vérité, enfin ! C'est bien ce que je pensais. C'était le soir où nous avons utilisé les cordages, n'est-ce pas ? Quand je n'ai pas à vous surveiller, je peux me permettre bien plus de créativité.

Oh, par pitié, non… C'était la seule chose que leur plan n'avait pas prise en compte, un détail qu'Archer avait délibérément écarté de son esprit. Que faire à présent ? S'il cherchait à dissuader Adrian de l'attacher, cela ne ferait que renforcer ses intentions. Combien de temps était-il resté ligoté la dernière fois ? Des heures. Même assouvi, Adrian avait paru apprécier de le voir saucissonné et à sa merci. Archer avait un peu altéré la vérité pour William, mais le pirate avait effectivement lu sans se soucier de lui.

D'un autre côté, Will ne quitterait pas la cellule avant trois longues heures et Adrian s'ennuyait vite. Le moment venu, Archer pourrait sans doute le convaincre de changer de jeu. *De plus, je n'ai pas vraiment le choix.* Et puis, désormais, Archer avait une échappatoire : il pouvait fermer les yeux et se réfugier dans son esprit pour y retrouver ses souvenirs.

— Eh bien, mon garçon, qu'en dites-vous ? Êtes-vous prêt pour le dessert ?

Archer évoqua la nuit précédente, avec William. Il pensa à ce feu invisible, si incroyable, qui avait flambé entre eux… À sa grande surprise, il découvrit que la sensation était toujours là, à fleur de peau, comme un bouclier magique. Peu importait ce qu'Adrian pourrait lui faire. Son corps seul endurerait la souillure ; son âme resterait enveloppée dans une étreinte sacrée qu'Adrian ne pourrait jamais pénétrer ou même comprendre.

Il se redressa, presque en transe. Étrangement, son ravisseur lui faisait presque pitié. Adrian n'obtiendrait jamais ce qu'il voulait. Qu'il continue à se convaincre d'être irrésistible ! Il ne faisait que se mentir à lui-même. Qu'il pense ce qu'il voulait… pour, plus tard, baisser sa garde.

Juste un moment.

XXI

LA CLOCHE du navire sonna un coup. Marshall peaufina son mannequin de paille, à peine visible dans l'obscurité quasi totale de la cellule, ensuite, il s'assit près de la porte pour attendre. Il devait accorder du temps à Davy. Pas question de gaspiller inutilement son énergie en passant une demi-heure accroché dans la filière alors que l'air nocturne était frisquet.

Si la scène à laquelle il avait assisté la veille sur le pont correspondait à la routine nocturne du bord, il y aurait trois hommes de garde – deux sur le gaillard arrière et un sur le château avant, sans compter les deux sentinelles devant la porte d'Adrian. Pour ces derniers, Archer les attirerait dans la cabine du capitaine et, avec un peu de chance, il ferait aussi descendre l'homme du pont avant. Le barreur resterait à son poste, quoi qu'il arrive, mais s'il était doté de curiosité, son attention resterait fixée sur la cabine de son capitaine. Pour pouvoir délivrer Smith, Marshall devrait traverser le pont sur quatre ou cinq mètres jusqu'à l'escalier le plus proche. Une fois descendu dans l'entrepont, il lui faudrait s'occuper des gardes qu'il y trouverait devant la porte du prisonnier. Ensuite…

Eh bien, si Dieu était de leur côté, le capitaine Smith dirigerait la suite des opérations. Tous deux pourraient remonter sur le pont, verrouiller les écoutilles et mettre une chaloupe à la mer. Adrian devait bien avoir des cartes indiquant leur position dans sa cabine. Il ne gardait certainement pas de fausses indications pour tromper ses prisonniers au cas où ceux-ci, même sans armes, réussiraient à maîtriser son équipage.

Leur attaque serait totalement inattendue. Du coup, elle pourrait réussir facilement… à moins que le capitaine Smith décide de revendiquer le bateau. Dans ce cas, la situation risquait de devenir très animée. Mais tout dépendait d'Archer, qui devait se débarrasser d'Adrian, attirer les sentinelles dans la cabine et leur faire à tous garder le silence pendant quelques minutes cruciales.

Pourrait-il y parvenir ? Si la question lui était posée, Marshall répondrait 'bien sûr', mais en son for intérieur, il devait admettre en douter un peu. Il aurait été plus confiant si Adrian n'avait pas passé les deux dernières semaines à accabler Archer, le détruisant mentalement et physiquement.

Marshall préférerait ne pas penser aux méthodes utilisées par le pirate – ni à ce qu'il faisait encore subir à son ami, en ce moment précis. Davy prétendait avoir désormais un bouclier, tant mieux pour lui, mais Marshall se sentait plus vulnérable que jamais, comme si une partie de lui-même se trouvait là-haut. Qu'il s'agisse d'une véritable connexion, ou juste du souvenir de la nuit dernière, de l'incroyable et terrifiante confiance que Davy avait en lui, peu importait, il devait trouver le moyen de bloquer les images qui lui venaient. Ce que Davy et lui avaient partagé n'était que temporaire – cela n'arriverait que cette seule et unique fois. Impossible de continuer. Bientôt, les deux lieutenants seraient probablement séparés, car affectés sur des navires différents. Par son essence même, la vie d'un officier de la Royal Navy était solitaire. Les carrières restaient imprévisibles. Les amis se perdaient de vue. Parfois, certains d'entre eux mouraient.

Marshall ferma les yeux et sentit une caresse fantôme s'attarder sur ses lèvres. Il n'aurait jamais dû permettre que Davy se lance dans une tentative aussi risquée. Il aurait dû l'arrêter ! Certes, mais toute sa volonté s'était concentrée à ne pas le prendre dans ses bras pour le serrer si fort que plus personne n'aurait pu le lui enlever.

Son vœu n'était qu'une dangereuse illusion. Les circonstances lui avaient déjà enlevé Davy. Il n'existait pour eux aucun avenir ensemble. Ils ne pourraient être que des amis, des compagnons de bord. Ce qui n'était pas si mal après tout, n'est-ce pas ? Jusqu'à la nuit dernière, Marshall s'en était contenté. Il faudrait qu'il continue à l'avenir.

Il est temps de sortir Davy de là et d'arrêter ce bâtard, une bonne fois pour toutes. Allez, vas-y.

Il se leva dans l'obscurité et enleva le barreau de son cadre. Cette fois, il l'emporterait avec lui, bien attaché par une épissure. Ce n'était qu'une arme de fortune, mais pour le moment il n'avait rien d'autre à sa disposition. Si Archer semblait être en difficulté, peut-être pourrait-il…

Non, sa mission était de libérer le plus rapidement possible le capitaine Smith pour que celui-ci ne devienne pas un otage si l'équipage de l'entrepont était alerté trop vite. Inutile de s'inquiéter pour Davy. Si son incroyable élan de rage meurtrière de la nuit dernière était un échantillon de ce qui bouillonnait en lui, Marshall ne tenait pas à être à proximité d'Adrian quand Davy exploserait. À condition que sa fureur ne devienne pas aveugle, ce qui risquerait de le faire tuer...

Il bloqua son débat interne. Davy savait ce qui était en jeu ; il avait accepté sa mission. Il n'était pas irresponsable, il s'en sortirait.

Par pitié, Seigneur, faites qu'il s'en sorte !

ARCHER REMUA légèrement les doigts, avant de les frotter ensemble, rassuré de voir que le picotement de ses mains diminuait. *Parfait.* Tant qu'il parvenait à bouger, ses extrémités ne s'engourdiraient pas. Quant à ses bras, aucun problème. Si la garcette avait été un peu plus longue, il aurait même pu la dénouer. Mais ce n'était pas le cas. Le filin passait à travers des œilletons vissés dans la cloison – et lui tenait les bras en croix.

La huitième cloche avait sonné une vingtaine de minutes plus tôt. Minuit. D'ici environ une demi- heure, William serait sur la filière, espérant que son acolyte aurait accompli sa mission.

Archer n'avait encore rien fait. Adrian était à moitié couché sur lui, profondément endormi. Trop de brandy. Le bâtard avait le don infaillible d'agir au pire en toutes circonstances – car, à tout autre moment, cela aurait été une aubaine, Archer préférant infiniment Adrian ivre mort que conscient.

Je me demande ce qui se passerait si je le jetais purement et simplement au bas de sa couchette. C'était tentant, mais dangereux. *Avec la chance que j'ai en ce moment, il est probable qu'il se romprait le cou – ce qui me plairait bien, mais quand Will reviendra avec le capitaine, ils me trouveraient étendu ainsi.* Il y avait des situations assurément pires que la mort, en particulier d'être découvert par ses supérieurs saucissonné dans un décor d'orgie romaine. Bien sûr, Will était au courant et l'aveu avait déjà été suffisamment humiliant, mais être vu dans cette position...

Un autre coup cloche résonna sur le gaillard au-dessus de sa tête. Bien, il lui fallait se décider à agir – et vite. William devait être prêt à quitter sa cellule, sans doute comptait-il les minutes. Il s'attendrait d'ici une heure à trouver le pont libéré des gardes. Archer le connaissait suffisamment bien pour savoir que son ami attaquerait même si les sentinelles étaient toujours là. Et il savait aussi ce qu'Adrian comptait lui faire si le plan échouait...

Non, il n'y aura pas d'échec. Je ne le permettrai pas. S'il devait s'humilier, il le ferait, bon sang ! Aussi souillé soit-il, il pourrait toujours se nettoyer plus tard. D'ailleurs, pourquoi s'en inquiéter ? Il n'y aurait probablement pas de 'plus tard'. En tout cas, pas pour lui.

Dans ce cas, plonge dans la boue.

Il inspira profondément.

— Capitaine…

Il n'avait encore jamais utilisé ce titre ni montré aucune forme de respect envers Adrian. C'était sa vengeance contre la façon abjecte dont il était traité. Il poussa le corps endormi du genou.

— Capitaine ? répéta-t-il.

Adrian ouvrit les yeux. À son expression, Archer sut qu'il avait remarqué la formule.

— Oui, mon garçon, qu'y a-t-il ?

Archer se lécha les lèvres.

— Pourrions… pourrions-nous essayer autre chose, s'il vous plaît ? J'ai les mains tout engourdies.

Cela lui parut horriblement artificiel, mais c'était le style d'Adrian. Il avala l'appât, avec un sourire fat.

— Vous en redemandez, n'est-ce pas ? Je savais bien que vous finiriez par l'admettre. Vous ressemblez beaucoup à… quelqu'un que j'ai connu autrefois. Obstiné, mais malléable.

Il se redressa et caressa le bras d'Archer tout du long. En arrivant au cordage qui liait les poignets, ses doigts s'attardèrent sur les nœuds.

— Très bien, reprit-il. Que désirez-vous ? Je vous détacherai dès que vous me l'aurez dit.

Pendant un moment, le cerveau d'Archer se vida, tandis qu'il cherchait à déterminer l'option la moins détestable. Ou la plus rapide.

— Euh… cette chose française de la deuxième nuit ?

— Le *frottage* ? C'est plutôt banal, ne pensez-vous pas ? De plus, vous vous étiez montré très pénible cette nuit-là.

— Je ne l'avais… jamais fait. Je n'étais pas… sûr de moi.

Archer réalisa que son discours était erratique, car il cherchait encore à éviter un mensonge flagrant. Son donjon n'était pas encore tombé.

Adrian se mit à rire.

— Je parierais que tout ce que vous avez fait au cours de la dernière semaine a été pour vous une découverte inédite. Mais puisque vous l'avez demandé…

Il commença à défaire le nœud, puis leva ses yeux pâles sur sa proie, excité comme un limier sur la piste du gibier. Il caressa l'intérieur de la cuisse d'Archer, un sourire entendu aux lèvres.

— Dites-le encore, bien poliment, insista-t-il. Me voulez-vous, mon garçon ?

Fils de pute ! Archer détourna les yeux et s'efforça de prendre une expression aussi innocente que possible. Même pour sauver sa vie ou celle de William, il n'aurait pu simuler le désir. Par contre, il pouvait mentir.

— Oui. S'il vous plaît…

— Ce n'était pas si difficile, n'est-ce pas ? À présent, ne bougez plus… Voilà.

La garcette se détacha et coulissa à travers les œillets. Archer libéra le souffle qu'il avait retenu, tellement soulagé qu'il remarquait à peine la main d'Adrian sur son corps.

— J'espère que cette fois, vous vous montrerez moins passif, ajouta le bâtard.

— Bien… bien sûr.

Archer se frotta les poignets et desserra le cordage qui restait fixée à sa gauche.

— Que voulez-vous que je fasse, monsieur ? reprit-il.

Le dernier mot lui demanda un gros effort, mais il était au-delà de toute fierté. Et il n'avait même plus peur. C'était l'heure du combat.

— Voilà ce que je veux entendre. Qu'ai-je envie que vous fassiez ? Laissez-moi réfléchir à cette excellente question.

D'un geste paresseux, il tendit le bras vers la bouteille de brandy posée sur la petite table de chevet. Dès qu'il se tourna, il y eut comme un déclic dans l'esprit d'Archer, un bruit qui ressemblait au percuteur d'un pistolet tiré en arrière. Il bondit, agissant presque avant d'avoir consciemment reconnu une opportunité en or. Son univers se rétrécit, concentré sur son objectif : il sentit la barbe rousse lui râper l'intérieur du coude et reçut une surprenante éclaboussure d'alcool au visage lorsqu'Adrian fut projeté en arrière – le verre tomba et se fracassa quelque part – mais surtout il se heurta à la formidable résistance d'une épaule musclée. Adrian luttait pour le déloger.

Mais Archer avait une bonne prise, sous le menton de son ennemi, qu'il maintint fermement. Autre avantage, il y avait un léger effet de levier puisqu'Adrian se trouvait au bord de la couchette. Archer verrouilla son bras droit avec le gauche et se mit à compter les secondes.

Il ressentit une vive douleur au niveau du bras et baissa les yeux. Adrian le griffait désespérément, les doigts plantés dans sa chair. Archer tint bon, maintenant la prise. Peu après, Adrian devint inerte. *Soixante secondes – soixante-dix – quatre-vingts...* C'était trop facile. Ce devait être une ruse.

Archer leva les yeux. Au-delà de l'épaule d'Adrian, il vit son reflet dans le miroir boulonné au mur, en face du lit. Son visage, convulsé en un masque de rage, était effrayant et les lèvres d'Adrian devenaient bleues dans sa barbe bien taillée.

Il ne simulait pas.

MALGRÉ TOUT, Archer le lâcha avec appréhension. Il fut étonné de voir son tourmenteur s'affaisser au sol comme une drisse. Il le fixa, incrédule, mais déjà il tirait sur le bout de garcette qu'il avait encore au poignet. Il libéra ses chevilles, fit rouler Adrian sur le dos et le ligota– le bâtard respirait encore – comme lui-même l'avait été quelques minutes plus tôt.

Une fois le filin bien noué et Adrian bâillonné avec sa cravate de soie, Archer se permit enfin de respirer profondément. Il remarqua aussi que son pied était humide. *Du sang ?* Il y avait des tessons sur le tapis. Les entailles étant superficielles, il les sentait à peine. Il roula le petit tapis et le plaça sous la commode.

À nouveau, le miroir attira son attention. Il comprit pourquoi William, l'autre matin, avait été si consterné en le découvrant. Ses contusions, qui dataient à présent de plusieurs jours, avaient pris diverses couleurs. Il ressemblait à Jonas que la baleine avait avalé, digéré un moment et régurgité. *Comment Will peut-il avoir voulu de moi, dans un tel état ?* Cela ne pouvait être de la pitié. Non, sans doute avait-il oublié à quel point le corps d'Archer était marqué. Après tout, la cellule était très sombre. Dieu merci !

Deux sons de cloche tintèrent au-dessus de sa tête. William devait être en route. Archer fouilla la cabine du regard. Des armes. Il lui fallait trouver où Adrian les gardait. Avant cela, il perdit quelques secondes à remettre sa culotte. Il aurait bien aimé endosser le reste de son uniforme, mais il n'en avait pas le temps. De plus, il ne pouvait être entièrement vêtu quand il appellerait les gardes.

Des armes. Il n'en trouva pas dans les tiroirs sous la couchette, bien qu'il fût très soulagé de ne pas s'attarder en découvrant des objets qu'il reconnut. Il fouilla ensuite la commode, vérifiant régulièrement qu'Adrian soit toujours inconscient. Dans le troisième tiroir, sous les chemises, il vit une boîte contenant une paire de pistolets, avec de la grenaille et de la poudre. Archer les chargea et les coinça dans sa ceinture. Une chance qu'il ait pensé à la remettre ! Sinon, où aurait-il caché ses pistolets ?

Il trouva une autre paire dans l'un des coffres et les chargea également. Ils alourdissaient sa ceinture. Une vraie 'cargaison', en effet. Mais Archer ne pouvait ouvrir la porte dans cette tenue.

Son regard tomba alors sur le peignoir d'Adrian, en soie noire avec une broderie chinoise représentant un dragon doré. Oui, voilà qui ferait l'affaire, ce serait comme s'il avait pris le premier vêtement lui tombant sous la main. Il récupéra également sa chemise et la noua autour de sa taille, au cas où il aurait à sortir précipitamment. Porter le peignoir du bâtard le dégoûtait, mais il devait cacher les dégâts jusqu'à être guéri. Pas question que le capitaine et William les repèrent.

Quelle heure était-il ? Une heure vingt, d'après la montre d'Adrian. Will escaladait sans doute le bastingage en ce moment, mais il avait encore dix minutes de battement. Il sursauta en entendant du bruit derrière lui : Adrian avait repris connaissance et le fusillait d'un regard meurtrier.

Archer ressentit un élan de triomphe tout à fait mesquin.

— Qu'est-ce qui ne va pas, capitaine ? Cela ne vous plaît pas ?

Il sortit de sa ceinture un des pistolets. Les yeux de glace changèrent d'expression.

Le pirate avait peur.

Archer envisagea de savourer un peu sa vengeance, mais il était bien trop écœuré. Il retourna le pistolet et asséna un coup de crosse mesuré sur le crâne d'Adrian, l'assommant pour le compte. Le bâtard resterait tranquille un moment. Et Archer n'en aurait pas pour longtemps.

Son bras étant douloureux, il effleura les entailles du doigt. Elles saignaient, mais les taches de sang n'apparaissaient pas sur le noir du peignoir. De plus, la cabine vivement éclairée éblouirait sans doute les gardes après l'obscurité du pont.

Pour sauvegarder les apparences, Archer libéra Adrian de son bâillon, puis vérifia la montre. Une heure vingt-cinq. William avait parlé de la troisième cloche – une heure trente – il était donc actuellement dans la filière, sous le bastingage. Jusqu'ici, le plan fonctionnait. Il était temps de passer à l'étape suivante.

Archer vérifia que le peignoir cache son arsenal, s'assurant dans le miroir que les pistolets ne fassent pas de bosses suspectes. Il devait attirer les gardes dans la cabine – et autant de membres d'équipage que possible – et les retenir pour donner à William le temps de retrouver et de délivrer le capitaine.

L'indignité de sa position œuvrait au moins en sa faveur. Personne ne verrait en lui une menace. Il inspira profondément, puis se dirigea vers la porte où il compta les minutes. Lorsque la montre sonna trois fois, il frappa sur le panneau avec frénésie.

— Gardes ! Gardes ! Au secours…

La porte s'ouvrit à toute volée, un des hommes apparut, la mine renfrognée, le pistolet brandi. Archer leva ses mains, ce qui ouvrit également les pans du peignoir et dissimula d'autant mieux les pistolets.

— Ne tirez pas ! cria-t-il. Venez voir, c'est le capitaine. Il a eu… une attaque, je pense.

Il recula dès que le garde entra dans la cabine. L'autre resta à la porte.

— Qu'est-ce qui s'est passé ici, par l'enfer ? aboya l'homme en constatant qu'Adrian était ligoté.

Archer n'eut pas à se forcer pour paraître nerveux.

— Je… je sais que cela paraît insensé, mais il… il m'a demandé de l'attacher et ensuite… Il a eu des convulsions…

Un aspirant de la *Calypso* avait été épileptique. Le capitaine Smith l'avait rapidement renvoyé chez lui, mais Archer savait à quoi ressemblait une crise.

— … Il a bavé avant de perdre connaissance. Et il avait beaucoup bu, ajouta-t-il en réalisant que le brandy empestait l'atmosphère. Je n'ai pas su quoi faire.

Se déplaçant subrepticement, il revint près de la porte.

— Oh, le bougre ! grommela le garde. Il devient de plus en plus dingue. Va chercher Brown et ramène-le.

Cette réaction prosaïque rassura Archer. Manifestement, Adrian n'était pas respecté de son équipage. Le second garde s'écarta pour appeler quelqu'un sur le gaillard avant. Peu après, des pas hâtifs dévalaient l'escalier et un troisième homme entra dans la cabine – plus âgé et mieux vêtu que les deux autres. Il ajustait son masque sur son visage.

— Que suis-je censé… ?

Il avança jusqu'à la couchette d'Adrian, suivi par le second garde, et s'exclama à son tour :

— Qu'est-ce qui s'est passé, par l'enfer ?

Archer sortit deux de ses pistolets et visa soigneusement.

— Il est temps que nous nous séparions, messieurs. Veuillez être assez aimable pour déposer vos armes sur le plancher...

Il se sentait enfin en position de force, pour la première fois depuis longtemps. Il remarqua que Brown jaugeait la distance les séparant.

— Vous avez raison, reprit-il, je ne peux tirer que deux coups et vous êtes trois. Donc, je viserai pour tuer deux d'entre vous avant de tenter ma chance avec le survivant. Qui veut mourir le premier ?

Aucun ne se porta volontaire.

— Pour être franc, ajouta Archer, cet homme n'est pas digne que l'on meure pour lui. Mes amis et moi-même voulons seulement quitter ce bateau. Posez vos armes sur le sol et faites-les glisser vers moi.

— Vous ne réussirez pas, annonça Brown.

— C'est possible, mais cela vaut la peine d'essayer. Ou vous pourriez profiter de l'offre du capitaine Smith. Il est peut-être encore d'humeur à négocier.

Était-ce un effet de son imagination ou bien réfléchissaient-ils à sa proposition ?

— Vos armes, insista Archer.

Les deux gardes se tournèrent vers Brown, qui haussa les épaules, tira son pistolet de sa ceinture et le posa sur le plancher. Les autres suivirent son exemple.

— Faites-les glisser vers moi d'un coup de pied. Un par un. En commençant par vous, ordonna-t-il à Brown.

Quand Archer eut récupéré les trois pistolets, il répéta le processus avec les couteaux des pirates. Après les avoir désarmés, il décida de suivre l'exemple de l'homme les ayant empêchés, William et lui, de signaler leur présence au navire militaire, durant la dernière livraison. Il exigea que les trois marins s'étendent sur le sol, les mains bien visibles.

— Et maintenant ? demanda l'un d'eux.

Archer tenta de tendre l'oreille pour savoir ce qui se passait sur le pont. Il n'entendit que la mer et le doux grincement du gréement. Il referma la porte de la cabine.

— Maintenant... nous attendons.

XXII

MARSHALL RISQUA un coup d'œil par-dessus le bastingage. La lune et deux lanternes, l'une accrochée sur le gaillard arrière, près de l'habitacle, l'autre près de la porte de la cabine d'Adrian, lui permettaient une vue d'ensemble. Les gardes étaient à leur poste, mais alors que les trois cloches sonnaient, il entendit tambouriner et la voix d'Archer, haute et excitée. Les sentinelles se ruèrent dans la cabine d'Adrian. Peu après, quelqu'un appela et un troisième homme descendit de la dunette et s'engouffra également à l'intérieur. La porte se referma. *Soyez béni, Davy.*

Le pont avait retrouvé son calme. Marshall ne voyait aucun mouvement, mais il savait qu'un homme restait probablement à la barre. Il passa au-dessus du rail, les yeux toujours fixés sur la porte de la cabine. Un cri étouffé retentit derrière lui.

Un marin venait de descendre du gaillard avant et s'apprêtait à traverser le pont. Il se figea, la tête tournée vers Marshall, puis tourna les talons et dévala le plus proche escalier qui descendait vers l'entrepont.

Marshall voulut se lancer à sa poursuite, mais il se ravisa en entendant des pas approcher. Il replongea dans l'ombre et sortit de sa ceinture le barreau de fer.

— M. Brown ? M. Brown, aurez-vous besoin de…

C'était le barreur. Marshall ne sut jamais ce dont Brown pouvait avoir besoin, car il assomma l'homme, dont il récupéra le pistolet avant de descendre pour retrouver celui qui l'avait repéré. Derrière lui, le pont était désert, s'il avait la chance de rattraper le marin avant que celui-ci donne l'alerte… Non, il devait d'abord rejoindre le capitaine. Il n'était jamais venu de ce côté du navire, mais la cellule devait être à l'identique de la sienne. Après le petit escalier, il prit une coursive, tourna un angle et vit une lueur devant lui.

Il trébucha et faillit s'écrouler sur un corps inanimé.

— CAP'TAINE ! CAP'TAINE ! Réveillez-vous !

Smith se retrouva debout, presque avant de l'avoir décidé, en entendant la voix affolée de Bert.

— Que se passe-t-il ?

À la lueur étouffée de sa lanterne, le marin paraissait très inquiet.

— Vos gars sont passés à l'attaque, cap'taine. L'un d'eux est sur le pont, je sais pas c' qui se passe. J'ai renvoyé Peters en lui disant que j'allais le remplacer. J'ai aussi assommé Alf, mais nous avons juste…

Jaillissant de l'ombre, le canon d'un pistolet s'appuya contre sa tempe.

— Ouvrez la porte, ordonna froidement une voix familière. Et écartez-vous. Je préfère vous enfermer que devoir vous tuer.

Smith était enchanté de la tournure des événements.

— Ce pistolet est inutile, M. Marshall, déclara-t-il. Je vous présente notre nouvelle recrue. Bert – morbleu ! Puisque vous faites désormais partie de mon équipage, je veux savoir votre nom.

— Hubert Parker, m'sieur.

— Très bien, Parker, ouvrez la porte et allez chercher vos camarades. Par où allez-vous passer ?

— Par où j' suis venu, m'sieur. Bâbord arrière.

— Bien. Retrouvez-nous tous les trois sur le pont aussi vite que possible.

Parker salua et disparut au moment où la porte s'ouvrait. Marshall leva la lanterne que le marin lui avait laissée. Il paraissait amaigri, mais plein d'énergie.

— Bonsoir, capitaine. Est-ce que tout va bien, monsieur ?

— À peu près, M. Marshall. Et vous me semblez en bonne forme. Je présume que vous avez une raison valable pour ne pas être en uniforme.

Lui-même enfilait sa veste et ses chaussures tout en parlant. Il ne laissa pas à Marshall le temps de lui répondre.

— Nous en discuterons plus tard. Où est M. Archer ?

Un petit muscle se crispa sur la mâchoire du jeune lieutenant.

— Sur le pont, monsieur. Il s'occupe d'Adrian. Il nous attend à la rescousse.

— Alors, ne le décevons pas. Une minute.

Il récupéra l'objet qu'il avait façonné au cours des derniers jours. Il fut amusé par l'expression surprise de Marshall, mais ne s'y attarda pas. Il lui ordonna juste d'éteindre la lanterne avant que tous deux se précipitent dans l'escalier.

— Où avez-vous trouvé une épée, monsieur ?

— À l'origine, il s'agissait d'un des pieds de ma table, M. Marshall. Je crains qu'elle ne me serve qu'une seule fois, mais je n'avais rien d'autre à faire de mon temps et, dans l'obscurité, elle paraît plus impressionnante.

Le pont était toujours calme quand ils y arrivèrent. Ils trouvèrent les panneaux qui bloquaient les écoutilles et les verrouillèrent, ne laissant ouvert que celui qu'utiliseraient leurs complices. Des pas résonnaient déjà en dessous, Marshall secoua la tête devant l'épée de bois du capitaine et lui remit son pistolet.

— Je garde cette sortie, aboya Smith. Allez récupérer Archer.

MARSHALL COURUT jusqu'à la cabine d'Adrian. Il frappa le signal convenu – deux coups, une pause, puis un troisième – et la porte s'ouvrit.

— Will – entrez, vite !

Marshall regarda derrière lui. Sur le pont, trois hommes aidaient Smith à sécuriser l'autre trappe. Dès qu'il pénétra dans la cabine, Archer lui tendit un pistolet et demanda :

— Avez-vous trouvé le capitaine ?

— Oui. Il est sur le pont maintenant. Et il a recruté trois des membres de l'équipage.

Apparemment, Archer avait aussi la situation bien en main, trois prisonniers étaient couchés sur le sol et Adrian, inconscient, gisait sur sa couchette, pieds et poings liés.

— Je vois que vous n'avez pas chômé. Vous reste-t-il du cordage ?

— Prenez ceci.

Il arracha la ceinture du peignoir qu'il portait avant de l'enlever, révélant plusieurs autres pistolets et de vilaines blessures au bras – il paraissait avoir été attaqué par un animal sauvage. D'ailleurs, tout son corps ressemblait à un champ de bataille. Marshall fit une grimace compatissante.

— Mieux vaut remettre votre chemise, Davy…

— Je sais.

Il la fit passer sur sa tête, puis récupéra son pistolet, couvrant Marshall pendant que celui-ci ligotait dos à dos deux des trois hommes.

— Fouillez-les pour vérifier s'ils n'ont pas d'autres armes. J'ai déjà récupéré deux couteaux, mais je suis certain qu'il leur en reste.

Le troisième homme – celui qui s'était trouvé sur le pont – commençait à bouger.

— Restez tranquille, morbleu ! ordonna Archer. Will, il devrait y avoir d'autres garcettes dans le tiroir de gauche, sous la couchette.

Effectivement, il y en avait, ainsi que d'autres objets sur lesquels Marshall préféra ne pas réfléchir. Il ligota le plus âgé des forbans, attachant chacun de ses pieds à ceux des deux autres. Il leur faudrait un certain temps pour comprendre la situation, et encore davantage pour se libérer. En fouillant leurs poches, il trouva deux canifs et, sur le plus âgé, une petite longue-vue.

Marshall avança jusqu'au lit et tira des draps froissés une couverture qu'il jeta sur Adrian. Pour le moment, cela suffirait. Ils n'avaient pas le temps de rhabiller ce porc, surtout pas en présence de ses hommes.

Puis il vit un petit tas de vêtements sur le sol : une veste bleue d'aspirant, un gilet, des souliers et des bas. Cette vision l'accabla, pour une raison étrange. Même s'il savait déjà ce que le bâtard avait fait subir à Davy, il ressentit une profonde colère qui faisait monter en lui une envie de meurtre. Il inspira profondément pour réprimer son impulsion. Adrian était attaché. Inconscient. *Il s'agit d'un prisonnier, que diable ! Tu ne peux l'abattre.*

Archer avait remarqué sa réaction, bien entendu. Son expression était résignée, son regard hanté. Marshall décida de quitter la cabine avant que l'indignation étouffe ses scrupules. Quand il s'approcha de Davy, celui-ci chuchota :

— Comment comptez-vous expliquer sa nudité au capitaine ?

— Il dormait nu et ivre mort, rétorqua sèchement Marshall. Vous l'avez attaché là où vous l'avez trouvé.

Tournant le dos pour que les autres ne puissent entendre, il baissa la voix pour ajouter :

— Peut-être n'aurons-nous rien à expliquer au capitaine, s'il reste sur le pont. Et vis-à-vis d'eux…

D'un signe de tête, il désignait les prisonniers,

— … je jouerai à l'abruti fini incapable de deviner l'évidence. Rhabillez-vous, Davy.

Archer s'illumina un moment, avant de hausser les épaules.

— Cela ne changera rien. Nous n'avons pas le temps…

— *Rhabillez-vous*, aboya Marshall, les dents serrées. Vous êtes venu ici dîner, tout le navire le sait. Vous avez combattu, votre uniforme ne peut être impeccable, mais pour l'amour de Dieu…

Il continua d'une voix plus audible :

— … Il ne nous faudra qu'un moment pour veiller à ce qu'ils ne trouvent pas d'armes dans cette cabine. S'il en reste, nous en aurons besoin.

Il désigna le coin nuit et enchaîna :

— Fouillez ce côté, M. Archer, je m'occupe du reste.

Une fois le rideau tiré, Davy pourrait se rhabiller en toute intimité.

Son idée s'avérera excellente : Marshall découvrit dans la garde-robe un mousquet et cinq épées – deux lames standard de la Royal Navy, une autre de qualité remarquable et une quatrième lourdement sertie de joyaux, mais utilisable. Quant à la dernière, Marshall fronça les sourcils en l'examinant, car elle lui paraissait familière. Il comprit vite qu'il s'agissait de celle du capitaine Smith, gravée à son nom. Il confisqua également sur la console de service neuf couteaux tranchants qu'il enveloppa dans une serviette de table.

Quand il eut terminé, Archer était revenu, sanglé dans son uniforme et armé de ses pistolets. Marshall vérifia une dernière fois les liens de leurs prisonniers et constata que son ami avait bien ligoté Adrian.

— Je me demande pourquoi vous n'avez pas étranglé le bâtard pendant que vous en aviez l'opportunité, dit-il en sortant de la cabine dont il verrouilla la porte de l'extérieur.

— J'y ai pensé, répondit Archer. Puis il m'est venu à l'esprit qu'Adrian aurait agi de la sorte. Je préfère laisser le capitaine décider de son sort.

LE PONT était sécurisé. Le barreur, toujours inanimé, avait été attaché au mât de misaine, où il ne gênait personne. Le capitaine Smith se tenait sur le gaillard arrière, armé d'une véritable épée et d'une paire de pistolets. Il rendit à Archer son salut militaire.

— Un plaisir de vous retrouver en forme, M. Archer. Notre groupe inclut désormais le canonnier Parker et ses compagnons de la cambuse, Nearns et Vincent. Ils n'ont pas encore signé leur engagement de façon formelle, mais ils sont d'ores et déjà membres de l'équipage de la

Calypso. Nous réglerons les détails pratiques dès notre retour à Portsmouth.

Il fallut un moment à Marshall pour comprendre pourquoi le visage des trois hommes lui paraissait étrange. Puis la vérité le frappa : ils ne portaient pas de masque. Leurs traits étaient parfaitement ordinaires, mais après tout ce temps, même l'ordinaire devenait surprenant.

— Parker m'a informé que nous étions en route vers Torbay, si nous gardons notre cap, poursuivit Smith. J'espère que votre confinement n'a pas affecté votre capacité à naviguer ?

— Non, monsieur.

— Capitaine…

— Oui, M. Marshall ?

— Je suggère de refermer le hublot de notre cellule, par sécurité. Nous en avons ôté le barreau, monsieur, et si nous avons pu nous échapper par là…

— Veillez-y.

Marshall arriva au bastingage juste à temps pour claquer le volet au nez d'un homme qui tentait de suivre son exemple. Il tira sur le cordage et attacha le petit cabestan en un nœud serré. Plus personne ne pourrait les prendre à revers. Il se promit cependant de garder un œil sur la filière de tribord.

Il retourna auprès du capitaine.

— Nous garderons notre cap jusqu'à ce que je puisse examiner les cartes marines, annonça Smith. L'équipage était composé de quarante hommes. En décomptant nos nouvelles recrues, l'homme attaché au mât et vos prisonniers… Combien sont-ils ?

— Quatre, monsieur. Dont Adrian, précisa Archer.

— Excellent. Nous devrions donc avoir trente-deux pirates coincés dans la cale. Neuf d'entre eux pourront être enfermés dans mon ancienne cellule et, si le volet de la vôtre reste clos, il y aura là de quoi en enfermer neuf autres. Parker, y a-t-il une pièce où nous pourrions mettre le reste ?

— Le casier à voile, m'sieur, où M. Marshall a été…

Smith tourna les yeux vers son lieutenant.

— Il n'y a qu'un mètre vingt sous plafond, monsieur, déclara celui-ci. Ils n'y seront pas très à l'aise, mais nous ne l'étions pas davantage.

Smith acquiesça.

— Cela devrait aller. Nous ne tarderons pas à arriver au port. Auparavant, j'ai l'intention de régler le sort d'Adrian. Il m'a semblé seul maître à bord. L'un de vous aurait-il vu certains de ses hommes agir comme des officiers ?

Marshall échangea un regard avec Archer, avant de secouer la tête.

— Non, monsieur, répondit-il. Il semblait y avoir un navigateur à la barre, mais je ne me souviens pas qu'un autre que lui ait donné les ordres.

Smith affichait une expression sinistre.

— Voilà qui me simplifiera les choses. Eh bien, messieurs, nous avons une détestable tâche à accomplir. Autant nous en débarrasser aussi vite que possible. M. Marshall, M. Archer – veuillez faire monter le pirate sur le pont.

Se tournant vers les trois autres, il ajouta :

— Veuillez trouver un filin solide et l'accrocher au grand mât. Je regrette la nécessité qui vous oblige à me prouver votre sincérité en participant à cette pendaison, mais vous êtes le seul équipage que nous ayons à l'heure actuelle.

— Ça me gêne pas du tout, m'sieur, déclara Nearns.

Les deux autres marquèrent leur accord d'un signe de tête. Vincent était encore adolescent et, à son expression, Marshall comprit qu'il avait probablement de bonnes raisons de souhaiter son ancien capitaine pendu haut et court.

En principe, lui-même n'y voyait pas d'inconvénient. Et même, essentiellement à cause d'Archer, il approuvait de tout cœur la décision du capitaine Smith. Davy et lui en avaient déjà discuté, mais la réalité d'une exécution était tout à fait différente. Marshall trouvait l'idée d'ôter de sang-froid la vie à un être humain révoltante. Il savait qu'un jour, il pourrait avoir à donner un tel ordre, s'il obtenait enfin le commandement auquel il aspirait. Pourtant, il était soulagé que la décision ne dépende pas de lui cette fois-ci.

Archer l'accompagna jusqu'à l'escalier qui descendait sous le pont arrière.

— Dieu merci, c'est au capitaine d'en décider, souffla-t-il. Je déteste ce bâtard d'Adrian et je le tuerais sans hésiter dans un combat loyal, mais...

— Je sais.

En plus, il leur faudrait ranimer le pirate et le rhabiller. Et si ses derniers mots étaient l'accusation qu'Archer redoutait tant ? Marshall ne pouvait plus rien faire. Le capitaine Smith avait repris son poste de commandement, il possédait à la fois l'expérience et le courage d'accomplir ce qui devait l'être.

Marshall ne sut jamais pourquoi il hésita après avoir posé la main sur la poignée de la porte, mais cela lui sauva probablement la vie.

Il se tourna vers Archer pour dire :

— Je m'occupe de le…

Il fut interrompu par une balle qui traversa la porte, à l'endroit où sa tête se trouvait la seconde précédente. Le poids d'un corps s'écrasa contre le panneau, à l'intérieur de la cabine. Marshall résista en pressant de son côté et Archer referma le verrou. Marshall entendit des coups de pistolet et des éclats de verre dans la cabine.

— Les fenêtres ! cria-t-il.

Ils remontèrent à toute vitesse les marches jusqu'au pont arrière, où ils trouvèrent le capitaine Smith penché sur le bastingage, l'épée brandie pour empêcher les pirates de grimper le long du flanc du navire par les fenêtres de la dunette. À ses côtés, Nearns faisait passer une voile par-dessus le rail métallique pour bloquer tout accès. Parker et Vincent travaillaient à ôter le mât d'appoint du pont principal.

— Amenez-le ici pour maintenir la voile en place ! leur ordonna Smith. M. Marshall, nous avons besoin de longerons pour établir une barricade !

— Ils sont également à la porte de la cabine, monsieur, reporta Marshall. Davy, restez près du bastingage, je vous ferai passer les longerons.

Les minutes suivantes furent trop animées pour pouvoir parler, mais ils réussirent à placer suffisamment d'épars sur la toile pour bloquer efficacement toute sortie par les fenêtres d'Adrian.

— Il doit y avoir un accès secret de la cabine à la coursive, déclara Smith, avec fureur. À présent, impossible de savoir où il se trouve.

Un grattement, suivi d'un claquement et d'un bruit d'éclaboussures montèrent jusqu'à eux de l'avant tribord.

— Par le diable, mais que… ?

— L'accès aux livraisons ? suggéra Marshall.

Il courut jusqu'à la poupe du navire. Une balle siffla à ses oreilles lorsqu'il se pencha par-dessus le bastingage. Il se mit à couvert, mais il avait eu le temps d'apercevoir une chaloupe avec Adrian et huit membres de son équipage, qui souquaient aux avirons, s'éloignant rapidement de l'*Insaisissable*.

— Parker ! Armez la canonnière ! cria Smith. M. Marshall, M. Archer, aidez-le, je vous prie ! Faites feu dès que cela vous sera possible !

Le petit canon pivotait sur un socle, indépendant de l'arbalète dont le bois n'était probablement pas assez solide, mais l'ensemble était posé sur un chariot, ce qui lui permettait un tir à quasiment 360°. Parker était sans doute bon canonnier, car l'arme était prête au moment où Marshall et Archer le rejoignirent.

Le coup partit, un peu haut et trop à bâbord. Ils réarmèrent. Archer modifia l'angle de tir pendant que Parker s'occupait de la poudre et que Marshall plaçait le boulet dans son encoche.

— Armez aussi celui de tribord arrière ! ordonna Smith.

Marshall constata que la chaloupe cherchait à contourner le navire. La première canonnière était rechargée. Mieux valait effectivement doubler le tir.

— Vous deux, allez-y. Je reste ici pour m'occuper de celui-ci.

Ils partirent en courant. Apparemment, Parker avait déjà aussi chargé l'autre canonnière. Davy et lui le firent pivoter et visèrent sans attendre. Marshall tira à son tour, en visant avec soin. Les deux détonations retentirent à quelques secondes d'intervalle et le sec claquement de l'impact porta loin sur l'eau. Lorsque la fumée se dissipa, la chaloupe était en morceaux – des corps et des débris flottaient au gré des vagues obscures. Marshall plissa les yeux à travers la nuit pour apercevoir mouvement, mais en vain. D'instinct, il s'était mis à nettoyer et à recharger le petit canon pivotant.

— Vous apercevez quelque chose, Davy ?

Archer se pencha au-dessus du rail, regardant l'eau.

— Non. Je ne distingue rien…

Un martèlement recommença à l'intérieur de la cabine du capitaine. Brusquement, la porte s'ouvrit et le reste de l'équipage en jaillit.

D'un coup de feu, Smith fit tomber un premier homme. Celui qui le suivait trébucha sur son corps et s'étala la tête la première sur le pont, mais quelques autres réussirent à passer et se mirent à couvert. Tous étaient armés. Les tirs fusaient de partout.

— Davy, venez m'aider ! cria Marshall.

Archer laissa tomber son pistolet vide et courut le rejoindre sur le gaillard avant.

— Il nous faut faire pivoter ce canon ! ordonna Marshall.

Déjà, il arrachait les broches qui maintenaient en place le chariot pivotant.

— Il ne sera plus tenu, prévint Archer.

— Nous n'aurons besoin de tirer qu'une seule fois. Écartez-vous.

Même une canonnière pesait plusieurs centaines de livres. Ils durent forcer pour l'écarter du bastingage et l'incliner pour viser le pont en dessous. *C'était un coup risqué.* Marshall ne tenait pas à percer la coque.

— Déposez vos armes ! hurla-t-il.

Pour attirer l'attention, il sortit son pistolet de sa ceinture et fit feu. Un homme du pont les remarqua, glapit, affolé et détala. Ceux qui tentaient encore de sortir de la cabine du capitaine firent rapidement retraite et la porte se referma sur eux.

Dans le calme revenu, le capitaine Smith se pencha sur le rail de la dunette.

— Beau travail, messieurs. Parker, veuillez mettre un étai contre cette porte et le maintenir en place avec ce canon. Nous avons eu suffisamment d'animation, conclut-il, irrité.

L'homme et ses acolytes s'empressèrent d'exécuter son ordre. Marshall et Archer redescendirent sur la dunette.

— M. Marshall, demanda Smith, combien d'hommes y avait-il sur cette chaloupe ?

— Neuf, monsieur, y compris Adrian. Il devrait donc rester…

Il regarda autour de lui et ne vit que deux cadavres gisants sur le pont. Il fit un rapide calcul et enchaîna :

— … vingt-trois hommes, répartis dans la cale et dans la cabine.

— Nous sommes désormais un contre quatre. C'est une nette amélioration !

Smith leva les yeux. Les étoiles se voyaient à peine, cachées par un mélange de fumée et de brouillard léger, né de la fraîcheur de la nuit.

— En temps normal, reprit le capitaine, j'aurais envoyé une chaloupe pour les survivants, mais là, c'est impossible, nous manquons d'hommes. Si vous entendez un appel à l'aide, jetez un filin. Demain matin, nous descendrons enfermer les prisonniers.

— À vos ordres, monsieur.

D'une voix tranquille, comme s'il s'agissait d'une arrière-pensée, Smith ajouta :

— Au fait, M. Marshall, il serait préférable que vous n'utilisiez plus d'artillerie sur le pont. Je vous félicite de votre réaction rapide, mais il se trouve que la cargaison à bord est constituée de poudre à canon.

Sous le choc de cette révélation, Marshall resta figé sur place, bouche bée, incapable de prononcer un mot. Pas étonnant que les pirates aient fui aussi vite !

Il finit par hocher la tête et répéta :

— À vos ordres, monsieur.

Smith plissa les yeux en examinant le gréement.

— Il faudra sans doute que nous nous y mettions tous, mais il nous faut affaler les perroquets et les huniers, et jeter l'ancre. Nous étions en route pour Torbay, aussi devrions-nous passer devant Bolt Head à l'heure actuelle, mais je ne compte pas tâtonner dans l'obscurité.

Marshall échangea un regard avec Archer. Bolt Head était tout près de Portsmouth.

— Tâtonner, monsieur ?

— Un petit malin nous a coupé le filin de barre, M. Marshall, répondit Smith. Nous ne pouvons plus diriger ce navire, sauf à la voile, ce qui nous est impossible avec un équipage aussi réduit. Mais d'autres navires de Sa Majesté croisent dans les parages. Si notre chance tient, nous pouvons en croiser un et lui emprunter quelques hommes – ou convaincre certains de nos prisonniers qu'il est dans leur intérêt de suivre les ordres d'un capitaine plus sensé.

— Je vois. Merci, monsieur.

Il se détourna et ordonna :

— Davy, veuillez vérifier si l'ancre est attachée.

Archer obtempéra aussitôt.

— Oui, monsieur !

— Laissez couler ! ordonna Smith

À la proue, Archer et Vincent lâchèrent l'ancre qui plongea dans la mer.

UNE FOIS la porte de la cabine du capitaine définitivement bloquée, Marshall entraîna tous ses hommes dans le gréement – sauf Nearns, le cuistot, qui avait le vertige. De plus, avec son thorax en tonneau et ses membres courts, il aurait eu du mal à monter. Il avait cependant un rôle important sur le pont, à gérer les cordages, et il s'en contenta volontiers.

Archer ne pouvant transporter d'une seule main les lourds filins, le capitaine Smith dut se charger de monter la garde pour éviter un nouvel assaut de l'équipage pirate.

Avec si peu d'hommes, un travail qui n'aurait dû prendre que quelques minutes leur demanda près d'une heure. Par chance, l'*Insaisissable* était un brick, il n'y avait que deux mâts à gréer. Marshall réalisa ne plus avoir passé autant de temps dans les hauteurs depuis ses jours d'apprentissage, encore jeune aspirant. À un moment, il baissa les yeux et constata que le capitaine Smith mettait également la main à la pâte, enroulant les drisses au fur et à mesure. Même sur un petit bateau comme celui-ci, il fallait des kilomètres de cordages qui devaient être maintenus en place, sinon ils risquaient de s'emmêler et de fausser le jeu des voiles. Tout devait être accompli instantanément, et régulièrement. En mer, la moindre négligence pouvait être fatale.

Ils finirent par atteindre leur objectif. En retrouvant le pont, Marshall, épuisé, avait faim et soif, ses genoux lui semblaient être en caoutchouc. Mais la tâche était loin d'être terminée. Les quelques pas qu'il dut parcourir sur le gaillard arrière lui semblèrent bien longs et difficiles.

— Les voiles sont prêtes, monsieur.

— Très bien, M. Marshall. Parker, si vous êtes capable de diriger le bateau, prenez un sondeur.

— Oui, m'sieur, je pense m'en tirer.

Parker salua et s'en alla vers la proue du navire, entraînant Nearns. Ils disparurent peu après par-dessus le bastingage, sur une corniche où il était possible de se tenir pour lancer à la mer un filin plombé et déterminer la profondeur sous la quille.

— Trouvez-vous de quoi vous sustenter, M. Marshall, déclara Smith. Il y a des avantages à avoir parmi nous le cuistot du navire. Il a rempli une chaloupe de provisions au cas où nous devions abandonner le navire.

— Merci, monsieur.

Il hésita et reprit :

— Capitaine… Je suis désolé, je n'ai pas pensé à mieux vérifier la cabine d'Adrian lorsque j'en ai eu l'opportunité…

— Vous y avez laissé quatre prisonniers, M. Marshall. Je n'aurais pas plus que vous pensé qu'il existait un passage secret. Et ne vous ai-je pas donné l'ordre d'aller déjeuner ?

— Si, monsieur.

La chaloupe se trouvait de l'autre côté du grand mât. Archer, assis sur un rouleau de cordage, y sirotait une tasse, un biscuit de mer sur les genoux.

— Bonjour, Davy. Qu'avons-nous au menu ?

Il se pencha sur le rebord de la chaloupe et y vit deux tonneaux dont les couvercles étaient ouverts.

— Thé froid, œufs durs et biscuits, répondit gaiement Archer. Désolé, mais il n'y a pas de gruau ce matin.

— Quel dommage ! Je sais que vous deviez espérer un bon porridge figé.

Il s'approcha d'abord du tonneau d'eau, car il était terriblement assoiffé. Il prit ensuite un œuf et un biscuit. Quel soulagement pour lui de retrouver une routine ! De plus, il était rassuré de découvrir que son besoin de la proximité de Davy diminuait à présent que le danger avait disparu. Il était heureux de la présence de son ami, mais rien de plus. Rien de dangereux. Et Davy semblait tout aussi détendu.

Il n'avait avalé que quelques bouchées de son repas, appuyé contre la chaloupe, lorsque le capitaine Smith l'appela du gaillard arrière.

— M. Marshall, nous avons un problème.

Marshall se retourna – et se figea. Smith était contre la rambarde de la dunette, près de l'escalier tribord. Debout derrière lui, une épée dans une main, un pistolet dans l'autre, se tenait Adrian. Il sortait de l'eau, apparemment, car il était manifeste, même à la faible lueur d'une lanterne, que ses vêtements trempés lui collaient au corps. Il avait dû réussir à nager jusqu'à l'échelle de poupe pour remonter à bord.

— Oh, mon Dieu ! souffla Marshall. Davy, ne bougez surtout pas.

— Que se passe-t-il ?

Marshall répondit sans le regarder.

— C'est Adrian. Il a pris le capitaine en otage.

XXIII

Parker et Nearns n'étaient pas revenus, il n'y avait donc pas d'aide à attendre de ce côté-là. Marshall s'écarta de la chaloupe, les mains levées. Il avait un pistolet caché dans le dos. S'il pouvait approcher un peu…

— N'avancez plus, déclara Adrian. Vous ne voyez pas la pointe de mon épée, mais elle est contre la colonne vertébrale de votre capitaine. J'ai connu un homme autrefois, un de mes supérieurs, qui avait reçu un tel coup d'épée. Il a survécu, mais il n'a jamais remarché.

Une blessure de ce genre avait les plus grandes chances d'être fatale.

— Dites-moi, continua Adrian, où se trouve mon cher ami, M. Archer ?

Délibérément, Marshall se détourna de l'endroit où était Davy et leva les yeux vers le gréement du grand mât. Le jeune Vincent s'y trouvait encore, surveillant une voile. Il portait des vêtements clairs. À une telle hauteur, il était impossible de discerner son identité.

— Ne bougez pas ! cria Smith.

Marshall comprit que cet ordre s'adressait à quelqu'un qu'Adrian ne pouvait voir. Un coup de feu retentit. Le cœur serré, Marshall s'attendit à voir tomber son capitaine. Mais c'était Vincent qu'Adrian avait visé. Le corps inerte s'écrasa sur le pont avant de basculer dans la mer où il disparut dans une gerbe d'éclaboussures.

— Très mauvais conseil, capitaine, annonça Adrian. Mais je vous remercie tous les deux de m'avoir indiqué où le trouver. À présent, M. Marshall, veuillez, je vous prie, avancer jusqu'à ma cabine et en ouvrir la porte.

Marshall ne bougea pas. Même s'il avait voulu obéir à Adrian, il ne l'aurait pu, car il fallait au moins deux hommes pour déplacer le canon et la grille qui bloquaient la porte. Le pirate ne le savait pas, bien sûr. Par contre, il serait assez facile d'ouvrir les trappes de chaque côté… et le pont serait envahi par ce qui restait de l'équipage. Il déplaça le poids de son corps sur son pied gauche et se porta légèrement sur tribord.

— Ne tenez pas compte de cet ordre, M. Marshall, aboya Smith.

Il paraissait très en colère, mais pas particulièrement inquiet. Il tourna légèrement la tête vers Adrian et déclara :

— Vous réalisez certainement qu'en me tuant, vous n'auriez plus la moindre chance de négocier. De même, si vous tiriez sur le lieutenant Marshall, vous me donneriez une opportunité de vous désarmer. Vous abattrez sans doute l'un d'entre nous, mais l'autre ne manquerait pas de vous arrêter.

— Une impasse ? Voilà ce que vous pensez ? Le temps est de mon côté, capitaine. Il s'agit de mon navire. J'ai plus de vingt hommes sous le pont et, tôt ou tard, ils réussiront à sortir – *ne bougez plus*, M. Marshall, j'ai un autre pistolet.

Avant de monter dans le gréement s'occuper des voiles, tous avaient abandonné sur le pont leurs armes que Nearns devait recharger, voilà comment Adrian s'était procuré ses pistolets. Marshall baissa les yeux, comme résigné. Sans bouger la tête, il regarda autour de lui afin de vérifier si David avait également une arme.

Mais David Archer avait disparu.

Il n'avait pu s'esquiver que d'une seule façon, en contournant la chaloupe par l'arrière, dépassant les longerons et le mât de l'autre côté. Il devait donc viser l'escalier bâbord du gaillard arrière. De là, il n'apparaîtrait que durant les deux ou trois derniers mètres. La nuit était sombre – il pouvait réussir.

— J'ai une proposition à vous faire… commença Marshall.

Il fit un autre pas sur la gauche, vers l'escalier tribord, ce qui força Adrian à se tourner pour le suivre des yeux. Surprenant du coin de l'œil un mouvement furtif, Marshall écarta les mains et les agita, pour maintenir sur lui l'attention du pirate.

— Je suis certain qu'à présent, enchaîna-t-il, vos hommes à terre ont recueilli notre rançon. Si vous me laissez mettre à l'eau cette chaloupe et y placer le capitaine Smith, vous pourrez libérer vos hommes et me garder en otage le temps de vous échapper.

— M. Marshall, c'est une offre inacceptable ! s'emporta le capitaine Smith.

Son visage était éclairé par la lanterne suspendue dans l'escalier. Ses yeux dérivèrent sur la gauche, à un endroit que Marshall ne pouvait apercevoir. Puis le capitaine changea aussi de position, avançant légèrement à tribord. À eux deux, ils avaient manœuvré de telle sorte qu'Adrian ne puisse plus surveiller l'ensemble du pont.

Smith enchaîna :

— Ni l'un ni l'autre ne tenez compte du fait que j'ai réussi à envoyer un message à l'amirauté en même temps que notre demande de rançon.

— Impossible ! s'exclama Adrien. J'ai moi-même vérifié vos missives…

— Je n'en doute pas. Mais avez-vous pensé à les présenter devant une bougie pour chauffer le papier ?

— Non, c'est absurde. Pourquoi l'aurais-je fait ?

Marshall se posait la même question. Il ne comprenait plus rien, mais Smith ayant manifestement l'attention d'Adrian, il ne comptait pas intervenir et gâcher la très efficace manœuvre de diversion de son capitaine.

Très absorbé, Adrian se détourna de l'escalier bâbord.

… Où Davy se trouvait.

— Je m'intéresse beaucoup aux recherches scientifiques modernes, déclara Smith. Ignorez-vous qu'il existe certaines encres qui, une fois sèches, deviennent invisibles, puis réapparaissent quand le papier est chauffé ?

— Et je présume que vous gardez sur vous une encre pour vous en servir en cas d'enlèvement ?

— En fait, ce fut bien le cas – j'avais sur moi du jus de citron. Quel navire n'en a pas à son bord ? Je voulais justement vérifier combien de temps la substance reste utilisable en étant conservée de cette façon, expliqua Smith. Vous avez amplement fourni le temps et l'intimité de l'utiliser. Vous êtes d'une grande arrogance, je parlerais même d'outrecuidance, mais l'amirauté possède désormais votre signalement et celui de votre navire. Si, selon ma suggestion, vous avez remis mes lettres au lieutenant Drinkwater, vous n'avez pratiquement plus aucune chance de vous en tirer. Votre 'commerce' touche à son terme.

— Dans ce cas, je n'ai plus rien à perdre à vous tuer tous les deux.

Toujours comédien, Adrian tenait son rôle habituel, mais son public ne réagissait pas comme prévu : aucun des deux officiers ne paraissait le craindre. Il en devint de plus en plus tendu.

Par contre, Smith était aussi calme que s'il se trouvait sur le gaillard avant, au cœur du combat.

— Au contraire. Il vous reste une chance. Si vous laissiez M. Marshall mettre à l'eau cette chaloupe – et il aura pour cela besoin de mon aide – vous pourriez atteindre le rivage. Nous ne vous poursuivrions pas, ce serait impossible. Il n'y a pas d'autre chaloupe à bord et l'un de vos hommes a saboté la barre.

— Vous n'espérez quand même pas me faire croire une telle histoire !

— C'est la vérité, je vous en donne ma parole. J'ai encore la bouteille dans ma poche, si vous voulez l'exam…

Smith esquissa le geste de fouiller sa veste, mais il pivota et, du bras gauche, déporta l'épée qui le menaçait. Adrian se reprit vite et réagit en abaissant sa lame avec rage. La capitaine était en position vulnérable. Marshall se précipita vers lui, se sachant trop loin pour empêcher le pirate de tirer.

Archer, lui, était parfaitement placé.

Smith, la main gauche ensanglantée, bondissait en arrière pour se mettre hors de portée quand le jeune lieutenant jaillit de l'escalier opposé pour s'agripper des deux mains au bras armé d'Adrian. Son élan les fit reculer de plusieurs pas et s'écraser sur le pont. Marshall hésita une seconde, incapable de tirer tellement les deux hommes étaient enchevêtrés. Il craignait d'atteindre Davy. Il lâcha son pistolet pour retenir l'épée qu'Adrian brandissait toujours.

Tout à coup, un coup de feu retentit.

Tout s'arrêta pendant un très long moment. Personne ne bougeait. Puis Marshall sentit qu'Adrian cherchait à se libérer. Quant à Davy, il ne remuait plus du tout.

Une douleur chauffée à blanc le traversa, lui arrachant un grognement inarticulé. Il s'accrocha de plus belle au bras armé du pirate, posa le pied sur la lame et repoussa Adrian de toutes ses forces, avec l'intention de le projeter contre l'habitacle.

Au lieu de cela, le bâtard s'embrocha sur l'épée du capitaine.

SMITH DUT le voir venir, mais pas Marshall qui, aveugle à tout ce qui se passait autour de lui, tomba à genoux à côté de Davy, inerte, exsangue, exactement comme dans sa vision. Marshall ouvrit sa veste et, dans la faible luminosité du pont, chercha une trace de sang, une blessure, espérant désespérément que le coup ne soit pas fatal. Le damné rafiot n'avait probablement pas de chirurgien et les fournitures médicales se trouvaient probablement dans la cale, inaccessibles.

— Davy ? *Davy !*

Il avait l'impression que son sang charriait de la glace et qu'il allait se briser, incessamment sous peu. S'il avait cru être préparé à une telle situation, ce n'était pas le cas. Manifestement.

— Comment va-t-il ? demanda Smith, derrière lui.

— Je l'ignore. Je... je ne vois rien et... je ne trouve pas trace de blessure. Capitaine, ajouta-t-il rapidement en se souvenant du protocole.

Une lumière apparut derrière lui. Smith avait apporté l'une des lanternes. Voilà qui était mieux ! Il ne trouva qu'une brûlure sur le gilet de Davy. Il le déboutonna, craignant que cela cache une plaie plus profonde, mais, en dessous, la chemise était intacte. Il fit rouler Davy sur le ventre. Rien.

— Il semble avoir coincé le pistolet entre son bras et son corps, déclara Smith. Jolie manœuvre ! Respire-t-il ?

Marshall posa la main sur sa poitrine et sentit un mouvement, le gonflement régulier d'une respiration. Et aussi un battement de cœur ?

— Oui, monsieur.

Du coup, il se remit à respirer. Il vérifia le pouls de David, sur sa gorge renversée. Le cœur battait. Une vague de soulagement le traversa.

— Pensez-vous qu'il se soit cogné la tête ? demanda le capitaine.

— Je ne vois que cette explication, monsieur.

— Donnez-lui quelques minutes, M. Marshall. Je crois qu'il ne tardera pas à reprendre connaissance.

— Oui, monsieur.

Marshall reprit alors ses esprits, regarda autour de lui et vit du sang s'écouler sur le pont.

— Capitaine, votre main !

— Sa lame m'a entaillé le pouce. C'est salissant et incommode, mais superficiel. Si vous voulez bien... ?

Smith lui passa son mouchoir et Marshall lui fit un pansement de fortune. Il avait presque terminé lorsque les deux recrues réapparurent.

— Nous avons entendu votre ordre de ne pas bouger, cap'taine...

— En effet. Il a tiré sans sommation sur votre jeune camarade, nous n'avons pu l'arrêter. Je suis désolé. M. Archer a également été blessé. Veuillez prendre une couverture sur la chaloupe et l'en envelopper. Ensuite, vous retirerez mon épée et...

D'un signe de tête, il désigna le cadavre qui gisait sur le pont.

— ... jetterez le corps à la mer.

Parker écarquilla les yeux, mais il répondit poliment :

— À vos ordres, monsieur.

Au moment où il revint avec la couverture, Davy commençait à s'agiter. Il ouvrit les yeux et fixa d'abord Marshall, puis le capitaine Smith, qui, les sourcils froncés, examinait la rambarde à tribord.

— Je suis *vivant* !

Il en paraissait surpris.

— Oui, confirma Marshall. Et vous n'avez rien fait pour cela.

— Où est…

Marshall changea de position, empêchant son ami de voir le cadavre.

— Restez tranquille un moment, Davy. Comment vous sentez-vous ?

— Comme si j'avais reçu un poids de vingt livres sur la tête, reconnut Archer en faisant la grimace. J'étais… tellement concentré sur le fait de bloquer ce pistolet que je n'ai pas réfléchi… à ma trajectoire. Mais vous me semblez indemne, le capitaine aussi – cela a fonctionné ?

— Magnifiquement. Le capitaine a délivré le coup de grâce.

Archer se redressa sur un coude.

— Il est mort ?

— Absolument. Et cette fois, il n'y a pas le moindre doute.

Il s'écarta pour le laisser vérifier par lui-même. Parker n'avait pas encore retiré la lame qui transperçait Adrian, juste en dessous du cœur. Il y avait très peu de sang, car l'épée l'empêchait de sortir. Archer regarda un long moment, puis hocha la tête.

— Dieu merci, c'est fini !

— Presque. Nous sommes en pleine mer, sans gouvernail, et avec une cale pleine de prisonniers armés.

— Eh bien, vous ne voudriez pas que la vie devienne trop facile, n'est-ce pas ?

— À Dieu ne plaise que nous risquions de nous ennuyer ! Reposez-vous, Davy.

— Je vais bien.

Il tapota sa tempe d'un doigt prudent et ajouta :

— J'ai le crâne dur comme du bois de chêne. Il y a trop à faire, je ne peux rester couché.

Il réussit à se rasseoir, puis vacilla sur bâbord. Marshall le stabilisa.

— Morbleu, Davy…

— Ah, vous voici revenu, M. Archer, cria Smith. M. Marshall, venez me rejoindre, je vous prie.

— Monsieur ?

Smith avait emporté la lanterne de l'escalier tribord. Il pointa le doigt.

— Regardez. Si je ne me trompe pas, nous aurons bientôt de la compagnie.

Marshall plissa les yeux en scrutant l'horizon obscur. Au bout d'un moment, il aperçut quelque chose – pas vraiment une silhouette, davantage un endroit encore plus noir que les autres, sans la lumière des étoiles sur la mer. Il se souvint tout d'un coup de la longue-vue qu'il avait prise au barreur, bien des heures plus tôt. Il le sortit de sa poche et le tendit à Smith.

— Je n'aime pas du tout ce que je vois, M. Marshall. Grimpez et dites-moi que vous en pensez.

— Oui, monsieur.

Il récupéra l'instrument et se hissa à mi-hauteur du mât d'artimon, assez haut pour échapper à la luminosité du pont. Il faisait dramatiquement froid pour un mois de juillet – ce que Marshall n'avait pas remarqué jusque-là, mais il regretta soudain de ne pas avoir pris une chemise d'Adrian quand il en avait eu l'opportunité.

Même de son perchoir, il n'y voyait pas grand-chose. Pourtant, il était certain qu'un navire avançait sur eux, toutes voiles dehors. Il porta la longue-vue à ses yeux. Il faisait trop sombre pour distinguer les couleurs, bien sûr, mais lorsque le vaisseau prit le vent, il distingua mieux le pourtour de ses voiles et de ses mâts. Il y en avait trois. De même hauteur.

Oh, pour l'amour de Dieu ! Il poussa un profond soupir et laissa tomber sa tête contre le mât, sans trop savoir s'il lui fallait rire ou pleurer. *Alors que tant de navires anglais patrouillent cette foutue Manche... Alors que nous n'avons que quatre similis-canons, deux pétoires et deux membres d'équipage valides, alors que Davy est blessé et que notre barre ne fonctionne pas...*

Il rangea son instrument et se laissa glisser jusqu'au pont, puis il revint vers Smith.

— Il s'agit d'un navire français, monsieur.

L'idée d'être à nouveau prisonnier, après tout ce qu'ils avaient enduré...

— Les Français !

Smith poussa un juron. En général, Marshall avait du mal à déchiffrer l'expression de son capitaine, mais en cet instant, il paraissait aussi écœuré et découragé que lui-même.

Marshall frissonna un peu de froid et se ressaisit.

— Capitaine ? Devons-nous les attaquer, monsieur ?

— M. Marshall…

Smith s'interrompit et faillit sourire. Il tourna des sourcils menaçants vers le navire en approche, puis examina le pont. Après un temps de réflexion, il étrécit les yeux.

— Non. Nous ne les attaquerons pas. Nous allons leur offrir une cargaison de pirates. M. Marshall, assemblez l'équipage.

DEUX FEUX brûlaient sur le pont du brick, de chaque côté du gaillard arrière déserté. Personne ne bougeait. Le navire, qui n'arborait aucun pavillon, paraissait à la dérive, abandonné, à part ces deux lanternes. Il représentait une énigme à laquelle un capitaine un tantinet curieux ne pouvait résister.

Le navire de commerce français approcha et son capitaine chercha à communiquer via fanaux de signalisation. Le brick ne donna aucune réponse. Après un bref temps d'attente, les nouveaux venus mirent une chaloupe à la mer – une bien grande chaloupe pour un navire aussi petit, car elle contenait une vingtaine d'hommes sinon davantage. Elle avança rapidement en direction du brick.

Marshall surveillait l'opération de son humide poste de guet, derrière la quille, à l'endroit où la proue du navire émergeait de l'eau. Trop concentré pour sentir le froid, il tira un coup sec sur le filin attaché autour de sa taille et qui le reliait à la chaloupe de l'*Insaisissable*, cachée dans l'ombre, le long du flanc du brick, invisible des Français. Le signal convenu prévenait les autres de l'approche des étrangers. Avec un peu de chance, Marshall les entendrait bientôt parler, s'assurant ainsi qu'ils étaient bien Français – parce qu'il pouvait aussi s'agir d'un équipage anglais sur un navire français capturé et reconverti. Dans le premier cas, les évadés s'enfuiraient aussi rapidement que possible, profitant de l'ombre projetée du brick. Au lever du soleil, ils seraient hors de vue – et hors de danger, car en ramant plein ouest, ils seraient sur le sol anglais avant la fin de la journée. Quant aux pirates restant à bord de l'*Insaisissable*, ils seraient faits prisonniers et emmenés en France.

Mais si le sort était de leur côté, un navire naviguant aussi près des rives anglaises serait des leurs. Le capitaine Smith avait décidé que le risque valait la peine d'être couru. Après tout le mal qu'il s'était donné pour prendre le contrôle du brick, il répugnait à quitter son bord en laissant aux pirates une chance de s'échapper.

Un bruit discret d'éclaboussures – provenant des rames plongées dans l'eau – prévint Marshall que la chaloupe française était proche. Les marins se montraient étonnamment discrets, s'il s'agissait d'une simple visite amicale, mais, bien sûr, il était normal d'aborder avec prudence un navire qui paraissait désert et ne répondait pas aux signaux.

— Pas une foutue âme à bord !

Sur l'eau, le murmure porta avec une clarté étonnante.

— Que Dieu soit avec nous, et s'ils avaient tous la peste ?

Des Anglais ! Marshall en fut tellement surpris qu'il la relâcha sa prise sur la quille et tomba à l'eau. Dès qu'il refit surface et eut repris son souffle, il tira trois coups sur son filin de sécurité. Il vidait l'eau de ses oreilles lorsqu'il entendit une nouvelle voix :

— … aurait pas eu le temps d'aller aussi loin s'il y avait la peste à bord. O'Reilly, veuillez cesser d'effrayer les hommes.

O'Reilly ? Ce n'était pas possible… Mais si, bien sûr. Si O'Reilly ne craignait personne, la moindre épidémie contagieuse le terrorisait – il en devenait une vraie fille. Et c'était Barrow qui le sermonnait, comme d'habitude. Marshall ignorait comment l'équipage de la *Calypso* pouvait se trouver là, mais il se soucierait plus tard d'en trouver la réponse.

— Ohé ! cria-t-il.

Il réalisa qu'il ne pouvait les héler correctement, car il ignorait le nom du vaisseau venant à leur secours. Puis il eut un sourire. Bien sûr qu'il le savait !

— Ohé, *Calypso* ! hurla-t-il à pleins poumons

Les rames se figèrent. Le silence était tellement épais qu'il en devenait presque compact. Puis Barrow demanda d'un ton prudent :

— M. Marshall ?

Ils étaient sauvés. Ils avaient retrouvé les leurs.

XXIV

Journal du capitaine,
HMS Calypso, *en réparation*
Portsmouth
Capitaine du HMS Artémis, *affectation temporaire*
Spithead
1er août 1799

J'ai repris le commandement après avoir réglé le dossier de notre enlèvement avec l'amirauté ; le sous-lieutenant Archer s'est remis de la commotion cérébrale subie durant notre fuite. Les réparations avancent sur la Calypso, *et nous devrions reprendre le service actif d'ici environ un mois.*

LE PREMIER août, la matinée était superbe quand le capitaine Sir Paul Andrew Smith quitta l'amirauté, où il avait reçu quelques informations et une pleine ventrée d'excuses. À présent, il avait une décision à prendre – une décision pour laquelle il jugeait ne pas avoir suffisamment d'éléments avant de faire son choix – et la lourde tâche d'obtenir ces éléments.

Il devait retourner à bord de l'*Artémis*, le vaisseau dont il était temporairement capitaine jusqu'à ce que la *Calypso* puisse à nouveau naviguer. En attendant, les artificiers de la *Calypso* étaient bien occupés, puisqu'ils devaient convertir l'ex-*Fifine* et faire d'un navire de commerce français un bâtiment de guerre anglais. L'*Artémis* hébergeait pour le moment les officiers de la *Calypso* et la plupart des hommes ayant participé à leur sauvetage. Elle n'était pas assez grande pour accueillir tout l'équipage, aussi certains hommes avaient-ils toujours leurs quartiers sur un ponton, sous le commandement du second lieutenant Watson.

Quelques marins se trouvaient en congé à terre, mais Drinkwater accueillit son capitaine qui remontait à bord. Smith, ne voyant ni Marshall ni Archer, demanda après eux.

— Ils sont allés rendre visite au charpentier du port, monsieur, répondit Drinkwater. M. Marshall voulait surveiller la reconstruction de la dunette qui supporte les canons. M. Archer a estimé que cela serait instructif.

— Très bien. Quand ils reviendront à bord, je tiens à ce que M. Marshall et vous-même veniez me retrouver dans ma cabine. J'ai reçu des informations dont je tiens à vous faire part.

— Pas M. Archer, monsieur ?

— Je… je ne pense pas. Ces informations sont pour la plupart secrètes et l'on m'a demandé de n'en faire part qu'aux officiers directement impliqués dans l'affaire.

Le sous-lieutenant Archer pouvait, si la situation l'exigeait, être considéré comme un officier, mais dans ce cas particulier…

— M. Marshall pourra lui transmettre en partie ce que je vous aurais appris, conclut le capitaine.

— Oui, monsieur.

Drinkwater parut troublé, mais il n'insista pas. Il était avec Smith lorsque tous deux avaient fouillé la cabine d'Adrian, une fois les pirates dûment emprisonnés. Il avait vu ce qui se trouvait dans le tiroir sous la couchette. Il savait également que Smith avait trouvé le journal intime d'Adrian. Et il n'avait pas posé de questions embarrassantes quand son capitaine lui avait demandé de le laisser seul.

Smith avait lu le journal – avant de le brûler. D'humeur vindicative, il avait regretté d'avoir offert une mort trop rapide à cette innommable créature.

Mais il lui restait le problème délicat de décider du sort d'Archer. Smith était certain que l'homme cité sous ce nom dans le journal d'Adrian était un pur produit de l'imagination déviée de son auteur, un personnage devenu presque méconnaissable. Par contre, la terreur qui planait autour d'Archer depuis leur retour à bord était bien réelle.

Pourtant, si ces élucubrations avaient ne serait-ce qu'un grain de vérité, il devait réfléchir. Smith n'avait jamais remarqué une attirance d'Archer pour les hommes, au cours des années de service du jeune sous-officier sous ses ordres. Il avait connu des marins qui l'étaient, mais, restant discrets, ils accomplissaient leur devoir et ne causaient aucune perturbation. Jamais rien ne lui avait suggéré qu'Archer ait de telles inclinations.

Mais si le risque existait… Archer allait bientôt être promu. Une fois lieutenant, il commencerait à gravir les échelons qui le feraient monter dans la hiérarchie, il commanderait un navire, deviendrait capitaine et même, pourquoi pas, amiral. Smith avait constaté les dommages causés par des hommes abusant du pouvoir de leur rang – pas toujours au niveau sexuel, c'était même rare à dire vrai, mais ces exceptions étaient les pires. Certes, de tels prédateurs avaient tous une place réservée en enfer, mais Smith était davantage concerné par leurs actions sur terre. Et s'il acceptait de promouvoir un homme susceptible de devenir comme eux, il en porterait la responsabilité.

Bien sûr, il pouvait choisir de laisser indéfiniment Archer au rang d'aspirant. À la fin de la guerre, le jeune homme serait très probablement libéré du service actif. C'était, pour un responsable, la voie de la facilité. Mais Archer était un bon officier, qui pouvait très bien n'être qu'une innocente victime – d'après Smith, c'était l'hypothèse la plus plausible. De plus, Archer avait combattu son bourreau. Il l'avait vaincu et ligoté… sans le tuer.

Sans doute ignorait-il l'existence du journal, sinon il l'aurait détruit, mais il avait laissé la vie à Adrian, parfaitement conscient que le témoignage du pirate risquait de l'incriminer, de détruire sa réputation de façon irrémédiable. S'agissait-il d'un courage étonnant, d'une valeur morale à toute épreuve – ou de sentimentalité ?

Dans les points positifs, Archer n'avait pas paru regretter la mort d'Adrian. Assommé par sa commotion, il n'était pas en état de dissimuler ses émotions. Et il avait quitté une position protégée pour aider à la capture du pirate. Smith n'avait pas oublié les premiers mots d'Archer en reprenant connaissance, le jeune lieutenant avait risqué sa vie pour sauver son capitaine – et il ne s'attendait pas à survivre. Smith était enclin à considérer les malheurs d'Archer comme la flagellation injustifiée de Marshall, un désagrément échappant à son contrôle, mais la différence venait de la nature même du problème et incitait quelques questions délicates.

Un coup à la porte interrompit son débat intérieur.

— Entrez.

Drinkwater passa la tête à l'intérieur.

— M. Marshall est de retour, monsieur. Si cela vous convient ?

Smith n'en était pas certain. L'entrevue s'annonçait foutrement désagréable et il aurait préféré que ce cas épineux disparaisse purement et simplement. Mais c'était une potion qu'un capitaine n'avait jamais.

— Oui, M. Drinkwater. Je vous remercie.

Ils étaient déjà à la porte. Smith enchaîna :

— Entrez, M. Drinkwater. M. Marshall. Asseyez-vous, je vous prie.

Sur l'*Artémis,* la cabine du capitaine était petite, mais confortable. Les cartes rangées libéraient la table de travail. Smith commença par leur rapporter les faits à sa connaissance. Ils étaient assez simples.

— Messieurs, comme vous le savez, j'ai passé un certain temps à l'amirauté à rapporter en détail notre petite mésaventure. Je suis heureux de vous transmettre que l'amiral de la flotte nous est reconnaissant d'avoir mis fin aux activités criminelles d'Adrian. Une mention élogieuse sera notée dans les dossiers de tous les hommes impliqués. Quant aux origines du problème, nos soupçons ont été confirmés. L'homme que nous connaissions sous le nom d'Adrian fut autrefois un officier de la Royal Navy.

Le visage de Marshall exprimait si clairement sa question que le jeune homme aurait aussi bien pu la poser à haute voix. Mais Smith ne pouvait lui fournir de réponse. Après avoir enfin ôté le masque du pirate, une fois les hommes de la *Calypso* à bord et la situation sous contrôle, Smith avait trouvé ses traits vaguement familiers, mais ce fut seulement à l'amirauté qu'il comprit pourquoi. Quelques années plus tôt, il avait rencontré Adrian, accompagné de son père, à une 'levée d'hommes' pour la Royal Navy.

— Il était le fils unique d'un amiral dont je ne peux vous donner le nom. Je continuerai donc à utiliser le pseudonyme qu'il affectait. Adrian fut élevé pour suivre les traces de son père. Il avait huit ans lorsqu'il fut officiellement enrôlé, même s'il ne mit pas le pied sur un navire avant la fin de son adolescence, une fois son éducation terminée. Personne ne sait exactement quand il commença à abuser de ses prérogatives, mais sa carrière d'aspirant et de lieutenant fut relativement normale. Après quelques années de service, il reçut le commandement d'un sloop de guerre. Ce fut alors que les problèmes commencèrent. Durant les trois ans qui suivirent, son dossier indique une perte anormalement élevée de jeunes aspirants.

L'expression de Marshall se durcit, avant de redevenir impassible.

— L'un d'eux semble avoir déserté, continua le capitaine, mais il n'a jamais été retrouvé. Il s'est peut-être échappé. Connaissant Adrian, j'en doute. Il y eut ensuite quatre ou cinq accidents qui pouvaient passer pour de la négligence, trois ont été mortels.

— Et personne n'a rien remarqué ? s'exclama Drinkwater, incrédule. Je vous demande pardon, monsieur…

— Si certains l'ont fait, ils n'en ont rien dit. Il s'agissait d'un petit navire. Il n'y avait que deux lieutenants et aucun d'eux n'était en mesure d'accuser sans preuve le fils d'un amiral. La situation a fini par exploser avec deux suicides à bord en moins d'une année. Le premier garçon n'a laissé qu'une lettre assez vague, mais le second a envoyé ses adieux à son père, en lui expliquant exactement la raison de son geste. Le père a porté le billet à l'amiral, qui, naturellement, a refusé d'y croire. Pourtant, inquiet, il a mené une enquête sérieuse, et c'est tout à son honneur. Il s'est arrangé pour qu'un jeune officier de confiance soit affecté sur le vaisseau de son fils. Quelques mois plus tard, son agent a confirmé ses soupçons. Adrian cassait bel et bien le moral de son équipage et abusait sans vergogne des jeunes hommes sous sa responsabilité. L'amiral obligea son fils a quitté le service, mais, pour des raisons évidentes, il préféra en cacher la raison. Officiellement, Adrian a été libéré pour 'raisons de santé'. Son père lui a acheté une canonnière reconvertie en navire marchand et s'est s'arrangé pour obtenir du gouvernement un contrat d'approvisionnement. Il lui versait également une pension mensuelle à condition qu'il ne remette jamais les pieds sur le sol anglais.

Les deux officiers gardèrent le silence, mais leurs expressions étaient éloquentes.

— Je suis d'accord, déclara Smith. Cela ressemble plus à une récompense qu'à une punition. Pourtant, malgré la clémence de son père, Adrian est devenu un criminel. Il semble avoir décidé de faire payer – au sens littéral – la société qui l'avait rejeté. Au début, il avait un partenaire – Dieu sait quelles étaient les véritables circonstances de leur association ! – mais quand Adrian a commencé à se comporter de façon malséante envers ses victimes, son complice a émis de véhémentes objections, avant de disparaître.

— Assassiné ? demanda Drinkwater.

— Je présume que seul Adrian le savait. Si cet homme est encore en vie, nous ignorons son identité et sa localisation. Suite à l'influence persistante de l'amiral, son fils sera officiellement considéré comme ayant été tué au combat. Je crois qu'un peu d'alcool pourrait nous aider à digérer cela. Messieurs ?

Drinkwater approuva d'un signe de tête, en silence. Marshall répondit machinalement : 'merci, monsieur', mais après avoir reçu son verre, il se contenta de le fixer, les sourcils foncés.

Smith n'avait pas terminé.

— Je tiens à vous rappeler que le mot important est 'tué'. Je trouve très satisfaisant qu'Adrian n'ait pas simplement été fait prisonnier, car il aurait sans doute été libéré.

Il l'avait compris d'instinct, en reconnaissant le renégat. Il était persuadé qu'Adrian prisonnier aurait une fois encore échappé à la justice.

— Je peux comprendre le désir de l'amiral de protéger l'honneur de la famille, enchaîna-t-il, mais s'il s'était agi de mon fils, je l'aurais abattu moi-même.

— Ainsi, il portera éternellement son masque, déclara Marshall. Après ce qu'il a fait !

Smith secoua la tête.

— J'en ai bien peur. Il y aura cependant une petite consolation... de nature financière. Puisque le bateau d'Adrian a été enregistré sous un pseudonyme et que l'amiral refuse toute connexion susceptible de remonter jusqu'à lui, le *Morven* est considéré comme une prise de guerre. En raison des circonstances particulières et vu que nous étions déjà en service détaché, nous sortirons tous de cette pénible aventure considérablement enrichis. Le partage se fera entre moi-même, mes lieutenants et l'équipage du navire venu à notre secours. Nos deux nouvelles recrues, ayant participé à l'enlèvement initial, devront se contenter de leurs précédents gains mal acquis, mais elles seront amnistiées.

Notant une objection sur le visage de Marshall, Smith enchaîna :

— Si l'on cherchait à philosopher sur cette décision, il semblerait effectivement que notre silence soit acheté. Cependant, la question sera réglée ainsi que je viens de vous l'indiquer, quoi que nous puissions en dire. Les membres survivants de la famille d'Adrian sont innocents, à quoi servirait-il de leur faire porter la honte de ses actes répréhensibles ? Je préfère voir dans ce geste un effort de réparation de la part de l'amiral pour les dommages causés par son fils. M. Archer et vous recevrez chacun un quart de la prime. Un navire de cette taille devrait valoir au moins vingt mille livres. Si vous investissez cette somme à bon escient, M. Marshall, vous n'aurez plus jamais à vous inquiéter de comment payer vos uniformes.

Marshall affichait l'air hébété d'un homme resté trop près du canon pendant un exercice de tir.

— Merci, monsieur.

Smith se tourna vers son premier lieutenant.

— M. Drinkwater, je vous remercie une fois de plus pour la façon dont vous avez géré la situation. Bien que je regrette fort de devoir éventuellement vous perdre, je vous ai recommandé à l'amirauté et, à la première opportunité, vous recevrez un commandement. Vous avez clairement démontré vos capacités à devenir capitaine.

Drinkwater s'empourpra de plaisir.

— Je vous remercie, monsieur !

Il sentit cependant que le capitaine le congédiait, alors il se leva, prêt à s'en aller. Marshall suivit son exemple.

Smith se racla la gorge.

— M. Marshall, encore un instant, s'il vous plaît.

Marshall se rassit, l'air grave. La porte de la cabine se referma sur Drinkwater.

— OUI, MONSIEUR ?

— M. Marshall, je suis profondément désolé de devoir soulever cette question, mais le problème est comme de l'eau de cale viciée – tout le monde connait son existence, mais personne ne souhaite en discuter. En un sens, c'est peut-être tout aussi bien. Vous aurez très certainement à le rencontrer tôt ou tard, lorsque vous serez capitaine, sinon avant…

Smith réalisa qu'il faisait preuve de procrastination.

— Une partie du problème est justement qu'il n'y a aucune instruction sur la meilleure façon de le gérer. Vous n'entendrez sans doute jamais parler du sujet – officiellement – mais vous aurez à en traiter les effets.

Perplexe, Marshall fronça les sourcils.

— Monsieur ?

— Je parle des hommes comme Adrian, bien qu'il représente le cas le plus extrême que j'aie connu, je dois l'admettre. Dans les conditions du service de Sa Majesté, il est difficile de l'éliminer. Voyez-vous, beaucoup d'hommes se trouvent confinés, pendant de longues périodes, sans avoir de femmes à leur disposition, aussi ne leur est-il pas toujours possible de réprimer certains instincts. Bien sûr, la présence de femmes à bord créerait d'autres problèmes, d'un ordre différent, et qui seraient pires, j'en suis certain…

Morbleu ! Il parlait de façon décousue et s'y prenait mal, ce qui indiquait bien son tourment intérieur. Il recommença d'un ton plus calme :

242

— En tout état de cause, le principe fondamental est que les jeunes à bord d'un navire doivent être protégés. Ils ne devraient jamais avoir à craindre de devenir les victimes de leurs supérieurs, qui sont responsables de leur sécurité, ne croyez-vous pas ?

— Bien sûr, monsieur.

Marshall ne lui facilitait pas la tâche.

— Je crains de devoir être direct, M. Marshall. Adrian a-t-il abusé de vous ou de M. Archer ?

Le jeune lieutenant n'afficha pas la surprise à laquelle Smith s'attendait.

— Je... je ne me suis jamais trouvé seul avec lui, capitaine. Je n'ai eu à subir de lui que cette flagellation à laquelle vous avez assisté, une nuit, sur le pont.

— Et M. Archer ?

Marshall posa les mains sur la table, les noua et baissa les yeux pour les regarder.

— Je préfèrerais ne pas en parler, monsieur.

— M. Marshall, je sais déjà que M. Archer a dîné à plusieurs reprises en tête-à-tête avec Adrian dans sa cabine. Comme vous le savez, je n'écoute jamais les rumeurs, mais en ces circonstances, je n'ai comme éléments d'évaluation que ce que je connais d'Adrian et de M. Archer. Vous vous être trouvé en position d'observer ce qui se passait. Veuillez m'en faire un rapport.

Marshall ne leva pas les yeux.

— M. Archer n'a rien subi en ma présence, monsieur.

Smith sentit son malaise devenir de l'irritation devant cette discrétion prudente.

— Je m'en doute bien, voyons ! Je comprends que vous ressentiez un conflit de loyauté si M. Archer vous a fait des confidences...

Marshall ouvrit la bouche, comme pour parler, puis la referma, l'air très malheureux. Il ne pouvait pas même acquiescer ou nier sans trahir la confiance d'un ami.

Smith se devait d'insister, mais il tenta d'adoucir sa voix.

— M. Marshall, nous avons cette conversation parce que, d'après moi, M. Archer a suffisamment souffert. Je préfèrerais ne pas lui imposer un entretien qui, si je ne me trompe pas à son sujet, serait pour lui intrusif, inutile et douloureux. Je vous assure que mon intention n'est pas de punir un de mes hommes pour une agression subie contre son gré.

— Merci, monsieur.

— Mais... étant officier de la Royal Navy, ma priorité, tout comme la vôtre, doit être la sécurité des hommes sous mon commandement, et de ceux qui seront un jour sous le sien. Je dois savoir si M. Archer a participé volontairement à ce qui s'est passé entre lui et Adrian, au cours de ces soupers tardifs.

Marshall en resta bouche bée.

— Absolument *pas*, monsieur !

Il ne pouvait feindre une telle conviction. Smith fut infiniment soulagé par sa véhémence.

— Vous en paraissez certain.

Cette fois, Marshall croisa le regard de son capitaine.

— Je le suis, monsieur. Sans vous manquer de respect, puis-je vous parler sous le sceau du secret ?

Dieu merci ! pensa Smith. Marshall réalisait où était son devoir.

— Tant que cela ne met pas en péril la sécurité de nos hommes, ce que vous me direz ne dépassera pas les murs de cette cabine, vous avez ma parole.

XXV

ARCHER ATTENDAIT dans le carré des officiers. Sur l'*Artémis*, l'équipage était réduit et bon nombre d'hommes étaient à terre, aussi s'y trouvait-il seul. Plus le temps passait, plus il s'attendait au pire. *Pourquoi mettent-ils aussi longtemps à se décider ? Pourquoi ne pas me jeter par-dessus bord et en finir une bonne fois pour toutes ?* Il espérait que Marshall ne chercherait pas à plaider sa cause, se discréditant par la même façon. *Pitié, Seigneur, ne le laissez pas gâcher sa vie à cause d'un sens des responsabilités excessif, donnez-lui plutôt de la raison et de l'auto-préservation pour qu'il oublie ce qui est arrivé entre nous.*

À part deux jours passés à l'infirmerie, car le médecin du bord tenait à surveiller sa commotion, Archer avait réussi à ne jamais enlever sa chemise. Il se sentait pris dans les limbes depuis son retour. Il avait repris son service, mais, avec la *Calypso* toujours en réparation, tout l'équipage travaillait moins à bord de l'*Artémis*. Quelques jours après leur arrivée triomphale à Portsmouth, le capitaine Smith était parti à Londres faire son rapport à l'amirauté et rapporter à la banque l'argent de leur rançon. Personne ne mentionnant plus Adrian, Archer avait commencé à espérer que William avait raison : le capitaine n'était au courant de rien.

Pourtant, n'était-ce pas le sujet de cette réunion ? William avait été convoqué, alors pourquoi pas lui, Archer, à moins qu'une décision n'ait déjà été prise à son sujet, à un niveau de hiérarchie qui ne souffrait aucun appel ? Il ne gardait ni illusion ni espoir concernant son sort. Le regard d'empathie inquiète que lui avait jeté Drinkwater à son retour à bord, après la visite au chantier naval, était éloquent.

Eh bien, qu'il soit damné ! S'il avait perdu le respect de ses pairs, il ne voulait pas de leur pitié. Il n'avait pas survécu au bâtard pour se briser au premier écueil. Il s'en tirerait. Dès qu'il connaîtrait son châtiment, il préparerait ses affaires dans l'heure. Sinon moins. Il ne lui faudrait que quinze ou vingt minutes. La vie à bord n'encourageait pas les possessions.

Qu'allait-il se passer à présent ?

Archer ne savait pas du tout ce qu'il ferait. Il recevrait son salaire des derniers mois, ainsi que sa part des vaisseaux capturés. Cela lui permettrait de voir venir un moment. Malheureusement, un aspirant qui abandonnait le Service, même dans les meilleures conditions, ne touchait pas de demi-solde. Il ne voulait pas rentrer chez lui et affronter les inévitables questions de son père. Il ne pourrait expliquer la situation à sa famille – surtout pas à sa mère ou à ses sœurs – et il n'accepterait pas, comme cela lui serait certainement suggéré, de s'enrôler dans l'Armée.

Alors, quoi ? Chercherait-il à se faire engager sur un navire marchand, sans pouvoir expliquer pourquoi il avait quitté le Service ? Même s'il trouvait un poste, il risquerait de croiser régulièrement les navires de Sa Majesté et de rencontrer une ancienne connaissance – qui saurait qu'il était un officier parti dans des circonstances secrètes, donc suspectes. Non.

Survivre, c'était très bien, mais un homme avait aussi besoin d'une raison de vivre et, en ce moment, Archer trouvait difficile d'en déterminer une. Il n'aurait même plus le soutien amical de Marshall – la rupture devrait être totale, pour protéger Will. *Le bâtard sort vainqueur, après tout, n'est-ce pas ? Il m'a tout pris.*

Archer serait bel et bien coupé de tout ce – et ceux – qu'il avait connu jusqu'à présent – sauf, peut-être de Drury Lane. Mais s'il y trouvait du travail – et que pourrait-il y faire, peindre les décors ? – cela ne durerait pas longtemps. Quelqu'un finirait par le reconnaître et prévenir son père. Sa Seigneurie était tout à fait capable d'abuser de son pouvoir pour éviter la honte d'avoir un fils commis à un emploi si peu recommandable.

Archer pourrait changer de nom et s'embarquer pour l'Amérique du Nord. Il était possible de disparaître dans ces vastes d'étendues sauvages et de recommencer sa vie, quelque part. D'autres l'avaient fait, avec des motifs moins graves, mais le chemin serait long, triste, et bien solitaire, le jeu ne semblait guère en valoir la chandelle. Avec un peu de chance, son navire ferait naufrage. *Non. Probablement pas. Même si le bateau coulait, je serais le seul survivant et je finirais par être récupéré par un équipage de sodomites français.*

Il aurait trouvé l'idée amusante s'il ne souffrait pas autant.

AU NOM du ciel, Davy, vous aviez raison. Comment vais-je nous sortir de cette impasse ?

Les questions du capitaine Smith lui parvenaient comme un tir de bordée. Comment avait-il découvert la vérité ? Peu importait, le secret était éventé. Marshall se sentait à la fois honoré et peiné que Smith donne tant d'importance à ses observations. Il était écartelé entre deux points d'honneur. Certes, Davy lui avait demandé d'être franc et de tout révéler au capitaine concernant Adrian, il ne s'agissait pas de confidences, après tout, seule la maladresse de Marshall avait provoqué ces aveux. Par contre, il lui serait difficile d'expliquer ce qui s'était passé ensuite…

Mais s'il ne pouvait – ou ne voulait – fournir des réponses cohérentes, le capitaine interrogerait sans doute Davy. Une enquête officielle ne ferait qu'ajouter aux souffrances de son ami. Et si Davy, mis sur la sellette, les incriminait tous les deux ?

Non, il ne le ferait jamais. Il préférerait se sacrifier. Comme il l'avait déjà fait.

Le capitaine attendait. Il avait donné sa parole. Marshall baissa les yeux sur ses mains et s'efforça de parler d'une voix normale, formelle et détachée.

— Je vous remercie, monsieur. Peu après que M. Archer ait été conduit dans la cabine d'Adrian, il a commencé à avoir de vifs cauchemars qui nous réveillaient tous les deux.

Après tout, c'était la vérité – une partie de la vérité, en tout cas.

— C'est là que j'ai compris qu'il y avait un problème, reprit Marshall. Alors, je l'ai interrogé. Il m'a paru évident, d'après ses réponses et les blessures qu'il portait partout sur le corps, que la situation le bouleversait.

— Quelles blessures ?

Marshall ferma brièvement les yeux.

— Il avait été attaché, monsieur, avec des liens assez serrés pour lui laisser des marques violacées. Il avait également été… brutalisé, il en gardait de brutales contusions sur le torse et les épaules.

Marshall ne s'attarda pas à expliquer comment il avait aperçu ces meurtrissures. Il continua :

— Je ne lui ai pas demandé de précisions, bien entendu, mais, d'après moi, tout ce qu'il a pu subir vient des perversions d'Adrian. M. Archer m'a indiqué que, pour s'assurer de sa participation et de son silence, son ravisseur avait menacé d'exercer des représailles envers vous et moi. Cette flagellation que j'ai reçue, elle a eu lieu juste après que M. Archer ait repoussé ses avances.

— Je vois, déclara Smith. Je ne souhaitais certainement pas que vous fussiez maltraité, M. Marshall, mais M. Archer devait bien savoir qu'Adrian était obligé de nous garder en vie pour toucher la rançon, n'est-ce pas ?

— Oui, monsieur. En vie, mais pas forcément…

Marshall chercha le mot juste. Il avait la sensation de marcher sur des tessons de verre brisé.

— … *intact*, monsieur. Adrian parlait de mutilation et, tout comme M. Archer, je le crois assez fou et impitoyable pour avoir mis sa menace à exécution. Il lui aurait suffi de s'en prendre à l'un de nous, monsieur.

— Je vois.

Manifestement, c'était le cas. Marshall n'avait jamais vu de grimace aussi renfrognée. Au bout de quelques secondes, le capitaine reprit :

— Dans ce cas, M. Archer n'avait guère le choix, n'est-ce pas ? Traiter cet immonde pirate de fils de putain serait insulter toute prostituée qui se respecte.

Il se leva et arpenta le court espace libre derrière sa table.

— Bien, il me reste une dernière question, M. Marshall, et je vous demande de garder à l'esprit que votre réponse ne concerne pas uniquement le bien-être de votre ami, mais également votre devoir envers tous les hommes – et les jeunes garçons – qui se trouveront un jour soumis à son commandement. Croyez-vous possible que, une fois devenu capitaine, M. Archer puisse être…

À son tour, Smith parut chercher ses mots. Il avait sans doute du mal à exprimer sa question de façon neutre.

— … tenté d'abuser de son autorité ? conclut-il.

Marshall trouva très facile de répondre. Il s'exprima avec une parfaite sincérité.

— Non, monsieur. Je suis persuadé que, tout comme moi, M. Archer préférerait être brûlé vif. Nous en avons discuté, je me rappelle qu'il m'a dit…

Je ne sais que trop ce que l'on éprouve aux mains d'une brute. Non, il ne pouvait l'exprimer de cette façon. Il réfléchit avant de reprendre la parole :

— … 'nous ferons notre possible pour préserver le Service des prédateurs, car nous saurons les reconnaître'. Je pense que ce sont exactement ses mots, monsieur.

— Je vois.

Smith soutint son regard pendant un long moment. Marshall avait presque la sensation que le capitaine déchiffrait son cerveau.

— Et vous êtes convaincu qu'il était sincère ? insista Smith.

— Absolument, monsieur. M. Archer m'a spécifiquement demandé de ne pas me compromettre en tentant de dissimuler ce que je savais, il craignait que ma carrière en souffre. Il estimait la sienne…

Le regard de Marshall tomba sur le verre d'eau de vie qu'il avait complètement oublié. Il l'engloutit comme s'il s'agissait d'un tonique. L'alcool lui brûla la gorge, sans vraiment l'aider. Il entendait encore la voix désespérée de Davy : *je suis souillé. Je doute qu'il veuille de moi à bord de son navire.*

Et lui, Marshall, se trouvait tranquillement assis devant son capitaine, sans aucun soupçon pesant sur lui. Et il était juge et partie, après s'être comporté de façon bien plus répréhensible que son ami. Avait-il péché ? Non, pas d'après lui – son compas intérieur ne l'indiquait pas. Mais il avait certainement agi à l'encontre du règlement de la Royal Navy et des lois anglaises.

— Capitaine, reprit-il après un temps de silence, M. Archer est convaincu que… ce qu'il a subi le fera expulser du Service. Je pensais qu'il s'inquiétait inutilement, mais de toute évidence il a perçu la situation bien plus clairement que moi. Pourtant, je crois que….

Il n'était pas certain de vouloir rester dans la Royal Navy s'ils étaient assez stupides pour se séparer sans motif d'un trésor. Mais s'il l'exprimait ainsi, sous cette forme d'ultimatum, Smith ne pourrait l'accepter. Marshall devait donc cacher ce qu'il ressentait réellement pour éviter l'éjection de Davy – et la sienne aussi, sans doute. Après tout, la vie à bord avait beau être parfois difficile, il l'appréciait et ne pouvait envisager d'autres carrières.

Cependant, il savait où était sa première loyauté. *S'ils renvoient Davy, je démissionnerai. Ce n'est que justice. Il a été forcé. Pas moi.* Mais il détesterait en arriver là. Il devait y avoir un autre moyen…

Il inspira profondément et choisit ses mots avec soin.

— Monsieur, M. Archer a payé la rançon de notre sécurité. Jamais je ne le croirais capable de se comporter comme Adrian. À mes yeux, le punir serait une monstrueuse injustice après tant de loyauté et de sacrifice, mais le perdre pénaliserait également le Service. Si… si j'ai un jour un fils, je le confierais sans hésitation à son commandement.

Smith sembla presque surpris.

— Je vois. Puisque vous le présentez de cette façon, M. Marshall, je dois admettre que ma préoccupation est aussi bien celle d'un père que celle d'un capitaine. J'ai deux fils, ils sont encore jeunes, mais l'aîné parle déjà d'une carrière au service de Sa Majesté. Il peut un jour, comme son frère, servir sous les ordres de M. Archer – ou des vôtres.

Marshall n'y avait jamais pensé, mais il comprenait mieux l'insistance du capitaine à exécuter Adrian sans attendre. Une créature susceptible de forcer ses désirs sur ses subordonnés, surtout sur des adolescents, n'avait pas sa place dans la Royal Navy.

— Ils seraient protégés dans les deux cas, monsieur, répondit-il avec ferveur. Et pas seulement parce que ce sont vos fils.

— Aussi protégés qu'on puisse l'être sur un bateau de guerre, corrigea Smith. Très bien, M. Marshall. Je vous remercie de votre franchise.

Le capitaine poussa un profond soupir et ses épaules se détendirent.

— Au fait, reprit-il, j'avais autre chose à vous dire. Vous savez que, suite à notre aventure, M. Archer n'a pu passer son examen de lieutenant, n'est-ce pas ?

— Oui, monsieur. Il n'en a plus parlé depuis notre retour.

— Une autre session aura lieu dans cinq jours, à Londres, à l'amirauté. Comme la *Calypso* restera en réparation pour trois ou quatre semaines encore, je compte envoyer M. Archer à Londres pour s'y présenter.

Marshall perçut ces paroles à travers une brume d'incrédulité. *C'est fini ? Si vite ?* Son cœur en rata un battement.

— Merci, monsieur !

— Vous l'accompagnerez. Vous méritez bien un congé tous les deux et je préfère qu'aucun de vous ne soit seul pour ne pas rencontrer de nouveaux ennuis.

— Oui, monsieur. Merci, monsieur ! Enfin, je veux dire, non, monsieur. Nous n'aurons pas d'ennuis.

Le soulagement lui coupait le souffle. Tout n'avait pas dépendu de lui, finalement, pensa Marshall. Le capitaine Smith devait avoir profité de son séjour à Londres pour inscrire Davy à la prochaine session avant de quitter l'amirauté.

— Veillez, par précaution, à vous munir de pistolets avant de quitter le bord. Et, M. Marshall, je sais que la question est délicate, peut-être n'aurez-vous pas la possibilité d'en discuter avec M. Archer, mais voici…

Il sortit de son gilet une feuille de papier, pliée en deux,

— … le nom de mon médecin particulier, à Londres. Si M. Archer pense avoir besoin de soins, dites-lui bien que ce praticien est réputé pour sa discrétion.

— Je crois qu'il a récupéré, monsieur, mais je trouverai le moyen de lui communiquer votre message. Merci, monsieur.

— Un capitaine est responsable de la santé et la sécurité de son équipage, déclara Smith d'un ton évasif.

— Oui, monsieur.

Marshall fit quelques pas vers la porte. Puis il se ravisa et se retourna :

— Monsieur… j'espère suivre votre exemple quand je serai capitaine.

— Je vous remercie, M. Marshall. Je crois que vous avez très bien commencé. Le travail n'est jamais facile, il est souvent éprouvant, mais il y a parfois des compensations.

Il se racla la gorge et enchaîna :

— Maintenant, cessez de tergiverser. La route est longue jusqu'à Londres. Allez retrouver M. Archer et faites vos préparatifs. Vous n'avez que cinq jours pour le faire réviser, c'est plus court que vous semblez le penser. Je compte vous voir à bord dans deux semaines à compter d'aujourd'hui.

— Oui, monsieur !

MARSHALL IGNORAIT où se trouvait Davy, mais le bateau n'était pas très grand. Il avait tant à lui communiquer : son examen de lieutenant, le voyage à Londres et le *Morven* traité en prise de guerre, ce qui était tout simplement incroyable. Au fait, quelle était la plus rapide façon de se rendre à Londres ?

Davy l'attendait dans le carré des officiers. Manifestement, il s'était inquiété tout du long, car il paraissait prêt à affronter un peloton d'exécution. Eh bien, son anxiété était naturelle, après s'être vu exclu de la réunion, n'est-ce pas ? Mais la dernière partie de l'entrevue aurait été atroce pour lui.

— Will !

— Vous n'allez pas me croire… commença Marshall.

Davy cligna rapidement des yeux, puis son expression se ferma.

— Oh. C'est à vous qu'ils ont donné le sale travail. C'est une bonne façon de s'assurer que je ne tire pas sur le messager, je suppose.

Sa tentative pour sourire fut un lamentable échec.

— Ne vous inquiétez pas, Will, reprit-il, je m'en irai discrètement. Je… je peux emballer mes affaires d'ici une heure. Je voudrais juste vous laisser un ou deux objets…

— Davy, non. Tout va bien.

Dans son souci de le rassurer, Marshall s'y prit tout de travers.

— Vous n'avez pas à partir, reprit-il. Enfin si, excusez-moi, vous partirez, mais…

Le sang-froid de Davy commença à craquer.

— William ! Pour l'amour de Dieu, finissons-en !

— Davy, vous n'aviez qu'à moitié raison. Le capitaine nous envoie tous les deux…

Archer oublia son appréhension dans un élan d'indignation.

— Ce n'est pas possible ! Non, vous ne le méritez pas…

— Vous non plus.

Marshall le prit par les épaules et le força à se rasseoir. Il s'installa à ses côtés.

— Écoutez-moi, Davy, reprit-il. Je n'ai que de bonnes nouvelles à vous transmettre et je m'y prends très mal. Premièrement, vous n'êtes *pas* en disgrâce, vous n'êtes pas renvoyé du Service. Deuxièmement, le capitaine s'est arrangé pour que vous passiez votre examen de lieutenant à Londres, mais comme il craint des ennuis si vous voyagez seul, il m'y envoie également pour vous surveiller.

Archer fronça les sourcils et secoua la tête. Il paraissait ne pas oser y croire.

— Répétez-moi cela, demanda-t-il.

— Je sais qu'il s'agit d'un coup terrible, M. Archer, mais nous avons reçu l'ordre de passer quelques jours de congé à Londres. Vous aurez donc l'opportunité d'acquérir un uniforme neuf avant que nous reprenions la mer. Dieu m'en est témoin, votre ancien uniforme est dans un état encore pire que le mien !

— Le capitaine n'a-t-il pas demandé…

— Oh, si, déclara Marshall. Je crains que vous n'ayez vu juste à ce sujet, Davy. Il m'a posé des questions. Il m'a demandé si je savais ce qui s'était passé entre Adrian et vous, et surtout si je pensais que cela aurait une incidence sur vous, quand vous seriez capitaine. Il a dit 'quand', Davy. Pas 'si vous le deveniez'.

— Et alors ? demanda Archer, d'un ton dubitatif.

— Et alors, je lui ai dit la vérité, c'est-à-dire que vous aviez tenté de nous protéger tous les deux, alors que vous étiez dépassé par un ennemi supérieur en force et en nombre. Je lui ai affirmé que, quoi qu'il soit arrivé, aucun jeune ne serait mieux protégé dans la Royal Navy que sous votre commandement. Et il m'a cru – surtout, si vous voulez mon avis, parce que je ne faisais que confirmer ce qu'il savait déjà.

Devait-il avouer à Davy le reste ? se demanda-t-il. Oui. Mieux valait qu'il soit au courant.

— Je n'en aurais jamais parlé le premier, reprit-il, mais le capitaine savait, je ne sais comment, tout ce qu'Adrian avait obtenu de vous.

— Oh, Dieu !

— Sans doute par Parker ou Nearns. J'ai du mal à croire le reste de l'équipage se soit délibérément incriminé. D'après moi, vous n'en entendrez jamais plus parler. Le capitaine ne dira rien.

— Mais il sait…

— Il ne sait qu'une *seule* chose : ce qu'Adrian vous a fait. Il était déjà au courant. Je lui ai simplement précisé le *comment* et le *pourquoi*.

En principe, personne n'était à portée d'oreilles, mais il était difficile de compter sur une complète intimité à bord d'un bateau. Marshall soutint le regard d'Archer et insista, d'une voix très basse :

— Rien de plus, Davy. Seulement Adrian. Personne n'entendra jamais parler d'un rêve aussi improbable que merveilleux.

Il reprit, sur un ton normal :

— Gardez cependant à l'esprit qu'avant même de m'entendre, le capitaine vous avait inscrit pour passer l'examen de lieutenant. Il s'en est chargé avant de quitter Londres. Il n'a jamais douté de vous, et moi non plus.

— Mais s'il sait…

— Comme vous me l'avez dit un jour, ce n'est pas le premier cas et ce ne sera pas le dernier. Le capitaine tenait simplement à s'entendre confirmer sa bonne opinion de vous. Tout est fini à présent, Davy. *Définitivement,* insista-t-il, conscient qu'Archer avait du mal à l'accepter. Et ce damné brick a été déclaré prise de guerre. Si j'ai bien compris – ce qui me paraît vraiment incroyable ! – nous obtiendrons chacun le quart de sa prime, des milliers de livres. Nous sommes presque riches !

Archer semblait avoir reçu un violent coup de rame sur le crâne. Marshall ne lui accorda aucun répit pour réfléchir.

— Voilà les faits importants, reprit-il. Je vous raconterai le reste plus tard. Maintenant, allez préparer vos affaires, M. Archer. Et faites vite. Le capitaine vous a ordonné de passer votre examen et si nous ne nous hâtons pas, nous risquons d'être encalminés.

Archer reprenait enfin ses couleurs.

— Vous êtes sérieux, chuchota-t-il.

— Pensez-vous réellement que je puisse plaisanter sur un tel sujet ?

En tentant de convaincre Davy, Marshall avait mieux pris conscience de la situation.

— Deux semaines de congés ! s'exclama-t-il. J'ai du mal à y croire, Davy. Nous allons ensemble à Londres. Vous allez devenir lieutenant. Dans le contexte de notre retour victorieux et de la satisfaction qu'éprouve envers nous l'amirauté pour avoir intercepté Adrian, je pense qu'il vous faudrait un gros effort pour échouer à votre examen. Nous nous trouverons un bon tailleur et, pendant qu'il travaillera à confectionner nos uniformes, nous visiterons tous les monuments à voir. Nous ferons tout ce que vous voulez… tant que cela ne risque pas de nous faire arrêter. Si vous désirez rendre visite à votre famille, je vous accompagnerai pour faire la connaissance de vos sœurs, que Dieu leur vienne en aide ! Allez vite vous préparer pendant que je demande à M. Drinkwater comment organiser au mieux notre voyage.

Archer hocha la tête, un sourire étirant les coins de sa bouche.

— Si vous tenez tellement à la célérité, William, nous pourrions envoyer nos bagages par la malle-poste et louer des chevaux.

— Des chevaux ? répéta Marshall, mal à l'aise.

— Oui, ce sont des animaux avec quatre pattes, deux oreilles et une queue, qu'il est d'usage courant de monter. Ils sont bien plus rapides qu'une voiture. Cela pourrait être drôle, William.

Bien entendu, l'équitation n'avait aucun secret pour un cadet de la noblesse terrienne. Archer gardait une expression particulièrement impassible, mais il retenait un fou rire. Marshall, qui le fixait avec une anxiété incrédule, le réalisa bientôt. Tant mieux, pensa-t-il, si Davy avait assez bon moral pour se livrer à une petite plaisanterie.

— Je préférerais traverser la Manche en canot que risquer de me casser le cou sur l'un de ces mastodontes mangeurs d'avoine. Nous voyagerons de façon civilisée, ce qui vous permettra de réviser votre navigation.

Archer acquiesça, les lèvres frémissantes. Marshall regretta de ne pas pouvoir embrasser cette bouche moqueuse.

Il fit cependant une concession :

— Nous pourrons louer des chevaux pour le retour, si vous y tenez.

Cette fois, David éclata de rire.

— Volontiers. William… Merci.

— Remerciez plutôt le capitaine. Mais d'abord, allez faire vos bagages, sous-lieutenant Archer – bientôt lieutenant à part entière. Il est le temps de lever l'ancre.

XXVI

— SI VOUS faites huit nœuds avec un fort vent de sud-ouest, votre latitude…

— Will !

— Mmm ?

Marshall, qui calculait mentalement la réponse à son problème de navigation, leva les yeux du chapitre en question. Davy lui adressa un sourire d'excuse.

— Cela suffit, je vous en prie. L'impression que mon cerveau est devenu un canard rôti farci à la chapelure. Nous ne devrions pas tarder à faire halte. Ne pourrions-nous reprendre cette torture après avoir mangé ?

— Si, bien entendu.

Davy n'était pas sérieux en parlant de torture, certes, mais il n'éprouvait pas la même fascination que Marshall devant la pure splendeur des mathématiques de position. Pour le futur lieutenant, la navigation faisait partie du travail d'un officier de marine, mais c'était loin d'être sa matière préférée.

— Si vous préférez, reprit Marshall, nous pourrions réviser…

— Mais oui, mais oui, nous le pourrions. Mais je préfère ne rien faire pendant un moment. Nous avons tellement d'autres sujets de réflexion.

— Oui, mais….

— Londres, William ! Londres !

Marshall ne put retenir son sourire devant un tel enthousiasme. Il céda et rangea le livre dans son sac. Les deux amis s'étaient mis en route à l'aube et la voiture qu'ils avaient louée n'atteindrait pas la capitale avant la nuit, après au moins trois arrêts pour changer de chevaux. Ils avaient le temps. D'ailleurs, même une fois arrivés à bon port, ils leur resteraient quelques jours avant que le sous-lieutenant David Archer ait à se présenter à l'amirauté pour passer son examen et être promu lieutenant.

Si les allusions du capitaine Smith disaient vrai, Archer affronterait un aréopage très favorable au fait de promouvoir le jeune officier responsable d'avoir sauvé son capitaine en agissant avec héroïsme au risque de sa vie. Mais jamais l'amirauté ne saurait à quel point Davy avait souffert, au cours de ces semaines d'emprisonnement sur le bateau de ce damné pirate.

Et même le capitaine ne connaîtrait pas toute la vérité sur ce qui s'était passé quand Archer, émergeant d'un cauchemar, avait trouvé le réconfort dans les bras de Marshall. Ils avaient été amants deux fois – la première, presque par accident, au réveil d'un mauvais rêve, alors que tous deux se trouvaient encore à moitié endormis, c'était donc pardonnable. Mais la seconde…

Marshall secoua la tête. Mieux valait ne pas trop y réfléchir, ni même l'évoquer.

— Davy, après votre examen, il nous restera toute une semaine de liberté. Ne perdons pas de vue les priorités.

— Bien sûr, admit Archer. Mais même si j'échoue…

— Vous réussirez.

— Je pense le pouvoir, convint Archer d'un ton hésitant, comme s'il s'attendait à être contredit. Après Adrian, même les gargouilles de l'amirauté ne me feront pas peur.

— À condition que vous ne le leur disiez pas en face, l'avertit Marshall.

Archer haussa un sourcil.

— Me prenez-vous pour un simple d'esprit ?

— Absolument pas.

David Archer n'en avait vraiment pas l'air. Depuis le début de leur voyage, ses yeux bleus pétillaient d'excitation, anticipant la chance d'obtenir une promotion et de visiter ses théâtres bien-aimés. De plus, l'éveil d'un nouveau sentiment – la confiance en soi ? – rendait les épaules plus carrées et dressait la tête blonde avec plus de défi.

— Vous me semblez destiné à porter de nouveaux galons avant la fin de la semaine, reprit Marshall.

Il dut faire un effort pour détourner les yeux du sourire éblouissant de son ami. Par chance, un ralentissement de l'attelage lui donna une excuse pour le faire. Il scruta la route par la fenêtre du fiacre.

— Nous sommes presque arrivés.

LE COCHER fit halte devant une auberge, pas aussi importante que celles de Portsmouth, mais bourdonnante d'activité. L'homme descendit de son siège et vint leur ouvrir la porte.

— Messieurs, il me faudra environ une heure pour soigner mes chevaux, indiqua-t-il. Profitez de la halte pour déjeuner.

— Merci.

Les deux hommes descendirent de la voiture, heureux d'avoir l'opportunité de se dégourdir les jambes après une longue période d'inactivité dont ils n'avaient pas l'habitude. La petite cour de l'auberge était bondée : voyageurs, chevaux et véhicules de toutes sortes tentaient de trouver leur place dans un espace trop restreint. Ils réussirent, sans trop ressembler à des poissons hors de l'eau, à trouver les commodités dont ils avaient le plus grand besoin. Marshall fut soulagé de pouvoir ôter de son visage la poussière de la route. Étrange de constater à quel point il avait vite oublié les désagréments des voyages à travers le pays. Sur terre, pas sur mer.

Ses avantages également. Leur repas de midi fut constitué d'une savoureuse tourte au lapin, accompagnée d'une bière artisanale, un peu âpre, mais rafraîchissante, et pour terminer des pommes et du fromage. Quand le cocher les appela pour remonter en voiture, les deux amis étaient repus et somnolents. Ils étaient censés atteindre Londres tard dans la nuit et Drinkwater leur avait donné le nom de plusieurs auberges décentes dans lesquelles ils avaient de bonnes chances de trouver une chambre. En attendant, il y aurait un ou deux arrêts supplémentaires où ils pourraient quitter la voiture pendant que le cocher changeait d'attelage. Marshall, bien que sa condition financière se soit améliorée, s'inquiétait un peu du coût d'une chambre à Londres, tout en sachant qu'il lui fallait bien se loger. De plus, il partagerait la dépense avec Davy en ne prenant qu'une seule chambre pour eux deux.

Son ami, comme s'il évoquait aussi ce lit trop lointain, se mit à bâiller en reprenant place dans la voiture, en face de Marshall.

— Will, cela vous dérangerait-il beaucoup si nous oublions un moment nos révisions ?

— Non, pas du tout. Vous devriez vous reposer. Je ne suis pas certain de rester assez éveillé pour vous lire les questions.

— Ah, parfait.

Ôtant sa veste, David la roula en guise d'oreiller. Il ajouta en plaisantant :

— L'uniforme de la Royal Navy a de multiples usages, vêtement, coussin et même occasionnellement couverture.

— L'important est que le vôtre soit bien brossé et amidonné pour le grand jour, rétorqua Marshall.

— Oh, j'aurais bien le temps de m'en occuper, Will. Rappelez-vous que nous avons reçu une prime importante. Nous trouverons bien un tailleur désireux de nous en soulager d'une partie.

— C'est probable.

Il faudrait à Marshall un moment pour s'habituer à l'idée d'avoir suffisamment d'argent, pour la première fois de sa vie. Leur prime pour avoir aidé à la capture d'Adrian avait été généreuse – chacun d'eux ayant reçu le quart du butin, soit six mille livres par tête. Le capitaine Smith leur avait conseillé de confier leur fortune à l'agent d'affaires que lui-même employait. Agir autrement aurait été inconscient.

Mais, avec l'insouciance de la jeunesse, tous deux avaient gardé cinquante livres – non pas qu'ils envisagent de dépenser une somme aussi énorme, deux fois la rémunération annuelle d'un aspirant ou six mois de la solde d'un lieutenant. Marshall arrivait à accepter avoir une telle abondance dans sa poche, soigneusement pliée, même s'il ignorait quoi en faire. C'était le reste de son magot qu'il ne parvenait pas encore admettre.

Quand la voiture trouva son rythme de croisière, il tenta de s'endormir. En face de lui, Davy paraissait parfaitement à l'aise, le gilet déboutonné, les traits détendus, ses cheveux blonds retombant sur son front. Le pauvre avait travaillé dur au cours des longues heures précédentes depuis qu'ils avaient pris la route. De plus, il souffrait sans doute encore des séquelles de cette commotion cérébrale durant leur évasion. Il avait besoin de repos.

Marshall ne parvenant pas à trouver le sommeil, il desserra sa cravate et déboutonna à son tour son gilet. Puis il se redressa et sortit un livre, qu'il se mit à feuilleter machinalement, sans que rien n'attire son attention. Il l'avait si souvent lu qu'il le connaissait par cœur. Il détourna les yeux vers le paysage qui défilait derrière sa fenêtre, paisible et charmant. Le chemin traversait les bois et les reflets d'or et de verdure du soleil d'après-midi dansaient, au gré du mouvement du véhicule, devenant hypnotiques, surtout scandés par le martèlement régulier de seize sabots ferrés.

Soudain, la voiture heurta une ornière. Malgré la brusquerie de la secousse inattendue, Marshall réagit en vrai marin et rectifia d'instinct son équilibre, mais Davy, endormi, se cogna la tête contre la paroi de bois et bascula en avant. Marshall le rattrapa alors qu'il se trouvait déjà presque sur ses genoux.

— Attention, Davy !

Il n'eut aucun mal à déchiffrer le visage de Davy : la surprise, une fraction de seconde, alors qu'il s'accrochait aux bras de Marshall pour ne pas tomber, puis un léger étonnement suivi par une reprise de conscience et… pendant un bref et merveilleux moment, leurs deux corps furent en contact parce que Davy se détendit contre lui. *Oh, oui.*

Son bon sens réagit aussitôt. *Oh, non.*

Marshall n'eut pas le temps d'exprimer ses objections. Déjà, Davy s'était redressé pour reprendre sa place.

— Désolé, Will. J'aurais dû m'arrimer aux bancs de nage, je présume.

— Sauf qu'il n'y en a pas.

Davy se mordit la lèvre. Il fixa ses pieds, puis ses mains, puis le paysage qui défilait toujours.

— Will, je suis désolé, je n'avais pas l'intention…

— Oh, pour l'amour du ciel, Davy, vous dormiez. C'est sans importance.

Mais ce n'était pas vrai, pas tout à fait. À présent, Marshall avait une conscience aiguë de la proximité de Davy, une douloureuse perception de sa présence physique. Il savait ce qu'il aurait ressenti si Davy était resté sur ses genoux, serré contre lui, et combien il lui aurait été facile d'incliner un peu la tête pour atteindre ses lèvres. Et combien elles auraient eu un goût délicieux.

— Qu'allons-nous faire ? demanda Davy.

Son visage était tendu et légèrement empourpré. Marshall comprit alors qu'il n'était pas le seul à éprouver une intense émotion.

— Je ne sais pas, reconnut-il. J'aimerais vraiment, Davy… Mais c'est impossible. Nous ne pouvons pas, pas alors que tout est en train de s'arranger sur la *Calypso*…

— La *Calypso* ne peut envisager de reprendre la mer avant un bon mois, coupa Archer. Et nous avons deux semaines de congé. Mais vous avez raison. À bord, ce serait impossible, je le sais. Je n'y ai jamais pensé au cours des dernières semaines, sous l'œil du capitaine. Mais là, nous sommes seuls, si proches…

Il haussa les épaules pour exprimer son impuissance.

— Will, reprit-il, je vous désire depuis que nous sommes montés dans cette fichue voiture à Portsmouth. Je suis désolé.

Marshall ferma les yeux. Il ne voulait pas entendre ces paroles. Mentalement, il se répéta la loi de la guerre. Son corps refusait d'écouter sa raison. Le silence devint pesant.

Puis David répéta d'une voix sourde :

— Je suis désolé, je... William, une fois que j'aurais passé mon examen, je vais demander au capitaine de... d'autoriser mon transfert sur un autre bâtiment. Je ne souhaite pour rien au monde vous compromettre...

Seigneur ! Une fois de plus, David se croyait responsable.

— Davy, taisez-vous. Il ne s'agit pas de vous.

— Oh, si, bien entendu, répondit très vite Archer.

— Dans ce cas, nous sommes tous les deux à mettre dans le même sac. Je ressens la même chose. J'ai désespérément envie...

Il fut incapable de l'énoncer à haute voix. Il se sentait écartelé entre le désir de son corps et de son cœur, et ce que le monde attendait de lui — et ses interdits formels.

Frustré, il secoua la tête et leva les yeux pour croiser un regard bleu, chargé d'angoisse. Ce fut alors qu'il prit sa décision. Il approcha la main de la petite fenêtre qui se trouvait derrière le cocher et tira le rideau, censé protéger l'habitacle de la poussière de la route. S'il prenait le temps de réfléchir à ses actes, il ne ferait rien du tout. C'était pure folie de l'envisager. Il le savait. Mais folie ou pas, il préférait ne pas affronter un tribunal ou une mort ignominieuse à cause d'une négligence.

Une fois les rideaux bien fermés, les cachant aux yeux du monde, Marshall se rapprocha de Davy dans l'obscurité et prit le doux visage entre ses mains.

— Voilà ce que je veux faire, souffla-t-il avant de l'embrasser.

Davy laissa échapper un petit bruit sourd et glissa contre lui, tombant à genoux dans l'espace étroit entre les deux banquettes. Marshall sentit les bras de son amant passer autour de sa taille et glisser dans son dos, sous sa veste déboutonnée. Il écarta les genoux et attira Davy plus près de lui.

Ils restèrent comme cela un long moment, savourant leur connexion. C'était comme retrouver de l'eau de source après avoir passé des semaines en mer à se rationner sur des tonneaux stagnants. De soulagement, Marshall se sentait proche des larmes.

Puis Davy bougea, tirant les pans de sa chemise hors de sa culotte.

— Que… ?

— J'ai envie de vous toucher, murmura-t-il contre sa joue.

Sa bouche descendit doucement. Will appuya sa tête en arrière pour mieux offrir sa gorge aux délicieux baisers. En même temps, il se cambrait, car Davy caressait sa colonne vertébrale, peau à peau. La partie sensée de son esprit finit par abandonner, vaincue par l'assaut sensoriel. Marshall savait qu'il aurait dû rendre à son amant ses attentions, mais l'intensité de son plaisir l'en empêchait. Il se contenta de frotter le dos de Davy au rythme du trot des chevaux. Le balancement était agréable, régulier…

Il se raidit en réalisant qu'il se frottait contre le ventre si merveilleusement proche de lui. C'était trop rapide.

— Davy, attendez…

Il posa les mains sur les épaules de son amant, avec l'intention de l'écarter, mais celui-ci, au même moment, soulevait sa chemise et s'attaquait à son mamelon sur lequel il referma les lèvres. Marshall fut traversé par un éclair de feu. Sans qu'il le remarque, David, de l'autre main, déboutonnait sa braguette, et de nouvelles caresses ajoutèrent à sa distraction. Dans une dernière pensée cohérente, William se demanda comment son sous-lieutenant, si respectueux sur le pont d'un navire, pouvait aussi facilement prendre les commandes quand ils se retrouvaient seuls.

Puis son pantalon s'ouvrit et Davy serra les doigts sur son membre, caressant le gland du pouce et jouant de l'autre main avec ses bourses. Il ne fit rien d'autre. Il n'en avait pas besoin. Les cahots de la voiture créaient le mouvement, la friction. Et Marshall, l'esprit obscurci par le désir, oublia tout bon sens. C'était si bon… Davy l'avait déjà caressé de cette façon, mais la sensation paraissait plus intense à présent. Peut-être parce que son amant se montrait plus audacieux, sa langue parcourait son membre, ses lèvres se refermaient doucement sur lui.

Tout à coup, Davy s'écarta pour chuchoter :

— Chut.

Marshall frissonna en sentant un souffle frais contre sa chair sensibilisée, la sensation était affolante ! Cependant, il réalisa aussi qu'il gémissait sourdement. Il se plaqua une main sur la bouche et, de l'autre, crispa les doigts dans les boucles d'or. Il ferma les yeux et ravala un hurlement tandis que le monde disparaissait autour de lui, plus rien

n'existait que cette bouche qui le suçait en cadence, encore et encore....
l'aspirant vers un plaisir indicible...

Il retint son souffle. Il lui fallait se taire. C'était impératif. Il ne
devait pas non plus oublier Davy – pas question de le forcer ou de lui faire
du mal – tout devait être donné de bon cœur. Il dut faire un effort pour
desserrer ses doigts, se contentant de garder une main doucement posée
sur la tête de Davy pendant que ses coups de reins s'accéléraient, ses
hanches bougeant d'elles-mêmes. Il dut enfin respirer juste avant que son
orgasme explose. Il se vida dans la gorge de Davy au point qu'il lui
sembla que son âme elle-même lui avait échappé.

Puis son corps, trempé de sueur, s'amollit contre la banquette.
Davy, tout ébouriffé, était toujours entre ses jambes ouvertes, avec un
victorieux sourire d'ange déchu.

— Davy...

— Mmm ?

Son amant se redressa et, plaqué contre lui, prit sa bouche, une
langue dardant entre ses lèvres avec la ténacité d'un plongeur cherchant
des perles. Marshall venait d'être satisfait, mais il goûta l'urgence du désir
de Davy. Il laissa sa main glisser et la passa sous les genoux de son
compagnon. Il durcit ses muscles et le souleva, avant de le faire basculer
sur ses genoux.

— Mais que... ?

Davy avait le regard un peu vitreux.

— C'est à votre tour, à présent.

— Oh. Oui. Parfait.

Confiant, il se détendit dans les bras qui le soutenaient, niché contre
lui, et glissa la main sous la chemise froissée. William perdit le souffle
quand des doigts fureteurs pincèrent doucement son mamelon. Il trouva
tout d'un coup sa veste très gênante, aussi Davy l'aida-t-il à s'en
débarrasser. Entre baisers et rires étouffés, ils ôtèrent l'un et l'autre leurs
gilets et les jetèrent sur le siège d'en face.

— Il va nous falloir garder le reste, décida Marshall. Que ferions-
nous si le cocher devait s'arrêter ?

— J'ignorais que vous étiez un tel stratège en affaires clandestines.
Il me faut quand même ouvrir...

À tâtons, il cherchait à détacher les boutons de sa culotte. William
repoussa ses mains.

— Laissez-moi faire.

263

Les doigts posés sur la braguette de son amant, il s'y attarda un moment, émerveillé de sentir le corps de Davy suivre le moindre de ses mouvements, comme l'aiguille d'une boussole attirée par le nord. Ensuite, il ouvrit le premier bouton et glissa la main à l'intérieur.

— Que dois-je faire ? chuchota-t-il. Est-ce que...

Il s'interrompit en découvrant d'autres boutons et s'exclama :

— Oh, Seigneur, vous portez un caleçon long ! Peu importe, je dois surmonter tous les obstacles.

Taquin, il pressa légèrement et Davy se tordit sous ses doigts.

— Williammm... se plaignit-il en étirant la dernière syllabe.

Sa bouche parfaite haletait et Marshall ne put se retenir de l'embrasser. En même temps, il termina de le déboutonner et, à travers le caleçon, frotta le sexe érigé pour le faire patienter. En réponse, Davy, les yeux mi-clos, ondula des hanches et s'agrippa à son poignet pour accentuer la friction.

— Oui. Là.

De sa main libre, il prit la nuque de Marshall et lui déroba un autre baiser.

— Maintenant, Will, insista-t-il. Je vous en prie.

Marshall avait eu l'intention de prendre son temps, de faire durer le plaisir de Davy, mais il changea d'avis devant l'urgence de cette supplication. Il baissa le caleçon et referma les doigts sur le membre dur, lisse et chaud, palpitant et vivant. Subitement, il ne savait plus quoi faire. Cela ne ressemblait pas à la masturbation qu'il avait déjà pratiquée. Bien entendu, David et lui n'étaient pas tellement différents, anatomiquement parlant – pas des sosies non plus, car son amant était plus petit, plus trapu – mais bien qu'ils aient déjà eu des relations charnelles, leurs précédents ébats n'avaient duré que quelques minutes.

Bien, en cas de doute, il faut improviser. Il resserra prudemment sa prise. Davy trembla dans ses bras avant de le mordre au cou. *Parfait.* Il commença à le caresser de haut en bas et trouva vite son rythme que Davy accompagnait de coups de reins. Quelques secondes plus tard, Marshall se sentit suffisamment en confiance pour l'embrasser. Davy suça sa langue avec ferveur et lui noua les bras autour du cou. Ce corps abandonné était si chaud, si merveilleux... si prêt à jouir.

— Davy, lâchez-moi, je dois...

— Non ! protesta-t-il, la lèvre supérieure perlée de sueur. Non, continuez...

Marshall continua. Son corps obéissait même si son cerveau restait préoccupé.

— Mais il va y en avoir partout ! Comment… ?

— Prenez ceci.

Le libérant partiellement, Davy fouilla une de ses poches et y trouva un mouchoir qu'il fourra dans le poing de Marshall.

— Oh, Dieu…

Il se figea, agité de spasmes. Lorsqu'un jet de sperme jaillit de lui, il pressa le visage dans la chemise de Marshall pour étouffer ses cris de jouissance. L'habitacle résonnant des habituels craquements de cuir et de bois, le cocher ne percevrait certainement rien d'anormal.

Quand ce fut terminé, Davy s'affaissa, tout amolli. Le mouchoir avait fait son œuvre et récupéré les traces embarrassantes. William le laissa tomber à terre pour serrer Davy contre lui, une étrange tendresse lui comprimant la poitrine.

— Est-ce que tout va bien ?

— Oui, fut la réponse étouffée.

Il s'accrocha très fort à Marshall pendant un moment, puis se redressa, les yeux humides.

— Will, vous ne pouvez savoir à quel point c'est merveilleux avec vous. À quel point c'est différent.

Marshall en fut touché, mais guère surpris, vu que David n'avait connu que le viol durant ses précédentes expériences. Il esquissa un sourire, sans trop savoir quoi répondre à une telle déclaration. Il décida finalement que l'humour était sa meilleure option.

— Eh bien, je dirais volontiers que vous êtes ce que j'ai connu de meilleur, mais comme vous êtes mon unique référence, je reconnais que cela n'est pas difficile.

Davy gloussa.

— Vous auriez pu dire avec la même franchise que je suis ce que vous avez connu de pire, aussi j'apprécie que vous ne l'ayez pas fait. Je vous remercie…

— C'est inutile.

Marshall était un peu embarrassé par la sincérité de Davy, sa vulnérabilité. Tout à coup, il réalisa que ce qu'ils venaient de vivre ensemble était plus intime, car l'un et l'autre pouvaient se voir cette fois, même si l'habitacle clos était assombri. Il avait fait nuit noire, dans leur cellule.

Davy lui effleura le visage d'un geste hésitant, presque timide.

— Vous étiez si... si beau, tout à l'heure, dit-il, comme si ses pensées avaient suivi le même cheminement. Si intense. J'ai adoré pouvoir vous regarder.

— Je pense que votre vue est déficiente, il serait bon que vous consultiez un médecin, riposta Marshall, franchement gêné à présent. Vous avez des hallucinations.

Davy se pencha, son souffle chaud lui effleurant l'oreille.

— Non, absolument pas, chuchota-t-il. J'aime la ligne de votre mâchoire, la façon dont vos lèvres s'ouvrent...

Il lui lécha l'oreille, ce qui envoya des frissons le long de la colonne vertébrale de William et lui coupa le souffle.

— Oui, comme cela, enchaîna David. Je n'ai jamais rien vu de plus parfait.

— Moi, si.

Marshall scruta le visage levé vers lui, les yeux bleus que l'émotion assombrissait. À nouveau, un tendre sentiment le bouleversa. Leurs lèvres se joignirent, Marshall tira Davy contre lui, l'embrassant avec une sorte de désespoir en se demandant s'il en serait jamais rassasié. La force de son désir l'effrayait un peu. Cela donnait à un autre un tel pouvoir sur lui... Bien sûr, Davy était tout aussi passionné et semblait le désirer également, mais si ce n'était pas le cas ? Ou s'il changeait d'avis ? Ou, à Dieu ne plaise, s'il se trouvait transféré sur un autre vaisseau ou tué au combat ?

Marshall eut la sensation d'être englouti par une terreur presque suffocante et le seul oxygène dont il avait besoin se trouvait dans le corps doux et chaud qu'il tenait dans les bras. Davy s'accrochait à lui, tout aussi étroitement. Pendant un temps incommensurable, ils restèrent à s'embrasser et à s'étreindre avant que l'intensité de leur émotion s'apaise enfin, que l'ouragan intérieur qui les bouleversait se calme.

Marshall put alors s'adosser et recommencer à respirer.

— Est-il possible de...

Il ne sut comment formuler sa question. Davy le dévisagea avec anxiété.

— Quoi ? William, qu'y a-t-il ?

— Je... Davy, j'ai l'impression que je pourrais passer le reste de ma vie ici, avec vous, sans regretter le reste du monde. Comment est-il possible de vivre avec un tel sentiment ?

Davy paraissait perplexe.

— Mon expérience n'est pas si vaste, mais c'est possible, bien entendu. Même si l'on rend les rênes à sa monture, n'importe quel cheval se lasse tôt ou tard de galoper pour reprendre le pas. Pourquoi êtes-vous aussi inquiet, Will ? Nous avons retrouvé une existence normale – plus ou moins – après notre évasion, n'est-ce pas ? Nous n'avons pas cherché à nous arracher mutuellement nos uniformes lorsque nous nous rencontrions. Non pas… que cela… m'aurait déplu…

Il ponctua ses paroles de baisers sur le visage de William, puis reprit d'un ton plus sérieux :

— … mais je préfère ne pas être pendu. J'aimerais connaître une vie longue et heureuse.

— Voici un excellent projet !

En Marshall, le désir vibrait toujours, s'enflammant à chaque caresse de Davy, au contact de son corps contre le sien.

— Alors, que faisons-nous à présent ? demanda-t-il.

Davy fronça les sourcils et se pencha pour soulever le rideau de la fenêtre.

— Je pense que nous devrions mettre de l'ordre dans nos tenues. Si je ne me trompe pas, nous n'allons pas tarder à faire étape.

IL NE se trompait pas. Les deux amis eurent à peine le temps de se rendre présentables et Davy roulait son mouchoir en boule pour le remettre dans sa poche lorsque les roues du fiacre tressautèrent sur une route pavée. Une autre auberge, celle-ci avec deux étages et deux ailes qui cernaient une autre cour en pleine effervescence. Des effluves de nourriture se mêlaient aux relents des hommes et des bêtes. De plus, une odeur d'ozone dans l'air indiquait que le temps s'apprêtait à se couvrir. Effectivement, de lourds nuages noircissaient l'horizon et l'orage approchait, menaçant comme des Français en ligne de bataille. La dernière partie de leur voyage s'annonçait pluvieuse, ce qui les ralentirait certainement, car la route deviendrait boueuse.

Ils ne s'attardèrent pas dans la cour. M. Drinkwater leur avait vanté la bière de cette auberge, tout en leur recommandant de paraître aussi désargentés que possible pour ne pas tenter inutilement les coupe-bourses. Si rien dans leur apparence n'attirait l'œil, un banal observateur ne verrait en eux que deux jeunes officiers en voyage qui profitaient d'une étape pour goûter à la spécialité locale.

Ils avaient à moitié vidé leurs chopes quand leur cocher entra, en plissant les yeux, car la salle commune était mal éclairée. Il les aperçut enfin et s'approcha d'eux, l'air mal à l'aise. Étrange…

— Messieurs, est-il réellement urgent que vous arriviez à Londres dès ce soir ? s'enquit-il.

— C'est ce qui était prévu, rétorqua Marshall, méfiant. Sinon, nous n'avons aucune urgence particulière. Pourquoi ? Y aurait-il un problème ?

Le cocher écarta les bras.

— Un petit problème qui ne nous retardera pas trop, si le forgeron peut s'occuper de moi sans attendre. Un des moyeux est fissuré et je crains que l'autre ne tarde pas à céder.

Marshall, qui n'avait aucune idée du rôle d'un moyeu, préféra ne pas trahir son ignorance en posant la question.

— Est-ce sérieux ? demanda-t-il seulement.

— Non, mais mieux vaut le changer avant de continuer, surtout avec cet orage qui va nous tomber dessus. Dougie Smith est un bon charron, tout ira bien dès que je l'aurai retrouvé. Il ne lui faudra qu'une heure ou deux. Je me demandais juste si vous teniez à repartir une fois le travail fait ou bien plutôt attendre demain matin ?

Un gros gaillard qui trônait au bar, non loin d'eux, intervint alors :

— Dougie voudra pas travailler ce soir, Freddie. Et si vous l' dérangez, vous allez l' regretter.

— Ah, oui ? Pourquoi ?

— Pass qu'il est rentré d'Ashford y'a pas une heure avec un sacré mal au crâne. Y vient d' marier sa fille. J' voudrais pas m'approcher d' sa forge même si le roi George[11] me l' demandait, pass qu'il a dit à son fils, qui l'a ramené, qu'y tuerait tous ceux qui toucheraient à son enclume.

L'homme secoua la tête. Manifestement, lui ne souffrait pas d'une gueule de bois.

— Y s'ra frais comme un gardon demain matin, ajouta-t-il. Pauvre Dougie… Il a trois filles, vous savez, et il les a toutes mariées depuis la Noël.

— Et il sera trois fois grand-père d'ici quelques mois, je parie, rétorqua Freddie.

Il sourit aux nombreux rires qui accueillaient sa boutade.

— Merci de m'avoir prévenu, reprit-il.

---

[11] George III (1782/1820)

S'adressant à Marshall, il enchaîna :

— Euh, lieutenant, je suis désolé. Si vous voulez réveiller Dougie, ce sera à vous de le faire – moi, j'ai pas le même courage que les officiers de Sa Majesté.

— Voyons, allez pas faire tuer les hommes du roi ! le sermonna l'aubergiste. M'sieurs, j' peux vous avoir une chambre, si ça vous gêne pas d' la partager. Et le lit sera tout propre.

Marshall échangea un regard avec l'autre 'homme du roi'. La lueur soudaine qui brillait dans l'œil de Davy l'excita autant qu'elle l'inquiéta.

— Cela ne nous gêne pas de partager, répondit-il. Je suis certain que nous aurons plus de place qu'à bord de notre navire.

— Et ça vous coûtera moins cher qu'une chambre à Londres, ajouta l'aubergiste, tout sourire. Et vous mangerez bien mieux, j' vous l' garantis. Ma femme est la meilleure cuisinière de tout l' trajet, de Portsmouth à Londres.

Tous les clients à portée de voix s'empressèrent de confirmer ses dires avec chaleur.

Davy afficha un air innocent pour demander :

— Pourquoi pas, Will ? Nous devons bien dormir quelque part. Mieux vaut avoir un toit solide sur la tête au moment où l'orage éclatera.

Marshall céda – parfaitement conscient des intentions diaboliques que dissimulait ce regard bleu candide. Ils ne feraient pas que *dormir* cette nuit, il en était certain. Pourtant, la tempête qui s'annonçait était un argument sensé.

— Pourquoi pas ?

XXVII

ILS NÉGOCIÈRENT avec l'aubergiste le prix d'une chambre et d'un souper, puis le gros homme alla veiller à ses préparatifs. Peu après, le cocher s'en alla en promettant aux deux voyageurs de rapporter leurs sacs avant de conduire sa voiture à la forge. Ils terminèrent tranquillement leurs bières, attendant que leur chambre soit prête.

Leurs affaires arrivèrent en même temps que revint l'hôtelier.

— Tout est prêt, messieurs, j'ai d'mandé au garçon d' préparer un feu dans la cheminée, si ça vous dit d' prendre un bain avant le souper. Pour le moment, y fait assez chaud, là-haut, j'y ai dit d' pas allumer sans que vous l' demandiez.

— Un bain ! s'exclama Marshall. Oui, merci, ce serait une bonne idée.

— Je vais vous faire envoyer beaucoup d'eau chaude. C'est toujours la première chose que demande un marin.

Il eut un grand sourire et se reprit, l'air entendu :

— Enfin, disons la seconde…

Embarrassé, Marshall resta muet, mais Archer garda son sang-froid.

— Nous avons déjà passé quelques jours de congé à Portsmouth. Nous avons consommé toute la 'première chose' que nos moyens nous permettaient. À ce stade, il nous faut choisir entre de la compagnie et un souper.

William décida qu'il devait intervenir.

— Je préfère souper. Mais j'aimerais d'abord pouvoir me nettoyer. Vous disiez nous loger au dernier étage ?

— C'est ça, la chambre est tout au fond du couloir. Tirez le rideau si l' soleil vous dérange.

— Nous n'y manquerons pas, merci.

Récupérant leurs sacs, ils traversèrent la salle bondée pour atteindre l'escalier qui se trouvait sur l'arrière. Davy passa le premier et escalada des marches d'un pas alerte, Marshall se retrouva à tergiverser. Quelle absurdité d'être intimidé ! Surtout après ce qu'ils avaient déjà connu ensemble – Seigneur, cet intermède dans la voiture ! Pourtant, il craignait un peu la nuit à venir. Cette fois, il ne s'agissait pas de saisir une opportunité, un dernier instant de bonheur avant de risquer sa vie. C'était bel et bien un rendez-vous illicite. Un risque indéniable – et dans une auberge pleine d'étrangers.

Quand ils arrivèrent dans leur chambre, David ferma la porte et tourna le verrou. Il accrocha même sa veste d'uniforme à la poignée pour qu'on ne puisse rien voir à travers la serrure.

Dès que Marshall eut son amant dans les bras, son corps répondit à son contact, comme si son esprit n'avait pas son mot à dire en la matière. Leurs lèvres se joignirent. Davy attira Marshall contre lui tout en se penchant en arrière pour s'appuyer sur le mur. À peine une heure plus tôt, ils avaient tous les deux joui dans la voiture, pourtant Marshall était à nouveau prêt, dur comme fer, brûlant de partout. Sa seule obsession était de se rapprocher encore de Davy. Impossible d'ailleurs, car ils étaient déjà plaqués l'un contre l'autre. Par contre, s'il pouvait se débarrasser de leurs vêtements gênants…

Il dut faire un effort sur lui-même pour reculer et localiser le lit. Sans difficulté d'ailleurs, car la chambre était minuscule, il n'y avait pas la place d'y caser un chat. Une petite pièce carrée, avec une petite cheminée, une petite table sous la petite fenêtre et un lit double. De quoi d'autre avaient-ils besoin ? Il ne put retenir un gloussement en voyant l'air grave avec lequel Davy lui dénouait sa cravate, comme s'il était incapable de s'en charger. Peut-être la bière lui tournait-elle la tête. Peut-être pas.

Il déshabilla aussi son amant, déboutonnant son gilet – en arrachant même un bouton dans son empressement. Ils durent se mettre à quatre pattes pour le récupérer sous le lit. Ce fut Davy qui le retrouva. À genoux, l'air malicieux, il détacha la ceinture de Marshall avant de se redresser.

— Hé !

Avec un temps de retard, Marshall réalisa que sa culotte était maintenant au niveau de ses genoux. Il frappa Davy sur le derrière. Celui-ci s'échappa, Marshall ne put le poursuivre, car il perdait son pantalon.

Tous deux tombèrent sur le lit et s'activèrent un moment à se débarrasser du reste de leurs vêtements, chacun d'eux affolé par le désir de caresser le corps nu et alléchant de l'autre. Marshall n'eut pas le temps de réfléchir pour savoir si céder à cette impulsion était normal ou inconscient, il se retrouva vite étendu sur son amant, à se frotter contre lui. Quant à Davy, il haletait à son oreille et enfonçait les doigts dans les muscles derrière ses cuisses pour mieux les connecter, tandis qu'il se soulevait pour accentuer la friction.

— William… Oh, Dieu… !

Marshall ne savait trop ce qui le bouleversa le plus, la chaude sensation de la semence de Davy sur son ventre ou bien son cri assourdi. Il enfouit son visage au creux de l'épaule ferme pour étouffer son gémissement, prêt à jouir…

Quelqu'un frappa à la porte.

— L'eau chaude, messieurs !

Marshall se figea, perdant toute son excitation.

— C'est une *femme* ! chuchota-t-il, horrifié.

— Je le crois aussi, déclara Davy, tout sourire.

C'était facile pour lui de trouver la situation amusante !

— Laissez-la devant la porte, chère madame, cria-t-il. Nous ne sommes pas décents. Je ne voudrais pas vous faire rougir !

— Comme si vous aviez quelque chose que je n'ai pas déjà vu ! rétorqua l'inconnue sans se laisser démonter.

Elle paraissait assez âgée pour être leur mère, mais pas assez pour avoir oublié comment provoquer une grossesse.

— C'est comme vous voulez, les garçons ! reprit-elle. Je vous monterai le souper dans une heure.

Il y eut un claquement métallique dans le couloir, puis un rire féminin qui s'éloignait en direction de l'escalier.

Marshall enviait la facilité avec laquelle Davy s'adressait aux femmes, même ses paroles l'avaient effaré.

— Davy… elle va penser…

Davy haussa les épaules.

— Elle va penser que nous nous sommes déshabillés en prévision de notre bain. Ce qui est le cas. Nous lui donnerons deux pence quand elle remontera avec notre plateau.

Il s'agita avant de demander :

— Will, voulez-vous aller récupérer l'eau, ou bien me laisserez-vous me lever pour que je m'en charge ?

Marshall résista à la tentation de réagir à ce corps qui se tortillait sous lui. Il s'écarta, quitta le lit et ouvrit la porte avec précaution. Il n'y avait dans le couloir que deux bidons d'eau et un tub métallique – pas très grand, environ soixante centimètres de diamètre. Ils devraient se laver debout, mais c'était sans importance. Marshall n'arrivait pas à se souvenir de la dernière fois où il avait bénéficié d'un vrai bain. L'idée de s'asseoir dans l'eau lui semblait presque anormale. En tirant le bassin dans la chambre, il vit à l'intérieur un morceau de savon et deux serviettes. Il retourna chercher les bidons qu'il plaça à côté du tub, dans le seul carré de plancher inoccupé.

— Ils ont été généreux avec l'eau, déclara-t-il. En plus, elle est chaude.

De l'eau pure et chaude était un luxe après s'être contenté pendant des mois d'eau saumâtre. Ils allaient enfin pouvoir être vraiment propres !

— Voulez-vous passer le premier ? proposa Marshall.

Il fut étonné de voir Davy fixer la baignoire, les traits crispés. Le soleil couchant jetait ses derniers rayons par la petite fenêtre, illuminant de reflets les cheveux blonds, mais jetant sur le beau visage une ombre oblique qui lui donnait un air étrange, presque lointain.

— Davy ? Quelque chose ne va pas ?

Son ami secoua la tête.

— Non, bien sûr que non. Voulez-vous passer le premier ?

L'écho de ses paroles renvoyait un son étrange que Marshall perçut même si son ouïe manquait de subtilité.

— Davy, que se passe-t-il ?

— Je réfléchissais simplement. Désolé.

Il glissa hors du lit et souleva la cruche de la petite table de toilette, placée sous la fenêtre.

— Allez-y, William, je m'occupe de verser l'eau.

Il alla jusqu'au bidon, où il remplit sa cruche, puis, se retournant, il fit signe à Marshall d'entrer dans le tub. Les yeux baissés, les mâchoires serrées, Davy semblait accomplir une corvée. Que diable… ?

Totalement perdu, Marshall lui prit des mains la cruche qu'il déposa sur le plancher. Il était mal à l'aise, trop conscient de sa nudité. Comment pouvait-il être si près de son ami et pourtant si loin ?

— Davy… Qu'ai-je fait ?

— Quoi ?

— Il y a quelques minutes, vous paraissiez très… très gai. Et maintenant…

Il ne savait quoi dire. N'ayant jamais eu d'amant, il n'avait aucune idée de la réaction qu'il était censé avoir devant un silence aussi inattendu.

— Nous sommes seuls dans cette chambre, n'est-ce pas ? reprit-il. J'ai donc dû commettre une erreur qui vous a blessé. Pourriez-vous au moins me dire…

— Non ! l'interrompit Davy qui le regardait enfin. Non ! Pour l'amour de Dieu, William, il ne s'agit pas de vous. C'est juste… ce bassin.

Perplexe, Marshall cligna des yeux. Le tub lui semblait des plus ordinaires.

— … et de mauvais souvenirs, ajouta Davy.

Il approcha de la fenêtre. Le vent rafraîchissait et de gros nuages cachèrent le soleil. Avec l'imprévisibilité du climat au mois d'août, la pluie se mit à tomber.

Marshall attendait, incertain, tiraillé entre l'inquiétude et le vif désir de caresser ce dos nu et lisse. Les contusions avaient complètement disparu à présent. Physiquement, Davy était guéri, mais qu'en était-il de ses blessures mentales ? Il s'était peu confié sur ce qu'il avait enduré et Marshall ne lui avait pas posé de questions. Ce qu'il savait le tourmentait déjà suffisamment.

Tout à coup, David reprit la parole :

— Il exigeait toujours que je me déshabille et que je me lave – avant. Comme si je n'étais pas assez propre pour ses perversités ! Par contre, après, je n'avais pas droit au tub, alors que j'aurais donné n'importe quoi pour me nettoyer de lui.

Il baissa le volet avec une brusquerie qui fit vibrer la fenêtre. Il s'appuya un instant de plus contre le rebord, le corps contracté de rage. Tout à coup, il eut un bref rire rauque.

— Que je sois damné si je laisse ce bâtard me priver d'un bain chaud !

— Venez ici, l'appela Marshall. Je vous en prie.

Davy se retourna et croisa son regard. Bien qu'il ait l'esprit embrumé et bouleversé, il parut noter la détresse de son ami.

— Je suis désolé, Will.

Ce dernier lui tendit les bras. Davy traversa en deux grandes enjambées la chambre, qui n'était guère plus grande que la cellule qu'ils avaient partagée sur l'*Insaisissable*. Dès qu'ils furent l'un contre l'autre, tout parut retrouver son sens. Dehors, l'orage se déchaînait.

— Je suis désolé, répéta Davy, la bouche contre le cou de son amant.

— Vous n'avez pas à vous excuser.

Davy finit par laisser échapper un long soupir.

— Sauf si l'eau devient froide à cause de moi, hein ?

Il s'écarta, monta dans le tub et se pencha pour ramasser le savon.

— Pourriez-vous me savonner le dos ? demanda-t-il.

Avec un sourire, Marshall récupéra la cruche, prit le savon et s'immobilisa tandis qu'une pensée soudaine lui venait. Il faillit demander à Davy si Adrian lui avait fait la même chose, mais il se ravisa à temps. Si c'était le cas, son ami n'avait vraiment pas besoin de ce souvenir.

— Davy, dit-il d'un ton prudent, j'espère que vous me le diriez s'il m'arrive d'agir contre votre volonté.

— Nous serions bien âgés tous les deux avant que ce jour arrive, Will.

Marshall ignorait si le jeune lieutenant avait retrouvé le moral ou s'il faisait juste un effort pour alléger l'atmosphère. Il sentit Davy trembler lorsqu'il lui versa de l'eau chaude sur les épaules, mais ensuite, lorsqu'il fit mousser le savon entre ses mains avant de lui frotter le dos, son ami se détendit à son contact.

C'était si bon de le toucher ainsi ! Certes, cela était déjà arrivé à Marshall de le laver – un jour, la moitié de l'équipage avait été frappé par la fièvre et Davy s'était trouvé si malade et affaibli qu'il ne pouvait même plus faire sa toilette tout seul. Mais il s'agissait alors d'un service rendu à un compagnon, accompli de façon rapide et impersonnelle pour minimiser la gêne des deux amis impliqués.

Marshall n'aurait jamais imaginé que le même acte devienne différent grâce à la nouvelle intimité existant entre eux. Ses mains d'amant glissaient sur le corps de Davy et la tiède humidité amplifiait ses perceptions. Auparavant, la beauté masculine ne le frappait pas. Connaissant ses défauts physiques, il savait Davy bien mieux loti que lui en ce domaine, mais il n'avait jamais regardé ni été attiré. Davy avait de larges épaules, une taille mince et de belles fesses rebondies. Pourquoi une telle perfection n'apparaissait-elle pas quand il était en uniforme ?

Marshall esquissa un sourire. C'était une chance pour lui. Il serait bien embarrassant que son membre se mette aux garde-à-vous chaque fois que Davy traversait le pont du navire ! D'ailleurs, mieux vaudrait qu'il ne s'échauffe pas en y pensant, car cette maudite femme n'allait pas tarder à revenir.

Il rinça les endroits qu'il avait lavés – seulement le dos et les épaules. Il était tenté de continuer, mais l'incertitude le retenait.

Davy tourna la tête pour le regarder.

— Qu'est-ce qui ne va pas ? Pourquoi avez-vous arrêté ?

Il était merveilleux que David Archer soit capable de s'exprimer et même désireux de le faire. Lui, par contre, avait la langue liée.

— Je... je n'étais pas sûr que vous seriez d'accord...

Avec un soupir, Davy pivota pour lui faire face.

— William... Comme je vous l'ai dit il y a quelque temps, tout ce qui me vient de vous est un plaisir. Absolument tout.

Il posa une main sur la poitrine de Marshall, dont le cœur accéléra à ce contact.

— Quand vous me touchez, reprit Davy, c'est comme si vous effaciez tous les vieux souvenirs, les blessures. Vous pouvez me toucher partout. N'importe où. Cela me plaît. En fait...

Il s'interrompit et secoua la tête.

— Non, je m'égare. Mais je vous en prie, n'arrêtez pas. Sauf si vous n'en avez pas envie ?

La seule réponse possible à cette question absurde était un baiser. Brûlant. Marshall se demanda si l'eau ruisselant sur le corps de son amant n'allait pas se transformer en vapeur et s'évaporer.

— Je ferais mieux de terminer, dit-il lorsqu'il s'écarta, avant que la dame ne revienne avec notre souper.

Il remplit la cruche et reprit son agréable tâche. Puisque Davy lui faisait à présent face, il décida de lui laver la figure et lui déversa sa cruche sur la tête. Il sourit en voyant son ami cracher l'eau qu'il avait dans la bouche.

— Vous avez dit que je pouvais vous laver *n'importe où*, lui rappela-t-il.

— J'espérais que votre attention se porte un peu plus bas, se plaignit Davy.

— Oui, vous avez raison, votre cou a besoin d'être nettoyé.

Il s'amusait. Pardieu ! Et ce jeu n'avait ni gagnant ni perdant, ce n'était qu'un tendre affrontement dont tous deux se réjouissaient. C'était une sensation très étrange. Davy possédait de la magie, sans l'ombre d'un doute, car rien ne venait de Marshall.

Après le cou, il passa aux clavicules et au torse, dont la toison dorée retenait les bulles de mousse savonneuse. Puis les bras... Côté droit, il vit des traînées irrégulières et boursouflées, des cicatrices rosâtres qui montaient du poignet jusqu'au coude. Marshall se souvint des entailles vicieuses creusées par Adrian pendant qu'il cherchait à se libérer de la prise qui l'étranglait.

— Elles ne sont pas infectées, remarqua-t-il.

Davy serra les lèvres, son sourire devenant un rictus

— Je pense que j'en garderai toujours les traces. Et franchement, William, j'en suis presque heureux. Elles me rappelleront que j'ai fini par le vaincre.

— Vous avez tout à fait raison. Voulez-vous que je vous lave les cheveux ?

— Mmm. Vous me gâtez.

Davy arracha le ruban qui les retenait et pencha la tête en arrière.

— Pas du tout, rétorqua Marshall. J'espère simplement que vous me rendrez le même service.

— Je vois. Excellente stratégie.

Il sursauta et ouvrit grand les yeux.

— Will… avez-vous au moins pensé à refermer la porte ?

— *Non !*

L'eau gicla et Marshall traversa la pièce à la hâte pour tourner le verrou. Davy cligna des yeux, car de l'eau y dégouttait de ses cheveux, il passa la main sur son visage et s'excusa :

— Désolé, je viens juste d'y penser. En principe, elle devrait frapper avant d'entrer.

— J'espère bien ! s'exclama Marshall.

Il cacha la panique qui l'agitait en réfléchissant à sa tâche : il avait lavé la partie supérieure de Davy, jusqu'à la taille. Pour le reste, devait-il commencer par l'arrière ou par l'avant ?

Ou les deux en même temps ?

Davy retint son souffle quand Marshall glissa la main droite sur son bas-ventre. Ses hanches avancèrent un peu, en prévision. De son autre main enduite de savon, Marshall caressa son derrière.

— Hé !

Un doigt s'insinua dans la fente chaude et profonde qui séparait les fesses fermes. Il le fallait bien, n'est-ce pas ? Le but d'un bain, après tout, était d'être propre. Toutes les parties de ce merveilleux corps souple devaient être nettoyées ! D'ailleurs, Davy ne cherchait pas à esquiver son contact, pas plus qu'il n'y faisait objection.

— Vous avez dit *n'importe où.*

— Et vous avez dit que vous espériez recevoir le même service.

Davy n'ajouta rien, mais il afficha un sourire démoniaque tout en ondulant d'avant en arrière entre les mains de Marshall.

— Oh, mon cher !

De façon perverse, son membre tressaillit et commença à durcir. Marshall ne savait trop si c'était dû au déhanchement sensuel de Davy ou à la perspective de recevoir les mêmes attentions. Il fut étonné de découvrir que, profitant de son inattention, Davy lui avait placé sa verge dans la main. Elle n'était pas encore vraiment rigide, mais manifestement intéressée.

Et Davy ne cherchait-il pas à s'empaler sur son doigt ?

— Malheureusement, reprit son ami, je crains que nous n'en ayons pas le temps. À moins que vous ne teniez à éduquer la servante sur les manœuvres de la Royal Navy ? Vous me paraissez doué pour le sondage des grands fonds !

Marshall avait la sensation d'avoir un canon chargé, mais pas la poudre nécessaire pour l'amorcer et tirer. Il dut reconnaître, à contrecœur, que Davy avait raison. Après de nombreuses années passées en mer, avec la cloche qui sonnait toutes les demi-heures, il avait développé une sorte d'horloge interne et une bonne notion du temps. Il savait que leur heure de répit avant le retour de la servante était déjà à moitié écoulée.

Qu'était-il censé faire à présent ?

— Très bien, dans ce cas… Voulez-vous que… hum. Dois-je…

Que c'était délicat et gênant ! Et Davy, qui gloussait, ne lui facilitait pas les choses.

— Voyons, William, il vous suffit d'enlever le savon. Je préférerais ne pas avoir d'irritation à cet endroit-là.

Quand Davy fut enfin rincé, il riait si fort que Marshall fut très tenté de frapper son derrière humide. Il était agacé que cette hilarité ait dompté sa libido, une fois de plus déçue. Il se consola en pensant que sa frustration aidait peut-être son ami à chasser ses anciens démons. Après tout, ce n'était pas cher payé.

De plus, Davy ayant terminé son bain, c'était à présent à son tour. Il brandit une serviette.

— Si vous pouviez reprendre vos esprits, M. Archer, commença-t-il.

Son formalisme provoqua un autre fou rire chez Davy. Il s'en étranglait presque d'hilarité.

— Par l'enfer ! *Lieutenant !*

Davy, enfin calmé, le prit par la taille et l'embrassa. La sensation de son corps chaud et lisse effaça l'irritation de Marshall.

— Désolé, Will. Attendez, laissez-moi faire. Veuillez entrer dans le tub, je vous en prie, milord.

Il scrutait Marshall comme s'il avait une manœuvre compliquée à entreprendre.

— Je vais commencer par les cheveux, décida-t-il. Par le haut.

C'était un luxe décadent de rester immobile avec de l'eau chaude qui ruisselait le long de son dos. Des doigts agiles lui lavaient les cheveux et massaient son cuir chevelu – pas étonnant que les Romains aient tellement fréquenté les thermes, s'ils y recevaient ce genre d'attentions !

— Nous devrions le faire tous les jours, dit-il rêveusement.

— Si nous avions… Gardez la tête *en arrière*, Will !

Marshall obéit. Une cascade d'eau chaude se déversa sur son visage et entra dans son nez. Ce fut à son tour de s'étouffer, mais pas en riant. Par chance, Davy ne trouva rien d'amusant à la situation. Il lui passa juste une serviette pour s'essuyer le visage et attendit qu'il penche à nouveau la tête pour lui rincer les cheveux.

— Désolé, mais vous avez bougé juste au moment où j'ai commencé à verser. Voilà, c'est terminé.

Davy écarta les longs cheveux noirs et humides des épaules de Marshall, puis se mit à lui frotter le dos. C'était divin ! Maintenant que le soleil était couché, la chambre devenait plus fraîche, mais Marshall n'en souffrait pas. L'eau chaude le protégeait de l'air nocturne. Ainsi que les mains de Davy, qui dessinait son corps avec une affection tacite, mais manifeste. Jamais Marshall n'avait reçu de soins aussi tendres. Étant bébé, sa mère l'avait peut-être baigné avec amour, mais elle était morte très vite, aussi n'avait-il gardé aucun souvenir d'elle.

Davy nettoya tout de lui, y compris ses parties génitales. Marshall était doté d'un membre plutôt long – dont il était à la fois fier et embarrassé – et son organe reçut la même tendre attention que le reste de son corps. Davy ne fit aucune remarque, se contentant de presser doucement sa verge quand il eut terminé.

Avec un soupir, il se redressa ensuite et chuchota à l'oreille de Marshall :

— Nous n'en avons pas le temps.

Il n'avait pas relâché ses doigts et sa prise dénonçait ses paroles. Debout près du tub, il était collé à Marshall qui sentait derrière lui une érection révélatrice. La situation exigeait une ferme autorité.

— Dans ce cas, décida-t-il, nous ferions mieux de nous sécher et de nous habiller. Tout ceci est très agréable, mais je ne suis pas certain de pouvoir en jouir.

C'était un mensonge éhonté. Si Davy continuait, tous deux se retrouveraient bientôt au lit.

Cependant, il avait pris une sage décision. Ils enfilèrent leurs chemises et culottes, et déverrouillèrent la porte en se demandant combien de temps il leur faudrait patienter avant que quelqu'un vienne retirer l'eau. Avec le tub au milieu de la chambre, il leur était presque impossible de bouger, mais s'ils le plaçaient devant la porte, cela bloquerait le passage dans le couloir étroit. Ils furent soulagés d'entendre frapper – Davy ne s'était pas trompé.

Il alla ouvrir et demanda à la servante, avec un geste en direction du tub.

— Auriez-vous quelqu'un pour vous aider à l'emporter ? Il complique notre navigation ici.

— Nan, pas la peine. Toby va juste balancer l'eau par la fenêtre. Y'a que le jardin en bas.

Marshall étudia le garçon qui portait leur plateau. Il ne semblait pas assez fort pour une telle tâche. Et il mettrait bien trop de temps à vider le tub cruche par cruche, des moments précieux que les deux amis préféraient passer ensemble, en toute intimité.

Marshall se tourna vers Davy, un sourcil levé.

— Un peu d'eau supplémentaire ne changera pas grand-chose ce soir.

Davy sourit.

— Nous allons nous trouver face au vent, je le crains.

Puis il hocha la tête vers le garçon pour attirer son attention.

— Vous voudrez bien ouvrir la fenêtre dès que je vous en donnerai le signal, d'accord ?

Toby acquiesça et approcha pour se préparer. Marshall se pencha et saisit l'une des poignées de la bassine, Davy prit l'autre et s'écria :

— Maintenant !

Le garçon ouvrit la fenêtre, les deux hommes prirent leur élan et renversèrent le tub par-dessus bord. Machinalement, comme s'il se trouvait sur son navire, Marshall cria :

— Attention dessous !

Une rafale les aspergea d'eau de pluie, mais Toby referma la fenêtre assez vite que pour que les deux hommes ne soient pas complètement trempés. Quand ils s'installèrent pour dîner, ils étaient un peu humides de leurs efforts. Les deux domestiques, très amusés, prirent congé d'eux.

DANS SA surprise de voir des clients se charger de son travail, Toby avait oublié d'allumer le feu. Affamés, les deux amis ne s'en soucièrent pas davantage. La femme de l'aubergiste méritait bien sa réputation de cordon-bleu. Elle leur avait préparé des côtelettes grillées, des petits pains frais, un grand plat de purée de pommes de terre au beurre et des haricots verts… Marshall ne songea pas à ses vêtements mouillés pendant qu'il s'empiffrait avec allégresse. Son menu avait été frugal au cours de ses semaines d'emprisonnement, alors il appréciait la bonne nourriture chaque fois qu'il avait l'occasion d'en profiter. Et depuis quand n'avait-il pas eu de tarte aux pommes comme dessert ? D'après ses souvenirs, jamais il n'en avait dégusté de plus goûteuse.

Il lui fallut un moment pour se rendre compte que Davy restait anormalement silencieux.

— Quelque chose ne va pas ? demanda-t-il.

— Non.

Davy se versa un autre verre du pichet de bière qui accompagnait leur repas. Il fixait sa chope comme s'il y découvrait un spectacle fascinant.

— Et si nous allumions un feu dans la cheminée ? proposa Marshall. Je n'aurais jamais cru en avoir besoin en arrivant tout à l'heure.

Davy frissonna.

— Oui, vous avez raison. Ce serait agréable.

Marshall faillit à nouveau lui demander s'il avait commis une erreur susceptible de le déprimer, mais il devinait que Davy répondrait par la négative, quitte à mentir.

Ils terminèrent leur repas en silence et rangèrent les plats vides sur le plateau. Ils le déposèrent dans le couloir, avant de refermer la porte à clé. Ils avaient gardé quelques petits pains, du beurre et le pichet de bière.

Tous deux avaient les cheveux humides. Un feu serait certainement 'agréable', mais pas autant que son compagnon, décida Marshall.

Il sourit et proposa :

— Et si nous nous mettions au lit, maintenant que nous avons le ventre plein ?

Davy acquiesça et, frissonnant toujours, se glissa dans ses bras. Son baiser fut à peine réticent, mais Marshall sentit en lui une certaine réserve. Il recula un peu.

— Je sais que quelque chose ne va pas, Davy. Pourriez-vous me dire de quoi il s'agit, s'il vous plaît ?

— Rien.

Marshall patienta. David soupira avant de céder.

— Très bien. William, si je vous demandais quelque chose... dont vous n'auriez pas envie... me le diriez-vous ?

Marshall secoua la tête – non pour répondre par un refus, mais parce qu'il était sidéré.

— Je ne comprends pas. Vous ne m'avez jamais rien demandé qui ne me plaise pas.

— Pas encore. Mais si vous vous souvenez, lorsque nous étions prisonniers, je vous ai proposé de me prendre, comme... comme un homme prend une femme...

Il tremblait de plus belle. Marshall savait bien que ce n'était pas de froid, pourtant, il s'écarta, laissant Davy debout à côté du lit, et déclara :

— Attendez une minute. Je vais faire une flambée.

Peut-être en auraient-ils besoin plus tard, si la nuit était fraîche. De plus, cette tâche lui donnait de quoi s'occuper les mains. Cela lui permettait également de cacher sa réaction à la demande hésitante de Davy.

Il n'avait jamais envisagé un acte de ce genre, mais il revit Davy dans le tub – qui poussait contre son doigt dans une invitation flagrante... Il pensa à ce chaud canal entre les fesses fermes, humides... Et voilà qu'il bandait à nouveau, simplement en imaginant pénétrer le superbe derrière de son amant.

Il modifia la position des bûches amassées dans l'âtre, pour mieux faire passer l'air, et y jeta une poignée d'amadou. Il se pencha et souffla pour allumer une étincelle.

— L'auriez-vous oublié, Will ?

— Non, je m'en souviens, répondit-il d'une voix rauque. Pourquoi cette demande ?

Pourquoi cette demande alors que vous en tremblez d'effroi ?

— Je vous serais…

Davy s'interrompit, déglutit et reprit :

— … je vous serais très obligé de me rendre ce service.

Marshall ne pouvait répondre, 'seriez-vous devenu fou ?', mais il le pensa très fort. L'amadou s'enflamma, les flammèches léchant avidement les brindilles installées sous les bûches.

— Vous le voulez vraiment ? finit-il par dire.

— Oui, murmura Davy.

Marshall se retourna et fixa son amant, qui avait le regard perdu dans les flammes.

— Pourquoi ? Vous n'avez pas à le faire pour moi.

Davy eut un sourire ironique.

— Je sais, répondit-il sans lever les yeux.

Il remua inutilement quelques objets sur la table, puis les abandonna et retourna s'asseoir au bord du lit.

— C'est pour moi que je tiens à le faire, chuchota-t-il. Et avec vous. Si… si cette perspective ne vous répugne pas.

Répugner ? De tous les mots qu'il aurait pu choisir !

— Non ! Bien sûr que non.

Marshall se redressa et, d'un seul élan, vint prendre place à côté de Davy. Il avait désespérément envie de le toucher. Il n'osait pas.

— Mais, reprit-il, je ne voudrais pour rien au monde vous faire mal, Davy. Je préférerais mourir.

— Tout est différent avec vous, insista son amant d'un ton prudent. Je vous l'ai déjà dit. Votre contact semble remettre à flot… l'épave que je suis. Je veux vos mains sur moi, William. Votre sexe en moi. Partout où le sien a été. Pour effacer son souvenir. Je vous veux.

Il passa la langue sur ses lèvres – dans un geste de nervosité, pas de séduction.

Cette fois, Marshall céda à son désir de contact, même s'il ne fit que poser la main sur son bras.

— Davy, vous tremblez. Auriez-vous froid ?

— Non. Si. Eh bien, juste un peu.

Tant mieux, c'était déjà cela. Mais ce n'était pas la vraie question que Marshall aurait voulu poser.

— Auriez-vous… peur de moi ?

— *Non !*

Davy se jeta si brutalement dans ses bras que, sous la force de l'impact, tous deux basculèrent en arrière sur le lit. Davy s'accrochait à lui comme s'il sombrait en eau profonde. Au bout d'un moment, il laissa échapper un long soupir douloureux et Marshall réalisa alors qu'il pleurait, presque sans bruit.

— Davy ! Davy, que se passe-t-il ?

De temps à autre, à bord, il avait vu de jeunes recrues en larmes, à leur première blessure ou quand ils avaient perdu un ami au combat, lorsque la grande aventure qu'ils avaient imaginée devenait une triste et sanglante réalité. En général, les autres marins les distrayaient avec des blagues vulgaires ou des consolations religieuses. Marshall n'avait ni les unes ni les autres à offrir à Davy, qu'il n'avait jamais vu dans cet état. Ce devait encore être à cause d'Adrian – c'était la seule explication plausible. Mais pourquoi maintenant ?

En y réfléchissant mieux, quand un officier de la Royal Navy avait-il la possibilité de pleurer ? Il n'y avait jamais de 'bon' moment. Si Davy pouvait enfin se libérer de tout ce qu'il avait accumulé en lui, et s'en débarrasser définitivement, c'était certainement une meilleure solution que de rester impassible alors qu'il était ravagé intérieurement. Marshall regrettait seulement que son désir ne respecte pas davantage une telle détresse : le corps chaud et humide collé au sien aurait dû provoquer sa compassion, pas sa passion. Si seulement cette femme avait apporté le tub deux minutes plus tard… !

Après un moment, les pleurs finirent par s'arrêter. Davy se racla la gorge.

— Je suis désolé, marmonna-t-il contre l'épaule de Marshall. Je n'avais pas l'intention de…. La bière devait avoir plus d'alcool que je le pensais.

— Voudriez-vous me dire…

— Vous… vous n'êtes pas horrifié ?

Davy n'osait pas le regarder dans les yeux. Marshall faillit ricaner – il aurait du mal à prétendre l'être alors que son membre, chaud et dur, se pressait contre Davy à travers leurs vêtements.

— Absolument pas. J'ai juste un peu peur. Pour vous.

— Will ! Vous ne me ferez aucun mal. Je vous en prie, je vous veux. J'aimerais, pour une fois dans ma vie, être baisé par un homme que j'aime.

En entendant ces paroles, Marshall fut traversé d'une vague de chaleur, de la tête aux pieds. Il serra Davy plus fort encore, incapable de trouver ses mots.

— Vous ne voulez pas, c'est cela ? reprit Davy avec un soupir résigné. Que je sois damné, vous n'en avez pas envie ! Veuillez accepter toutes mes excuses, William. Je ne suis qu'un idiot, ridicule, égoïste… Humph !

Le reste de la litanie s'étouffa lorsque Marshall roula sur lui-même et pesa sur son amant. Excité au-delà de toute raison, il frotta son bas-ventre contre celui de Davy

— À votre avis, croyez-vous que je n'en ai pas envie ? grommela-t-il.

Il prit Davy par les cheveux et fit basculer son visage pour pouvoir ravager sa bouche. Il se savait maladroit, mais il n'arrivait plus à parler et il risquait d'exploser d'ici peu. Davy l'empoigna tout aussi farouchement et lui rendit son baiser. Quand il releva la tête pour respirer, Marshall roula sur le côté et tâtonna pour ouvrir les boutons de la culotte de Davy, puis il la baissa avec une précipitation impudente. Il arracha aussi vite ses vêtements qu'il jeta derrière lui, en direction de la chaise. Davy était en train d'ôter sa chemise quand Marshall s'en saisit et l'envoya rejoindre le tas.

Le pont était dégagé, il était temps d'agir. Il retomba sur Davy, le saisit et roula avec lui, pour le placer au-dessus de lui. Il effleura sa bouche, aspira sa lèvre inférieure et la mordilla, enivré par son parfum de bière et le poids du corps chaud qui pesait sur son membre douloureux.

— Écoutez-moi avec attention, déclara-t-il. Je le veux.

Empoignant son derrière, une fesse dans chaque main, il les malaxa et insinua les doigts dans la fente qui les séparait.

— Je *vous* veux, reprit-il. Êtes-vous attentif, M. Archer ?

— Oui, souffla Davy.

Il ondulait au-dessus de lui, d'avant en arrière. Ses yeux écarquillés étaient assombris dans la faible lumière de la chambre. Et que ses paroles soient sincères ou courageuses, il ne semblait pas avoir peur.

— Le problème, Davy, reprit Marshall, c'est que je ne sais pas quoi faire. Vous devez m'expliquer le processus.

Dieu, il paraissait stupide, car c'était évident : retourner son amant et se mettre en position de le pénétrer. Mais…

— … Je ne supporterais pas de vous faire mal.

— Tout ira bien, William. Je vous le promets. Attendez, laissez-moi faire…

David, quelque peu hébété, se redressa et passa le pouce sur le sexe érigé de Marshall, l'humectant du sperme qui perlait sur le gland.

— Voyez, il est déjà humide, chuchota-t-il. Le mien aussi.

Marshall frissonna longuement sous la caresse, puis étouffa un cri quand celle-ci s'arrêta.

— Non !

— Une minute.

Il s'empara de sa verge et la frotta contre celle de Marshall. La sensation était… indescriptible. Davy se concentrait sur sa tâche, la lèvre prise entre les dents. Qu'il était beau ! Et que c'était bon ! Marshall sentait son membre durcir à chaque caresse.

— Vous allez me tuer !

— Je ne pense pas. Voilà.

À nouveau, il bougeait, surplombant Marshall, sa verge déposant de petits baisers humides sur le ventre frissonnant.

— Voilà, répéta-t-il. Maintenant, tenez-le – non, tenez *le vôtre*, William, soulevez-le un peu… c'est parfait. *Doucement, garçon, doucement.*

— Vous ne chantez quand même pas… Chanteriez-vous, Davy ? C'est… *OH !*

Davy venait de s'empaler sur lui, juste un peu, et Marshall faillit perdre connaissance sous l'intensité de la sensation. Son gland était à l'intérieur de son amant. D'instinct, Marshall leva les hanches, mais il se figea quand Davy étouffa un cri. Le sang afflua à son visage, aussi vite qu'il semblait se précipiter dans le reste dans son corps.

— Est-ce que… ?

— Ne vous inquiétez pas, souffla Davy. Tout va bien. Très bien même. Donnez-moi juste le temps de me détendre. J'ai un peu perdu l'habitude, reprit-il d'une voix plus normale. Et puis, vous êtes très bien membré. Voilà, cela va mieux.

L'étau brûlant qui enserrait Marshall s'assouplit un peu, puis progressa au fur et à mesure que Davy coulissait sur lui, s'équilibrant des mains sur ses épaules. Ses cheveux blonds, tombés en avant, voilaient son visage. D'instinct, Marshall tendit les bras pour le soutenir, mais, ayant perdu la faculté de raisonner, il ne put rien faire d'autre. Plus rien ne comptait au monde que cette petite partie de lui-même enfouie dans Davy. Cerveau, corps, volonté… ils n'existaient que pour glorifier l'importance de ce qui lui arrivait, c'était à mourir de plaisir.

— Voilà, répéta Davy. À présent, vous pouvez bouger, William. Vous souvenez-vous d'avoir tenté de monter à cheval, l'été dernier ? Pensez au balancement… d'avant en arrière…

Tout en parlant, il exécutait le mouvement et Marshall sentit son corps s'accorder au rythme donné. Une pensée tout à fait inepte lui traversa l'esprit : s'*il doit y avoir sodomie, autant en tirer le meilleur parti*. Étrangement, sa décision lui paraissait liée à la rébellion américaine, mais il n'arrivait pas à y réfléchir de façon cohérente. Il avait à la fois chaud et froid. Il ressentait partout le contact de Davy, des mains sur son ventre, sa poitrine et ses mamelons – *au nom de tous les saints… !*

Le monde explosa autour de lui.

Quand il put à nouveau parler, Davy chevauchait toujours son membre repu, mais Marshall était le seul à avoir connu l'orgasme.

— Je suis désolé, s'excusa-t-il.

Davy sourit.

— Cela va nous faciliter les choses.

— Quoi ?

— Vos fluides devraient vous aider. Il ne restait pas beaucoup de beurre.

— Davy, vous n'avez quand même pas… !

— Il le fallait bien, William. Je ne pouvais pas utiliser la purée, c'est trop collant.

Les muscles lisses se contractèrent autour de Marshall, surpris de réaliser qu'il réagissait déjà à ce contact.

— C'est notre dernière fois, reprit Davy. Et nous avons toute la nuit devant nous. Vous avez tiré trois bordées et moi deux seulement. Si je reste assis un moment, je crois que…

Il ondula un peu. Marshall gémit. Jamais il n'aurait pu imaginer une sensation aussi extatique. Ce fourreau humide, serré… il n'arrivait pas à trouver les mots pour décrire ce qu'il éprouvait. 'Plaisir' était bien trop faible, juste un fantôme de la vérité. Cela ressemblait davantage à l'excitation de la bataille, mais multipliée au centuple, et exempte de douleur et de danger.

À sa réponse inarticulée, Davy pencha la tête d'un air interrogateur.

— À moins que vous préfériez en rester là ? ajouta-t-il.

Avec un sourire, il se pencha en avant et l'embrassa légèrement, juste un effleurement des lèvres. Le désir de Marshall s'enflamma quand Davy caressa sa bouche de sa langue.

— Vous vous amusez beaucoup trop !

— Impossible, répondit Davy, avec un soupir de bonheur.

Jusqu'ici, Marshall s'était accroché aux cuisses de son amant. Il libéra une de ses mains pour la refermer sur le membre érigé de Davy, essayant d'accorder ses caresses à ses va-et-vient. Combien de temps restèrent-ils ainsi ? Il n'aurait pu le dire et ne s'en souciait guère. Il entendait le léger grincement du sommier et l'orage qui tonnait derrière les carreaux, la pluie battant la fenêtre. Le vent et l'eau, des bruits si familiers qu'il avait presque l'impression d'être à bord. Il ferma les yeux, ce qui intensifia encore ses sensations. C'était merveilleux ! Son premier orgasme lui permettait d'apprécier le rythme lent de leur union, il avait l'impression de pouvoir tenir éternellement.

Pendant un moment, Davy parut s'en satisfaire, mais ensuite, ses mouvements ralentirent avant de s'arrêter.

— Will ?

Marshall dut ouvrir les yeux, mais il ne le regretta pas. Il apprécia le spectacle de Davy à califourchon sur lui, nu et luisant de transpiration, ses cheveux humides tout ébouriffés auréolant son visage.

— Oui ?

— Voudriez-vous… Cela vous dérangerait-il que nous tentions une autre position ?

— Que voulez-vous dire ? demanda Marshall avec un pincement d'anxiété.

Si Davy voulait le prendre de cette façon, eh bien, il accepterait, bien sûr, c'était justice, mais son ventre se noua à cette perspective.

— Il y a un endroit à l'intérieur. Très agréable, Will. J'ai du mal à vous l'expliquer, mais… je pense qu'il vous faudrait être derrière moi pour l'atteindre.

— Euh…

Marshall tenta de comprendre ce que David réclamait de lui, mais en vain. Il finit par demander :

— Comment… ? Par l'enfer, Davy, que voulez-vous que je fasse ?

— Ne bougez pas. Je crois que…

Sans se détacher de lui, Davy pivota avec prudence jusqu'à lui tourner le dos. La vue était superbe, pensa Marshall, mais il s'inquiétait de ce nouvel angle et avait de sérieuses réserves quant au fonctionnement des opérations. Dès qu'il soulèverait les hanches, Davy serait éjecté.

— Je... Davy, êtes-vous vraiment à l'aise ainsi ?

— À vrai dire... Non.

Après quelques secondes de silence tendu, ils éclatèrent du même rire. Quand le calme revint, Davy persista dans son idée :

— Je persiste à penser que cela devrait mieux fonctionner par derrière. La seule fois...

Il s'interrompit, les épaules voûtées.

— Davy ?

Pas de réponse. Les yeux fixés sur le dos de son amant, Marshall se demanda s'il était normal, au cours d'une liaison amoureuse, de se sentir aussi maladroit, ou bien si sa stupide inexpérience rendait les choses plus difficiles.

— Davy, répéta-t-il, il est impossible de faire l'amour dans cette position, ou même de converser. Pourriez-vous au moins vous étendre à mes côtés ?

— Bien sûr, marmonna Davy, qui paraissait avoir perdu tout enthousiasme.

Maladroitement, ils se contorsionnèrent – sans rompre leur connexion – jusqu'à se retrouver couchés en cuillères l'un contre l'autre. Un des bras de Marshall était sous le cou de Davy, mais le corps qu'il serrait contre lui était trop tendu.

— Qu'est-ce qui ne va pas ? demanda-t-il.

— Je suis désolé, William.

— De quoi ?

— Je... William, je vous en prie, croyez-moi, je ne cherchais qu'à simplifier...

— Bien sûr, je vous crois, Davy, mais pourriez-vous m'expliquer... ?

— Je... pardonnez-moi, mais j'ai prétendu qu'il s'agissait de vous. Quand il m'a pris...

Le souffle court, Davy se raidit encore, sa voix devint rauque.

— ... je voulais juste que ce soit un peu plus supportable. Mais un soir... il m'a drogué, et mon corps m'a trahi. Je n'ai rien pu faire. Je refusais de ressentir du plaisir avec ce bâtard, alors j'ai prétendu qu'il s'agissait de vous. Je suis désolé.

— Pas moi.

Marshall tremblait. Était-ce dû à la pitié qui lui tordait le cœur, ou au ferme derrière de Davy serré sur son membre ? Peu importait, à l'idée qu'Adrian ait violé son amant, il fut traversé d'une décharge qui n'avait rien à voir avec l'amour. Il embrassa la nuque de Davy et sentit un frisson sous ses lèvres – un frisson de plaisir, il l'espérait.

— Je comprends pourquoi vous l'avez fait, Davy, insista-t-il. Tout va bien. J'en suis heureux.

— Je… Quoi ? Vraiment ?

— Bien entendu. C'est moi que vous vouliez, c'est à moi que vous avez pensé en oubliant ce porc.

Bien entendu ? S'il l'avait appris sur le moment, il en aurait été horrifié. Au cours des dernières semaines, il avait connu un vrai changement de cap ! Il ne savait toujours pas ce que l'avenir leur réservait, il n'était même pas sûr du lendemain, mais à l'heure actuelle, Davy se trouvait dans son cœur, aussi sûrement que lui, Marshall, était dans son corps. Et c'était un tel bonheur qu'il ne pensait à rien d'autre. Chaque frisson de Davy provoquait en lui des étincelles et s'il ne bougeait pas très vite…

Aussi doucement que possible, il poussa ses hanches en avant, tout en caressant le ventre et la poitrine de son jeune amant. Il venait de comprendre pourquoi tout était aussi compliqué : le fantôme du damné bâtard se trouvait avec eux, dans ce lit – un odieux intrus que Marshall ne savait comment exorciser.

— Que voulez-vous que je fasse, Davy ? Dites-moi ce qui vous plairait.

D'une main, Davy s'accrocha à son bras et passa son autre bras derrière lui pour serrer sa cuisse. Et les mots, enfin libérés, lui échappèrent dans un chuchotement fiévreux :

— Vous ! Je vous veux, Will. Je veux sentir votre poids sur moi. Je veux que vous me preniez fort, très fort, pour que je ne puisse penser qu'à vous.

Tout le corps de Marshall tressauta en entendant ces paroles. Il avait été prêt à se retirer, l'anxiété de Davy éteignant sa passion. Jamais il n'aurait cru que des mots puissent avoir un tel effet sur sa vigueur virile, mais il s'enflamma du désir brut exprimé par Davy, regretta amèrement de ne pas avoir martelé Adrian à coups de poing, le transformant en chair à pâté, et eut la sensation de devenir un étalon.

— Très bien, amour, répondit-il, surpris de la confiance en lui qu'il ressentait. Très bien.

Il serra Davy contre lui et le pénétra en profondeur. Il l'embrassa dans le cou, le lécha, le mordilla, ravi des petits cris qu'il provoquait.

Peu après, Davy roula sur le ventre, puis se souleva sur les mains et les genoux. Marshall, qui avait suivi le mouvement, découvrit rapidement que cette nouvelle position était presque parfaite. La vue de son membre enfoui dans le derrière de Davy et la sensation de leurs deux corps unis par la même houle charnelle rendaient le reste insignifiant. Que George Correy aille au diable ! Et qu'Adrian le rejoigne en enfer, ainsi que tous ceux ayant fait souffrir Davy. Désormais, le passé était bel et bien derrière eux. Marshall ne comprenait pas pourquoi Davy l'avait choisi, mais, pardieu, il se montrerait digne d'une telle confiance.

Il se pencha et glissa une main sous son amant pour pouvoir le caresser au rythme de ses coups de reins. Dès qu'il referma les doigts sur lui, Davy eut un bref sanglot.

— Il est mort, murmura Marshall à son oreille. Ils sont tous morts, Davy. Il n'y a plus que moi... Nous allons jouir ensemble, amour. Laissez-vous aller.

Un savoir inné – qu'il ignorait posséder – guidait ses gestes, ses caresses, et lui suggérait des mots d'amour. Marshall ne reconnaissait pas ce qu'il entendait sortir de sa bouche. Saisi par la sensation écrasante d'avoir trouvé sa place dans le monde, il martela Davy avec la force d'une vague de fond, qui les emporta tous les deux sur sa crête d'écume jusqu'au rivage d'une plage de sable doux.

Sous la force de l'impact, les bras et genoux de Davy se dérobèrent sous lui et les deux amants s'écoulèrent sur le lit en un tas repu et satisfait. Parfaitement détendu, Marshall serra contre lui un Davy encore pantelant.

— Tout va bien ? s'enquit-il.

— Oh, oui, murmura Davy, qui cherchait à se blottir plus près encore. Je me sens mieux que bien. Quel imbécile j'étais ! C'est encore meilleur que je l'avais rêvé. Mais, Will, j'ai... j'ai très sommeil. Je vais m'assoupir un moment.

— Mmm.

Marshall enfouit son visage dans ses cheveux blonds épars, vaincu à son tour par la fatigue et la satisfaction.

QUELQUE TEMPS plus tard, lorsqu'il se réveilla, il avait le bras engourdi et le clair de lune se déversait dans la chambre. Par la fenêtre, il aperçut quelques nuages, mais loin vers l'ouest ; la tempête s'était calmée.

Dès qu'il bougea, Davy roula sur lui-même et ouvrit les yeux. Un lent sourire naquit sur ses lèvres et éclaira peu à peu tout son visage.

— William !

Dieu merci, il souriait !

— Est-ce... c'était bien ?

Le sourire s'épanouit, plus lumineux encore que le soleil.

— William, ce n'était pas seulement 'bien'. C'était splendide ! S'il s'agissait d'un examen de promotion, vous deviendriez amiral après une telle performance. Et même *contre*-amiral[12], ajouta-t-il en se pressant 'contre' lui avec un gloussement.

Marshall ne s'offusqua même pas de cet atroce calembour. Il n'avait jamais vu Davy aussi ouvertement joyeux.

— Comment vous sentez-vous ?

— Je ne sais pas trop Will... Différent.

Pensif, Davy fronça les sourcils et secoua la tête. Puis il se redressa, s'installa à califourchon et se pencha pour un baiser. D'une chose à l'autre, avant que Marshall comprenne ce qui se passait, son corps réagissait à la tentation et Davy s'empalait sur lui une fois de plus.

Parfois, à bord du navire, une certaine lumière rendait le monde d'une beauté extraordinaire. Cela ne durait jamais très longtemps et Marshall, qui n'avait rien d'un artiste, n'aurait pu immortaliser ces images. Mais ce qu'il voyait en cet instant précis resterait gravé dans sa mémoire tout le reste de sa vie, il le savait. Davy le chevauchait, lèvres entrouvertes, le feu mourant dans la cheminée allumant des reflets rougeoyants dans ses cheveux blonds, son jeune corps souple était d'or liquide. Il n'était plus un simple humain, mais plutôt l'incarnation d'un dieu de légende. Apollon dans son char de feu.

Avec un sourire, David chuchota :

— Je me sens libre.

---

[12] *Rear admiral* (*rear* en anglais signifiant aussi 'arrière-train')

Le lendemain matin, au réveil, la transcendance s'était estompée. Ils sursautèrent en entendant frapper à la porte – c'était Toby qui leur apportait de l'eau chaude pour se raser. Ils avaient le temps de prendre un petit déjeuner, les informa le garçon, mais le forgeron travaillait déjà sur la voiture et les voyageurs pourraient reprendre la route de Londres d'ici une heure ou deux.

Davy jaillit du lit en sifflotant gaiement. Marshall abandonna le cocon des couvertures à contrecœur, avec d'étranges douleurs à des endroits inattendus. Malgré tout, il était incroyablement heureux de vivre. Sa conscience ne le tourmentait pas trop – et il apaisa ses vagues remords en utilisant un peu d'eau chaude pour nettoyer une tache révélatrice sur les draps.

— Vous n'avez qu'à les enlever, purement et simplement, suggéra Davy avec l'aisance que donne l'habitude d'une domesticité à son service. Ils devront les changer de toute façon – et la blanchisseuse ne saura pas de quel lit ceux-ci proviennent. D'ailleurs, je suis sûr qu'elle ne s'en soucierait nullement.

Il avait raison, réalisa Marshall avec soulagement. Il dépouilla le lit en un tournemain.

— Davy… êtes-vous certain que je ne vous ai pas blessé ?

Davy éclata de rire.

— Je suis plus solide que j'en ai l'air, Will. Ne vous inquiétez pas. Vous ne m'avez pas blessé, bien au contraire ! Personne n'a jamais été envers moi aussi délicat que vous.

Avec une grimace simulée, il se frotta l'arrière-train et reprit :

— Votre organe est certainement le plus imposant de tous ceux que j'ai eu connus jusque-là, mais je n'aurai pas besoin de me bander la croupe.

Marshall secoua la tête, plein d'étonnement et d'affection.

— Vous me faites penser à… à un oignon.

Perplexe, Davy le fixa un moment, les sourcils levés, puis il esquissa un sourire sceptique.

— Je vois. Mon odeur atroce vous pique les yeux, n'est-ce pas ? Merci beaucoup, M. Marshall.

Marshall soupira.

— Ce n'est pas que je voulais dire, Davy. Vous me semblez constitué de plusieurs couches que je ne parviendrai jamais à pénétrer.

— À *pénétrer* ? répéta Davy d'un air lubrique.

— Ce n'est pas *non plus* ce que je voulais dire ! La plupart du temps, vous semblez gai et insouciant, comme si vous n'aviez aucun souci au monde, mais je vous connais mieux à présent. En y regardant de plus près, je discerne la cicatrice d'une ancienne douleur – et, encore en dessous, une grande force de caractère. Comme je le disais, vous avez plusieurs couches. Plus je vous regarde, plus je demande ce que je n'ai pas encore découvert.

Instantanément, il fut embarrassé d'avoir parlé avec tant de candeur. Davy lui adressa un sourire chaleureux, mais répondit d'un ton léger :

— Je serai heureux de vous laisser poursuivre vos observations, monsieur. Mais 'oignon' ne répond pas vraiment à mes aspirations. J'espère que vous trouverez un terme plus poétique.

Soulagé, Marshall lui rendit son sourire.

— Que connaît de la poésie un simple marin dans mon genre ?

Il vérifia la fermeture de son sac et le boutonnage de son uniforme. Il fit la grimace en trouvant dans sa poche un mouchoir pétrifié. Il lui faudrait sans faute penser à le laver une fois arrivé à Londres.

Après un dernier baiser et une brève étreinte, ils ouvrirent grand la porte, prêts à quitter leur petit coin de paradis. Marshall avait la sensation d'avoir passé bien plus qu'une nuit dans cette chambre. Il commençait à peine à comprendre que tout avait changé au cours des douze dernières heures.

Extérieurement, la situation était la même : ils étaient en congé, Davy s'apprêtait toujours à passer un examen et ils n'avaient même pas encore atteint leur destination. Mais en profondeur, c'était faux, car Marshall était arrivé au port qu'il avait cherché toute sa vie.

Et il n'était plus seul.

LEE ROWAN écrit depuis l'enfance, mais elle n'est devenue professionnelle qu'au printemps 2006, en publiant son roman *Rançon*, qui a gagné le prix littéraire Eppie. Dame d'un certain âge, elle a de l'expérience, tout en restant assez jeune d'esprit pour se montrer intrépide. Lectrice acharnée, mariée à la même femme depuis nombreuses années, elle est tenue en main par un groupe de chats et deux chiens qui lui font abandonner son ordinateur pour l'attirer, au moins une fois par jour, hors de sa maison.

Série Royal Navy
Tome II

Un vent de changement

1800. Les lieutenants William Marshall et David Archer, de la frégate HMS *Calypso*, sont amants depuis plus d'un an. Conscients qu'ils seraient condamnés à la pendaison en cas de découverte, ils ne s'accordent que quelques rares nuits de passion lorsqu'ils sont en congé.

Mais rien ne dure éternellement dans la Royal Navy. Leur transfert à bord d'un nouveau navire crée un étrange retournement de situation, car leur capitaine leur ordonne de simuler une relation illicite afin de pousser un traître à se découvrir.

La mascarade devient vite dangereusement efficace et Davy risque sa vie.

L'œil du cyclone

1802. Au cours de l'hiver, la longue guerre entre l'Angleterre et la France entre dans une période de trêve fragile. Pourtant, la vie du commandant William Marshall et du lieutenant David Archer est plus compliquée que jamais.

Après avoir failli perdre Davy au combat, Will affronte ses responsabilités de capitaine et se demande s'il peut ordonner à celui qu'il aime de courir de nouveaux dangers. Quant à David, il est rongé par le doute. Une fois de plus, Will l'a quitté, mettant fin à leur relation pour le protéger. Physiquement guéri de ses blessures, David ne se remet pas d'avoir perdu son amant.

Il décide de tenter le plus grand des challenges : persuader William Marshall que leur amour vaut tous les risques encourus.

Série Royal Navy
Tome III

Le retour du marin
Quand la Royal Navy joue au Cluedo pour élucider un meurtre dans un manoir anglais, mais s'il s'agissait seulement du colonel Moutarde dans la bibliothèque, le cas serait bien plus simple.

1803. Après une embuscade tendue par les Français pendant une mission de routine, l'amirauté conseille à William Marshall et David Archer une retraite temporaire à la campagne, loin de l'animosité de Bonaparte. En arrivant au manoir familial des Archer, ils apprennent que son frère aîné, héritier du titre, est décédé après un mystérieux accident, ce qui ouvre la voie de la succession au second fils, un sournois débauché. David soupçonne Ronald d'avoir provoqué la mort de Mark, mais cela paraît si insensé que même Will a du mal à y croire. Quant à son autocrate de père, Sa Seigneurie considère le dernier de ses fils comme un jeune irresponsable et refuse purement et simplement de l'écouter.

Devenus détectives malgré eux, Davy et Will tentent d'élucider le mystère et de découvrir la vérité. En même temps, William est fortement préoccupé, car sa peur de perdre Davy est plus forte que son désir de le garder à ses côtés sur la dunette… Malheureusement, il n'envisage pas d'autre avenir que la Royal Navy.